LOS HIJOS DE LA ESTRELLA BLANCA

LINDA THACKERAY

Este libro está dedicado a mis padres y amigos, que han tenido que soportar mis locuras.

PRÓLOGO
ÉXODO

Somos los afortunados.

Sobrevivimos al éxodo al nuevo mundo, a diferencia de muchos de nuestro pueblo. Estamos aquí porque el destino nos permitió sobrevivir a las probabilidades, mientras que el resto no lo hizo. Es escalofriante pensar que los Tejedores pueden ser tan caprichosos a la hora de elegir quién vive o quien muere.

De acuerdo con los registros de nuestra nave, el viaje de la Casa Brysdyn a nuestro nuevo hogar tuvo lugar sin incidentes. Treinta naves dejaron nuestro sistema estelar, llevando no menos de quinientos mil pasajeros en estasis. Sin embargo, cuando las computadoras instaladas en nuestras Naves Mundo nos despertaron al acercarnos a este mundo, supimos que sólo quedaban dos naves.

Cualquier posibilidad de reconstruir el imperio murió con los otros.

La pérdida de tantos nos afectó tan profundamente como enfrentarnos a la realidad de la inminente supernova de nuestra estrella blanca. Es algo aleccionador para cualquier raza aceptar que sobrevivirá a su planeta de origen. La civilización de la Estrella Blanca, que representaba todo lo que conocíamos, estaba llegando a su fin.

I

Durante años muchos trataron de negar la verdad, descartarla como histeria del día del juicio final, pero la ciencia del cosmos demostró sin lugar a duda que la estrella enana en el centro de nuestro sistema solar estaba muriendo. Nuestra existencia se debió a una casualidad evolutiva. La vida nunca debería haberse formado aquí, pero gracias a una posibilidad entre mil millones lo hizo, y nuestra civilización nació.

Al final, importaba poco, porque nuestro sol aún se estaba desintegrando.

Después de que la conmoción y la consternación iniciales desaparecieron y aceptamos la situación, fue necesario actuar con rapidez para hacer frente a la amenaza. Puede parecer mucho tiempo, pero cincuenta años para trasladar una civilización entera a otro sistema capaz de sostener la vida no era suficiente para llevar a cabo la obra. Las Naves Mundo fueron comisionadas por el Gran Consejo y la construcción comenzó poco después. Durante las siguientes cinco décadas, el negocio del imperio fue la construcción naval.

Muchos se engañaron hasta el amargo final. Cuando llegó el momento, se negaron a ir, incapaces de enfrentarse a la idea de empezar de nuevo sin las comodidades que siempre habían formado parte de sus vidas. Tratamos de no pensar en los que se quedaron atrás, tratamos de no pensar en su muerte sin sentido frente a su obstinada ignorancia cuando el sol quemó su último suspiro.

Sus muertes se sumaron al recuento de los perdidos desde que dejamos la estrella blanca.

Los ordenadores grabaron lo máximo posible en sus bancos de memoria, almacenando la información para cuando despertáramos. Gracias a ellos, teníamos conocimiento de lo que le pasó al resto de la flota. La mayoría de los buques sufrieron averías mecánicas, debido a nuestro prolongado viaje. Sin tener una idea clara de cuánto tiempo estaríamos viajando, nos preparamos para cada contingencia, pero todavía quedaban demasiadas cosas fuera de nuestras manos.

La nave llegó al nuevo mundo casi lista para desmoronarse. Considerando los efectos del largo viaje en nuestra Nave Mundo al momento de nuestro aterrizaje, no es difícil imaginar a otras naves fallando aún más temprano en el viaje. Sobrevivimos gracias a la buena ingeniería o a la suerte.

No todas las víctimas sufrieron un fallo mecánico. Existen numerosos peligros cuando se viaja a través del espacio inexplorado: agujeros negros, cuerdas cósmicas, lluvias de meteoritos y supernovas. Cualquiera de estos fenómenos era capaz de desgarrar nuestras Naves Mundo como papel.

La ausencia de los otros demostró que ninguna cantidad de preparación era adecuada.

Afortunadamente, no todas las naves fueron destruidas. Una nave descubrió un mundo ideal mucho antes que nosotros. La Casa Jyne eligió un mundo para sí misma al otro lado del cuadrante. Durante los diez años adicionales que nos llevó llegar a nuestro paraíso, ellos comenzaron la colonización de su nuevo hogar. Las noticias de su supervivencia nos dieron esperanza. Tal vez esparcir a nuestra gente entre las estrellas no significaría una perdición automática. Incluso en su estado dañado, llegaron a mundos a los que podían llamar su hogar.

En un futuro lejano, el tiempo podría reunir a los hijos de la estrella blanca.

Incluso podríamos vernos como amigos.

I: SUEÑOS

Estaba de vuelta.

El mismo viento caliente y seco soplaba en sus mejillas mientras parpadeaba y renovaba su relación con este sueño familiar. Todo aquí siempre parecía nuevo, no importaba cuántas veces lo visitara. Quizás fuera porque el terreno parecía tan extraño, con cosas nuevas por descubrir.

El cielo azul siempre fue lo primero que le llamó la atención.

La mayor parte de su vida se había despertado a un cielo de color ámbar, calentado por el brillo de un sol naranja oscuro alrededor del cual Brysdyn orbitaba. El brillo le quitaba el aliento. El azul parecía un color tan poco natural. A lo largo de su carrera militar nunca había visto otro mundo como este.

El azul era para los océanos y los paisajes helados, no para el cielo.

Sin embargo, este era uno de los muchos enigmas que había en este lugar. Los campos dorados que se extendían por el paisaje, con alguna que otra mancha de verde, era otro. Siempre pensó que el amarillo o marrón en una planta significaba vegetación moribunda, calcinada al calor de un clima ardiente. Sin embargo, al mirar la tierra que tenía ante él supo que estaban sanas. *Los tallos se erguían majestuosos a la luz del sol, orgullosos y desafiantes contra el viento que suavemente los invitaba de doblarse.*

Emitían un olor peculiar, desconocido, pero extrañamente relajante. Un rescoldo de reconocimiento chispeó en su mente, pero su luz fue tan tenue que los fragmentos desaparecieron antes de que tuviera el sentido común suficiente para unirlos. Pequeños granos de polen, transportados por la brisa, bailaban en el aire. Oyó ruidosas charlas de extraños pájaros blancos con crestas amarillas que volaban por el cielo, gorjeando con voces casi humanas.

¿Cómo había llegado a estar este mundo en su cabeza? ¿Era una amalgama de lugares que conjuró su psique? ¿Era todo aquí una pieza simbólica en un rompecabezas irrealizado de su subconsciente?

Hubo un cambio visible, una caída repentina de la temperatura. El problema con el cielo azul era que cuando hacía frío parecía más oscuro. En lo alto, las nubes blancas se tornaron de un gris ominoso, que le recordaba al humo. El viento se convirtió en un vendaval, sacudiendo violentamente a los bailarines de polen, transformando su elegante actuación en un frenética dispersión.

Sabía lo que se avecinaba. La calma momentánea siempre le hacía olvidar, pero en cuanto la tempestad azotaba la tierra como un dios vengativo, él recordaba lo que venía después.

Que representaba esto, él deseaba saberlo, desesperadamente. Desde el principio había provocado un miedo tan intenso, incomparable con nada de lo que había experimentado en su vida. Garryn no era un cobarde ni ajeno a las cosas más terribles de la vida, y era más que capaz de resistir su miedo, pero cuando las explosiones comenzaban deseaba poder correr y esconderse bajo una roca.

La explosión inicial lo obligó a arrodillarse. Incluso en un sueño, años de servicio militar superaron el terror y se hicieron cargo. Los vio venir por encima de él, formas oscuras y malignas, como aves de presa, que se lanzaban en otra pasada. La forma hizo otra corrida, pero él sabía que no era el objetivo.

Quería algo más, algo escondido.

Nunca supo que buscaban, solo que dejarían el campo dorado en llamas y encenderían el cielo para encontrarlo. Las hermosas aves blancas cayeron al suelo carbonizado, sus prístinas plumas blancas ennegrecidas por el hollín y la suciedad. Sus ojos empezaron a llorar y sus pulmones ardían a medida que el humo consumía el aire fresco y el calor le surcaba la piel.

Quería despertar y estar lejos antes de que este sereno lugar se desintegrara aún más, pero algo siempre lo retenía. No, se dio cuenta, algo no. Alguien.

En el momento en que pensó en ella, apareció.

Parecía necesitar conjurarla en su mente antes de que ella apareciera. La joven tenía el pelo tan claro y dorado que era casi blanco. La luz del sol rebotaba en el a pesar de la destrucción que la rodeaba. Su piel era broncínea y, mientras corría por las llanuras ardientes, se veía como un espíritu de fuego indomable.

Nunca se despertaba antes de su llegada.

Sus ojos azules escudriñaban los campos, siempre buscando, llenos de miedo, no aterrorizados por las cosas voladoras que hacían llover muerte desde el cielo, sino por otra cosa. Algo alimentaba su determinación de seguir adelante, a pesar de su ansiedad. Era una búsqueda inútil en ese caos de fuego y humo. Incluso él se daba cuenta. Pero ella seguía adelante, firme en su negativa a ceder. Estaba impulsada por algo más grande que la preservación de su vida.

Ella gritó un nombre, pero él nunca podía oírlo. Vio la desesperación en sus ojos, montada a horcajadas del pánico, cuando ella empezaba a darse cuenta de que podría no llegar a encontrar lo que estaba buscando. Lágrimas rodaban por sus mejillas, creando senderos a través de su hollinada piel. Él quería ayudar, pero como en tantas otras ocasiones, no pudo llegar a ella a tiempo.

Descalzo y aún en ropa de cama corrió hacia ella, tratando de llegar a ella antes de que lo inevitable los tomara a ambos.

Llegó en la forma de una demasiado familiar explosión final. Detonó dentro de su cráneo cuando todo el ruido y el color del ataque sobrecargaron sus sentidos. Le siguió un breve grito, el único sonido que le había oído producir en ese lugar.

Sin aliento, la alcanzó en el lugar donde siempre parecía encontrarla. Como en esas tantas otras veces, nada cambió cuando se acercó a ella. Las llamas del campo ardiente se elevaban sobre ellos y la nube humeante era tan espesa que hacía difícil ver el cielo. El mundo se convirtió en una neblina de humo bilioso y calor invasor.

Una lenta vena de rojizo río se deslizó hacia sus pies descalzos, su calor manchando sus plantas. No retrocedió, ni se dio la vuelta. Esto era necesario para el ritual, un juicio que debía durar hasta que la pesadilla lo liberara. Tal vez todo lo que necesitaba para irse, para despertarse, era verla primero.

Sus vacíos ojos azules miraban a la nada mientras su dorado pelo se cubría de sangre. Venas carmesí surcaban sus mejillas, entremezclándose con suciedad y lágrimas secas. Su cara tenía una expresión de enfado, como si la Muerte fuese una invitada a cenar que llegara temprano. Su pecho portaba la herida mortal. Su carne carbonizada seguía chisporroteando, la energía aún no disipada del todo de la explosión que había recibido.

La oleada de dolor y angustia que se elevaba desde su interior era como un maremoto de fuerza inquebrantable, y gritó.

Gritó la única palabra que nunca podía recordar cuando se despertaba.

Garryn se sentó en su cama.

Por un momento esperó encontrarse rodeado por las llamas y el humo de su sueño. Como siempre, cada vez que intentaba recordar la sustancia del sueño, el recuerdo huía de su mente. Para cuando se dio cuenta de que estaba despierto, estaba con el pulso acelerado luchando por recordar a causa de qué.

Respirando profundamente, se pasó los dedos por el pelo, quitándose los efectos residuales de la pesadilla. A pesar de la fría noche, sus sábanas permanecían pegadas a su piel. Durante mucho tiempo, una sensación de estar perdido e incertidumbre lo poseyó, antes de que se convirtiera en frustración. Este era el mismo sueño de casi todas las noches desde su regreso a casa y, si el patrón se mantenía, no dormiría el resto de la noche.

Después de un esfuerzo inútil tratando de desafiar las probabilidades e intentar de todos modos, decidió levantarse de la cama. Todavía estaba oscuro afuera. El reloj en la pared le dijo que el amanecer no estaba lejos. Hacía años que no veía el amanecer en Brysdyn y aún más tiempo que no estaba en casa para apreciarlo.

"Luces".

"Luces activadas".

Los controles ambientales computarizados respondieron con una voz calmada y femenina, inundando la habitación con suave luz ambiental.

La vista de esta habitación todavía lo sacudía.

Habría preferido volver a la suya, pero la elección ya no era suya. La habitación era una suite y estaba adosada a un balcón que daba al patio de abajo. Albergaba antigüedades y arte inestimable de una docena de mundos y lucía telas tanto lujosas como elegantes. Garryn se sentía como la última pieza de una exposición de museo.

Se levantó de la cama y se envolvió con una bata antes de salir al balcón. Necesitaba llevar el aire de la noche a sus pulmones y escapar del pánico que subía de sus entrañas. La decisión de trasladarse a la residencia oficial del Primero nunca se había sentido tan claustrofóbica.

Garryn se apoyó en la empalizada de mármol y vio el glorioso amanecer. Aún estaba oscuro, pero el profundo cielo ámbar revelaba un cálido día por delante. La suite del Primero estaba situada en las plantas superiores del Domicilio y ofrecía una vista panorámica de la ciudad.

Paralyte dormía debajo de él, lo que le hacía sentir envidia de su capacidad para dormir. La capital le recordaba a una antigua viuda que se sentaba en el centro del Imperio Brysdyniano. Hogar del Emperador y del Primero, su supuesto heredero, había sido inmortalizada en prosa, teatro y arte desde los Primeros días del Imperio. Los Primeros colonos, saliendo del Éxodo, habían elegido este lugar para construir su nuevo asentamiento, tras haber alcanzado esta parte de la galaxia.

El Imperio había comenzado en esta ciudad.

Ahora, la joya era un manto de oscuridad, su vida revelada solo por el brillo de las luces de los rascacielos a través del cielo. Garryn amaba Paralyte. Le gustaba pasear por sus pabellones, paseos, museos y sus parques. Se puede hacer un día de paseo de viajar en tren flotador desde un extremo al otro de la metrópoli, bajando sólo cuando algo de interés se encuentra a lo largo de la ruta.

A su madre le encantaban los bazares e hizo que él también los amara. Le gustaba caminar por los puestos, aspirando el aroma de las especias de lugares exóticos. Uno podía escuchar a los comerciantes durante horas, regateando mientras vendían sus mercancías a astutos clientes que venían de todos los rincones del Imperio. Cuando eran niños, Aisha les había traído a él y a su hermana para explorar los mercados. Hacían estos viajes en el anonimato, porque creía que las mejores gangas se hacían cuando los vendedores ambulantes no sabían que era la esposa del Emperador.

Ella ya se había ido, y Garryn aún la echaba de menos. Estar de nuevo en casa sin que su madre lo recibiera era casi tan desconcertante como dormir en una habitación lo suficientemente opulenta como para ser un museo. Fue un tonto al creer que la vida podría ser la misma, dado el acercamiento de la Ceremonia de Ascensión. El hecho de que estuviera en esta habitación ridículamente lujosa era una prueba de ello.

Durante la última década de su vida, Garryn había desempeñado el papel de soldado. Al incorporarse a las filas como un recluta más, sus camaradas no tenían idea de su verdadera identidad, y él lo prefería así para evitar cualquier trato especial. Le gustaba ser soldado y se habría conformado con seguir siéndolo, si no fuera por las responsabilidades de su puesto.

Siempre estuvo orgulloso de ser el hijo del Emperador. No porque su padre fuera el gobernante de Brysdyn, sino porque era un buen hombre y un mejor padre. Los había guiado a través de sus años más turbulentos y se había ganado la eterna devoción de su pueblo en el proceso. Fue difícil para su familia no compartirlo. Después de la pesadilla del Azote, la familia se convirtió en la preocupación singular de cada uno de los brysdynianos, e Iran no era diferente. Atesoraba a los suyos como un regalo precioso.

Aunque Garryn era un Nuevo Ciudadano, se esperaba que algún día se convirtiera en Emperador. La ceremonia era sólo el primer paso. Se pregunta si la vacilación a la hora de asumir el cargo se debía a que se trataba de un niño adoptado. Quizás la sangre real era necesaria para ser el Emperador. Él era igual a cualquier otro Nuevo Ciudadano traído a Brysdyn después del Azote.

¿Qué lo hacía lo suficientemente especial para que el Emperador lo eligiera el próximo gobernante?

Nada, excepto que te ama, se dijo a sí mismo Garryn. Porque, adoptado o no, eres su hijo.

Garryn se dio de baja del servicio militar para regresar a casa para la Ceremonia, para la que sólo faltaba un mes. Una vez que se convirtiera en Primero, estaría bajo la tutela directa de su padre y aprendería las complejidades de dirigir el imperio. Incluso si la responsabilidad era desalentadora, Garryn sabía que haría lo mejor que podría, porque lo único peor que fallar al Emperador era decepcionar a su padre.

Ahora, si tan sólo pudiera lograr una buena noche de sueño, todo estaría bien.

El número de veces que se despertaba con sudor frío iba en aumento. Las pesadillas habían empezado hacía meses, pero no entendía qué las había desencadenado. Es cierto, recientemente regresó de Erebo. El ejército fue enviado para reprimir un levantamiento violento en el mundo de las colonias y, mientras la guerra agobiaba la conciencia de un hombre, él era un piloto, no un soldado de combate de primera línea. Los ataques aéreos le evitaron la prueba de ver de cerca la devastación de sus misiones.

Si Garryn soñaba con la guerra, no era una que le fuera familiar.

Tal vez debería seguir el consejo de Elisha.

Su hermana, la Princesa Real, era dos años menor que él y, en gran medida, la hija de su madre. Rompiendo el estereotipo del vano y frívolo aristócrata, Elisha no era una diletante. Aisha, una niña de la Delegación Jyne, crio a sus hijos para que valoraran la tolerancia y el conocimiento. Gracias a su madre, ella creció para convertirse en una joven consciente cuyos primeros amores fueron sus causas y sus libros.

Malcriados escandalosamente por su padre, Garryn temía imaginar en qué monstruos podrían haberse convertido si no fuera por la disciplina de Aisha. Desde su muerte, Iran fue libre de satisfacer las fantasías de Elisha, incluso permitiéndole elegir a su propio marido. La mayoría de la aristocracia brysdyniana desaprobaba la decisión, por supuesto, pero Garryn sabía que a su padre no le importaba. Elisha era su hija pequeña y nunca la obligaría a contraer un matrimonio político.

Estaba agradecido por ello. Cuando eran niños, eran confidentes; cuando eran adultos, los mejores amigos. Era Elisha quien sabía las cosas correctas que decir cuando tenía dudas y era natural que él le confesara sus pesadillas a ella.

Como todos los soldados, desconfiaba de los hombres de medicina, aunque reconocía su contribución a la sociedad. Elisha sugirió que consultara a un Mentalista para su problema. Al principio, se resistió a la idea. Si los Sanadores eran malos, los Mentalistas eran peores. Estos Sanadores que afirmaban estudiar la psique, no veían ningún sacrilegio en exigir el acceso a los recuerdos más íntimos de uno. A Garryn no le gustaba la idea, ni quería someterse a tal tratamiento.

Aun así, no podía permitirse el lujo de estar mentalmente desequilibrado en este momento. No cuando sólo faltaban unas semanas para que lo coronaran Primero. También flotaba en su nuca un miedo persistente de que podría necesitar verdadera ayuda. Si así fuera, no sólo se lo debía a sí mismo para corregir la situación, sino también al Emperador, que necesitaría a su Primero en la mejor condición posible.

Así que, por el bien de su padre y el suyo propio, no tenía más remedio que ver a un Mentalista, por muy repugnante que fuera.

II: EMPERADOR

"Somos los hijos de la Estrella Blanca, guerreros de la Casa Brysdyn. ¿Debemos abandonar los instintos guerreros que nos ayudaron a construir nuestro imperio? ¿Cuándo nos convertimos en una pandilla de cobardes que eligen esconderse detrás de un libro de leyes? Paz, amigos míos, es una palabra que estamos usando para convertirnos en una nación de ancianas. ¿Cuándo dejarán de influir estas ideas alienígenas en nuestra sociedad? ¡Debemos defender nuestro patrimonio antes de que se derrumbe a causa de nuestras indulgencias!"

Garryn miró asombrado. El General Edwen siempre había odiado las políticas de su padre, pero escuchar al hombre expresar su opinión frente a todo el Quórum era desconcertante. El comandante de la Élite de Seguridad hablaba orgulloso y desafiante, mirando fijamente al Emperador, desafiándolo a responder, pero carecía de la autoridad y el carisma que Iran demostraba en el Quórum. Aun así, los rasgos poco característicos, aunque encantadores, de Edwen tenían una cualidad que a menudo engañaba a la gente haciendo que lo subestimaran.

Pero no a Garryn.

Ser miembro de la casa real le había enseñado a distinguir entre amigos y enemigos. Años antes, Garryn sabía a qué campo pertenecía Edwen. Se preguntaba cómo iba a tratar Iran los sentimientos antijyneses de Edwen, expresados tan públicamente. Llevaba años en ebullición y no sorprendió a Garryn en absoluto. Aisha había hecho que Garryn se diera cuenta del creciente descontento de Edwen con Jyne años atrás.

Su padre era Elvan, Canciller de la Delegación Jynesa. La unión tuvo lugar durante una visita de Iran, entonces Primero, a Jyne, donde conoció a Aisha en un baile de estado. Ni Elvan ni Darian, el Emperador de entonces, tenían la intención de lograr una boda de este viaje. Jyne no creía en los matrimonios políticos, y Brysdyn encontraba el enfoque diplomático de Jyne con respecto a todo tema tedioso.

Sin embargo, los dos jóvenes, tan diferentes, se enamoraron, para sorpresa de ambos padres. Su relación produjo la inesperada posibilidad de una nueva Alianza Blanca, a la manera de sus antepasados de otras eras. Muchos dieron la bienvenida a la unión como la fusión de dos naciones poderosas, mientras que otros, como Edwen, la vieron mal desde el principio.

Hasta que el Azote, el matrimonio y la alianza inminente se convirtieron en una fuente constante de debate en el piso del Quórum, dejando a Aisha con la culpa de causar tanta enemistad.

Garryn nunca perdonó el desaire contra su madre.

Hoy, el viejo argumento había resurgido con fuerza y Garryn estaba agradecido de que Aisha estuviera ausente para el discurso malicioso de Edwen.

Cómo aún no era el Primero, Garryn sólo podía ver los procedimientos desde la galería de visitantes. ¿Cómo reaccionaría el Emperador ante el desafío del General? Sin importar el contexto, esto no fue sólo un desafío al favoritismo de Iran al tratado de no agresión con Jyne, sino también un insulto a su esposa.

Al anunciar su oposición, Edwen denunció a ambos.

Los miembros del Quórum, el órgano electo que representa a los distritos regionales de Brysdyn, sostuvieron el aliento mientras los dos titanes libraban su guerra fría. El general Edwen había disparado la primera ronda, y esperaban la respuesta del Emperador con excitación.

Tras una larga pausa, habló.

"General, si me permite una refutación."

Iran, el Primero de su nombre, se levantó de su asiento y bajó los escalones que conducían al podio de Orador. Edwen, un hombre alto y delgado, que a veces parecía macabro, abandonó el puesto y regresó a su propio lugar en el salón del Quórum.

Mientras se preparaba para dirigirse a ellos, Iran le recordó a Garryn una vez más lo impresionante que podía ser su padre. Su padre era de la misma altura de Garryn y tenía el mismo pelo oscuro. Ambos compartían ojos azules y a menudo se les creía de una misma sangre, incluso si cualquier similitud entre ellos era una coincidencia. En Iran fluía el linaje de mil generaciones de la Casa Brysdyn, algo que Garryn nunca poseería.

Cuando subió al podio, Iran no miró a Edwen antes de empezar a hablar.

"Amigos míos, a lo largo de nuestra historia hemos sido una raza de conquistadores. Definimos nuestra cultura por la expansión y el sometimiento de razas menos agresivas. Para nosotros, no había otra manera de vivir. Nuestro imperio es la prueba de todo lo que hemos logrado, pero el Azote nos obligó a cambiar".

Una oleada de reconocimiento se extendió por la asamblea y Garryn fue testigo del efecto de mencionar al Azote. No importaba el argumento que Edwen hiciera en contra de que Brysdyn perdiera su identidad, nada resistía la realidad de los tiempos más oscuros del Imperio.

"Muchos de nuestros niños recién ahora están pensando en tener uno propio", continuó Iran. "El Azote está a sólo un cuarto de siglo de distancia de nosotros, y nuestra falta de una nueva generación considerable no puede ser ignorada. Hace años, nuestra dedicación a la guerra obstaculizó nuestro avance en todos los demás campos. Quizás si hubiéramos dedicado más recursos a actividades más científicas, como la medicina, podríamos haber escapado de ser castrados por el Azote".

Nada de lo que dijo garantizó alegría o aplausos, sólo un triste reconocimiento. Su condición no podía ser negada, pensó Garryn con una pizca de compasión por aquellos que vivían con un conocimiento íntimo de lo que el Emperador quería decir. Ni siquiera Edwen no parecía haber sido afectado por la misma tristeza que embargaba a todos los hombres de Brysdyn nacidos antes del Azote.

"Los Tejedores nos dieron una segunda oportunidad con nuestros Nuevos Ciudadanos. Nuestra esperanza se renueva porque nos han dado hijos fuertes y sanos. Ellos son nuestro futuro y quiero verlos vivir lo suficiente para que nos sucedan. ¡No quiero otra guerra en la que mueran tan insensatamente como lo hicieron nuestros nonatos en el Azote! Nuestro imperio fue salvado de la extinción. No malgastemos nuestra próxima generación olvidando lo preciados que son.

Con respecto a esta Alianza, permítanme recordarles que los Jyne fueron los únicos dispuestos a ayudarnos durante el Azote. Recuerden que cuando los otros se dieron la vuelta y se negaron a escuchar nuestras súplicas, los jyneses no lo hicieron. No se aprovecharon de nuestra debilidad a su favor, ni trataron de invadirnos cuando estábamos en nuestro punto más vulnerable. En cambio, nos ayudaron a tratar de encontrar una cura. La Casa Brysdyn, como la Casa Jyne, partieron juntos de la Estrella Blanca. Nuestros antepasados querían que encontráramos juntos un nuevo hogar y viviéramos en paz. Siempre estuvimos destinados a estar unidos, si no en territorio, al menos en amistad".

Tras del discurso estallaron aplausos ensordecedores, aunque Garryn no esperaba nada menos. Su padre era un líder carismático, con la capacidad de hablar llegándole a su audiencia. La entusiasta respuesta permitió al General Edwen hacer una salida discreta. El desafío fue superado y respondido, por ahora, pero Garryn sospechaba que este asunto estaba lejos de haber terminado.

Sin embargo, sintió cierta satisfacción al ver a Edwen desaparecer por la puerta trasera con la cola entre las piernas.

* * *

Cuando el consejo del Quórum decidió cerrar el día, Garryn esperó hasta que el último de sus miembros terminó de hablar con el Emperador antes de ir a encontrarse con su padre. Al avanzar hacia la entrada restringida, a Garryn le fue permitido el paso por el guardia de servicio.

Su padre, flanqueado por sus guardias, estaba a punto de salir cuando se encontraron a mitad de pasillo. Alineó su paso con el de Iran y sus protectores se hicieron a un lado, aumentando su flanco para dar a padre e hijo algo de privacidad.

"Edwen mostró su mano", comentó Garryn.

"No me sorprende", se encogió de hombros Iran. "Nunca estuvo encantado con la idea de una Alianza, y esperaba que en algún momento expresara su oposición. Deduzco que a ti tampoco."

"Madre me enseñó bien."

La expresión de su padre se entristeció y un parpadeo de dolor privado apareció en sus ojos. Garryn sospechaba que la muerte de Aisha aún estaba viva en él, lo que le hizo apretar el hombro de Iran para reconfortarlo.

"Sí, siempre fue tan clara en esas cosas. Todavía la extraño."

"Estuviste casado treinta y cinco años, padre. Dejarla ir no puede ser fácil. Era mi madre y cuando paseo por su jardín favorito, todavía espero que esté allí, en su banco, leyendo. No puedo imaginar el dolor que debes sentir."

Iran le brindó a su hijo una sonrisa agradecida por su comprensión, luego ambos quedaron en silencio mientras caminaban por los pasillos del Panóptico, donde el Quórum llevaba a cabo sus reuniones.

"Edwen tolera la idea ahora."

"No, no lo creo." dijo el Emperador, pero no se preocupó por explicarlo, ya que llegaron a un conjunto de puertas al final del pasillo.

Estas sisearon mientras se abrían, y ambos hombres entraron en Bahía Panóptico. Aunque no tan grande como los puertos comerciales de Paralyte, la bahía era adecuada en tamaño para acomodar los transportes de los líderes del Quórum. También albergaba a los mecánicos y el equipo necesario para dar servicio a los vehículos.

La mayoría de la guardia del Emperador lo esperaba en sus vehículos de escolta. Un guardia tomó su asiento habitual al frente con el conductor y el deslizador comenzó a moverse una vez que Iran y Garryn subieron al asiento trasero. Al acercarse a la salida, una voz de ordenador indicó la desactivación de la red de seguridad, permitiendo el paso de la caravana fuera del Panóptico.

Afuera, el día era cálido. Paralyte estaba lleno de actividad hoy. El buen tiempo atrajo a todo el mundo, y los bazares y vendedores ambulantes abundaban en toda la ciudad. Con la temporada turística los visitantes de todo el Imperio y más allá se movían por las calles en un exótico surtido. Algunos se detuvieron a contemplar al Emperador, disparando holofotos mientras su convoy pasaba a su lado.

"Ojalá pudiera entrar en Paralyte sin ser notado como tú. Tu madre tenía la idea correcta al usar disfraces".

"Es cierto", estuvo de acuerdo Garryn, pero no iba a ser disuadido del tema Edwen. "¿Qué vas a hacer con el General?"

Con la mirada fija en los paisajes que pasaban, Iran respondió sin mirar a su hijo. "No voy a hacer nada, Garryn. Edwen es una voz y las voces pueden decir lo que quieran".

"Tiene apoyo. Su Élite de Seguridad sigue siendo muy leal a él. Me pregunto si somos sabios al permitirle un foro con la gente que tiene a su disposición".

"Cierto", Iran concedió el punto antes de volverse hacia Garryn. "Pero el número de reclutas en bruto que se les unen es pequeño. Erebo dejó un mal sabor de boca y la Élite de Seguridad fue en parte responsable de lo que pasó allí. Edwen puede ser un orador formidable, y no dudo que tenga partidarios en el sector civil, pero no es suficiente para superar a Erebo".

"Tengo que estar de acuerdo contigo."

Tuvo suerte de haber sido sólo piloto durante el levantamiento. Las tropas de superficie que aterrizaron en la luna soportaron las dificultades reales. A ningún buen soldado le gustaba derribar a civiles, y mucho menos a un grupo de civiles mal armados y sin entrenamiento. Durante meses, los pobladores de Erebo lucharon desesperadamente por mantener vivo el sueño de una nueva nación, aunque nunca tuvo la más mínima oportunidad de convertirse en realidad.

Iran no dejó de notar la expresión sombría en la cara de Garryn.

"No nos dieron otra opción, Gar. Les ofrecimos el perdón total para que depongan las armas y vuelvan a trabajar o a casa si así lo deseaban. Se negaron y nunca entenderemos lo que estaban pensando cuando decidieron suicidarse encendiendo el mineral. Quizás, para ellos, morir era mejor que enfrentarse a la derrota".

"No deberían haber sido llevados a esa posición en absoluto. Los soldados que regresaron de Erebo después de la limpieza son perseguidos por los recuerdos. No creo poder olvidar los horrores en sus rostros y no se disipará de sus mentes por mucho tiempo".

"Comparto su tormento", suspiró Iran, y Garryn adivinó que estaba pensando en algo más que en Erebo. La expresión de tumba desapareció de su cara y, un momento después, volvió a mirar a Garryn. "¿Estás convencido de que Edwen ya no es una amenaza?"

"No lo sé. Sigo pensando que hay que vigilarlo", admitió Garry.

"Pero no seríamos mejores que su Élite de Seguridad, ¿verdad?"

Garryn no pudo refutar el argumento.

III: EL MENTALISTA

"¡Jon, no vas a creer esto!"

Jonen se quedó boquiabierto ante su normalmente eficiente y tranquila asistente después de que ella irrumpiera en su oficina sin aliento y excitada. Siempre perfectamente peinada y nunca propensa a hacer demostraciones innecesarias de emoción, Mira era un monumento a la moderación. Excepto cuando ella estaba parada en su escritorio, mirándolo como una adolescente con los ojos muy abiertos.

"Mira, por favor, contrólate." No pudo resistirse a burlarse de ella.

Nunca tuvo la oportunidad de darle la vuelta a la tortilla. Siempre era Mira la que le decía que se calmara cuando algún asunto le hacía levantar los puños al universo en protesta. Por pequeña que pudiera ser esta victoria, le gustaba la oportunidad de reivindicarla. Mira había manejado su práctica desde su primer día, y a lo largo de los años habían disfrutado de una relación cómoda que les permitía un jugueteo seductor.

Con los ojos entrecerrados, Mira Giving se enderezó inmediatamente y adoptó una vez más su fría conducta.

"Garryn está aquí", dijo ella, con su voz desprovista de su entusiasmo anterior.

Jonen no entendió inmediatamente el significado.

¿"Garryn"? La miró desconcertado.

Mira puso los ojos en blanco con sarcasmo. "Garryn, el que será coronado Primero en cuestión de semanas, ese Garryn."

Al ver cómo el shock crecía en su cara, Mira se alegró un poco de su reacción y retuvo cualquier otra información hasta que su impaciencia se volvió intolerable.

"¿Y?"

Una sonrisa engreída se arrobó en su cara por hacer el movimiento ganador en su combate de ajedrez verbal.

"Está en la sala de espera, afuera."

"¿El supuesto heredero necesita un Mentalista?" Jonen parpadeó, aun lidiando con su sorpresa.

Estaba acostumbrado a ver pacientes de importancia en su consulta, pero no estaba preparado para la realeza. Técnicamente, los Emperadores no estaban destinados a ser considerados como tales, pero para un brysdyniano común estaban lo suficientemente cerca. Aunque su reputación como uno de los Mentalistas más notables del Imperio era merecida, recibir a un visitante de este calibre seguía siendo un shock.

¿Realmente Garryn necesitaba sus servicios?

Otras preguntas surgieron en los cortos segundos antes de que él diera más instrucciones a Mira. ¿Por qué vendría Garryn hasta aquí para consultarlo en otra capacidad? Su oficina estaba ubicada en el corazón del respetable distrito de Rura en Paralyte. Alguien de la estatura de Garryn podría permitirse convocar a un Mentalista a su presencia sin ninguna dificultad.

"¿Le hago pasar? No podemos dejar que espere afuera. Despúes de todo, va a ser nuestro próximo Emperador." El sarcasmo goteaba de cada palabra.

"¡Sí, por supuesto!" Hizo una cara a su triunfo desvergonzada.

Ella salió de la habitación sonriendo.

Viéndola marchar, un repentino estallido de afecto llenó su pecho y Jonen se preguntó qué haría sin ella.

Una vez que desapareció por la puerta, Jonen limpió su escritorio de cualquier trabajo realizado antes del inesperado anuncio de Mira. Se puso en pie y alisó el material de su traje de color claro, con la esperanza de que estuviera en estado como para recibir a un visitante tan auspicioso. Maldiciéndose a sí mismo por no cortarse la barba cuando tuvo la oportunidad esa mañana, hizo una mueca al pasar su mano sobre su barbilla.

A pesar del retroceso de la línea del cabello mantenía su cabello, que antes era oscuro, pulcro, y eso hacía que las vetas grises parecieran distinguidas. De pie tenía una altura media, y una ligera panza en el vientre, proyectando la imagen de un hombre que se cuidaba a sí mismo sin ser vano. Al menos ya no se vestía como un académico desaliñado, aunque todavía se sentía como tal.

Mira regresó unos segundos más tarde con el joven siguiéndole. Parecía más joven que las imágenes que Jonen veía en las Transbands. Por supuesto, esos programas nunca fueron confiables y era un hecho bien conocido que al Emperador no le gustaba que sus hijos estuvieran a la vista del público. Sólo recientemente Garryn había sido finalmente capturado en holograma de adulto.

Garryn era un Ciudadano Nuevo, aunque a uno se le podía perdonar por confundir a Garryn con el vástago biológico del Emperador. Se parecían mucho. Sin embargo, no se presentó como la realeza cuando estuvo en la oficina de Jonen. Llevaba la ropa de cualquier joven que Jonen pudiese encontrar en la ciudad, afeitado, pero sus ojos desdibujaban sus rasgos juveniles. Parecían más viejos que sus años.

Jonen salió de detrás de su escritorio para saludarlo.

"Garryn Primero, es un honor". Jonen extendió una mano y, para su placer, el aparente heredero devolvió el apretón de manos con calidez.

"Oh, por favor, llámame Garryn". El disgusto por el título le cruzó la cara con un leve gesto.

"Entonces, es un placer conocerte, Garryn."

Esto tranquilizó a Jonen y disipó su ansiedad por tener un visitante tan importante. En esa frase, Jonen obtuvo una visión de cómo Garryn deseaba ser tratado.

"Por favor, siéntate", Jonen lo guio hasta el suave sillón de cuero que se encontraba frente a su gran escritorio.

Jonen volvió a su silla y notó que el joven se movía en su asiento, intentando no parecer cohibido.

No quiere estar aquí.

Esto no era inusual. La mayoría de sus pacientes tuvieron dificultades con la primera consulta.

"Ahora, Garryn, ¿cómo puedo ayudarte?"

Garryn suspiró y miró a través de la habitación. Estudió las placas de la pared, los cuadros de la familia e incluso las pinturas. Se tomó un momento para estudiar el parque bajo la ventana y se dio cuenta de que intentaba evitar la pregunta del Mentalista.

"Supongo que puede decirse que no me gusta estar aquí."

"No es una reacción poco común", le aseguró Jonen. "Por favor, no te sientas incómodo con tus dudas. Muchos de mis pacientes comienzan de la misma manera. Como brysdynianos, tenemos una aversión natural a llamar la atención sobre nuestra salud mental. ¿Por qué no me dices qué te trajo aquí? Así podré decirte si puedo ayudarte".

A pesar de su ambivalencia, Garryn se confesó a si mismo que el Mentalista no era nada parecido a lo que esperaba. Elisha lo había recomendado después de leer los diversos documentos escritos por el hombre en las revistas científicas que tanto le gustaba leer. Su propia visión de los Mentalistas no era halagadora, pero el sanador parecía ser honesto y directo, y esto le inspiraba confianza.

"Todavía tengo mis reservas sobre todo esto. Mi hermana cree que necesito ayuda. El problema de ser un soldado es que te acostumbras a que la forma de lidiar con los problemas mentales es no lidiar con ellos en lo absoluto".

"¿Un soldado?" exclamó Jonen con cierta sorpresa.

Las últimas dos décadas de la vida de Garryn no eran del conocimiento público. Aparecía de vez en cuando con la familia durante las vacaciones y las celebraciones nacionales, pero en su mayor parte permanecía fuera de la vista. Ahora Jonen empezó a darse cuenta de que podría ser por un propósito mayor que el de su seguridad.

"Sí", contestó Garryn, entendiendo la confusión del hombre. "He sido piloto de la Flota desde los 18 años. Me alisté bajo un nombre falso para evitar complicaciones. Hace poco que dejé el Cuerpo, porque es hora de que asuma mis deberes como Primero".

"¿Y ser soldado fue tu elección?" preguntó Jonen, fascinado.

"Sí. Créeme, esta es una larga tradición. Creo que un Emperador estudió y se convirtió en Sanador, mientras que otro esculpió bajo un nombre falso. En mi caso, no creía que podría liderar un imperio sin entender cómo funciona".

Esto impresionó a Jonen. Los niños aristocráticos con estilos de vida exaltados a menudo crecieron hasta convertirse en adultos arrogantes, pero los Emperadores evitaron esto permitiendo que sus hijos siguieran sus propios caminos. Hizo que se convirtieran en algo más que herramientas políticas y les permitió escapar de la educación indulgente para convertirse en mejores gobernantes.

"Debo decir que estoy bastante impresionado", admitió Jonen. "¿Su razón para estar aquí tiene que ver con sus experiencias en los recientes compromisos en Erebo?"

Tras el levantamiento, algunos de sus pacientes eran soldados que sufrían los efectos de la guerra. Tendría sentido que Garryn estuviera igualmente afligido si había estado en combate activo.

"No lo sé", admitió Garryn y empezó a relajarse cuanto más hablaba con este Mentalista. "La verdad es que tengo pesadillas."

Jonen intentó ocultar su sorpresa y no mostrar ninguna señal mientras le ordenaba a Primero que reanudara su historia. Él activó la grabadora al lado de su escritorio como parte del procedimiento estándar para una consulta.

"Por favor, continúa."

"Empezaron cuando fui a Theran. El levantamiento estaba en su tercer mes y mi escuadrón y yo prestamos apoyo aéreo a las fuerzas terrestres. Los sueños comenzaron poco después de que llegué al sistema. Mientras estaba en órbita sobre Erebo, venían casi todas las noches. Al principio, pensé que podría ser el estrés, debido a los objetivos civiles. Excepto que los soñaba incluso antes de volar mi primera misión, así que no sé qué significan o por qué los tengo".

"Descríbelos".

La idea de describir lo qué había estado viviendo estos últimos meses era difícil, pero Garryn sabía que, si quería la ayuda de este Mentalista, tendría que compartir sus sueños.

"Comienzan pacíficamente. Estoy en un planeta alienígena, uno con una estrella no tan ámbar como la nuestra. El cielo es azul. ¿Puedes imaginarlo, un cielo azul?"

Esperaba que Jonen le devolviera la mirada con incredulidad, pero el Mentalista solo se inclinó hacia delante con interés.

"Recuerdo el lugar con mucha claridad a veces. Los árboles tienen la corteza color ceniza y los pájaros son blancos como la nieve, con enormes plumas amarillas en la parte superior de la cabeza. Estoy rodeado de algún tipo de cereal, pero no es nada que reconozca. Su aroma es rico y su color dorado. Estoy parado en un campo de ellos y es hermoso. Todo es tan primitivo. Puedo sentir la tierra cruda bajo mis pies y lo arcillosa que se siente la suciedad entre los dedos de los pies".

"Suena como un lugar muy agradable para estar", comentó Jonen, acariciándose la barba. "¿Qué pasa después?"

La expresión oscura de Garryn no sorprendió a Jonen.

Su pecho se apretó mientras se fortalecía para decirle al Mentalista el resto. Cuando estaba en combate, experimentando peligros capaces de matarlo fácilmente, nunca se asustó tanto como cuando reveló lo que vendría después en su sueño.

"La escena se torna oscura, de pesadilla. No puedo describirlo todo, pero recuerdo el humo y el fuego. A veces me despierto y todavía huelo las cenizas de las llamas. Es como si la muerte me siguiera al mundo despierto. La pesadilla sólo me deja ir cuando todo a mi alrededor está muerto".

El sudor goteaba por su frente, aunque la habitación estaba fresca. Una parte de él se sorprendió de lo desagradable que podía ser describir los sueños. Cuando le dijo a Elisha, sintió cierta vulnerabilidad al exponer sus problemas nocturnos, pero nunca los reveló a este detalle.

Las náuseas lo agarraron como si la bilis se le metiera por la garganta. Esperaba que contárselo a este extraño le ayudaría, pero en vez de eso se sintió peor. Avergonzado, dudó en mirar a la cara de Jonen hasta que vio al Mentalista vertiéndole un vaso de agua de un cántaro en su mesa.

"Tómate un momento. Recupera el aliento. Todo está bien".

Garryn asintió y tomó la taza, sorbiendo varios tragos. Su garganta aún se sentía seca y transcurrió un minuto antes de que pudiera volver a hablar. "No me di cuenta de que tendría tantos problemas para hablar de esto."

"A nadie le resulta fácil confiar algo tan privado a un extraño. ¿Con qué frecuencia tienes estos sueños, ahora que estás en casa?"

"Desde mi regreso de Theran, tres o cuatro veces por semana. En esas noches, duermo dos o tres horas como mucho".

Incluso si nada parecido a un tratamiento se llevó a cabo hoy, Garryn no se arrepintió de haber seguido el consejo de Elisha y de haber consultado a Jonen. Se le quitó un peso de encima con sólo hablar de ello. Quizás guardarse las imágenes para sí mismo era tan dañino como los propios sueños.

"¿Me estoy volviendo loco? ¿Estoy sufriendo estrés post traumático? Sé que a veces ocurre."

"No estás loco", insistió Jonen, porque muchos pacientes temían que no se les descubriera que estaban enfermos, sino que se les marcara con el estigma de la locura. En esta época, la gente todavía tenía problemas para notar la diferencia.

"No hay duda de que algo está pasando en tu cabeza. Los sueños son la forma en que la mente afronta las situaciones estresantes y el subconsciente ventila lo que el consciente no está preparado para revelar. Nuestro objetivo es tratar de interpretar estos mensajes, para aprender lo que su subconsciente está tratando de decirle. Una vez que descubramos cuál es el mensaje, se irán".

"Eso es bueno oírlo", contestó Garryn, aunque pensó que esto no pudiera ocurrir suficientemente rápido.

"Ahora necesito hacerte algunas preguntas de rutina", preguntó Jonen. "¿Asumo que eres un Nuevo Ciudadano?"

"Sí."

"¿Cuántos años tenías cuando fuiste adoptado?" preguntó Jonen, introduciendo las respuestas de Garryn en una consola frente a él.

"Según mi madre, a los tres años. Elisha no es mi hermana natural. Creo que sólo tenía seis meses".

"¿Algún recuerdo antes de tu adopción?"

Esta era la pregunta a la que Jonen quería una respuesta por sobre todas. Esto lo determinaría todo.

Garryn intentó recordar su primer recuerdo lúcido.

* * *

Lloró mucho hasta que ella vino y lo abrazó, diciéndole que nada lo lastimaría de nuevo.

"Ahora estás a salvo, pequeño." Su voz era como una canción, y su olor familiar como las flores. El olor le recordaba a alguien....

El recuerdo seguía siendo esquivo, pero era suficiente para que se aferrara a ella. Él la llamaría madre muy pronto, pero durante el primer año, ella era la dama de las flores.

Antes de ella, no recordaba nada.

* * *

"Ningún recuerdo."

* * *

Horas más tarde, Jonen reflexionaba sobre los acontecimientos del día mientras se sentaba en su silla y miraba la puesta de sol. La Primera sesión de Garryn duró más de dos horas. Jonen debería haber hecho la sesión corta, como deberían ser las sesiones preliminares, pero este caso era demasiado importante como para tratarlo de manera rutinaria. Mira estaba indudablemente furiosa por todas las citas que se vio obligada a cancelar, pero valió la pena la molestia.

El joven necesitaba tratamiento, pero temía exponer su condición al Imperio. Aunque a Jonen le pareció una consideración menor, Garryn insistió en la necesidad de discreción. Como el próximo Primero y algún día Emperador, su estado mental necesitaba estar por encima de todo reproche. Por eso vino a Jonen en vez de llamar al Mentalista al Domicilio.

Jonen había pasado el resto de la sesión escuchando a Garryn, asegurándose de que sus sospechas fueran fundadas. Si sus suposiciones son correctas, sería en el mejor interés de Garryn asistir a su próxima cita. Lo que Jonen tenía que decirle podría molestar al joven, pero al final resultaría satisfactorio.

"He reprogramado todas las citas que cancelaste hoy." Mira anunció, entrando en la habitación. Con las horas de oficina terminadas por el día, ella cerró la oficina al público.

Jonen se giró en su silla y la miró de frente. La había conocido lo suficiente como para reconocer su tono de voz. "¿Siento una reprimenda?"

"No, sólo un recordatorio de que un paciente importante no debe ser tratado a expensas de otros."

"Siéntate, Mira", le dijo Jonen señalando la silla.

Mira levantó una ceja ante la sugerencia. Sus ojos marrones oscuros se entrecerraron con perplejidad al darse cuenta de que algo estaba pasando. Se sentó con su elegancia habitual. Sus manos descansando en su regazo mientras esperaba que él lo contara todo.

"Tenemos otro", declaró.

Ella no necesitaba preguntarle a qué se refería. Era una práctica común que los Mentalistas compartieran sus secretos con sus asistentes. Discutía sus casos con ella en el entendimiento de que ella estaba sujeta a las mismas reglas de confidencialidad. Jonen encontraba el intelecto de Mira formidable, y además no se veía afectada por la teoría popular o los hechos académicos.

Mira decía lo que pensaba, y a menudo era precisa y única.

¿"El Primero"? Estaba conmocionada, pero se recuperó muy pronto.

"Sí", asintió Jonen. "Con Garryn, el número es ahora de catorce en Paralyte. Hablé con el Mentalista Darix hace una hora y ha informado de otros dos casos. Eso hace que sean nueve en Tesalone. Alwi, de Rainab, dice que ahora tiene diecisiete pacientes. Esta puede ser la primera epidemia psicológica que hayamos visto".

"¡Tenemos que decírselo a alguien!", exclamó.

"Me gustaría, pero por ahora estoy de acuerdo con Darix y Alwi. Aún necesitamos más información. Si esto es un virus, es el más específico que he visto en mi vida. No hace nada para deteriorar el cuerpo físico y sólo se manifiesta cuando el sujeto está soñando. También opera en un grupo de edad muy particular. Dudo que el Círculo de Sanadores lo tome en serio".

"Pero algo debe estar mal. ¿Cómo puede esta condición afectar sólo a los Nuevos Ciudadanos? A pesar del pequeño número de personas que no fueron afectadas por el Azote, los niños todavía estaban naciendo cuando llegó el Nuevo. ¿Cómo pueden ser susceptibles, pero no nuestra población indígena?"

"Bueno, esos niños nacieron en el Imperio. Los Nuevos Ciudadanos no", le recordó Jonen. "Los trajimos de Cathomira cuando ya no quedaba nada de su planeta. Ninguno de los equipos de rescate se atrevió a permanecer el tiempo suficiente en la superficie para reunir nada más que sobrevivientes. La Flota tuvo suficiente tiempo para sacarlos, no para buscar textos médicos sobre la naturaleza de la guerra biológica de Cathomira".

"¿Y los sueños?"

Jonen no tenía respuesta. Los sueños eran lo más enigmático de la enfermedad. Parecían tan similares. En todos los casos habían mencionado un cielo azul. ¿Qué tenía el cielo azul? Algunos nunca habían salido del planeta. Los que viajaron nunca se encontraron con un lugar como el que describieron mientras dormían.

No puede ser Cathomira. Una vez que Jonen supo que todos sus pacientes eran Nuevos Ciudadanos, leyó todo lo que pudo sobre el mundo condenado. El planeta orbitaba una gigante roja. Antes de recibir el llamado de auxilio, nadie creía en la existencia de ningún planeta habitable en su sistema.

"Los sueños son extraños. El patrón es el mismo, pero la descripción es diferente. Todos empiezan bien, pero descienden a la violencia. Siempre es en este mundo alienígena. Sigo pensando que es Cathomira, aunque las descripciones sean inexactas. No hay mucha información sobre el lugar, aparte de los informes de la misión cuando el equipo de rescate aterrizó. Las imágenes que hay allí describen un mundo que no se parece en nada a lo que la gente está viendo".

"¿Un recuerdo, quizás?"

"Consideré la idea. La destrucción de tu mundo natal es algo bastante traumático. Muchos no tienen recuerdos antes de llegar a Brysdyn, lo que da credibilidad a la teoría de una experiencia compartida. Podría sugerir recuerdos reprimidos debido a un trauma extremo. Los niños bloquean lo que es demasiado angustioso para lidiar con ello."

"Eso debe ser entonces," dijo Mira, confiada.

IV: EL SOÑAR

¡Justin!

¿Dónde estás, Justin?

Rodeada por los restos ardientes de tallos dorados, gritó una vez más, pero no hubo respuesta, solo el rebuzno de animales moribundos sobre el crepitar del fuego. Lágrimas corrían por sus mejillas, ya fuera por el humo o la angustia. Frenética, siguió corriendo como una rata atrapada en un laberinto sin salida.

¿Qué es lo que buscas? Quería preguntarle, pero sólo era un fantasma en este paisaje de ensueño. A pesar de las numerosas visitas a este lugar, nunca había encontrado a nadie más que a ella. Estaba sola en este campo, con sólo las criaturas exóticas a su alrededor como compañía. Aves blancas, rebaños de grandes y dóciles bovinos y animales ridículos que rebotaban a través del paisaje sobre potentes patas traseras.

¡Justin!

Gritó de nuevo. Se deslizó más allá de los límites del pánico y corrió de lleno hacia la histeria. El terror se apoderó de ella, aunque sospechaba que no temía por sí misma. Lo que fuera que buscaba con tanta desesperación hacía que cualquier pensamiento de autopreservación fuese secundario. Incluso cuando el humo llegó a abrumarla, continuó tropezando tenazmente hacia delante, decidida a seguir buscando.

Una vez que llegó a la cima de la colina se detuvo a recuperar el aliento y limpió el sudor de su frente. Observando el terreno vislumbró algo que hizo que sus ojos se abrieran de par en par y su expresión se desbordara de alivio.

¡Justin! ¡Quédate donde estás!

Justin. La palabra explotó dentro de su cráneo casi tan fuerte como las explosiones del ataque.

Para su sorpresa, se dio cuenta de que la entendía. ¡Por primera vez sabía lo que ella decía!

Ella corrió rápidamente por la pendiente hacia él. Una reserva de fuerza oculta surgió dentro de ella, ahora que tenía razones para tener esperanza. Saltó hacia delante como una poderosa criatura preternatural que emergía de los fuegos del mundo. Nunca se había visto más magnífica.

La explosión llegó con un rugido ensordecedor.

Una vez más, el tiempo se congeló en ese instante terrible. La explosión la levantó de sus pies y la lanzó hacia atrás, como una marioneta siendo arrastrada fuera del escenario. Golpeó el suelo con fuerza. Su cuerpo hizo un crujido enfermizo al aterrizar. Su torso se convirtió en una masa carbonizada de huesos chisporroteantes y carne cocida, mientras sus ojos miraban vacíos al cielo, sin ver nada. Un chorrito de sangre trazó una delgada línea carmesí desde la comisura de su labio.

La gota preñada desapareció en la hierba encostrada de ceniza.

Una vez más, él había llegado demasiado tarde.

El shock de verla de esta manera fue más de lo que podía soportar. Como soldado en la guerra, había sido testigo de los cadáveres después de una batalla y a veces durante ella. Yacían en las llanuras como tumbas descubiertas, aún más horribles que esto. ¿Por qué esta mujer significaba tanto para él? Garryn cogió su mano, sintió como su calor se desvanecía en la palma de la suya.

Angustiado, abrió la boca y gritó.

"¡M...!"

* * *

"¡Gar! "¡Despierta!"

La voz llegó a su cerebro y lo arrastró de vuelta al mundo de la vigilia.

Se sentó con la luz inundando sus ojos. Por un momento quedó atrapado entre el dolor y la confusión, hasta que el grito se repitió y se concentró. Cuando volvió la conciencia, Garryn se encontró mirando la cara asustada de su hermana menor que lo sacudía con fuerza. Los ojos de Elisha estaban llenos de preocupación; ella se hallaba inclinada sobre él, vestida con su ropa de cama.

"¿Qué haces en mi habitación?", logró preguntar, aún algo aturdido. El sudor le recorría la frente y la espalda mientras se sentaba y se pasaba los dedos por el pelo.

Elisha lo soltó y se sentó, sus hombros relajados....

"Uno de los siervos te oyó gritar cuando pasó por tu habitación. Te preguntó si necesitabas ayuda, pero cuando no contestaste me despertó. Él no quería invadir tus aposentos privados."

Ella apretó la faja alrededor de su camisón y se movió hasta el borde de su cama, aún con aspecto de preocupación. La extensión de su alarma se mostraba en sus ojos marrones y su desaliñada apariencia le hablaba de su prisa por llegar a él.

"Lo siento", contestó, mortificado por la exhibición, y miró por encima del hombro de Elisha para ver que el siervo aún estaba de pie en la puerta, retirándose ahora que las cosas habían vuelto a la normalidad. Garryn hizo una nota mental de agradecerle más tarde. "No quise causar tantos problemas."

"No seas estúpido. ¡Eres mi hermano!" dijo impaciente, como si pudiera hacer otra cosa cuando él estaba tan angustiado.

A pesar de su vergüenza, su corazón se calentó ante su expresión de ira, ante esta joven inteligente que siempre sería su hermanita. Se dio cuenta de que ya no era una bebé.

"Gracias, Ellie." Se inclinó hacia adelante y la besó en la frente.

"¿Estás bien? ¿De verdad?"

No pudo responderle y evadió la pregunta levantándose de la cama. Las sábanas se pegaron a su húmeda piel mientras se levantaba, enyesado por el sudor y el calor. Se acercó a la puerta de su suite y se asomó al pasillo, agradecido de no haber despertado a nadie más. Cerró la puerta.

"¿Viste al Mentalista?" Elisha se mudó de su cama al sofá cercano.

"Me reuní con él ayer", contestó Garryn mientras iba a buscar un vaso de agua de la unidad de alimentos en la esquina de la habitación.

"¿Qué dijo?"

"No mucho. Sólo escuchó, pero explicó que esto es lo normal en una sesión preliminar. Tengo otra cita en unos días, así que aprenderé más".

Tomó un largo sorbo de agua y la frialdad tranquilizó su áspera garganta. Todavía no podía creer que hubiera gritado en voz alta.

"Bien". Elisha se puso de pie y se frotó los ojos. Asegurado el bienestar de Garryn por ahora, la necesidad de dormir volvió. Ella se acercó a él y le puso una mano reconfortante en el hombro. "¿Quieres que me quede un rato? Aún pareces un poco agitado."

"Lo estoy". No le mentiría. "Pero estaré bien. Fue sólo un sueño."

"No, Gar", agitó la cabeza y Garryn notó algo más en sus ojos que no había notado antes. Miedo. Su arrebato la asustó. "Nunca te había oído gritar así antes. No creo que quiera volver a oírte así".

"Siento haberte asustado", se disculpó, dándose cuenta de lo preocupada que tenía que estar para reaccionar de esta manera. No se asustaba fácilmente.

A pesar de ser la Princesa Real, Elisha fue criada sin la frivolidad común de los aristócratas. Si ella lo deseaba, cualquiera de los jóvenes de las familias nobles de Brysdyn podía ser suyo. Era una joven hermosa, segura de sí misma e inteligente. Al igual que su madre, el pelo negro de Elisha creció salvaje, con rizos contra su exótica y broncínea piel. Desafortunadamente, ella seguía sin estar interesada en el matrimonio o en una vida en la corte.

¿Por qué debería estarlo? Elisha era la hija de su madre, aprendió a usar su mente y poseía una conciencia social.

"¿Fue muy malo esta vez?"

Garryn no quería entrar en detalles ni descifrar lo que significaba el sueño hasta su próxima sesión con Jonen. Sin embargo, una cosa estaba clara: algo había cambiado. Tal vez hablar con el Mentalista le proporcionó una claridad que antes no poseía. En lugar de fragmentos, esta vez conservó un recuerdo.

"Justin," susurró en voz baja, "ella estaba buscando a Justin."

Jonen deseaba que la decoración de esta habitación fuera mejor.

Cada vez que entraba en la habitación con un paciente, el ambiente frío e impersonal del lugar le impresionaba. Los requisitos de la habitación no permitían ventanas, pero los azulejos con las duras luces de arriba no hacían nada para que sus pacientes se sintieran cómodos. Cuando estableció su consultorio por primera vez, adaptó la Sala de

Análisis Neural a las especificaciones recomendadas. Después de adquirir más experiencia a lo largo de los años, se dio cuenta de que las especificaciones hacían poco por considerar el elemento humano.

Garryn yacía sobre la mesa acolchada en el centro de la habitación, rodeado de máquinas intimidatorias, tratando de ocultar su incomodidad. Jonen no lo culpó y decidió cambiar el diseño del lugar a la primera oportunidad.

Garryn trató de evitar el resplandor de las luces de arriba con poco éxito. Hacían que los instrumentos parecieran más ominosos, aunque aquí no se realizara ninguna cirugía, sólo escaneos mentales complejos. La maquinaria descomponía el pensamiento a sus componentes básicos y descifraba las funciones químicas y sinápticas del cerebro.

Lo que se traducía en la capacidad de leer los sueños.

Desde que se encontró con pacientes como Garryn, Jonen había empezado a idear una serie de pruebas que le permitieran estudiar cada sueño y resolver el acertijo de lo que representaba. Después de su última sesión con el Primero, y en consulta con sus colegas, Darix y Alwi, habían otorgado a la condición un nombre simple y preciso. El Soñar.

La reunión inicial con Garryn le había permitido establecer al Primero como un Soñador potencial. Ahora necesitaba realizar un análisis neural más completo.

"¿Esto va a doler?"

"No, el procedimiento es indoloro. Te anestesiaré con un sedante suave y activaré el analizador", explicó Jonen, preparando el infusor con un tranquilizante.

"¿Significa esto que no podré despertarme?" A Garryn no le gustaba la idea de estar atrapado en su subconsciente, cuando sus sueños tendían a pasar de ser agradables a una pesadilla sin previo aviso.

"Sí, pero necesitamos ver todo lo que tu mente está tratando de decirte dejando que el sueño se desarrolle en tu cabeza. También abrirá tus vías neurales para que, eventualmente, estos recuerdos enterrados puedan salir a la superficie fuera del estado de sueño".

Un parpadeo de miedo cruzó la cara del Primero, pero el Mentalista tuvo la dignidad de no darse cuenta. En cambio, trató de disipar los temores de Garryn, porque el procedimiento funcionaba mejor cuando el paciente no estaba luchando contra el analizador.

"Vigilaré tus signos vitales todo el tiempo. Si hay el más mínimo indicio de preocupación, te reviviré. Confía en mí, Garryn, no permitiré que nada te haga daño".

"Gracias", dijo Garry con aprecio y volvió a reclinar la cabeza hacia abajo, cerrando los ojos para evitar mirar las luces. "Hagámoslo".

Jonen asintió con la cabeza antes de administrar la droga a través de su brazo derecho. La reacción fue casi instantánea y los párpados de Garryn comenzaron a agitarse. En treinta segundos, estaba profundamente dormido.

Una vez anestesiado, Jonen se puso a trabajar.

Una vez que conectó las sondas a ambos lados de la frente de Garryn, activó el analizador e inició el programa de análisis REM. Las luces de activación a través de la máquina se encendieron en orden aleatorio cuando los relés conectados a las sinapsis de Garryn comenzaron a buscar datos. Jonen tomó la interfaz remota y se sentó en un taburete al lado de Garryn.

"Busca patrones de sueño traducibles."

"Buscando..." contestó una voz femenina simulada.

Durante los primeros cincuenta minutos los patrones no revelaron nada fuera de lo común. Las imágenes, proyectadas como un despliegue holográfico sobre la cama de Garryn, mostraban rápidos destellos de la vida cotidiana del Primero. Existían muchas posibilidades de que la pesadilla recurrente que asolaba a Garryn no apareciera en absoluto, pero esto también era de esperar. Los sueños no tenían amo. Vienen y van como quieren.

Después de años de psicoanálisis, este era el único hecho que podía afirmar con confianza.

Sólo al entrar en la segunda hora la paciencia de Jonen dio sus frutos. Al principio, no estaba seguro de lo que veía. La interfaz era precisa, pero no infalible. El analizador traducía el patrón de impulsos sinápticos con una precisión del noventa y siete por ciento. Incluso una variación del tres por ciento podía afectar el resultado. Sin embargo, a medida que los patrones se estabilizaran, Jonen sería capaz de verlo más definido.

Como lo describió Garryn, el sueño comenzó de manera agradable. Reconoció los tallos dorados descritos en la sesión inicial. El entorno era idílico y hermoso. Admiró el brillo del oro sobre el campo quemado por el sol, mientras los tallos se balanceaban al unísono con el viento. Garryn caminaba por el paisaje de ensueño con la mirada maravillada de un niño, contemplando el cielo azul brillante.

¿Qué era lo que hacía que todos los que lo sufrían del Soñar vieran el mismo increíble cielo azul?

El color era vibrante y atraía la atención. Inusuales aves blancas planeaban bajo nubes igualmente prístinas, mientras que grandes animales de la especie bovina pastaban perezosamente en los prados circundantes. Ninguno de sus otros pacientes había descrito un lugar que se comparara con éste en belleza, a pesar de que existían otras similitudes, como el cielo azul y la luna en forma de media luna que se desvanecía por el resplandor del sol vecino.

Un sol amarillo.

Nunca había identificado una estrella en los sueños de los demás, mucho menos una que fuera amarilla.

Tuvo poca oportunidad de saborear el descubrimiento, porque de repente la escena cambió y el cielo azul vibrante fue demonizado con gris.

Las cosas estaban a punto de volverse desagradables, predijo Jonen.

Hipnotizado por la proyección vio cómo, mientras el lugar tranquilo era reemplazado por el caos, Garryn quedaba atrapado por paredes de fuego y nubes de humo. Algo estaba derramando muerte desde el cielo, pero Jonen no podía identificarlo. En la mente de Garryn, esta era la única manera en que su cerebro podía articular las formas oscuras y amenazadoras. Mientras presenciaba la carnicería que siguió, el terror del Primero se reflejó en su cuerpo que comenzó a temblar y sacudirse sobre la mesa.

Entonces, apareció la mujer.

Mirando de soslayo a Garryn, Jonen vio cómo la sacudida se convertía en incomprensibles murmullos y gemidos. Ignorando sus reacciones por el momento, se volvió para seguir estudiando las imágenes, siguiendo a Garryn mientras el Primero corría hacia la mujer, desesperado por alcanzarla.

Cuando ella murió, Jonen prestó más atención.

Este fue un punto focal, porque Garryn nunca había pasado de este momento en su sueño. La angustia se volvió demasiada. De hecho, cuando el pensamiento cruzó la mente de Jonen, Garryn estaba de rodillas, llorando palabras que el traductor no podía descifrar.

Las drogas que impedían que Garryn se despertara revelaron lo que vino después. Ahora se había callado, tanto en el sueño como en la mesa. Estaba mirando al cielo con confusión y miedo. Un fuerte vendaval se precipitó sobre el paisaje, extinguiendo los incendios y soplando ceniza y suciedad en todas direcciones. Garryn entrecerró los ojos, levantando las manos para proteger sus ojos del remolino de suciedad y ceniza.

El vórtice disolvió el mundo que le rodeaba en un oscuro y relajante manto de estrellas.

Garryn ya no estaba a la vista y Jonen supuso que ahora estaba presenciando los eventos desde la perspectiva de Garryn. Volando por el espacio a una velocidad increíble, pasaron corriendo junto a la luna plateada y llena de cráteres donde, a lo lejos, ardía la estrella amarilla. ¿Soñaba con su partida de Cathomira?

No, no era posible, porque el sol de Cathomira era rojo.

V: EL DESCUBRIMIENTO

Los sueños eran piezas de un rompecabezas.

Cada Soñador llevaba una pieza en su mente. Para saber lo que sucedía, el Mentalista necesitaba juntar cada fragmento y crear la imagen dispersa por años de memoria reprimida. La sesión con Garryn tuvo como resultado la revelación de una pieza significativa del misterio.

El sueño de Garryn creó un montón de nuevas preguntas. Tras el sueño de Garryn, la fuente de la pesadilla de los Soñadores parecía imposible. Todo este tiempo Jonen había asumido que la guerra librada en Cathomira, el hogar de los Nuevos Ciudadanos, era el lugar representado en los sueños de todos sus pacientes.

Hasta que vio aparecer la estrella amarilla de Garryn.

Jonen consideró la posibilidad de que Garryn fuera una anomalía. Quizás no era un Soñador después de todo. Podía estar experimentando síntomas similares sin sufrir realmente la afección. Aunque Jonen pensó en ello, sabía que estaba racionalizando. Demasiados elementos de los sueños de Garryn compartían terreno común con los Soñadores. Por supuesto, al llegar a esa conclusión, Jonen se enfrentó a algunas verdades incómodas. Si el sueño de Garryn representaba con precisión sus recuerdos, entonces el mundo azul con la estrella amarilla y la luna de plata no podía ser Cathomira.

La terapia de regresión podría ser la respuesta, pero Jonen era reacio a emplearla. Mientras que otros Mentalistas afirmaban que la regresión no causaba más daño que la interpretación de los sueños, Jonen no estaba de acuerdo. A diferencia de la regresión, el analizador no rellenaba los espacios en blanco cuando no podía interpretar la respuesta sináptica, sino que optaba por omitir los datos indescifrables, lo que explicaba que en algunos sueños aparecieran destellos en la pantalla.

La regresión requería navegar a través de las barreras de la mente, y las obstrucciones podían ser formidables, especialmente si fueron creadas para protegerse de algún trauma. Liberar esos recuerdos sin entenderlos podría poner en peligro al paciente, pero ¿de qué otra manera podría probar la existencia de la estrella amarilla, aparte del sueño de un hombre?

Antes de la llegada de los Nuevos Ciudadanos, los cartógrafos estelares habían considerado inhabitable el sistema Cathomira. Nadie creía que los calcinados planetas que orbitaban la gigante roja en el perímetro galáctico fueran capaces de sostener vida, ni que hablar una civilización semi-avanzada. Incluso ahora, años después, el debate sobre cómo evolucionó la vida allí continuaba. Sin embargo, si la vida podía florecer en un mundo que orbita una enana blanca, ¿por qué no podría aparecer en un planeta cercano a una gigante roja?

Al final, el cómo no importaba; la realidad era que Cathomira salvó a Brysdyn y al Imperio.

* * *

El Azote tomó al Imperio por sorpresa.

Nadie sabía dónde se había originado la enfermedad, pero después ya no importó saberlo.

Tal vez la enfermedad se originó con un piloto o una carga en un crucero espacial que regresaba de la Frontera. Al igual que la gripe tulisiana, los síntomas del virus eran garganta irritada e inflamación de los pulmones, síntomas que causaban molestias, pero no preocupación. Desafortunadamente, el virus se adaptó rápidamente al exuberante clima de Brysdyn y se propagó por el aire.

La Primera muerte no alarmó a nadie. Las enfermedades exóticas aparecían de vez en cuando en una sociedad espacial. El Círculo de Sanadores usualmente rastreaba la enfermedad hasta el planeta de origen, donde existía una cura local. Esta vez, los orígenes del virus siguieron siendo un misterio a pesar de sus esfuerzos. Pedir ayuda al Consejo Científico sobre el mundo natal de Jyne no dio ningún resultado. Los científicos de los Jyne, con sus vastas bases de datos médicas, no eran más capaces de identificar la enfermedad que ellos.

Después de un tiempo, el Círculo de Sanadores concluyó que el virus era una mutación extraña en una cepa previamente inofensiva. Sintetizar una cura sería sólo cuestión de tiempo. Se habían encontrado con cosas peores. O eso pensaban.

El verdadero pánico comenzó cuando más pacientes se enfermaron en el establecimiento que diagnosticó a la primera víctima. Los curanderos que entraron en contacto con la primera víctima sacaron el virus de la instalación e infectaron a familiares y seres queridos que, a su vez, expusieron a otros. La alta transmisibilidad de la enfermedad aseguró que la contaminación se extendiera rápidamente por todo Paralyte.

Cuando el Círculo de Sanadores se dio cuenta de la magnitud del problema, ya era demasiado tarde.

La enfermedad se convirtió en epidemia en menos de diez días. Los casos estallaron por todas partes, no sólo en Brysdyn. Los viajeros que salían de Paralyte inocentemente llevaban el virus al resto del

Imperio. Los ricos empezaron a huir del mundo hasta que el Emperador puso en cuarentena a todo el planeta para detener la propagación al resto del Imperio, lo que fue un esfuerzo vano.

La cuarentena se expandió más allá del planeta, restringiendo los viajes solo dentro del sistema y, en poco tiempo, nadie pudo abandonar el Imperio. Los gobiernos vecinos, temerosos de la amenaza a sus fronteras, hicieron cumplir la decisión y crearon un bloqueo que impidió que alguna nave rompiera la zona de cuarentena. Los que intentaban escapar eran derribados.

Solo los jynes mantenían lazos con el golpeado Imperio, y sus científicos trabajaban para encontrar una cura mientras que su flota de la Legión se convertía en la mensajera de las medicinas y suministros que tanto necesitaban.

El Azote asoló el Imperio durante cinco años.

Millones murieron. El mecanismo de gobierno dentro del Imperio se detuvo lentamente. Las naves quedaron permanentemente abandonadas en los puertos espaciales una vez que no quedó ningún lugar donde ir. Ningún viajero iba al extranjero. El miedo al virus volvió paranoica a la gente y se atrincheraron en el interior, como si estuvieran sitiados por sus vecinos. Otros involucionaron y recurrieron al saqueo para sobrevivir.

A pesar de los esfuerzos de las autoridades, nada parecía detener el lento descenso a la anarquía. La sociedad se derrumbaba con la creciente ineficacia de la ley y el orden. Con el Azote devastando los números de la policía local, la Élite de Seguridad y el Ejército Imperial, el crimen se disparó. El Emperador hizo lo que pudo para infundir esperanza en la población, pero cada mañana veía más cadáveres producto de la violencia. Estaban en las calles o flotan en las aguas del cada vez más fétido río Paralyte.

En medio del caos, una inesperada convulsión social estaba teniendo lugar en Brysdyn. Durante todo el tiempo que el Imperio había existido, sus hijos habían aspirado a convertirse en guerreros. Una carrera militar era la cúspide del éxito, originada en los primeros días de Brysdyn. La llegada del Azote hizo entender a su gente que un imperio fuerte no sólo necesitaba soldados; los hombres de ciencia eran igual de vitales.

A lo largo de su historia, el Imperio había hecho muy poco para animar a sus mejores mentes en estas actividades. Sin embargo, para el pequeño grupo de científicos de Brysdyn, el Azote fue su mejor momento. A pesar de que sus filas fueron diezmadas por la enfermedad, la pequeña comunidad de científicos estuvo a la altura de las circunstancias, demostrando su valía a las masas mientras buscaban incansablemente una cura.

Cinco años después de la muerte de la primera víctima, tuvieron éxito.

La oleada de euforia que siguió al anuncio aseguró su rápida distribución por todo el Imperio, sin que se tomaran las debidas precauciones debido a la urgencia de la situación. No se disponía de tiempo para observar los efectos a largo plazo, ya que la alta tasa de mortalidad del flagelo exigía una acción inmediata. La desesperación obligó al Círculo de Sanadores a ignorar los estrictos protocolos necesarios para determinar la seguridad del medicamento antes de administrar el tratamiento a las masas.

El terrible precio de esta prisa se haría evidente muy pronto. Seis meses después del primer tratamiento se descubrió que el fármaco causaba esterilidad, afectando la capacidad de replicación de los genomas haploides/diploides. Los Curanderos, horrorizados, revelaron la terrible verdad. Todas las personas tratadas serían incapaces de producir descendencia. En vez de salvar al Imperio, la droga a la que sólo se conocería como la Cura simplemente retrasaría su fin algunas décadas.

El efecto psicológico sobre la población fue casi tan devastador como el propio Azote. Los índices de suicidios subieron abruptamente a medida que la desesperación se extendió por todo el Imperio. Más violencia y disturbios se desataron, pero, a diferencia de con el Azote, esto sólo duró poco tiempo. Eventualmente, el shock de lo que había ocurrido dio paso a la aceptación y la población se resignó a su destino. Algunos incluso recogieron los pedazos y trataron de seguir adelante.

El lento proceso de reconstrucción de lo que quedaba de la sociedad ocupaba su atención. Las adopciones de fuera del Imperio eran una alternativa, aunque la mayoría buscaba descendencia humana. La vida volvió a la normalidad, incluso si todos sabían que los días del Imperio habían terminado. Ninguna nueva generación seguiría a los que murieran, y los hijos que nacieron de los que escaparon al Azote y la Cura eran demasiado pocos para sostener el Imperio.

Hasta que, desde el otro lado de las estrellas, un grito de ayuda se convirtió en su salvación.

Una vez que el debate sobre la validez científica de la señal fue agotado, la verdad imposible permaneció. Una señal era transmitida en tiempo real desde uno de los planetas más remotos de Cathomira, indicando una civilización de cierta sofisticación. El mensaje, sin embargo, era de una necesidad desesperada.

Brysdyn, que sabía muy bien lo que era estar aislado e indefenso, respondió a la llamada de ayuda enviando naves. El mensaje hablaba de un mundo devastado por la guerra biológica. Siglos de guerra habían resultado en que una facción desatara una toxina mortal que pondría fin al conflicto de manera decisiva. Desafortunadamente, como siempre con las armas biológicas, la toxina superó las expectativas y se extendió más allá del territorio enemigo al resto del mundo.

A pesar de dar una muerte rápida e indolora a todos los infectados, la toxina ignoró a los que aún no habían llegado a la pubertad. Sólo los hijos de Cathomira permanecieron cuando terminó la carnicería.

Eran cientos de miles, vagando por ciudades en ruinas y campos abandonados, aterrorizados y hambrientos. Para cuando llegó el Imperio, la desnutrición se había llevado a muchos, mientras que otros se convirtieron en presas de la vida salvaje que reclamaba el planeta. Los bebés y los niños pequeños, incapaces de valerse por sí mismos, se llevaron lo peor. Algunos niños mayores hicieron un esfuerzo por mantenerlos vivos, manteniendo una existencia sombría en un mundo de cadáveres en descomposición.

Cuando los primeros rescatistas llegaron desde Brysdyn, encontraron algo que nunca esperaban: otro mundo de Estrella Blanca.

Los niños, desconcertados y traumatizados por su terrible experiencia, eran humanos.

Aunque no sabían cómo considerar a los extraños que de repente aparecieron desde el cielo, no se podía negar su origen. Los antepasados de Cathomira eran hijos de la Estrella Blanca. Los rescatistas estaban convencidos de que era el destino. En medio de tanta muerte, estos niños hambrientos se habían convertido en la salvación del Imperio.

Con la llegada de los Nuevos Ciudadanos, la gente de Brysdyn sintió que se les había concedido una segunda oportunidad, y estaban decididos a no desperdiciarla.

El futuro estaba ante ellos y, esta vez, lo harían bien.

Era casi de noche cuando Jonen dejó su deslizador en la calle principal y tomó el camino que conducía al edificio del Registro del Censo. Un brillo ámbar se posaba sobre el área, con destellos de luz solar corriendo a través de las ramas de los árboles mientras se acercaba a la estructura.

El Registro estaba ubicado en el distrito Kleist. El área era conocida por los nativos como el Dominio y era el corazón del gobierno Imperial en Brysdyn. Desde donde se encontraba, podía ver el Domicilio del Emperador en la colina a la distancia, y, bajo el, la Sala del

Quórum. Al otro lado de la colina estaba el Enclave, hogar de la Élite de Seguridad.

Sabía que debería haber llegado antes, pero Mira le habría reprendido por descuidar a sus otros pacientes por un solo caso. Las oficinas cerrarían por el día en una hora y las sombras cada vez más largas a lo largo del sendero arbolado lo impulsaban a moverse más rápido por el camino pavimentado.

Como todos los edificios del gobierno el Registro era un edificio impresionante, destinado a un uso moderno. Construido en mármol blanco, con amplios escalones de piedra, tenía una columnata que recorría la fachada del edificio. La entrada principal estaba protegida por un conjunto de puertas de madera ornamentalmente talladas que se abrían al acercarse un visitante. Estaba custodiado a ambos lados por estatuas de sombríos oradores del pasado.

Al entrar al edificio, encontró el vestíbulo del edificio casi desierto, como se esperaba a esa hora del día. Jonen se dirigió a la terminal informática en el centro de la amplia planta para sacar a relucir la lista de varios departamentos. Recorriendo la lista de departamentos, encontró el que quería y se dirigió hacia el ascensor que lo llevaría hasta allí.

Mientras que el vestíbulo mantenía parte de su grandeza histórica, la oficina convertida parecía bastante aburrida y poco inspiradora. Las paredes beige, la alfombra oscura y las pocas ventanas hacían que el lugar se sintiera frío, incluso con la temperatura regulada. Jonen se dirigió al departamento de registros de ciudadanía, esperando que esto no fuera una pérdida de tiempo.

Mira le había dado la idea de venir aquí. Mientras se quejaba de otra discusión con su hermana Teela, Mira había acusado a Teela de ser malcriada cuando era niña. La hermana menor de Mira lo negó con vehemencia, por supuesto.

"¿Cómo podría saberlo?" Mira resopló. "Era demasiado joven para recordarlo."

La inspiración lo golpeó. Si los Nuevos Ciudadanos más jóvenes no podían recordar el planeta con el cielo azul, tal vez los más viejos sí podrían. Curiosamente, sólo los más jóvenes Nuevos Ciudadanos parecían sufrir el Soñar. Tal vez los niños mayores no lo hacían porque sus recuerdos del pasado eran completos, mientras que los demás sólo veían fragmentos en sus sueños.

Era una pregunta que valía la pena indagar.

* * *

El Departamento de Asuntos de la Ciudadanía ocupaba todo el piso en el que Jonen entró cuando salió del ascensor. El tamaño del lugar no era sorprendente, ya que los registros archivados aquí eran anteriores a la colonización de Brysdyn. La información genealógica preservada en su Nave Mundo durante el Éxodo ahora residía en bancos de datos de cristal de carbono en esas instalaciones. Tras la expansión del Imperio, el nombre de cada familia en cada mundo conquistado que se anexaba también era registrado y almacenado. Cada ciudadano del Imperio podía rastrear su linaje a través de la información almacenada en estas salas.

Si quería encontrar a los Nuevos Ciudadanos, este era el lugar para hacerlo.

Al entrar en el vestíbulo vio que no era el único que intentaba llegar a las oficinas antes del final del día. Había una variedad de seres humanos y no humanos esperando en fila, ya sea solicitando la ciudadanía o actualizando sus registros. Tomando su lugar al final de la cola, esperó pacientemente mientras ésta avanzaba.

"¿En qué puedo ayudarlo, señor?" Una mujer no mucho mayor que él le preguntó cuando llegó al mostrador.

"Sí, buenas tardes. Estoy buscando cualquier información sobre los Nuevos Ciudadanos, en particular los que han viajado a otros mundos. Me gustaría localizar a cualquiera de ellos que pudiera haberse mudado de vuelta a Brysdyn".

La mujer enarcó una ceja ante su petición. Sus severos rasgos hacían pensar a Jonen en una directora de escuela. Sus ojos oscuros le estudiaron mientras sus labios se fruncían en una delgada línea, haciéndola parecer más intimidante que servicial.

"¿Es usted colaborador de los medios de comunicación de algún modo?"

"No, soy un Mentalista. Estoy llevando a cabo una investigación y me gustaría hablar con algunos de ellos. ¿Podría ayudarme?"

La pregunta le desconcertó. Incluso él sabía que parecía demasiado ratón de biblioteca como para ser confundido con alguien que se ganaba la vida en el Transband. Su mente psicoanalítica empezó a estudiarla como a una paciente. Aunque ella mantenía un comportamiento profesional, algo en sus modales implicaba que su pregunta la había alterado. ¿Podía ser que no fuera la primera vez que alguien preguntara por Nuevos Ciudadanos?

Como si estuviera leyendo su mente, ella respondió rápidamente, relajándose visiblemente.

"No recibimos muchas peticiones como esta. ¿Busca a alguien en particular?"

"Bueno, estoy buscando a alguno de los niños mayores que trajeron de Cathomira. Estoy tratando de obtener información sobre sus experiencias en su mundo natal".

"Ya veo", le hizo un gesto para que la siguiera. Se dirigieron a la terminal en la esquina más alejada del mostrador, permitiendo que la línea que estaba detrás de él progresara. A su salida, alguien más entró en su lugar para atender a las preguntas.

Jonen la siguió, sintiéndose cohibido al ser señalado entre la multitud. Tenía sentido, por supuesto. Su petición era inusual y podía requerir más tiempo del normal. La mujer no proyectaba más que profesionalismo, pero no podía quitarse el recuerdo de la incomodidad que había visto antes en su rostro.

Mientras tocaba el teclado en la terminal, Jonen se distrajo observando la habitación y estudiando a la gente en la fila.

"Lo siento. Esa información está codificada".

"¿Codificada? ¿Qué significa eso?" La miró fijamente.

"Significa que necesita autorización para acceder a estos archivos."

"Pensé que este tipo de información era de acceso público", replicó, decepcionado por no haber conseguido lo que necesitaba hoy.

"No según la computadora." Ella estudió la pantalla que tenía delante y luego volvió a dirigir su mirada hacia él. "No puedo darle la razón por la que está codificada, pero lo más probable es que sea para proteger su privacidad."

"¿Dónde consigo autorización?" Jonen recordó cuánto despreciaba la burocracia y la interminable demora que parecía generar. No importaba lo simple que fuera la situación, siempre se podía contar con la Administración para complicarla.

"Necesitará llenar esta solicitud", le entregó una libreta de datos asumiendo que querría seguir adelante con el asunto.

Tomando el datapad a regañadientes, Jonen estudió la pantalla y vio que la aplicación requería sus datos personales y el motivo de la petición. Con pocas opciones más que cumplir si quería los nombres, Jonen se rindió a las exigencias del proceso.

"¿Quién da la autorización?" Jonen le devolvió la libreta.

"No podría decírselo", se encogió de hombros como si estuviera tan en la oscuridad como él.

Y, de inmediato, Jonen supo que estaba mintiendo.

* * *

En otro lugar, poco tiempo después, una unidad de comunicación emitió un pitido insistente.

El estridente sonido continuó durante unos pocos minutos, hasta que su dueño se preguntó qué crisis justificaba tal persistencia. El hombre se apresuró a entrar en su oficina, molesto por la ausencia del ayudante que se había marchado hacía poco tiempo.

Al activar el dispositivo, aparece una cara en la pantalla encima del panel principal. El reconocimiento se elevó dentro de él como el vapor que se elevaba lentamente de una taza caliente de café. Era una cara del pasado.

"Ha pasado mucho tiempo", escondió su inquietud al verla. "¿Qué puedo hacer por ti?"

"Puede que haya un problema, señor."

Haberlo contactado tras tantos años significaba que esto debía ser una amenaza creíble. Ella no se pondría en contacto con él por nada menos.

"¿Cómo es eso, agente?"

"Como usted saben, he sido asignada al Departamento de Ciudadanía durante los últimos trece años", explicó. Aunque él la recordaba, ella sospechaba que él no recordaría su asignación.

Estaba agradecido por el recordatorio porque, a pesar de conocerla, no lo tenía presente. "Soy un hombre ocupado, agente. ¿Cuál es el problema?"

"Lo siento, señor", tartamudeó con incertidumbre en su voz. "Alguien está preguntando por los Nuevos Ciudadanos que fueron enviados fuera del planeta."

Sus palabras escaparon como el aire húmedo y fétido de una tumba sin sellar. Por un momento no reaccionó, aunque el anuncio lo sacudió hasta la médula. No, no es una falsa alarma en lo absoluto, pensó en silencio. Siendo un profesional consumado, ocultó su sorpresa y reanudó la conversación.

"¿Quién?"

"Dice ser un Mentalista. Su nombre es Jonen. Tiene un consultorio en el distrito de Rura. Dice que está investigando".

"¿Un Mentalista?" El tono áspero de su voz se suavizó con una sorpresa genuina. "Qué interesante."

"¿Qué debo hacer, señor? Creo que me las arreglé para posponerlo unos días, pero parece bastante decidido. Estoy seguro de que volverá".

Miró por la ventana y observó cómo se ponía el sol unos segundos mientras decidía lo que debía hacerse. El destino era un depredador paciente, pensó. Cuando esto comenzó, recordó el estrecho nudo en su estómago que lo siguió durante días. Saber lo que hacía lo regocijaba y lo aterrorizaba al mismo tiempo. Se consoló a sí mismo sabiendo que lo que se había hecho valía la pena, pero sus acciones aún le hacían sudar y hacían que el miedo corriera por su espina dorsal como el hielo.

Hasta ese momento, había creído que la verdad permanecería enterrada. Tal vez la edad lo hizo complaciente y embotó su aguda y analítica mente para convertirla en algo tan presuntuoso. Cualquiera que fuera la razón, la situación debía ser resuelta de inmediato.

"Envíeme todos los detalles y me encargaré de ello."

"Sí, señor."

Sin decir una palabra más, el General Edwen, comandante de la Élite de Seguridad, puso fin a la llamada.

VI: EL ACCIDENTE

Había pocas cosas en la vida de Jonen en las que podía confiar sin lugar a duda. Ellas eran: su amor por su trabajo, la creencia de que la mayoría de la gente era buena y que Mira siempre estaría en la oficina antes de llegar cada mañana. La última era probablemente la más inquebrantable de todas. Durante todos los años que Mira había trabajado para él, Jonen no podía recordar una vez en que hubiera llegado a la oficina antes que ella.

La dedicación de Mira a su trabajo y, hasta cierto punto, a él, era una constante en su vida, sin la cual no podía imaginarse. Su relación era más que profesional, pero menos que sexual. No había duda de que compartían intimidad, pero no era intimidad carnal y, en opinión de Jonen, por eso era mucho más significativa.

Así que fue desconcertante encontrar a Mira ausente cuando entró por las puertas de su oficina.

Era su costumbre abrir el local, revisar sus citas y hacer enmiendas si era necesario, y luego tener una taza caliente de café esperando en su escritorio cuando llegaba. Hoy encontró la oficina cerrada con llave y estaba ligeramente irritado por tener que recordar el código de seguridad de la puerta. Le tomó casi cinco minutos teclear las posibles permutaciones, porque lo usaba muy poco.

Su ausencia le preocupaba. Aunque no le gustaba hacerlo, Mira sabía que podía ponerse en contacto con él en su casa si se presentaba una emergencia. En las pocas ocasiones en que se vio obligada a llegar tarde, siempre se las arregló para avisarle el día anterior. Mira era una criatura de hábitos y era demasiado meticulosa como para haberlo olvidado.

Mientras entraba en la sala de espera, donde su escritorio era la figura principal, rodeada de una serie de cómodas sillas de espera, era extraño no verla allí. La oficina, pintada en colores cálidos y amueblada para que pareciera cómoda, se veía triste sin ella. Por supuesto, sabía que la decoración era para levantar el ánimo de sus pacientes. Se veía triste porque ella no estaba allí.

Sacudiendo la cabeza para disipar sus pensamientos sentimentales, Jonen continuó llevando a cabo las tareas que Mira hacía a esta hora del día. Lo que se sorprendería cuando entrara y viera que él lo había hecho todo. Estaba convencido de que lo consideraba incapaz de valerse por sí mismo.

No le tomó mucho tiempo abrir la oficina, preparar la bebida y revisar la tabla de citas para ver su horario del día. Vio que su primera cita era dentro de media hora y refunfuñó, deseando que no llegara. La paciente era una viuda de una familia aristocrática que sentía que debía ser tratada como una emperatriz raisana. Mira la había programado temprano para que pudiera fingir la llegada de otro paciente si ella decidía excederse en su tiempo.

Temblando recordó cuando fue regalado con la prestigiosa historia de su familia porque ella sabía que él no tenía otros pacientes después de ella. Fue la única vez que pensó en dejar el negocio.

Después de abrir la oficina, revisó los archivos de los pacientes detrás de su escritorio, sin preocuparse por Mira, hasta que miró el cronómetro en la pared. Se estaba haciendo tarde y aún no había noticias de Mira. Mientras que una genuina sensación de alarma comenzaba a llenarlo, también debatía si se estaba preocupando con buena razón. Estaba empezando a sentir la tentación de ponerse en contacto con ella en su casa cuando la unidad de comunicaciones de su escritorio hizo ruido.

Oh, esa debe ser Mira.

Su excusa para estar ausente del trabajo, como el resto de ella, sería impecable. Mira nunca faltaba al trabajo a menos que tuviera una buena razón. Su devoción por él hacía que tales ocasiones fueran raras. Presionando un botón en el dispositivo, vio que la imagen luchaba por aparecer a través de un fallo de estática.

Sólo que no era la cara de Mira.

Le llevó un momento darse cuenta de que estaba mirando a la hermana de Mira, Teela. Tardó un segundo más en darse cuenta de que algo andaba mal. Teela era una mujer mucho más joven que Mira. Había una diferencia de edad de diez años entre las hermanas, pero ahora mismo parecía como si hubiera envejecido una década de la noche a la mañana. Sus ojos estaban hinchados y rojos, su expresión desolada, y era obvio que estaba extremadamente angustiada.

Inmediatamente, Jonen sintió que su garganta se tensaba y sus entrañas se retorcían en nudos.

"¿Qué ha pasado?" Su voz era un susurro.

"¡Mira está muerta, Jon!" Teela borboteó sin hacer ningún esfuerzo por contener su angustia. Ella se deshizo en nuevos sollozos, sin reparo y consciente de que él compartía su dolor. Con el paso de los años, a través de su hermana, había llegado a conocerla bien. Teela lo consideraba un amigo de la familia y quizás lo más cercano que Mira podría llegar a encontrar a un marido.

Jonen sintió que su cabeza se arremolinaba. La necesidad de entender cómo podía haber sucedido algo así eclipsó momentáneamente el dolor que lo desgarraba.

"¿Cómo?" Su mandíbula temblaba mientras luchaba contra la marea de dolor que amenazaba con abrumarlo.

"Fue un accidente. Un PC me llamó hace una hora y me dijo. Dijo que Mira tuvo un accidente con un deslizador. La golpeó cuando estaba cruzando la calle frente a su casa. ¡Los animales ni siquiera se detuvieron a ver lo que habían hecho!"

"Gracias por decírmelo, Teela", dijo con voz suave y tensa, sin verla mientras apagaba la unidad de comunicación, sin darle la oportunidad de responder.

Durante mucho tiempo, sólo estuvo sentado allí, entumecido.

Parecía irreal pensar en el mundo sin que Mira estuviera en él, que ella pudiera ser arrebatada de él de una manera tan insensata. Los accidentes de tráfico les pasaban a otras personas, no a su Mira. Quería gritar y llorar, pero su fuerza había desaparecido. Su entrenamiento le decía que debía dejar escapar su dolor, pero no podía hacer nada.

Finalmente, se inclinó hacia delante y enterró su cara entre sus manos. Con un fuerte sollozo, Jonen liberó el torrente de dolor que lo arrastraba a un mundo más gris.

* * *

El Enclave estuvo ocupado hoy.

El Mayor Danten, Comandante Adjunto de la Élite de Seguridad, observó esto mientras marchaba a través del comando central de la organización. Danten tenía más de cuarenta años, un hombre con el pelo color castaño claro que empezaba a echar canas, de ojos grises inteligentes, a los que no se le escapaban nada. Bajo su uniforme había un físico bien musculoso, trabajado a la perfección a través de años de disciplina. Llevaba su estatura con presencia autoritaria, revelando que era un hombre a tener en cuenta.

Hoy Danten sentía nostalgia.

Caminando por los pasillos del Enclave veía cada vez menos rostros jóvenes y demasiados como los suyos, hombres que ya estaban en la flor de la vida. La falta de juventud significaba una disminución del alistamiento y, a pesar de la actividad en los pasillos en la actualidad, la Élite todavía no tenía suficiente personal. Era triste ver que, entre todos esos uniformes, sólo la mitad pertenecía a oficiales de campo, mientras que el resto era principalmente personal administrativo.

Cada vez más se encontraba deseando mejores días. Danten se había alistado en la Élite dos años antes de que muriera la primera víctima del Azote. No había nada más grandioso que servir en la Élite de Seguridad del Emperador. La Élite mantenía la seguridad del imperio. Llevar el elegante uniforme negro era algo de lo que estar orgulloso. La gente los admiraba como si fueran invencibles, y Danten recordaba que sentía lo mismo.

En la actualidad no existía tal respeto. La Élite se consideraba en gran medida obsoleta. Era una institución en ruinas con un pasado draconiano, que ya no era útil en esta era de paz y tratados. Gran parte del poder de la Élite había disminuido cuando el Emperador dio paso a la idea de Jyne de la coexistencia pacífica. Danten a veces se preguntaba si el Emperador no estaba un poco avergonzado por la Élite.

El Emperador y el Quórum habían castrado a la Élite, haciéndola tan estéril como el resto de Brysdyn. Oh, aún había poder en las murallas del Enclave, pero moriría con aquellos lo suficientemente fuertes como para blandirlo. Como la mayoría de los oficiales superiores de la Élite de Seguridad, a él no le gustaba la idea de una alianza con Jyne, por muy utópica que sonara. La paz, el pacifismo y los ideales iluminados, aquellos en los que el Emperador creía tan apasionadamente, eran el caldo de cultivo de la subyugación.

¿Por qué la Élite era la única que podía verlo?

Afortunadamente, la Élite aún tenía al General para luchar por ellos. Él encarnaba toda la fuerza guerrera que había hecho de Brysdyn lo que era. Danten tenía confianza en que la Élite no moriría sin luchar, no si el General tenía algo que ver con ello. La Élite nació de su amor por Brysdyn y el General nunca tuvo miedo de hacer las cosas necesarias para salvarla. Lo veían como su voz en el Quórum y su lealtad hacia él casi superaba su devoción al Emperador.

En estos días, el General Edwen era el único verdadero guerrero que quedaba. Todos los demás eran impostores.

Al doblar la esquina, el número de personas que caminaban por el pasillo se reducía significativamente. Danten entró en el corto pasillo restringido a todos, excepto al escalafón más alto de la Élite de Seguridad. Se alejaba de los corredores principales, casi como un camino sin asfaltar en una carretera rural, y estaba custodiado por centinelas. Llevaba a la Comandancia Central, desde donde comandaba el General.

Ninguno de los guardias le pidió una identificación al pasar. Lo conocían lo suficiente.

El pasillo terminaba en un gran vestíbulo, donde la asistente ejecutiva de Edwen estaba en su escritorio. Levantando la mirada de su terminal, Nalia buscó la unidad de comunicaciones mientras le hacía un gesto de reconocimiento con la cabeza. Cuando Danten llegó hasta ella, su presencia ya había sido anunciada al General.

Nalia se puso de pie para saludarlo. Era una belleza esbelta y escultural, cuyo pelo dorado se deslizaba sobre sus hombros. Su cara, como siempre, no tenía expresión alguna. La eficiencia de Nalia solo era opacada por su personalidad glacial, y era capaz de intimidar a casi todo el mundo con su mirada helada.

"El General lo está esperando. Por favor pase, Mayor."

"Gracias."

Dejándola atrás se dirigió hacia las puertas pulidas de madera de calsa roja que abrían paso a la conocida oficina de Edwen. En los últimos veinticinco años nada había cambiado. Todo tenía su lugar tradicional, las mismas alfombras adornadas, los mismos muebles y las mismas obras de arte. Las obras de arte recogidas por el General no eran ni de valor incalculable ni famosas. Edwen las coleccionaba porque le gustaba el arte.

"Buenos días, General."

Edwen no se levantó de su silla ante la llegada del joven. En cambio, el General reconoció su llegada con un simple asentimiento. Sus ojos y su atención permanecieron fijos en la tabla de datos que tenía ante él. Esto no sorprendió ni ofendió a Danten, que estaba acostumbrado a los hábitos y modales del General.

"Buenos días, Mayor", saludó Edwen, sus ojos aun estudiando la tabla.

Danten reaccionó con una leve reverencia que fue más efectiva que un saludo.

"Me gustaría presentar mi informe, señor."

Aunque el general lo estaba esperando, Danten sabía que Edwen tenía debilidad por el drama y la pompa. Esta fue la razón por la que Danten nunca miraba a los ojos al hombre hasta que se le dirigía la palabra de manera directa.

Hoy el General no estaba de humor para tales juegos.

"Siéntese, Danten."

Hubo una pizca de sorpresa en la cara del mayor, pero no fue más allá de eso; se sentó obedientemente, con la espalda recta contra la silla mirando hacia el escritorio de Edwen.

"Proceda".

"Hice lo que se me ordenó, señor", empezó Danten. "Realicé un extenso chequeo de antecedentes del Mentalista. Es un nombre notable en el campo de la salud mental y es muy apreciado por el Círculo de Sanadores. Él tiene, como nuestro agente en el Departamento de Ciudadanía ya ha revelado, una práctica en el Distrito de Rura. La mayoría de sus pacientes provienen de las mejores familias de Brysdyn. Tiene dos hermanas, una que vive en la provincia de Girawon y la otra que murió durante el Azote. Sin embargo, no ha visto a la hermana superviviente en una década".

La información era interesante, pero no servía para explicar por qué un Mentalista querría saber acerca de los Nuevos Ciudadanos fuera del mundo.

"Entonces no son cercanos. Girawon está en su mundo natal, un viaje nada difícil de hacer para ver a la familia". Después de un momento, miró a Danten, quien se detuvo cuando habló. "Continúe".

"No hay mucho más que eso, señor", admitió Danten a regañadientes. "Sabemos que ha estado en contacto frecuente con Mentalistas de otras ciudades. Darix de Tesalone y Alwi de Rainab."

Edwen tomó la información y reflexionó sobre ella por un momento. "¿Tenemos alguna idea de por qué insiste tanto en enterarse de los Nuevos Ciudadanos?"

"¿Investigación, tal vez?", sugirió el Mayor.

Danten tampoco entendía por qué un Mentalista estaría investigando algo que ellos pensaban que habían enterrado hacía mucho tiempo. Al igual que Edwen, Danten se sorprendió al escuchar a los agentes informar la noche anterior.

"Es posible, pero poco probable."

El general Edwen era un hombre que confiaba en sus instintos y ahora mismo sus instintos le decían que las investigaciones del Mentalista tenían poco que ver con un trabajo de investigación destinado a una oscura revista médica. Las grandes tormentas a menudo se anunciaban con la llegada de una suave brisa, y Edwen sospechaba que el Mentalista Jonen era una de esas brisas.

"¿Lo has distraído por el momento?" Al menos eso era algo que podían controlar.

"Sí, nuestro informante sugirió cierta intimidad entre una mujer y Jonen. Hemos tomado las medidas apropiadas."

"Con eso quieres decir que está muerta." El General replicó, disgustado por el saneamiento de Danten de lo que era un procedimiento estándar en situaciones como ésta. Edwen no se avergonzaba de los aspectos más sucios de su trabajo. Cosas desagradables eran necesarias cuando la causa era correcta.

"Sí, señor", contestó, eligiendo hablar directamente si eso era lo que deseaba el General. "Hice que uno de nuestros agentes especiales se encargara de ello. En lo que respecta a la Policía Central, sólo fue un accidente de tráfico".

"Bien. Eso nos dará algo de tiempo. Dale instrucciones a nuestra agente y haz los preparativos necesarios".

La respuesta de Danten fue otra pequeña reverencia; Edwen regresó a su tableta de datos, señalando que su reunión había concluido.

"Señor, perdóneme, pero ¿por qué no lo eliminamos? Tenemos la capacidad de hacerlo sin levantar sospechas".

Era una pregunta honesta, decidió Edwen, mientras miraba al hombre más joven. En su momento, la Élite de Seguridad había llevado a cabo asesinatos, incitado disturbios e incluso silenciado voces que amenazaban la seguridad del Imperio. Edwen entendió el desconcierto de Danten al ver por qué el Mentalista era la excepción.

"Porque no sabemos por qué quiere la información y eso me inquieta".

A Danten le sorprendió incluso pensar que el General podría ser sorprendido sin saber algo. Durante los últimos veinticinco años de su servicio al General, Danten nunca había visto al hombre haber sido atrapado desprevenido. Su confianza en él provenía de la capacidad de Edwen para adaptarse a cualquier situación, por muy adversa que fuera. Fue perturbador ver al General perdido como todos los demás.

La sorpresa de Danten hizo que Edwen sonriera débilmente.

"Sí, Danten, yo también soy humano. A veces hasta tengo conciencia".

Fue un privilegio para Danten ver al hombre detrás del uniforme. Edwen incluso se sintió bien al permitirlo.

"Hasta que no sepamos más sobre este Mentalista Jonen y por qué requiere la información, no le haremos daño, a menos que sea absolutamente necesario."

VII: KALISTAR

Para sorpresa de Garryn, se quedó sin sus sesiones con Jonen.

Esto era comprensible, por supuesto. Durante su última conversación, la magnitud del dolor del hombre era evidente. Mira significaba mucho para Jonen y las condolencias formales de Garryn parecían triviales y sin sentido. Garryn imaginó que las palabras no le servirían de consuelo si perdiera a alguien que le importaba. Jonen soportó su dolor con dignidad, manteniendo la compostura cuando habló con Garryn. No fue difícil para Garryn ver a través de la fachada cuando el hombre declaró su necesidad de un sabático fuera del mundo durante unas semanas.

Aunque no le gustaba la idea de que Jonen se hubiera ido, aunque fuera por un tiempo, Garryn entendía la necesidad que tenía el hombre de irse. No podía enojarse por el tiempo fuera del hombre, ya que sus consultas con el Mentalista le habían permitido dormir mejor. Tener un lugar donde volcar sus sueños parecía tener el efecto de dejarle dormir algunas noches sin incidentes.

Afortunadamente, sus días se mantenían ocupados en el Quórum viendo a su padre conducir los asuntos de estado. Disfrutaba de ese aspecto, de aprender del hombre que más respetaba y amaba en el mundo. Como Primero, necesitaba entender su papel como futuro gobernante de Brysdyn. El Emperador gobernaba al pueblo a través del Quórum y, en tiempos de circunstancias extraordinarias, tenía el poder de tomar decisiones sin ellos.

Era una línea muy fina para caminar, porque los hombres de menor edad podían aprovecharse de tal poder y arriesgarse a una guerra civil. El papel del Emperador era mantener la soberanía de Brysdyn y, si el Quórum ponía en peligro su seguridad, podía restablecer el orden. Por supuesto, también significaba que si abusaba de su autoridad el Quórum poseía la autoridad para destituirlo, y que el Primero ocuparía su lugar.

Era motivo de orgullo para su padre que, desde el Éxodo, ningún Emperador haya sido removido de esa manera.

Desafortunadamente, la educación de Garryn en política no se limitaba a la gestión del Quórum. El Emperador era el jefe de la sociedad brysdyniana, lo que le obligaba a tratar con las casas nobles. Debido a esto Garryn se encontraba bajo la instrucción del Cortesano Mayor, un pequeño cretino molesto llamado Feroz.

Feroz estaba constantemente planeando su asistencia a los interminables compromisos establecidos por la élite social de Brysdyn. Mientras su madre vivió ella los protegía a él y a Elisha de la insipidez de la vida de la corte, mostrándoles lo que realmente significaba el esnobismo en el esquema de las cosas. Su madre era una Jyne que veía poco valor en la sangre aristocrática. Desafortunadamente, todavía importaba en Brysdyn y era el trabajo de Feroz asegurar que el Emperador y el Primero fueran siempre accesibles a las casas menores.

La designación de Feroz durante este tiempo fue la de Cortesano Principal del Primero en Espera. Era un título pomposo, dado a alguien cuyo objetivo en la vida era hacer a Garryn totalmente miserable, y claramente tenía éxito. Feroz se encargaba de su itinerario diario, la ropa que vestía y las citas a las que acudía. El hombre parecía tener poca consideración por lo que Garryn quería, y sólo lo satisfacía asegurarse de que Garryn fuera el parangón de la cultura y la nobleza.

No sorprendió a Garryn saber que el mismo Feroz era de una de las familias nobles. Ristalia, si recordaba correctamente. Los Ristalia eran aristocráticos, pero poseían poca o ninguna fortuna, lo que explicaba por qué Feroz estaba aquí haciendo de su vida un infierno. Un hombre bajo y poco impresionante, parecía una caricatura, incluso vestido con la mejor ropa y comportándose como el Emperador del universo conocido. Su cara estaba maquillada, exagerando rasgos que no tenía, y llevaba el cabello parecido al de una mujer.

Si Garryn hubiera estado en el ejército lo habrían usado para prácticas de tiro.

Aun así, el hombre era astuto y Garryn podía ver una razón para todos los compromisos a los que se veía obligado a asistir. Si había aprendido algo sobre la aristocracia, era su capacidad para mantener el statu quo con la habilidad táctica de los militares. Planeaban sus apariciones como generales preparándose para una invasión. Las invitaciones y las presentaciones eran la andanada inicial en una ofensiva mayor. Estaban compitiendo para convertirse en parientes políticos del próximo Emperador del Imperio.

En otras palabras, su padre y el tribunal planeaban verle casado.

Ni siquiera podía empezar a recordar el número exacto de mujeres que le habían impuesto en las últimas semanas. Garryn estuvo a punto de escandalizar a Feroz con la revelación de que la última mujer con la que había estado la había pagado. Por supuesto, la dama pensó que estaba sirviendo a otro piloto de permiso, no al futuro Primero.

En cualquier caso, ninguna de las personas de la alta sociedad lo impresionaba y, aunque estas mujeres eran definitivamente hermosas, había poca sustancia bajo el brillo. Siendo soldado, había conocido a mujeres interesantes durante su servicio, mujeres que luchaban a su lado, que a veces lo superaban en rango y a quienes consideraba sus amigas. Sabía que tendría que casarse. La posición en la que estaba no le daba otra salida. Pero no iba a casarse con cualquiera. Una vida entera era mucho tiempo si estabas casado con la persona equivocada.

A veces deseaba tener la libertad de Elisha, poder elegir con quién casarse y en el momento indicado. Ser el hijo mayor ciertamente eliminaba esa posibilidad. Después del Azote, era más necesario que nunca perpetuar la línea. Como el mayor, cuyos descendientes serían los futuros Emperadores, no podía darse los lujos que Elisha daba por sentados.

Para salvaguardar el futuro, tenía que casarse.

∗ ∗ ∗

Volviendo al Domicilio después de un día fuera se dio cuenta de que llegaba tarde.

Feroz ya estaría casi histérico. Una de las casas, Garryn no podía recordar cuál, estaba organizando un baile en su honor. ¿Por qué nunca podían ser bebidas en el bar local? ¿Por qué tenía que ser un baile? Estas casas reales, Tesalia, Grigor y Myzyne, por nombrar sólo algunas, estaban tratando de superarse entre sí. ¿Cuál era el punto? En realidad, eran tan reales como él, y él no era para nada real.

Sólo había un aristócrata genuino de Estrella Blanca en Brysdyn: su padre. Iran era la cabeza de lo que una vez fue la Casa Brysdyn. Durante el Éxodo, los mundos fueron asignados según las Casas Reales de la Alianza de la Estrella Blanca. Brysdyn y Jyne eran unas de ellas. Las otras se perdieron durante el viaje. Los aristócratas modernos de Brysdyn, aparte de la propia Casa Brysdyn, eran descendientes de casas menores, con poca importancia.

Garryn llegó a la puerta de su habitación justo a tiempo para escuchar una voz familiar chillar de consternación.

"¡Su Excelencia! ¿Dónde ha estado? ¿Ha olvidado que los Myzyne han organizado un baile en tu honor? ¡Le esperan allí en una hora!"

Garryn soltó un silencioso gemido de frustración antes de que el hombre pudiera terminar de chillar sus palabras. ¿Quién podría olvidarlo? Feroz se lo había recordado toda la semana. No debería sorprenderle que el hombre estuviera esperando para abalanzarse tan pronto como pasara por las puertas.

"No lo olvidé, Feroz. Una hora es tiempo suficiente para que me emperifollen como a un toro premiado en Kirkaris".

"Una hora nunca es tiempo suficiente para parecer un caballero", resopló Feroz, levantando su bulbosa nariz en ese molesto de autoimportancia. "Su padre le espera pronto."

Garryn ignoró el comentario y abrió la puerta. Al entrar, vio que sus ropas ya estaban tendidas sobre la cama. Se sintió aliviado, viendo que era su uniforme de gala lo que Feroz esperaba que usara. Feroz prefería que llevara un costoso conjunto de las revistas de moda que le hacían parecer un petimetre bien vestido.

"Su ropa, como puede ver, está lista. Le sugiero que se bañe mientras llamo a su ayuda de cámara".

"Bien", concedió Garryn, esperando que Feroz se fuera, pero el hombre permaneció donde estaba un momento más.

"Señor, sé que ya hemos discutido esto, pero si insiste en usar su uniforme," su nariz se arrugó como si la palabra fuera desagradable. Por supuesto que sí, pensó Garryn. Feroz no tenía idea de lo que era ser un soldado o lo que significaba un uniforme. "Al menos permíteme adornarlo con las correspondientes nominaciones."

Garryn, que estaba en el proceso de desabrocharse un botón en su camisa, levantó la vista bruscamente. En verdad, este era un viejo argumento, pero escucharlo de nuevo no disminuyó su molestia. "No voy a llevar un montón de medallas que no me he ganado, Feroz. Supérelo".

"No es vergonzoso llevar las medallas de sus antepasados. ¡Su padre quiere que se las ponga!"

Eso era una mentira descarada, pero Garryn no iba a debatirlo con él.

"Mi padre lo entenderá. Eran sus medallas. Luchó en las guerras, las merece. Yo no voy a llevar nada en el pecho que no me haya ganado. Ahora váyase, si quiere que me vista a tiempo".

No se iba a desnudar delante de un hombre que se esforzaba por aparecer *tan* guapo.

Feroz levantó las manos, rindiéndose, y salió corriendo de la habitación. Garryn caminó hacia la puerta después de este se hubiera ido y la cerró de un portazo. Podía oír como disminuían los pasos de la comadreja mientras se alejaba corriendo. Por un momento, un pensamiento cruzó por la mente de Garryn. ¿Y si dejara Brysdyn? Simplemente subirse a una nave y salir del Imperio, ¿tal vez visitar Jyne por primera vez?

No, no puedo hacer eso. Suspiró para sus adentros antes de que el pensamiento pudiera atrincherarse en su interior. *Esta es mi vida y no hay más nada que decir.*

Garryn se alejó de la puerta y caminó hacia el vestidor al final de la habitación. Todos los pensamientos de ocasión desaparecieron de su mente mientras abría un cajón y rebuscaba entre sus pertenencias. Después de un momento, su mano reapareció, agarrando algo que brillaba en la luz de la tarde.

Los finos eslabones de oro formaban una cadena que hacía casi dos décadas ya no le quedaba. Colgando de la cadena había un pendiente circular, inscrito con una lengua muerta. Esto era todo lo que tenía para recordarle que una vez fue de otro mundo. Era un recordatorio de un mundo devastado y una vida perdida para siempre. Era algo únicamente suyo, que no tenía nada que ver con los Emperadores. Sujetarlo siempre le hacía sentirse mejor. Según su madre, lo llevaba puesto la primera vez que ella lo vio.

Más que nada, le servía para recordarle que no se suponía que encontrara fácil todo acerca de ser el Primero o el Emperador. No había nacido para eso, como su padre. No había sangre en él que pudiera ser rastreada hasta la Estrella Blanca. Sus ancestros no cruzaron grandes distancias para trazar una nueva galaxia. Se convirtió en un hijo de la Casa Brysdyn porque Iran y Aisha lo eligieron para ser su hijo y por eso, él haría esto.

Garryn necesitaba recordar que nada de esto debía ser fácil. No nació para ser Emperador. Fue elegido por amor y, por ese mismo amor, lo aceptaría.

* * *

"No te estás divirtiendo, Garryn."

Garryn dejó de mirar al piso del salón de baile con ojos vacíos y se volvió hacia su padre.

"¿Debería?" Trató de ocultar su aburrimiento.

"Hay muchas jovencitas encantadoras aquí." Iran hizo un gesto hacia la sala.

Garryn levantó la vista y barrió con la mirada el salón de baile. Cortinas de oro colgaban de grandes ventanales, y arañas de cristal se encontraban suspendidas del techo. Las paredes espejadas parecían hacer la habitación más grande de lo que era y el suelo estaba tan bien pulido que brillaba y hacía rebotar reflejos. Había música tocada por una orquesta de diez músicos en el rincón, mientras que sirvientes patrullaban la sala llevando bandejas de plata con copas de alcohol espumante.

Hombres y mujeres de las mejores familias desfilaban por el salón. Algunos se dedicaban a la charla. Otros elegían bailar. Los hombres de su edad mantenían su distancia mientras examinaban a las debutantes con vestidos cuyo valor alimentaría a una familia durante un mes. Los hombres mayores se sentaban en divanes de aspecto delicado fumando sus pipas, mientras que las viudas despedazaban a cualquiera que no tuviera sangre noble en sus venas.

"Podrías pensar en conseguirte una esposa para ti mismo", se burló Garryn, sabiendo hacia dónde se dirigía su padre.

Iran suspiró, entendiendo que su hijo estaba de mal humor esta noche, a pesar de sus intentos de chiste. A través de la fachada de sus impecables modales a los anfitriones de este evento, era obvio para Iran que Garryn quería estar en cualquier lugar menos aquí. Garryn era un soldado, acostumbrado a hacer algo más que jugar a la corte en una habitación llena de aristócratas que nunca se atreverían a mancharse las manos en la batalla.

No había sido más fácil para él cuando fue el Primero, pensó Iran.

Estudiando a los invitados, se dio cuenta de que compartía el desagrado de Garryn por esta gente. Ser Emperador tenía sus beneficios exclusivos. Le permitía tratar con gente de todos los rincones de la galaxia, sin importar su forma. El mundo secular de los aristócratas era prejuicioso y tedioso.

En la esquina de la sala Iran vio al general Edwen aparecer entre la multitud. Desde el discurso de Edwen en el Quórum, apenas habían hablado. Aunque no decía nada que revelara su decepción por la postura política de Edwen, Iran trató de no hacer contacto visual con el General. Iran sintió que era mejor que mantuvieran la distancia. Eran amigos, pero su relación estaba ahora en un terreno delicado.

Aun así, Iran se sorprendió de que Edwen hiciera que su reaparición en la corte aquí. Aunque era el jefe absoluto de la Élite de Seguridad y uno de los hombres más poderosos del reino, todavía era considerado un extranjero. El crimen de Edwen era no tener sangre noble, algo que la aristocracia nunca le permitiría olvidar. Ninguno de ellos se atrevería a desairarlo abiertamente, porque nunca fue prudente enemistarse con la Élite de Seguridad.

Esta noche, sin embargo, Edwen no estaba solo. Colgada de su brazo había una joven de exquisita belleza que Iran no reconocía. Desde que Garryn había vuelto a casa, a Iran le habían presentado a cada mujer joven en la corte que pudiera ser una pareja potencial para su hijo. La joven mujer que estaba con Edwen era una que no reconocía. Era extraordinariamente bella, de cabello castaño oscuro y profundos ojos verde.

El dúo cruzó el salón de baile y se acercó a ellos. Iran estaba consciente del hecho de que la escena se observaba con interés. Después de todo, la amargura en las relaciones entre Edwen y el Emperador era un chisme común estos días. Al verlo acercarse Iran se dio cuenta de que el hombre no deseaba que su amistad terminara simplemente por una diferencia de opinión.

Si lo que le dijo a Garryn acerca de que Edwen tenía derecho a opinar había sido en serio, entonces lo que dijo en el Quórum no debería importar.

Edwen llegó hasta Garryn e Iran, que estaban sentados a la cabeza de la sala, como reyes recibiendo a sus súbditos. A ninguno de los dos le gustaba el lugar donde los habían ubicado, pero los Myzyne eran tradicionalistas. Aunque Iran siempre insistió en que el título de Emperador no era rey, la aristocracia pensaba lo contrario.

"Emperador", Edwen hizo una ligera reverencia al llegar y luego repitió el mismo gesto a Garryn. La joven a su lado hizo una reverencia antes de dar un paso atrás. El General estaba en su uniforme negro, que parecía aún más impresionante con las medallas puestas. Al menos eso era algo que tenía en común con Garryn, decidió Iran.

Esas medallas fueron ganadas.

"Edwen, me alegro de verte. ¿Cómo has estado? Has estado ausente del Quórum últimamente."

Era una pregunta honesta e Iran esperaba que Edwen pudiera notar la diferencia.

Si se sintió ofendido, Edwen no lo demostró. En vez de eso, sonrió gentilmente. "Decidí limitar mis discursos por el momento y lidiar con algunos asuntos urgentes en el Enclave."

"Nada demasiado angustiante, espero."

"Los asuntos de estado son siempre urgentes, Iran. Esta vez no es diferente. Sólo estoy aquí esta noche porque es el primer baile de Kalistar desde que regresó de la escuela".

Iran miró de nuevo a la joven y sintió cierto asombro. "¿Tú eres Kalistar? ¡Estabas jugando con muñecas la última vez que te vi!"

"No eran muñecas, padre. Eran pequeños espíritus de agua de Nevar." Garryn se puso en pie y se inclinó galantemente ante ella. "Es bueno verte de nuevo, Kal. ¿Cuánto tiempo ha pasado?"

"Unos diez años", se rio. "Me sorprende que se acuerde, Primero."

"¿Cómo podría olvidarlo? Usted y Elisha jugaron juntos la mayor parte de ese verano y era mi responsabilidad cuidarlos a ustedes dos. Me alegro de que hayas regresado. Elisha se alegrará de verte de nuevo."

"Bueno, ya que se conocen tan bien", interrumpió Iran, "Garryn, ¿por qué no le pides a Kalistar que baile? Sería bueno que al menos intentaras ser sociable".

Garryn miró a su padre, sabiendo lo que pasaba por la mente del Emperador. Esta vez, no estaba molesto. Quería bailar con Kalistar.

"¿Vamos?" Le ofreció su brazo.

"Sería un honor para mí."

* * *

Después de un corto baile en el salón, Garryn y Kalistar se escabulleron de los ojos de la gente, conscientes de que los chismes ya habían comenzado. Al invitar a Kalistar a bailar, la había convertido en la primera mujer en la que había mostrado un poco de interés desde su regreso a casa. Si no escapaban del salón de baile, sus acciones estarían bajo escrutinio toda la noche y Garryn no creía que pudiera soportar eso.

En vez de eso, dejaron la mansión y se dirigieron hacia los hermosos jardines de Myzyne. Una vez lejos de todos, se relajó considerablemente. Se sentía bien estar lejos de ese aire sofocante de nobleza que todo el mundo se veía obligado a llevar. Afuera, la noche era bochornosa. El aire caliente del día de verano se había reducido a una brisa suave. Podía oler la dulce fragancia de las flores llevadas por el viento desde los jardines que se acercaban.

Fue un cambio que Kalistar notó inmediatamente. Sus recuerdos de él eran vívidos, gracias a un enamoramiento infantil del que estaba agradecida de que él no se hubiera dado cuenta. En sus recuerdos, era un joven orgulloso y fanfarrón que sabía con total confianza que iba a ser soldado. Ahora, esa arrogancia había desaparecido. En vez de eso, sólo había esa tristeza.

"¡Has sido miserable!" Kalistar se burló cuando entraron en los impresionantes jardines.

"Puedes bromear, pero no tienes ni idea de por lo que he pasado desde que llegué a casa", se rio, contento de ser él mismo de nuevo.

"No puedo imaginarlo. ¿Realmente ha sido tan malo?"

Garryn podía ver que ella ya no se burlaba de él. "No lo sé. Tal vez si me criaran de la forma en que lo han sido estas personas, tal vez sería más feliz".

"¿Habrías cambiado a tu madre por alguna de ellas?"

Garryn ni siquiera podía imaginarse a nadie más que a Aisha como su madre. "De ninguna manera."

"Eso pensé", Kalistar sonrió con una sonrisa de triunfo. "Cuando éramos niños, las cosas eran tan sencillas. Yo era sólo otra compañera de juego para Elisha y tú ibas a conquistar el universo. Solías decir eso, y te parabas así."

Puso sus manos en sus caderas e imitó una pose que le pareció totalmente ridícula y desafortunadamente familiar.

"Por los Dioses, ¿fui realmente tan pomposo?" Garryn hizo una genuina mueca de dolor.

"*Peor*".

"Me alegro de que estés aquí. Ahora no se lo muestres a nadie nunca más".

Kalistar se rio y se puso la mano en el pecho como si estuviera tomando un juramento sagrado. "Tiene mi palabra, Primero."

Su risa era contagiosa y, en comparación con la gente con la que se había reunido esta noche, un soplo de aire fresco.

"Sabes, probablemente eres una de las pocas personas normales que he conocido desde que llegué a casa."

"¡Vaya, gracias! Supongo que debe ser difícil reajustarse a todo esto después de ser un ciudadano común y corriente". Ella le rozó el brazo en señal de simpatía.

"No tienes ni idea."

Cruzaron el adornado umbral de hierba que conducía a los jardines. La luz azul de la luna brillaba sobre los cuidados céspedes, rebotando en las esculturas blancas que se asomaban a través de los parterres de flores y las plantas más altas.

"¿Sabe tu padre cuánto odias todo esto?", se atrevió a preguntar.

"Subconscientemente creo que sí, pero no importa. Yo soy su hijo. No tengo miedo de cumplir con mi deber. Simplemente odio lo que viene asociado con ello. Casarse con una mujer sólo para asegurar la línea, lidiar con la nobleza, esas son las cosas que no soporto".

"Garryn, el Emperador define su reinado haciendo las cosas exactamente como quiere. No porque la corte le diga que lo haga o porque la sociedad exija que se obedezcan algunas reglas estúpidas. Tu padre nos sostuvo a través de la peor época de nuestra historia, y nos permitió cambiar debido a ello. Puede que mi padre lo odie, pero de alguna manera sabe que es inevitable. Define el futuro por lo que crees que es correcto, no por todas las viejas reglas".

Garryn se quedó en silencio durante un momento, absorbiendo sus palabras. Hablaba con tanta convicción y seriedad que era difícil discutir con ella, especialmente porque tenía razón.

"Supongo que me he compadecido bastante de mí mismo", le miró con una mirada larga y significativa.

"Espero no haber hablado fuera de lugar", se disculpó, dándose cuenta tardíamente de que no se trataba de su enamoramiento de la infancia, sino que era, de hecho, el próximo líder del Imperio. "Sólo necesitabas escuchar eso."

"Te lo agradezco", dijo con una pequeña sonrisa. "Creo que he estado demasiado ensimismado."

De repente, Garryn se dio cuenta de que le gustaba mucho su compañía. Mucho más que la compañera de juegos de la infancia que sólo podía recordar vagamente. En estos días el número de amigos en su vida era escaso, y el hecho de que Kalistar pudiera tratarlo como una persona, no como un título, era justo lo que necesitaba.

"Me alegro de que mi intrusión ayudara, para variar. Mi padre me dice que debo aprender a ser más sutil con lo que siento".

"No cambies nada y nos llevaremos bien".

VIII: LA OFICIAL TRAYLA

Por un tiempo pensé que el irme aliviaría el dolor.

Se refugió en un retiro en Sellust, incapaz de hacerle frente al funeral, aunque presentó sus respetos *in absentia*. En ese remoto mundo había poco que lo distrajera. Se enfrentó a su dolor y trató de acostumbrarse a la idea de vivir sin ella. Fue más fácil decirlo que hacerlo. Sus recuerdos de ella estaban nublados por el arrepentimiento y se torturó a sí mismo con todas las cosas que debería haberle dicho y no lo hizo. Todos esos años desperdiciados, mientras bailaban alrededor de sus sentimientos en lugar de disfrutar cada momento.

De una manera extraña, Jonen comenzó a sentir empatía por sus pacientes Soñadores, ahora que experimentaba sus propias pesadillas.

Eventualmente el dolor desapareció, aunque el vacío en su corazón no. Los días parecían avanzar más rápido, y pronto había pasado un mes entero desde aquella terrible llamada de Teela. Los sentimientos de odio hacia sí mismo y arrepentimiento se aliviaron. Casi se sentía como si pertenecieran a otra persona cuya vida había cambiado inexplicablemente. Incluso creyó poder continuar sin Mira.

Hasta que regresó a casa y entró en su oficina.

Cuando vio a la reemplazante de Mira sentada en su nuevo puesto supo que no había tiempo suficiente que curara las heridas que llevaba. Decirse a sí mismo que era hora de seguir adelante era mucho más sencillo que enfrentarse a la realidad de ver a una extraña ocupando el lugar habitual de Mira. Durante unos minutos, se paró ante la mujer como un niño perdido, sin saber qué hacer hasta que ella lo saludó.

Todo lo que pudo hacer fue dar una respuesta cortés antes de salir corriendo hacia ir a su oficina, donde pudo esconderse de ella.

Ahora ella estaba ahí fuera, haciendo todas las cosas que Mira había hecho tan magníficamente, haciendo suyo el trabajo y considerando el extraño comportamiento de su empleador. Con un destello de perspicacia, supo que ella no estaría en la posición el tiempo suficiente como para que se conociesen. Nada de esto era su culpa, por supuesto. Simplemente tuvo la mala suerte de ser la que reemplazó a Mira.

Pasó la mayor parte de la mañana escondido en su oficina, revisando diligentemente sus archivos de casos, contactando a sus pacientes para hacerles saber que había regresado y que sus citas podían ser programadas. Mantenerse ocupado le evitaba recordar que no era Mira la que estaba afuera atendiendo sus llamadas.

En un punto estaba tan absorto en su trabajo que tomó la unidad de comunicaciones para pedirle a Mira que trajera un poco de café caliente. Como un chorro de agua fría, la voz que respondió a su petición pertenecía a una extraña. Miró el dispositivo, conmocionado; una fracción de segundo pasó mientras Jonen intentaba comprender quién estaba en el otro extremo, hasta que recordó que Mira se había ido. Una vez que se dio cuenta de su error, se sintió abrumado por la vergüenza y la desesperación.

Cerrando los ojos, apartó las lágrimas y tragó con fuerza, esperando estabilizarse. Sólo cuando se compuso lo suficiente se sintió confiado de poder dirigirse a ella.

"Estaré fuera una hora."

"Sí, Mentalista Jonen", contestó sin ninguna sorpresa ni curiosidad por la emoción en su voz. Cuán diferente era de Mira, se encontró pensando. Si fuera Mira, ya le estaría preguntando qué le pasa.

Enojado consigo mismo, apagó la unidad de comunicación y se sentó en su silla. Pasó su vista por la habitación. El espacio de repente parecía vacío y sin vida. Necesitaba escapar, aunque fuera por poco tiempo. Mientras caminaba hacia la puerta, se dio cuenta de que su oficina era su mundo y que había dado por sentado lo mucho que Mira era parte de él. Sin ella, se sentía incompleto.

Después de darle a la joven, Hannah, una excusa plausible para irse, Jonen salió corriendo del edificio, sin dirección. Sólo después de sentir la cálida luz del sol tocar su piel e inhalar una bocanada de aire fresco, los nudos en su estómago comenzaron a deshacerse.

Por el momento, los demonios estaban a raya.

No era exactamente mediodía. La quietud de la mañana se quebraba en las piezas animadas de la tarde. No había muchas nubes en el cielo y el brillo del sol resplandecía, en contraste con la iluminación ambiental de su oficina. Durante un tiempo paseó tranquilamente por el pasillo principal del concurrido distrito comercial de Rura, sin tener en mente un destino específico. Se preguntó si sería frívolo no regresar a la oficina por unas horas.

Para cuando se hizo mediodía no tenía ningún deseo de regresar a su oficina, aunque su humor había mejorado considerablemente. Afuera, el mundo seguía su curso. La gente pasaba de un lado a otro, saliendo de su rango de visión, como lugares que pasaban a la deriva. Verlo todo le infundió la esperanza de que la vida siguiera su curso. Algún día volvería a ser una de esas personas despreocupadas. Por cada persona que amara, perdiera y llorara, la marcha del tiempo se aseguraría de que todas las heridas cicatrizaran.

Como Garryn era su única cita del día, Jonen continuó su caminata. El Primero era el único al que había accedido a ver hoy, porque había sentido algo de urgencia en los modales del joven la última vez que hablaron. Jonen sabía muy bien que no todos los problemas de Garryn tenían que ver con el Soñar. Algunos de ellos se debían a la próxima Ceremonia de Ascensión. A pesar de los problemas personales de Jonen, quería ayudar a Garryn.

Mientras pensaba en el Primero y en su sesión de la tarde, Jonen reavivó otro pensamiento en su mente: la investigación que estaba llevando a cabo con respecto a los Nuevos Ciudadanos. Con culpa, se dio cuenta de que últimamente estaba descuidando muchas cosas, a pesar de tener una razón valedera. El trabajo de un Sanador debía continuar, a pesar de sus tragedias personales. La gente que acudía a él necesitaba su ayuda.

Sería bueno que pudiera tener más información para Garryn antes de la sesión. Seguramente ya habría llegado la autorización a su petición sobre los Nuevos Ciudadanos. Ni siquiera la burocracia en el Quórum podría ser tan ineficiente. Si iba a pasar la mitad del día ocioso, debería ser por algo constructivo. Con un sentido de propósito, Jonen se dirigió hacia el distrito de Kleist.

Al entrar en el Departamento de Ciudadanía, la severa bruja que lo había atendido antes lo miró con ojos de halcón. A pesar de su pose despreocupada, Jonen pudo darse cuenta de que se sorprendió al verle. Le siguió con la mirada mientras se acercaba al mostrador. Jonen miró la placa con su nombre en el borde de su escritorio. Oficial Trayla.

Otro empleado se levantó para atenderle, pero Trayla congeló su avance con una helada mirada. En vez de acercarse a él, el intruso retrocedió, permitiendo que su veterana contraparte ocupase su lugar. Parecía decidida a tratar con Jonen y, por primera vez, él la miraba con el escrutinio de alto nivel que reservaba para sus pacientes. Ya no le parecía ordinaria.

En vez de eso, estaba seguro de que había un propósito oculto en ella. Mientras la estudiaba de cerca, surgieron algunos elementos clave que hicieron que Jonen se reprendiera a sí mismo por su falta de atención anterior. Había pasado suficiente tiempo rodeado de pacientes con mentalidades peligrosas como para saber que todo sobre esta mujer era intencionalmente normal. Por alguna razón desconocida, ella estaba tratando de parecer ordinaria.

Dudaba que alguna de las personas que rodeaban a Trayla la conociera lo suficiente, más allá del hecho de que trabajaba en este departamento. Su escritorio, gracias al breve vistazo que había tomado antes, estaba desprovisto de efectos personales. Nada de holofotos, nada de baratijas de ningún tipo, nada para personalizar un espacio de trabajo a largo plazo. Incluso Mira, que era tan reservada y profesional como cualquier mujer que hubiera conocido, tenía algo que marcaba su escritorio como si fuera sólo suyo.

Ella no dejó de notar que él se había quedado mirándola. El darse cuenta la obligó a quitar un poco de la arrogancia de sus modales. A esta hora del día, las consultas al departamento eran pocas y Jonen estaba solo en la fila para ser asistido. De nuevo, se sentía como si el mostrador de plasteel entre ellos fuera una barrera para algo más que la información.

"Vine aquí hace unas semanas. Llené una solicitud de acceso a información sobre los Nuevos Ciudadanos. Me recuerda, ¿verdad?"

No era tanto una pregunta como una acusación.

La mujer parecía intranquila, su comportamiento alimentaba sospechas.

"Por supuesto, señor, el Mentalista Jonen, ¿no?"

"Estoy impresionado. Con toda la gente que debe recibir aquí, me sorprende que me recuerde específicamente".

"No es frecuente que me hagan ese tipo de pedidos", sus dedos redoblaron sobre las teclas de la consola que tenía delante. Sus ojos ya no se encontraban con los de él.

"Estoy seguro de que debe ser eso. Entonces, ¿he obtenido autorización?"

"Me temo que no", respondió ella, aún sin mirarlo. "Su solicitud fue rechazada."

Lentamente, movió la pantalla en su pivote, para que él pudiera ver los resultados por sí mismo. Jonen vio un formulario de solicitud muy genérico sin ninguna pregunta específica. Pudo haber sido por cualquier cosa. Aun así, las letras rojas al final del documento no dejaban lugar a dudas sobre su estado.

RECHAZADO

No se sorprendió, pero sus sospechas sobre la oficial Trayla lo llevaron por un camino muy oscuro. Mira había sido asesinada el día después de solicitar esta información. ¿Fue una coincidencia o algo más estaba pasando?

"Lo siento, pero a veces así funciona la burocracia. Yo no hago las reglas", explicó, pero Jonen pudo ver que este intento de sonar preocupada, incluso apologética, era falso. Por alguna razón, sintió la necesidad de cambiar su actitud hacia él. ¿Temía sus sospechas? Y si así fuera, ¿por qué?

"Tendré que seguir el asunto por otra vía. Tengo asociados en el gobierno que me ayudarán en futuras consultas. Gracias por su tiempo."

No sabía por qué había añadido esas últimas palabras. De hecho, no conocía a nadie en el gobierno. La mayoría de sus asociados eran académicos como él. La política y las ciencias de la salud se mantenían en dos reinos separados y, hasta ahora, nunca había encontrado la necesidad de cruzar de uno al otro. Además, ella debe oír bravuconadas como esa todo el tiempo.

"Le deseo mucho éxito."

Y, una vez más, él sabía que ella estaba mintiendo.

* * *

Aunque seguía creyendo que su imaginación estaba logrando lo mejor de sí mismo, Jonen estaba decidido a seguir adelante con el asunto. ¿Por qué era tan difícil obtener información tan inofensiva? Decepcionado por su falta de éxito, Jonen decidió regresar a su oficina y comenzó a caminar de regreso hacia el Distrito de Rura.

El distrito de Kleist no era precisamente residencial, ya que la mayor parte de su territorio estaba ocupado por edificios gubernamentales. Las personas que se veía salir eran principalmente funcionarios de una rama del gobierno u otra. Estas personas no parecían tener nada que ocultar, a diferencia de la oficial Trayla.

Jonen hablaba en serio cuando le informó a Trayla que iba a encontrar otra manera. Más lo pensaba, más se sentía incapaz de entender por qué la información no estaba disponible. Seguramente no podría haber nada malo en contactar a los Nuevos Ciudadanos mayores que vivían en Brysdyn. Cuando los niños fueron llevados a Brysdyn, hubo un esfuerzo consciente para no borrar su herencia y reemplazarla con una nueva. La esperanza era crear una amalgama de dos culturas que encontraran la salvación ayudándose mutuamente.

Garryn podría ayudarme.

¡Por supuesto! ¿Por qué no se le ocurrió antes? El Primero era la segunda voz más alta del Imperio. Nadie se atrevería a negarle la autorización. De repente, Jonen encontró que se le había quitado un gran peso de los hombros, porque tenía una manera de proceder después de todo. Era la solución ideal, ya que Garryn necesitaba que este misterio se respondiera más que él.

Jonen bajó de la acera hacia la calle. El otro lado corría paralelo a un parque que lo llevaría de vuelta al distrito de Rura. Era bien entrada la tarde y el parque estaba lleno de gente que comía su almuerzo bajo el calor del sol. Mientras contemplaba el césped cuidado y los pájaros acuáticos nadando en las relucientes aguas del estanque, Jonen decidió que almorzar rodeado de tanta belleza no era mala idea.

"¡CUIDADO!"

Jonen levantó la vista justo a tiempo para ver a un deslizador corriendo hacia él a toda velocidad. Sin tiempo para pensar, saltó fuera de su camino, esperando haber despejado la distancia necesaria. Una sacudida de pánico se apoderó de él mientras el vehículo pasaba tan cerca que podía sentir la ráfaga de aire a su espalda. Aterrizó con fuerza sobre la acera empedrada, su hombro ardiendo de dolor, mientras que un fuerte estruendo rugía de fondo. Permaneció en el suelo un momento, magullado y conmocionado por todo el incidente.

"¿Se encuentra bien?" La misma voz que antes había gritado la advertencia indagaba.

Jonen asintió, aturdido, antes de prestar atención a la joven que le miraba con preocupación. "Estoy bien. Sólo un poco nervioso."

"Tuvo suerte", lo ayudó a ponerse de pie con una mano, mientras que con la otra le quitaba el polvo de la ropa. "Podría haber muerto."

"Pude haberlo hecho", dijo Jonen con la cabeza embotada.

"El conductor del deslizador no tuvo tanta suerte."

Jonen siguió su mirada y vio los dos vehículos que habían chocado entre sí y ahora estaban desparramados al azar al otro lado de la carretera. Una pequeña muchedumbre se reunía en el lugar de los hechos, contemplando los restos de metal y plasteel con una curiosidad mórbida. Al ver que se acumulaba combustible líquido debajo del vehículo, se retiraron a una distancia segura. Uno de los conductores, un hombre mayor, salió tropezando del deslizador menos dañado; se lo veía ileso, pero aún desorientado.

Jonen se abrió paso entre la multitud, aun agarrándose del hombro, para ver si podía proporcionar alguna ayuda.

"¡Soy un Sanador!" Anunció y la multitud lo dejó pasar. Aunque no era un Sanador en ejercicio, conservaba la suficiente formación médica como para poder ofrecer asistencia. Además, podía oír las sirenas de los vehículos de la Policía Central que se acercaban.

Al acercarse al deslizador que casi lo había atropellado, tuvo una gesto de dolor al ver el estado del vehículo. La parte delantera había sido demolida en el impacto. La lisa superficie de metal había sido desgarrada y forzada en un imposible enredo de hierro y plasteel ardiente. Increíblemente uno de los transeúntes logró abrir la puerta. Jonen llegó justo a tiempo para escuchar el chirrido del metal.

La puerta se había abierto por la mitad antes de que el sangriento remedo de una forma humana se desplomara por la abertura. Gritos de horror y conmoción escaparon de todos, mientras la sangre salpicaba el suelo, entremezclándose con el creciente charco de combustible de plasma. Tragando el nudo en su garganta, Jonen se adelantó para determinar si la conductora aún estaba viva.

No lo estaba.

Su pelo dorado estaba enmarañado y enredado con sangre. Su cabeza debía haber chocado con la pantalla de plexiglás en el impacto. Su cráneo era solo restos sangrientos de pulpa y hueso. Con la ayuda del hombre que había abierto la puerta la sacaron del vehículo y la tumbaron en el suelo. Cuando llegara la Policía Central, se harían cargo de ella. Por el momento, Jonen había hecho todo lo que se podía.

Quitando suavemente el pelo de la cara, Jonen se congeló al encontrarse mirando la cara sin vida de la oficial Trayla.

IX: LA DISTRACCIÓN

Aprovechando la confusión que siguió al accidente, Jonen vio la oportunidad de escapar y la tomó. Hasta que no pudiera pensar bien las cosas, no deseaba llamar la atención de las autoridades. A estas alturas estaba convencido de que la oficial Trayla había intentado matarlo. Dos accidentes de tránsito en el espacio de un mes era demasiada coincidencia para que Jonen la aceptara. ¿Fue la oficial Trayla responsable de la muerte de Mira? ¿La habían matado para distraerlo y, al no disuadirlo, atentaron contra su vida? ¿Con qué se había topado que valía la pena asesinar?

La necesidad de obtener la información que quería se había hecho aún más vital. Cuando Garryn llegó a su sesión esa tarde Jonen no tuvo más remedio que contar su historia.

"Francamente, me sorprende que no haya sido peor", dijo Garryn a Jonen desde el sofá de cuero.

"Yo también", confesó Jonen desde detrás de su escritorio.

"¿Todo esto por querer saber sobre los Nuevos Ciudadanos mayores?"

Parecía tan descabellado, pero Jonen tenía razón. Dos accidentes en un mes desafiaban las probabilidades, especialmente cuando se dieron inmediatamente después de una solicitud de información sobre Nuevos Ciudadanos.

"Parece difícil de creer, pero no veo qué más podría ser."

Era difícil discutir con él. La denegación de la solicitud debería haber sido el fin del asunto, a menos que pedirlo fuera un peligro en sí mismo.

Más analizaba Garryn la situación, más le disgustaba la conclusión a la que llegaba. Las conspiraciones asesinas eran mitos abonados por la Élite de Seguridad desde que tiene memoria. Edwen y los de su clase siempre estaban inventando tonterías sobre organizaciones subversivas dentro de la sociedad brysdyniana. Siempre fue la creencia de Garryn que Edwen inventaba la mitad de esto para reva-lidar la relevancia de la Élite de Seguridad.

Desafortunadamente, la historia de Jonen parecía indicar que tal conspiración podría existir.

"De hecho, la aplicación que vi en la pantalla era muy genérica. Me pregunto si era sólo un señuelo para demostrar que existía una solici-tud, para ser presentada y denegada. Me pregunto si alguna vez se presentó para su autorización. Trayla se puso muy nerviosa cuando le dije que seguiría el asunto por otros canales".

Garryn decidió abordar el hecho metódicamente y trazó la secuencia de los acontecimientos.

"Usted solicita la información y, por la razón que sea, se la considera demasiado sensible para que se le permita el acceso. Usted solicita la autorización, mostrando su determinación en la materia. Para sacár-selo del camino, mataron a Mira. Supongamos que sabían cómo le afectaría. Por un mes, consiguen su deseo. Está de luto y puede que hasta crean que lo ha olvidado. Per por supuesto usted no lo hace, y regresa allí hoy, y la oficial Trayla le muestra que su petición fue denegada. Usted dice que puede pasar por otros canales para obtener la información. Ella entra en pánico y decide matarlo ella misma".

"Cuando lo pone así suena escalofriante", confesó Jonen y pensó en Mira, en cómo su vida pudo haber sido descartada para ocultar un secreto.

"Todo esto es especulación. Tenemos que averiguar todo lo que podamos sobre la oficial Trayla. Dudo que un funcionario tenga motivos suficientes para asesinar por lo que en realidad es información pública. Deberían existir al menos trescientos mil Nuevos Ciudadanos mayores en el Imperio. Al menos, eso es lo que dicen los libros de historia. ¿Qué pueden tener de dañino? Asumiendo que Trayla siquiera sea su nombre."

"Tiene razón", exclamó Jonen, aprovechando ese punto. "Todo en ella era mediocre. Se sentía como si se hubiera esforzado mucho por integrarse".

"Exactamente. Por lo que sabemos, pudo haber sido enviada allí simplemente para guardar la información. Para reportar a sus superiores si alguien venía a buscarla."

Garryn se levantó de su silla y fue a la ventana. Miró por la ventana, pensando en lo que había que hacer. Tras un momento, volvió a enfrentarse a Jonen.

"Averiguaré sobre los Nuevos Ciudadanos e investigaré los antecedentes de la oficial Trayla. Mientras tanto, asignaré protección para usted."

"No creo que la protección sea necesaria", empezó a protestar Jonen, pero Garryn lo interrumpió antes de que pudiera decir algo más.

"Jon, creo que es muy necesario. Alguien asesinó a Mira y ha intentado matarle. Tal vez en ambos casos fue Trayla. Tal vez sea una coincidencia y no tenga nada que ver con los Nuevos Ciudadanos, pero por el momento prefiero pecar de cauteloso".

Jonen no podía discutir con el Primero. Su vida giraba en torno a su trabajo, y sus recuerdos del servicio militar estaban a dos décadas de distancia. Incluso en ese momento solo había cumplido con la política de reclutamiento obligatorio del Imperio, y no había tenido ningún deseo de ser soldado. Esta situación estaba más allá de su capacidad para lidiar con ella, y se sometió al consejo de Garryn sobre cómo proceder.

Con ese asunto resuelto, al menos por el momento, Jonen tenía más que contarle a Garryn que no involucraba a la oficial Trayla o el estatus de los Nuevos Ciudadanos mayores. Era hora de hablarle de los otros Soñadores.

"Garryn, hay más. Por favor, siéntese".

Su tono hizo que Garryn se diera la vuelta inmediatamente y contemplara al Mentalista por un momento antes de volver al asiento de cuero.

"Parte de la razón por la que buscaba la información sobre los Nuevos Ciudadanos es porque no es el único que sufre de pesadillas."

Garryn parpadeó. "¿Qué quiere decir?"

"En los últimos seis meses, se han reportado numerosos casos en todo Brysdyn. Mis colegas en Tessalone y Rainab me cuentan la misma historia que usted ya conoce. Sus pacientes tienen pesadillas violentas sobre un lugar alienígena en el que nunca han estado. Algunos tienen pesadillas todas las noches. En otros son más esporádicas, pero lo suficientemente debilitantes como para llamar la atención. Al principio, pensamos que era un desorden cerebral sin diagnosticar, pero no hay evidencia de ello".

Esa revelación golpeó a Garryn con la fuerza de la explosión de una estrella. Todo este tiempo había pensado que se estaba volviendo loco, que el estrés de la guerra y la inminente Ceremonia de Ascensión lo habían vuelto loco, pero no era sólo él.

"Cuénteme más", logró decir.

"Individualmente estábamos perdidos, pero al consultar entre nosotros nos dimos cuenta de que teníamos una epidemia en nuestras manos. Una vez que unimos nuestros esfuerzos y comparamos los historiales de los pacientes aprendimos mucho. Vimos que se empezaban a formar patrones. Todos los pacientes son Nuevos Ciudadanos de exactamente la misma edad, con una variación de no más de un año. Como usted, no tienen memoria de antes de su llegada a Brysdyn".

Garryn no habló, dejando que el peso de las palabras de Jonen decantara. Parecía increíble y de alguna manera siniestro. Aunque debería haberse sentido aliviado al escuchar la noticia de otros como él, Garryn también sintió un escalofrío en su columna vertebral. Era como si se hubiera abierto la cripta a algo innombrable. "¿Y creen que todos tenemos los mismos sueños?"

"Sí, aunque los sueños en sí mismos difieren de un individuo a otro, hay elementos en todos ellos que son demasiado idénticos para ser una mera coincidencia. Por ejemplo, todos ustedes parecen estar soñando con un lugar con un cielo azul".

Garryn se levantó abruptamente. Era demasiado para asimilarlo todo de una vez. Siempre había asumido que sus sueños eran recuerdos de Cathomira, pero estaba bien documentado que Cathomira no tenía un cielo azul. Las implicaciones de lo que Jonen le estaba diciendo estaban adquiriendo un carácter aterrador.

"Pensé que era sólo yo. Pensé que la presión de convertirme en Primero me estaba volviendo loco."

"No Garryn. No se está volviendo loco." Se apartó de su escritorio y se unió al hombre que estaba en el sofá, colocando una reconfortante mano sobre su hombro. "Tengo una teoría, pero puede ser perturbadora como para que la oigas."

"No puede ser peor que lo que me está pasando", contestó Garryn.

Jonen asintió y continuó hablando.

"Algo les pasó a todos ustedes cuando vinieron de Cathomira, algo que ninguno de ustedes parece recordar y que se omite en todos los registros. La razón por la que estaba tratando de contactar a los Nuevos Ciudadanos mayores era para ver si ellos lo recordaban. No es coincidencia que todos los Soñadores fueran muy jóvenes cuando esto sucedió. Sus recuerdos pueden haber sido suprimidos. Estos sueños son esos recuerdos tratando de salir a la superficie".

"Tenemos que averiguar qué es eso. Llevaré esto a la Élite de Seguridad. Si hay una conspiración en marcha, Edwen sabrá qué hacer. Puede que no me guste, pero es el mejor para descubrir secretos".

*　*　*

Garryn no perdió el tiempo. Se dirigió directamente al Enclave después de dejar la oficina de Jonen.

Mientras el deslizador avanzaba por las calles de Rura, Garryn aún seguía sacudido por la noticia de que era uno de los muchos que sufrían estos terribles sueños. Epidemia era una palabra que ningún brysdyniano tomaba a la ligera, e incluso una como ésta le infundía un frío temor en su corazón.

¿Había tantos casos del Sueño? Garryn sintió un vacío en el estómago al pensar que había otros que sufrían pesadillas generadas por un pasado secreto. ¿Por qué no afectó a todos ellos? Elisha era más joven que él, así que ¿por qué no soñaba? ¿Estaban sus amigos de la Academia y los soldados con los que sirvió también atrapados en su infierno privado, demasiado asustados para hablar?

Garryn meditó en esos recuerdos reprimidos que se abrían camino hacia la superficie. ¿Qué recordaba de aquellos días? ¿Quién se ocupó de él después de aquella terrible guerra en Cathomira, después de la muerte de los adultos? No tenía más de tres años cuando lo trajeron a Brysdyn. Sus primeros recuerdos eran de Aisha, su madre.

Ella lo había llamado su pequeño Príncipe.

Antes de ella no había nada. Cada vez que intentaba recordar haber estado en Cathomira, se enfrentaba a una pared tan gruesa e inexpugnable que nada penetraba. Por primera vez en su vida, Garryn quería saber quién había sido antes de convertirse en Garryn, el futuro Primero de Brysdyn.

* * *

El viaje al Enclave fue más rápido de lo que pensaba y Garryn miró a su alrededor con interés mientras dirigía su deslizador a lo largo de la rotonda de la entrada principal. En el centro había una escultura de bronce del emblema de la Élite de Seguridad incrustada en la hierba. El Enclave estaba escondido detrás de una valla de altas murallas, sistemas de seguridad láser y formidables guardias que patrullaban los terrenos.

El edificio del Enclave era un lugar de altos e imponentes muros de piedra gris y columnas de mármol pulido. En sus murallas sombrías figuras se alzaban, figuras cuya presencia daba lugar a una sensación de finalidad. Edwen quería que el centro de la Élite de Seguridad demostrara autoridad y que impresionara a sus visitantes. Garryn pudo dar fe de su éxito.

Era la primera vez en su vida que Garryn visitaba el Enclave, y no quería sentirse intimidado por el aspecto temible del lugar. Aunque Garryn sentía que la Élite de Seguridad era una institución anticuada, no podía negar su presencia en la historia. Cuando el Azote se extendió, la rígida disciplina de Edwen hacia sus tropas fue lo que impidió que se disolvieran en la anarquía. Aunque su número era pequeño, el grupo mantuvo el orden durante los peores años del Azote.

Cuando Garryn entró en el Enclave para encontrar a Edwen, se vio inundado de saludos por parte de los oficiales, que estaban encantados con esta inesperada visita. Supuso que ya debería estar acostumbrado a esta reacción. La mayoría de los brysdynianos nunca habían tenido la oportunidad de ver al futuro Primero en persona, y tendrían aún menos oportunidades cuando el título se hiciera oficial. Trató de ser amable a pesar de que eso lo hacía sentir muy incómodo.

Afortunadamente, la conmoción de su llegada también hizo que recibiera ayuda rápida para llegar al General. Poco después de llegar a la recepción para solicitar una reunión, el Mayor Danten se acercó a Garryn y con mucha ayuda aceleró los trámites y lo escoltó hasta la Comandancia Central.

Poco tiempo después se vio transportado a la oficina del General.

"Garryn, esta es una sorpresa inesperada", declaró Edwen cuando Garryn entró en la habitación.

Garryn sólo podía adivinar qué sospechas pasaban por la mente del hombre en esta visita. Ninguno de los dos ocultaba lo que sentía por la política del otro y, aunque Garryn respetaba a Edwen, no lo apoyaba.

"Gracias por recibirme con tan poca antelación, General. No quise interrumpir su día", dijo Garryn cortésmente mientras Edwen le hacía un gesto para que se sentara en uno de los cómodos asientos de cuero reservados para los visitantes de la oficina.

"Tonterías", Edwen descartó la disculpa con un gesto de su mano. "¿Qué puedo hacer por usted, Primero?"

"Edwen, sé que no siempre compartimos la misma opinión, pero respeto su servicio a Brysdyn y sus habilidades para llegar a la raíz de un problema." Garryn decidió que la honestidad era la mejor manera de empezar con este hombre.

"Al grano como siempre", comentó Edwen, respetando el esfuerzo. "Le agradezco su honestidad y sus cumplidos. Ahora, ¿cómo puedo ayudarle?"

Ya que las formalidades se habían zanjado, Garryn decidió ir directo al grano. Edwen lo observaba de cerca y Garryn recordó que, a pesar de su edad, se trataba de un hombre con el que no se podía jugar. "Tengo un favor que pedirle a alguien que es mucho más sabio que yo en los caminos del Imperio."

Este día es una verdadera fuente de sorpresas, pensó Edwen en silencio. Un favor del futuro Primero no era nada para tomar a la ligera, y sabía lo difícil que era para Garryn pedirle ayuda.

"Haré lo que pueda. ¿Qué necesita?"

"Creo que un amigo mío está en peligro. En el último mes ha perdido a un ayudante personal a causa de un accidente y él mismo fue casi asesinado de la misma manera hoy en día".

"¿De verdad?" Edwen se inclinó hacia delante en interés. "¿Cuáles fueron las circunstancias de la muerte?"

"Un accidente de tráfico, inmediatamente después de una investigación sobre Nuevos Ciudadanos".

"Ya veo. ¿Y dice que se atentó contra su vida?"

"Hace sólo unas horas", continuó Garryn, ajeno a la confusión interna de Edwen. "Casi fue atropellado por un funcionario del Departamento de Ciudadanía. Su nombre era oficial Trayla."

"¿Y lograron detenerla?" Edwen ya sabía la respuesta. Si Trayla hubiera estado bajo custodia de la Policía Central se le habría informado mucho antes de la poco ceremoniosa visita de Garryn.

"No necesitaron hacerlo. Murió cuando su deslizador chocó con otro, pero ya ve usted el problema".

"Sí, así es", asintió Edwen con toda la sinceridad que pudo reunir. "Ha hecho bien en venir a mí con esto, Garryn. Por favor, dígame todo lo que sepa sobre esta situación y haré lo que pueda para ayudarle".

* * *

El Mayor Danten fue citado a la oficina del General inmediatamente después de que Garryn partiera del Enclave. Cuando entró en la habitación Danten vio a Edwen en su escritorio con expresión pétrea. El comandante nunca había visto al general con una disposición tan sombría. Danten sabía que algo estaba terriblemente mal para afectar a Edwen de esa manera. Edwen hacía que la gente le temiera. Él no sentía miedo.

"Me mandó llamar, señor", dijo Danten con cautela, aún de pie cerca de la puerta. Estaba demasiado inseguro como para acercarse más. Edwen no dijo nada, pero siguió mirando a la ventana con esa máscara de granito.

"La situación se está saliendo de control", declaró Edwen de repente.

"¿Qué situación?"

Edwen respiró hondo, disipando el estado de ánimo como una capa. Cuando se giró en su silla para mirar a Danten, el miedo había desaparecido. Instantáneamente, como una tormenta que se avecina, el humor de Edwen se volvió oscuro y helado. Danten estaba familiarizado con ese rostro. El General se preparaba para la batalla, sin importar que forma la amenaza eligiera tomar. De repente Danten quiso saber por qué el Primero había venido al Enclave.

"Garryn está involucrado en el asunto del Mentalista", contestó Edwen, sin expresión.

"¿Cómo?"

"Dice ser un amigo. Creo que *curandero-paciente* sería una descripción más precisa de su relación".

"¿El Primero requiere tratamiento de un Mentalista?"

"Eso no es importante", dijo Edwen abruptamente. "Lo importante es que la agente 342 intentó asesinar al hombre esta mañana."

Esa noticia fue una gran conmoción para Danten. Había sido responsable de las órdenes de la agente 342 desde que todo este asunto volvió a surgir. Mientras Edwen hablaba, Danten recordó las instrucciones que le había dado. Bajo ninguna circunstancia Jonen debía ser lastimado. No hasta que supieran la naturaleza de la amenaza que representaba.

"¿Tuvo éxito?" Danten habló, casi asustado de preguntar.

"¡No, no lo hizo!" Gritó Edwen. "¡Si no estuviera muerta ya le ordenaría que la despidieran por tal estupidez! No sólo se mató a ella misma, sino que permitió que el Mentalista viviera. ¡Ahora ha solicitado ayuda a Garryn con respecto a la información que le fue negada!"

La magnitud de las palabras de Edwen hizo que las rodillas de Danten se debilitaran. Desde el inicio de esta situación ambos hombres habían estado seguros de poder lidiar con el problema. Pero la inclusión de Garryn en estos asuntos lo cambiaba todo. ¿Cómo podían ocultar algo al futuro Emperador del Imperio?

"¿Qué hacemos, señor?"

"El Mentalista debe morir. No hay nada más que hacer. Pensaré en una manera de lograrlo, pero debe entender la gravedad de la situación. Esta oficina no puede ser sospechosa bajo ninguna circunstancia. A Garryn no le gusta la Élite de Seguridad; nunca lo ha hecho. Su madre le enseñó bien. No tengo dudas de que, cuando sea Emperador, desmantelará el Enclave, ladrillo por ladrillo."

"Pero vendrá a buscar la información. Aunque el Mentalista muera, ya es consciente de la conspiración".

"Afortunadamente," respondió el general poniéndose de pie, "vino a pedirme ayuda, un golpe de estado en sí mismo. Eso sugiere que, a pesar de sus sentimientos, sabe que soy el hombre de confianza para este tipo de asuntos. Eso nos da tiempo para prepararnos. Si lo hacemos bien, no sólo pondremos fin a este feo asunto, sino que también tendremos la gratitud de nuestro Primero".

Danten asintió, pero ya no se sentía seguro de nada.

X: SOÑADORES

Al día siguiente, Garryn se encontró en casa de Jonen.

Mientras guiaba al Deslizador a través de las puertas delanteras, notó la presencia de los guardias de la Élite de Seguridad que Edwen había colocado para la protección de Jonen. Los dos centinelas con sus ojos pétreos y sus uniformes negros calmaron la preocupación de Garryn por la seguridad del Mentalista. Ofreciéndole un breve saludo al pasar, Garryn les hizo un gesto de reconocimiento antes de entrar en los terrenos de la modesta casa.

Comparada con la grandeza de las fincas aristocráticas que había visitado desde su regreso a casa, la residencia de Jonen no era impresionante. Sin embargo, lo que le faltaba en prestigio, lo compensaba en calidez. Los jardines eran cuidados por alguien que se enorgullecía de su trabajo. Garryn adivinaba que muchos de los arbustos y macizos de flores probablemente habían sido plantados por la propia mano de Jonen.

La casa era de un tamaño cómodo, construida con piedra blanca pulida y listones de cerámica de color rojo intenso cubriendo el techo. Mientras estuvo en servicio, Garryn había visitado a amigos con casas como ésta. Probablemente por eso no se sintió conmovido por el esplendor palaciego de las mansiones de los aristócratas. Las mansiones estaban allí para impresionar y promover un falso sentido de importancia. No eran hogares, como lo era ésta.

Hoy era un día importante para él, aunque Garryn estaba haciendo todo lo posible para no dejarse llevar por sus expectativas. Después de contarle sobre la conspiración el día anterior, Jonen había organizado una reunión en su casa con todos sus pacientes Soñadores. La perspectiva de conocer a otros que compartían su condición excitaba a Garryn infinitamente. Finalmente, no sentía como si esta locura fuera suya.

Jonen salió por la puerta principal justo cuando el deslizador se detuvo. En lugar de usar su ropa de trabajo formal, Jonen usaba pantalones oscuros casuales y una camisa de punto holgada sin botones. Garryn, que todavía se aferraba a su vestuario militar, en rebelión contra Feroz y sus cortesanos, encontró el cambio refrescante. Todos los que conocía en palacio y en el Quórum vestían las mejores telas a la última moda. Era bueno ver que no a todo el mundo le importaban las apariencias.

"Mi casa se honra con su visita, Garryn", dijo Jonen con una amplia sonrisa. "Los otros ya están aquí y están encantados por la posibilidad de conocerte."

"Espero que no muy emocionados". Garryn esperaba que su título no eclipsara la reunión. "Me gustaría hablar con ellos como miembro del grupo, no como el Primero."

"Les expliqué sus deseos y ellos lo entienden" Jonen le aseguró mientras guiaba a Garryn a través de la puerta principal.

El interior de la casa de Jonen era un lugar de grandes ventanales y plantas verdes que colgaban de esquinas pivotantes pero discretas de la casa. Le recordaba a Garryn la cabina que le asignaron durante su servicio en una nave. Se había sentido tan novedoso poder decorarla él mismo, siendo únicamente suya. Libros viejos en estantes de madera pulida y alfombras ornamentales sobre el piso alfombrado. Jonen era muy aficionado al arte de la antigua Brysdyn, pero ninguna de las piezas del lugar eran auténticas, simplemente buenas réplicas.

El vestíbulo daba a una gran sala de estar, ubicada más bajo que el resto de la casa. Las paredes de esta habitación eran en su mayoría de vidrio y los grandes árboles con zarcillos colgantes que ocupaban gran parte del jardín trasero presionaban contra ellas. Al bajar los escalones Garryn vio un grupo de alrededor de una docena de personas sentadas en sillas, cojines grandes o en el suelo con las piernas cruzadas. Casi parecía un grupo de estudio de la academia.

"¡Garryn!" Kalistar se levantó, saludando desde uno de los cojines para saludarle.

Completamente sorprendido por su presencia, Garryn sólo pudo manejar una respuesta tartamudeante. "Kal, ¿qué haces aquí?"

Por un momento estuvo a punto de no reconocerla, porque no se parecía en nada a la joven que vestía el espléndido vestido en el baile de Myzyne. En vez de eso, llevaba un traje oscuro y una camisa suelta, con el pelo atado en una cómoda cola de caballo.

"Imagina mi sorpresa cuando me enteré de que tú y Kalistar se conocían, después de que hice mi anuncio antes", comentó Jonen, complacido de ver al Primero relajado tras ver una cara familiar.

"¿Tú también eres una Soñadora?" le preguntó Garryn.

"Sí. Es la verdadera razón por la que volví a Brysdyn. Papá no tiene ni idea, por supuesto. Y si lo hiciera, nunca me lo diría. Ya sabes cómo es él".

Garryn lo sabía. La vieja generación tenía poca paciencia con el Mentalismo como ciencia o como instrumento de curación. Para ellos, las dolencias de la mente no eran más que una debilidad de espíritu. Ver a Kalistar lo tranquilizó, especialmente estando rodeado de tantas caras nuevas.

"Me alegro de que estés aquí."

"Todos, este es Garryn." Jonen decidió iniciar las presentaciones y evitó cualquier referencia al título de Garryn, porque sabía que el Primero lo odiaría.

Garryn miró al grupo e inclinó la cabeza en amistoso saludo. Deseó haber usado su ropa de calle en lugar del uniforme de gala.

Lo estaban estudiando muy de cerca, tratando de decidir cuánto se parecía a ellos. Sólo esperaba que ninguno de ellos tuviera una idea preconcebida de cómo se suponía que debía comportarse un Primero. Con todo lo demás con lo que tendría que lidiar en las próximas horas, el protocolo no era algo que quisiera agregar.

"Por favor, encuentre un lugar para sentarse, Garryn, y comenzaremos."

Jonen se adentró entre los cuerpos para ocupar un lugar central desde donde podía supervisar la sesión. Aunque la reunión era informal era necesario mediar en las discusiones, porque quería que todos tuvieran la oportunidad de hablar.

Kalistar le brindó a Garryn una sonrisa alentadora mientras tomaba su mano y lo llevaba al lugar donde ella había estado sentada en el suelo. Un hombre de su edad, alto y de piel oscura, se levantó para ofrecerles su lugar en el sofá, presentándose como Tam.

"Gracias," Garryn le dio la mano al hombre, "pero el piso estará bien."

Una vez estuvieron sentados Jonen comenzó la sesión, haciendo que todos se presentaran. Sólo dos de los catorce Soñadores no habían podido asistir a esta sesión en particular. La mayoría de ellos habían viajado desde todos los rincones del Imperio para estar aquí, unidos por los extraños sueños que asolaban sus noches.

La sesión comenzó con cada miembro contando sus sueños tan bien como podían recordar, con Jonen llenando los huecos revelados por el analizador neural. Garryn escuchaba las historias con creciente horror. Algunos de los sueños eran aún más violentos y perturbadores que los suyos.

La historia de Tam consistía en ver a gente muriendo en la calle de una ciudad alienígena. Cayeron al suelo donde estaban, sucumbiendo a una niebla mortal, sin duda responsable de la destrucción de los adultos de Cathomira. La diversidad racial era la norma en Brysdyn, pero la ciudad que Tam recordaba no tenía tal variación. Todos se parecían a él. Garryn supuso que era posible que la diferencia fuera suficiente para que los cathomiranos hicieran la guerra entre ellos.

Los sueños de Kalistar revelaban un mundo de montañas altas, blancas y magníficas en su apariencia. Habló de la nieve y de lo fría que se sentía contra su piel. Había vehículos primitivos moviéndose a través de calles cubiertas de hielo y altos árboles de coníferas de ricos colores esmeralda, salpicados de nieve. Este escenario casi prístino se disolvió con la misma violencia que Garryn había experimentado.

En sus sueños, la blanca nieve pronto se salpicó de rojo y se ensució hasta convertirse en un granizo gris. Chorros de agua colgaban temblorosamente de las puntas de los carámbanos congelados, convirtiéndose en gotas de sangre. Terribles pájaros se elevaron por el aire, apareciendo oscuros y amenazantes, haciendo llover muerte sobre los que la rodeaban. Un hombre cayó muerto frente a ella. Su sangre se acumuló en una corona carmesí alrededor de su cabeza. No podía explicar por qué su muerte hacía que despertara gritando.

Otro hombre, un Sanador del Valle de Kaltor llamado Holaran, describió un muro.

Era un muro que corría de un extremo a otro del mundo. Se movía como una serpiente a través de montañas y ríos, manteniendo alejados a los bárbaros. Holaran no tenía ni idea de por qué pensaba esto, sólo sabía con cada fibra de su ser que era verdad. Al igual que Tam, Holaran era de un tipo racial diferente, con una piel amarilla profunda, ojos oscuros y una complexión más delgada. En sus sueños, vio a su gente muriendo también, corriendo a lo largo de la pared mientras los mismos pájaros demoníacos asolaban su mundo.

Oren, un oficial de la Policía Central, reveló el sueño de ser perseguido a través de la hierba alta de algún lugar desconocido. Nunca corría solo. Siempre había alguien con él. Tenía unos ocho años y tenía el mismo pelo rojo que él. A pesar del miedo en sus ojos, él los reconoció como suyos.

Nunca lograba hablar con ella, preguntarle de qué estaban huyendo. Todo lo que sabía era que ella no lo abandonaba incluso cuando las pisadas que aplastaban la hierba detrás de ellos se hacían más fuertes. Cuando los pájaros oscuros descendían, él era arrancado de ella y llevado al cielo. Ella gritaba tras él, sus manos desollándose salvajemente mientras intentaba alcanzarlo, pero nunca lo hacía. Se despertaba cuando ya no podía oírla.

Así siguieron la mayor parte del día, cada uno de ellos contando sus pesadillas. Mientras Garryn escuchaba, la emoción brotaba dentro de él, cada historia que le afectaba tan profundamente como la suya propia les afectaba a ellos. Después de hoy, no quedaba en él ninguna duda de que algo terrible ocurrió en Cathomira, y que él era parte de ello. ¿Sabían los adultos de Cathomira lo que estaban haciendo? ¿Habían sabido, cuando crearon sus armas de muerte, cómo iba a terminar todo esto para todos ellos?

La última en hablar fue una joven llamada Nikela. Era más joven que todos los demás y, cuando le tocó a ella, Jonen hizo una presentación primero.

"Los sueños de Nikela son aún más difíciles de interpretar que los del resto. Cuando vino a verme la coloqué en el analizador como hice con todos ustedes. Pero sus sueños eran tan abstractos que el analizador no pudo reconstruirlos".

Garryn observó de cerca a Nikela y se dio cuenta de que no podía tener más de veintitrés años. Él tenía ahora veintiséis años, pero había venido a Brysdyn cuando tenía tres años. ¿Qué edad tenía Nikela cuando llegó?

Como en respuesta a la pregunta tácita de Garryn, Jonen continuó, "Nikela es también el Soñador más joven que hemos encontrado. Tenía menos de un mes cuando llegó a Brysdyn. Había nacido a los pocos días del grito de ayuda de los cathomiranos. Al no poder usar el analizador, intenté la terapia de regresión, con más éxito".

Garryn podía creer que Nikela era la más joven de todas. Su piel era blanca, casi como la de un recién nacido. Su pelo castaño era un contraste evidente con su piel. Excepto por un toque de rosa, sus labios estaban desprovistos de color. Era una joven mujer de color sauce, que se parecía a un mítico duendecillo que era mejor dejar en un bosque encantado en alguna parte.

Nikela les contó sus sueños cuando Jonen terminó.

Soñaba con la oscuridad, pero esto no inspiraba miedo, sino consuelo. Flotaba como envuelta en una manta de noche, toda segura y caliente. No existía hambre ni dolor, sólo una sensación de pereza y satisfacción. En el fondo, un tamborileo apagado seguía sonando, rítmico y extrañamente relajante.

La paz no duró mucho, y pronto el ritmo del tambor se vio eclipsado por el agudo sonido de gritos. El grito de agonía, estridente e inquietantemente cercano, sacudió todo su universo, alterando los latidos tranquilizadores de fondo. Se apresuraron, ganando ímpetu hasta que se convirtieron en duros truenos contra sus oídos. Dos sonidos distintos chocaron entre sí, culminando en su mundo destrozado por un torrente de luz.

Sintió el calor del líquido derramarse en gruesas y viscosas salpicaduras. La luz apuñaló a través del negro, castigando sus ojos, desgarrando su conciencia. Su mundo estaba desprovisto de color, con vagas formas sobre ella. Los gritos se convirtieron en los gritos de un mundo muriendo a su alrededor. Tocando su cara, sus dedos se deslizaron sobre la mancha de sangre que cubría su piel.

Los pájaros oscuros descendieron, llevándola lejos del cadáver con el vientre abierto.

Nikela estaba llorando cuando terminó su historia. Fue desgarrador ver sus lágrimas, porque parecía tan frágil. Kalistar tomó a la joven mujer en sus brazos y la sostuvo mientras se quebraba, y Garryn se preguntó si los otros sacaron la misma conclusión que él sobre el sueño de Nikela.

¿Qué, en nombre del Creador, había ocurrido en Cathomira? ¿Alguien había cortado a su madre como una fruta madura y se la había robado? Garryn rezó para que este fuera un recuerdo demasiado vívido del nacimiento de Nikela a través de una extirpación quirúrgica. No es raro que una madre embarazada necesite ayuda durante el parto. Seguramente esto es lo que Nikela soñó.

Tiene que ser, pensó Garryn.

Cualquier otra cosa sería demasiado monstruosa de imaginar.

Cuando terminó la sesión, sólo Garryn y Kalistar permanecieron con Jonen cuando los otros Soñadores se fueron. Había sido un día largo y el nivel de los sueños se había convertido en demasiado para algunos. La versión de Nikela fue la peor de todas, y afectó a Garryn más de lo que él quería admitir. Se preguntó cuántos Nuevos Ciudadanos eran Soñadores sin saberlo.

Mientras tanto, Kalistar fue informada acerca de la conspiración que resultó en el asesinato de Mira. Garryn no vio ningún daño en incluirla, ya que era su propio padre quien investigaba el asunto. Comprensiblemente, Kalistar se sorprendió. Como los otros en la sesión, ella atribuyó la presencia de guardias a la presencia de Garryn entre ellos, no a la protección de Jonen.

"¿Así que fuiste a ver a mi padre por esto?" Esto sorprendió a Kalistar, ya que la relación entre los dos nunca fue cálida.

"Tienes que admitir que, si alguien sabe cómo erradicar una conspiración, es él. Supongo que no sabe que estás viendo a Jonen".

"Pensé en decírselo, pero ya conocen la actitud general hacia los Mentalistas." Se encogió de hombros, echando una mirada tímida de disculpa a Jonen.

"Sí, lo sé." Jonen descartó su innecesaria disculpa con un gesto de la mano.

El estudio de la salud mental era una ciencia relativamente nueva en Brysdyn. La demanda había surgido durante el Azote cuando la población, devastada por la pérdida de tantos seres queridos y enfrentándose a una vida sin hijos, necesitaba hacer frente a la situación. Desde entonces, el campo había crecido considerablemente, pero, para muchos de la vieja escuela, todavía se consideraba como un refugio de los débiles.

"En algún momento tendré que hablarle de este grupo. Estoy seguro de que sospecha que soy su paciente, pero para ayudarnos, creo que necesita entender el alcance del problema", le explicó Garryn a Jonen.

"Creo que puede tener razón", Jonen concedió el punto, entregando a Garryn su tableta de datos. "Sin acceso a los registros oficiales, he llegado lo más lejos posible con mis propias investigaciones."

"¿Qué ha encontrado hasta ahora?" Los dedos de Garryn volaron sobre la pantalla para examinar los datos que Jonen había reunido.

"Bueno, hasta que recibimos la señal de socorro, nunca hubo evidencia de que los planetas de Cathomira estuvieran poblados."

"Así es," coincidió Kalistar, recordando sus estudios en la escuela. "La vida en Cathomira fue una sorpresa para la comunidad científica.

Estaban seguros de que el entorno era demasiado hostil para que la vida humana evolucionara allí de forma natural."

"Eso no puede ser cierto", señaló Garryn. "Mira la diversidad de la población. Las variaciones son como las nuestras. No puede ser sólo una bola de polvo de hornear si produjo tanta variación".

"¿Alguien ha estado en Cathomira desde el rescate?" preguntó Jonen. Como Mentalista, la astrofísica y la exploración del espacio no era algo de lo que se mantuviera al tanto. Hasta los Soñadores, Jonen tenía pocas razones para pensar en el lugar.

"No", contestó Garryn, a pesar de que la Flota Imperial estaba cambiando su enfoque hacia la exploración, como los jyneses. Con una coexistencia pacífica, la Flota Imperial estaba encontrando un nuevo propósito en adentrarse en áreas inexploradas del espacio. Por Primera vez estaban expandiendo el Imperio a través de otros medios que no fueran la conquista. "No es sorprendente, sin embargo. El planeta está en cuarentena".

"Ojalá supiéramos más sobre el arma biológica que desataron. Aunque no fuera fatal para ustedes, podría haber producido efectos secundarios imprevistos. Sus sueños podrían ser el resultado de eso. Desafortunadamente, no hay datos médicos sobre el virus cathomirano".

"¿Por qué no podemos enviar a alguien allí?" Preguntó Kalistar.

"Esa es una buena idea. Tengo la autoridad para lanzar una misión como esa."

"Conozco colegas a los que les encantaría tener la oportunidad de examinar el virus cathomirano", agregó Jonen. "Por supuesto, el Círculo de Sanadores nunca permitiría que se trajeran muestras del virus a Brysdyn, por lo que podríamos llevar a cabo nuestra investigación dentro del sistema y luego destruir las muestras antes de regresar a casa para minimizar el riesgo de contaminación. No hay necesidad de poner al Imperio en peligro."

"Tal vez puedas estudiar el planeta también. Todavía hay muchas zonas grises con respecto a Cathomira. Sería bueno aclararlas".

"¿Crees poder arreglar eso?" Preguntó Kalistar.

"No veo por qué no. Se supone que soy el Primero. Veré qué puedo hacer con el título".

XI: EXPEDICIÓN

Organizar una expedición a Cathomira no era un asunto sencillo.

Garryn aprendió con rapidez que se necesitaba más que un título para navegar por el laberinto de burocracia necesario para hacer que tal cosa ocurriera. Cuantas más preguntas hacía, más convencido estaba de que no estaba preparado para manejar nada de eso. Al final, pidió ayuda a su padre, y el consejo del Emperador fue conseguir un ayudante que se familiarizara con el terreno político de Brysdyn.

Para Garryn, sólo había un hombre que serviría.

Benaris era el corazón agrícola de Brysdyn. Proporcionaba la mayor parte de los suministros de sorgo del planeta y existía en vastas plantaciones cuidadosamente seccionadas. La mayoría de ellos eran propiedad del gobierno, aunque algunos nobles y ricos brysdynianos habían invertido en parcelas de tierra con fines de jubilación para cuando acabara su vida en la corte. Ashner, a quien Garryn estaba viajando a ver, no era ni rico ni aristócrata.

Ashner era de Jyne. Había sido el tutor de la joven Aisha antes de su matrimonio con el Emperador y se había unido a ella en Brysdyn como su ayudante. Cuando Garryn y Elisha eran niños, él asumió el papel de tutor y los dos niños reales lo adoraban. Hasta la muerte de Aisha, menos de dos años atrás, Ashner había sido su compañero y amigo constante. Fue Iran quien otorgó a Ashner una finca en Benaris en agradecimiento por toda una vida de servicio y amistad.

El viaje desde Paralyte duró menos de una hora en la nave privada de Garryn. Salió temprano y estaba sobrevolando los cálidos cielos de Benaris a media mañana. El clima era menos húmedo que en Paralyte, más cercano a una sábana caliente. A pesar de que los controles ambientales de su nave mantenían el calor seco fuera, Garryn sentía la perdida de humedad por los pinchazos en su piel.

Cuando se acercó a *Serafia*, el pomposo nombre que Ashner le había dado a su finca, ya había cruzado cientos de acres de lujuriosos campos verdes y colinas onduladas. *Serafia* no era tan lujosa como algunas de las otras residencias aristocráticas de la zona, pero tenía su propio y elegante encanto. Había una casa señorial de tamaño moderado que Ashner había decidido renovar en lugar de demoler, y un lago de buen tamaño donde Garryn y el viejo pescaban ocasionalmente. La adición más reciente al lugar era una pequeña plataforma de vuelo donde el pequeño T25 Runner de Ashner estaba atracado.

"¡Garryn!"

Garryn había querido sorprender al hombre con su visita y no se había anunciado hasta el último momento.

"Hola, viejo". Garryn abrazó calurosamente a Ashner. "¿Cómo es la vida en las provincias?"

"Perfectamente tranquila", contestó Ashner, mientras iniciaban el camino hacia la casa.

Ashner ya tenía más de setenta años, con una cabeza llena de pelo blanco bien corto y una barba prolija del mismo color. Una vez fue un hombre alto, pero la ligera inclinación de sus hombros lo hacía más bajo que Garryn. Sus ropas eran notablemente informales para un hombre que alguna vez había sido residente del Domicilio, pero Garryn no se sorprendió de que Ashner se convirtiera en nativo.

"Y lo odias", respondió Garryn.

"Desesperadamente", se rio Ashner.

Hablaron la familia y los chismes de la corte mientras caminaban hacia la casa. Garryn notó que los jardines habían sufrido cambios desde su última visita. Bajo la ocupación de los propietarios anteriores, los jardines eran esculpidos a la perfección, con césped cuidado y arbustos y flores de moda. Ahora la mayor parte había sido arrancada y reemplazada por hileras de coles y otras verduras. Incluso había ganado vagando por los prados alrededor del lago, pastando contento bajo el sol de la tarde.

Garryn no pudo evitar pensar que ese lugar tenía una gran necesidad de niños y una familia. No que fuera a expresar en voz alta esa observación. Ashner no era un amante de las mujeres, y sus preferencias por los hombres jóvenes habían pasado hacía mucho tiempo. Ambos hombres entraron a la casa, decorada al estilo provincial. La mayoría de las paredes estaban cubiertas de estanterías llenas, como era de esperar del hombre que Garryn siempre supo que era un erudito. Su biblioteca consistía en textos de toda la galaxia.

Mientras el ama de llaves de Ashner, Dian, les traía algo fresco para beber, ambos hombres se sentaron a hablar en la terraza. Las amplias ventanas y la pintura de colores claros daban a la habitación una sensación de calidez perceptible. También brindaba una vista maravillosa de la vida pastoral de *Serafia* y de su lago. Garryn se sentía más a gusto en este lugar que en cualquier otro desde que regresó a casa.

"¿Cómo te sientes en vísperas de convertirte en Primero?" preguntó Ashner mientras estudiaba a Garryn en el sillón opuesto.

"Todavía faltan *cinco* días", contestó Garryn petulantemente.

"Cinco días o semanas, ¿qué importa? La inauguración se acerca. Pronto serás Primero".

"Un Primero que necesita desesperadamente un ayudante", declaró Garryn, usando la pregunta de Ashner como la perfecta entrada para hacer saber la razón de su visita.

"Y yo que pensaba que era tu necesidad sentimental de ver a tu viejo maestro lo que te llevó a venir hasta aquí para verme a mí."

"Eso también, pero sobre todo porque te necesito de la misma manera que mi madre."

"Te enseñé bien." Ashner sonrió con aprobación por como Garryn jugó con sus sentimientos. "¿Golpear al viejo donde le duele? Bravo, hijo mío, yo no podría haberlo hecho mejor".

Su tono juguetón disminuyó después de un momento mientras su expresión se entristecía. "Tu madre era como una hija para mí, lo sabes. Me dio mucho placer ser parte de su vida y, más tarde, de la tuya y la de tu hermana. No fue correcto que muriera antes que yo".

"Las garras del Azote eran afiladas. Mi padre me dijo que nunca se recuperó como debía, siempre esforzándose más que nadie".

"Tu madre era una mujer extraordinaria y tu padre la adoraba. Tal vez fue su culpa nunca poder decírselo".

Eso era cierto, decidió Garryn. Iran la había amado profundamente. Muchos en la corte nunca pudieron entender cómo dos personas de mundos tan diferentes podían tener un matrimonio tan exitoso. Aisha era la hija del Canciller jynes, e Iran el Emperador de Brysdyn. Una fresca y civilizada, la otra ardiente y agresiva. Se complementaban e, incluso ahora, Garryn podía ver lo incompleto que se sentía su padre sin ella.

Volviendo al tema, Garryn continuó presentando su caso. "Ashner, te necesito, aunque sea solo un tiempo. Tengo algunas cosas que necesito resolver rápidamente y no tengo la experiencia política para pasar a través de la burocracia para hacerlo. Necesito a alguien que conozca el terreno mejor que yo".

"Ya veo", la expresión del hombre mayor se endureció y se convirtió en el astuto animal político de su reputación. "¿Qué clase de cosas?"

"Necesito lanzar una expedición científica a Cathomira."

La sorpresa de Ashner apareció en sus ojos. "¿Con qué propósito?"

Sin dudarlo, Garryn le reveló las pesadillas que lo llevaron a los Soñadores y la conspiración que Jonen encontró. Ashner escuchó en silencio y sin juzgar hasta que Garryn relató toda la historia. Cuando terminó, Ashner respiró hondo y ambos hombres permanecieron en silencio durante unos minutos.

"Ir con Edwen puede no ser la cosa más sabia que podrías haber hecho."

"¿Disculpa?" Garryn no se esperaba ese comentario.

"Tal vez sea mi paranoia", contestó Ashner, inclinándose más cerca, todo rastro de maldad en sus ojos desapareciendo, reemplazado por algo afilado y oscuro. "He descubierto con el paso de los años que tratar con Edwen es como hacer un pacto con el Oscuro. No confiaría en él tan fácilmente. Tiene la tendencia de usar una situación para su propia agenda y poner al otro en una posición vulnerable".

El estómago de Garryn se estrujó ante la idea de que podría haberse comprometido al involucrar a la Élite de Seguridad. "Pero Edwen accedió a ayudar. Dijo que me ayudaría a descubrir la verdad."

El escepticismo de Ashner se hizo evidente. "Tal vez lo haga, pero también usará lo que necesite para ganar el apoyo del Emperador, para asegurar la supervivencia de su Élite de Seguridad."

Garryn conocía la opinión de Ashner sobre Edwen y su Élite de Seguridad. Edwen nunca pudo soportar la idea de que la esposa del Emperador fuera una 'extranjera'. Le importaba tan poco como su ayudante y todo lo que fuera Jyne. Por mucho que amara a Ashner, Garryn no podía ignorar la posibilidad de que la opinión de su maestro pudiera tener algún prejuicio, pero tampoco podía ignorarlo.

"Si no voy con Edwen, ¿entonces a quién acudo?"

Ashner frunció el ceño, viendo el dilema de Garryn. "¿Sabe que su hija sufre de esta enfermedad del Soñar?"

"No, Kalistar no se atrevió a decírselo. Ya sabes cómo se siente la vieja escuela con respecto a las enfermedades mentales".

Ashner lo sabía muy bien, porque conocía a Edwen. "Sería aconsejable que no se lo dijera. Tienes razón al creer que Edwen sería capaz de averiguar si hay una conspiración en marcha, pero puede ser información que usaría en su beneficio".

"Edwen tiene hombres protegiendo a Jonen. Creo que su afán de ayudarme es salvar su propio pellejo. Sabe lo que pienso de la Élite de Seguridad".

"Tal vez tengas razón, pero recuerda, el General no es tonto. No permitirá que ninguna sospecha caiga sobre su preciosa institución si el Mentalista muere".

"Entonces, ¿qué hago? La información sobre Cathomira es escasa. No sabemos si lo que nos está pasando es un trastorno cerebral real o una experiencia compartida. Estabas en la corte cuando nos trajeron al Imperio. ¿Hubo algo inusual en todo ello?"

Ashner no contestó inmediatamente, pensando primero en el asunto. "La existencia de vida en Cathomira siempre fue un golpe para nosotros. No creímos que fuera posible. El sol rojo debería haber matado cualquier posibilidad de eso, pero recibimos una señal de socorro y, después de eso, todo sucedió muy rápido".

"¿Quién la recibió?" interrogó Garryn.

"Vino de una de las estaciones de retransmisión del perímetro imperial. Tasys, si mal no recuerdo. Cuando la noticia de la señal de socorro llegó a nuestro mundo, las naves de rescate ya habían sido enviadas".

"La Marina Imperial, querrás decir", intervino Garryn.

"No, la marina estaba fragmentada. Debes recordar, Garryn, que un tercio del Imperio murió durante el Azote. Lo que quedaba de la marina protegía las principales vías espaciales de bandidos y piratas. Todos nuestros yacimientos minerales y materias primas eran vulnerables, porque carecíamos de la mano de obra necesaria para protegerlos. La flota Imperial no se podía destinar al viaje a Cathomira."

"¿Quién vino a buscarnos entonces?"

"La Élite de Seguridad, por supuesto."

* * *

Cuando Garryn regresó a Paralyte, Ashner fue con él.

El viejo tutor dejó muy claro que el nombramiento era temporal. Permanecería el tiempo suficiente para ayudar a Garryn a resolver su misterio actual y luego volvería a su vida provincial. Por mucho que Ashner odiara la tranquilidad, también se había acostumbrado a ella en su vejez.

Al principio, Garryn pensó que las sospechas de Ashner sobre Edwen eran el veneno de un anciano ante un enemigo odiado, pero cuanto más lo pensaba, más lógica tenía. El poder de Edwen era el segundo después del Emperador y su casa.

Edwen conocía más secretos sucios y escándalos escondidos que nadie en el Imperio. A lo largo de los años había fortificado la Élite de Seguridad con un amortiguador de protección basado en la intimidación y el miedo. Garryn estaba seguro de que poco ocurría en el Imperio sin que Edwen lo supiera. Con el ascenso de Garryn a la posición de Primero Edwen sería un tonto si no explotara cualquier vulnerabilidad para poder sobrevivir.

Ashner regresó al Domicilio y se puso a trabajar inmediatamente, preparando la expedición de Garryn sin la participación directa del Emperador o de la Élite. Mientras tanto Garryn continuó su consulta con Edwen y la investigación. Como Ashner predijo, el General no aportó nada de valor. Mientras tanto, Garryn continuó viendo a Kalistar, quien le daba algunas ideas sobre el General, incluso aunque eso hiciera que la corte se llenara de rumores sobre su relación.

Aunque Garryn encontraba estas insinuaciones irritantes, sirvieron para algo. A pesar de los rumores, se confesó a sí mismo que su afecto por Kalistar era fuerte, aunque le preocupaba que pudiera estar cometiendo una injusticia con ella. En un momento en que su vida estaba a punto de cambiar irrevocablemente, ella era uno de sus puntos brillantes. Era una mujer hermosa, pero también había bondad en ella que él encontraba reconfortante. También era bueno tener una amiga que entendiera por lo que estaba pasando con el Soñar.

"¿Así que tu nuevo ayudante consiguió una nave científica de la marina?", preguntó durante la cena en el Domicilio.

"Sí, al parecer nuestra comunidad científica está encantada con la perspectiva de ir a Cathomira a investigar."

Garryn explicó cuán receptivo fue el Ministro de Investigación Científica a la idea después de que Ashner le habló de ella. El mundo científico había crecido en prominencia desde el Azote, pero ni siquiera su poder podía superar la paranoia del Círculo de Sanadores en el estudio de la virología. Con su considerable influencia, siempre habían anulado cualquier petición de estudiar el virus de Cathomira, pero esta vez, con la oficina del Primero impulsando la demanda, no pudieron negarse.

"Todo lo que se necesitó después de eso fue un susurro a la gente adecuada de mi gratitud por su cooperación."

"Así que realmente no les prometiste nada", Kalistar encontró divertido ver cómo Garryn ejercía su nuevo poder.

"No, no lo hice", tomó un sorbo de su vino.

"Entonces, ¿cuándo se van?"

"Poco después de la inauguración. Preferiría que fuera antes, pero ya sabes cómo serán las festividades". Una mueca le atravesó la cara como un reflejo automático. "Nadie quiere perderse nada de esto."

"¿Qué pasa?"

"Veamos." Se acomodó en su silla y miró las luces que había más allá del balcón. Por una vez Feroz no se había opuesto cuando Garryn sugirió que su cena se sirviera ahí. La vista del balcón desde la ciudad ciertamente valió la pena. "Habrá un circo frente al Quórum por la mañana. Completo, desde los tragafuegos hasta los acróbatas de Tayto, con dragones de Sayleen y los Dioses sólo saben qué más. Algunos de los vendedores de Kirkaris trasladarán sus puestos al Quórum por el día".

"¿Dónde estarás tú?"

"Con suerte escondido en un carguero con caballos borellianos en camino a Jyne."

Garryn no estaba bromeando del todo.

"Sé serio". Kalistar se rio.

Garryn se encogió de hombros ante la derrota. "Estaré aquí en esta habitación, observando todo desde aquí, con un vaso muy alto de algo fuerte. A la hora señalada, iré al Quórum Hall con Feroz y un séquito de no sé quiénes y luego me convertiré en Primero".

"¿Qué pasa después de eso?" Estaba fascinada por el tema, aunque era consciente de que Garryn odiaba cada minuto.

"Creo que la fiesta callejera continuará." Garryn trató de recordar los detalles tal como Feroz los había explicado. "Para entonces, se extenderá hasta el Domicilio. Esencialmente, toda la colina será una gran fiesta. Las puertas del Domicilio estarán abiertas y se brindará un baile en el patio, con la asistencia de toda la ciudad. Habrá entretenimiento, animales divertidos y un Primero para que todos lo vean".

No quería sonar amargo, pero así fue como salió. Garryn dejó caer el tenedor sobre su plato, sintiéndose repentinamente sin ganas de comer. "Ojalá pudiera terminar con esto rápidamente. Quiero que se haga para poder seguir con el resto de mi vida o al menos empezar a hacer los ajustes adecuados".

"Tienes demasiado tiempo libre, Garryn," dijo Kalistar, inclinándose hacia él a través de la mesa. Alcanzando su mano, ella le dio un suave apretón. "Has pasado demasiado tiempo pensando en lo horrible que sería ser Primero. Tampoco ha ayudado que te traten como al sacrificio del templo mientras te arrastran de un lugar a otro. Tal vez lo que necesitas es hacer las cosas que quieres hasta entonces. Olvídate de Feroz y de esos cortesanos, ¿qué son para ti?"

"Sé que como Primero tengo una muerte dolorosa planeada para él. Probablemente algo que implique asfixia con ropa barata".

"Ese es el espíritu. Vive para vengarte si nada más sirve", guiñó el ojo.

XII: SECRETOS

"¿Cómo me veo, padre?"

Edwen levantó la vista de la consola de su escritorio mientras Kalistar se deslizaba hacia su estudio sin anunciarse, vistiendo un amplio vestido azul. Al dejar que sus ojos corrieran a lo largo de ella, se sintió excepcionalmente viejo. ¿Realmente había pasado una década desde que ella se sentara en esa pequeña mesa en la esquina de su estudio haciendo su tarea mientras él trabajaba?

"Extrañamente civilizada", respondió con verdadero orgullo.

"Gracias", dijo ella, conociéndole lo suficiente como para tomar eso como un cumplido. "Me reuniré con Garryn después de la ceremonia, padre. Está un poco abrumado por toda la atención y creo que le vendría bien la compañía".

Hoy era el día, ¿no? Edwen suspiró, sintiendo de nuevo su edad. Garryn se convertiría oficialmente en Primero y sucesor del Emperador. Mirando por la ventana de su casa, a poca distancia del Quórum, podía ver que las calles ya se estaban llenando de gente. Sólo podía imaginar a las multitudes clamando para ver al Primero en su ascensión histórica.

"Lo hará bien, estoy seguro. Ese joven tiene una veta de granito en él. Si conozco a Garryn, son las festividades las que no le gustan, no el título o el poder que ganará".

"Garryn no es así, padre", protestó ella, tratando de mantener la molestia fuera de su voz. El comentario le dolió, aunque no sabía por qué. "Ha pensado mucho en lo que hará cuando se convierta en Primero, pero no creo que quiera sacudir los pasillos del establecimiento."

"Cielo", volvió a sentarse en su silla y la miró con ojos críticos. Por más que la amara tenía que recordarse a sí mismo que ella era, después de todo, femenina, altamente emocional e incapaz de pensar claramente cuando se trataba de asuntos del corazón.

"Piensa cuanto te puede gustar Garryn cuando sea tu amante o tu marido, pero nunca te engañes a ti misma de lo que es. No es el hijo de Iran. No ha heredado las debilidades de Iran. Como yo, no es un hombre que ansía derramar sangre o la guerra, pero es un depredador. No te equivoques al respecto. Cuando tenga el poder, lo usará en consecuencia. Sólo los Dioses podrán ayudar a los que se interpongan en su camino".

"Creo que te equivocas", declaró ella efervescentemente, dejando que sus sentimientos se apoderaran de ella. "Garryn es una persona buena y amable. Se preocupa por la gente. Incluso está organizando un viaje de investigación a Cathomira, porque quiere ayudar en los estudios sobre los Nuevos Ciudadanos".

Los ojos de Edwen brillaron. "¿Un viaje de investigación?"

Kalistar maldijo para sus adentros, dándose cuenta de que podría haber revelado inadvertidamente alguna información que se había mantenido alejada de su padre a propósito. Aunque Garryn no le dijo que lo mantuviera en secreto, estaba segura de que tampoco quería que ella se lo dijera a todo el mundo. Sin embargo, ¿qué daño podría causar decírselo a su padre? La expedición iba a hacerse, le gustara o no.

"Sí", contestó ella, sin el tono de bravuconería en su voz. "Garryn me ha dicho que ha apoyado un viaje de investigación científica a Cathomira."

"Muy admirable." La cara de Edwen no lo traicionó. "Tal vez me equivoqué con él."

Su sorpresa por la concesión hizo que Kalistar se pusiera aún más nerviosa, pero, al igual que él, sabía cómo ocultar lo que pensaba.

"Quizás lo hiciste", contestó en voz baja y se retiró de la habitación.

A pesar de que él había cedido, no hubo satisfacción en la victoria. El General raramente cedía ante nada a menos que sirviera a su propósito, y había algo muy inquietante sobre esto.

Al salir de la habitación dejó a su padre meditando sobre la noticia que, sin saberlo, había entregado en sus manos.

* * *

Por enésima vez Garryn paseó por el piso de su suite como gato enjaulado.

Fuera del balcón el rugido de la multitud era ensordecedor y pensó si cerrar las puertas haría alguna diferencia. Sospechaba que no, y por eso las mantuvo abiertas, porque las multitudes eran algo a lo que iba a tener que acostumbrarse antes de que terminara el día. Abajo en las calles ya estaban corriendo en busca de la mejor vista para cuando comenzara la ceremonia.

No por primera vez ese día deseó poder escapar de todo esto.

Un repentino golpe contra la puerta de su suite le sorprendió y Garryn miró con perplejidad. No pensaba que nadie tuviera tiempo para visitarlo. La atmósfera dentro del Domicilio era totalmente frenética ese día. Todos corrían para completar los preparativos finales para la ceremonia y el banquete que le seguía.

No es Feroz, pensó Garryn con certeza. Feroz rara vez era lo suficientemente cortés como para llamar a la puerta. Garryn solo deseaba que no fuera otro cortesano preguntándole si necesitaba ayuda para vestirse. El bendito evento estaba a cuatro horas de distancia y nadie vendría a recogerlo por al menos tres.

No podían ser ni Elisha ni su padre. En ese momento el Emperador era el anfitrión del Canciller de Jyne, que asistía a la ceremonia como una nueva afirmación de su nueva alianza. Su hermana, por otro lado, estaba en el patio, dirigiendo la casa como un general que se prepara para la guerra. Quería que todo estuviera perfecto para el gran día de su hermano mayor.

Cuando se abrió la puerta, Garryn se sintió realmente complacido al ver a Kalistar de pie junto a Feroz en el pasillo.

"¡Kal!" exclamó, agradecido de ver una cara amiga. "¿Qué estás haciendo aquí?"

"La joven pensó que podríais necesitar compañía, Sire", dijo Feroz antes de que Kalistar pudiera intervenir. "No se preocupe, Primero, me alegrará ver que la señorita sea escoltada hasta el Salón cuando salga para la ceremonia."

"Eso estaría bien, Feroz", contestó Garryn, sorprendido por la magnanimidad del Cortesano Principal. "Muchas gracias. Te lo agradezco de verdad."

"Primero", dijo Feroz con sentimiento genuino, "Sé que no siempre hemos estado de acuerdo, pero hoy estoy muy orgulloso de tener el honor de ser su cortesano en esta ocasión".

Sus palabras eran tan exageradas que eran casi cómicas, pero había un sentimiento genuino en la declaración. No dudaba del orgullo que detectó en la voz de Feroz y fue tocado por este.

"El honor es mío, Feroz", contestó Garryn amablemente. "Me disculpo por haberte causado tantos problemas."

"Oh," los ojos de Feroz se iluminaron por la inesperada disculpa. "No es más difícil que su padre, Primero. Mi predecesor tuvo el mismo desafío, pero gracias. Siempre recordaré esto."

Con una leve reverencia se volvió y se alejó a toda prisa. En cuestión de segundos, Feroz desapareció por el pasillo y Garryn miró a Kalistar, que le sonreía.

"Por favor, entra", hizo un gesto para que entrara en la habitación.

"Sí", dijo ella deslizándose dentro con su vestido. "¡Estoy tan orgullosa de ti! Le has hecho muy feliz, lo sabes."

"Bueno, le he hecho pasar por muchas cosas. Nunca he tenido mucha paciencia con el protocolo real y nunca fui muy bueno escondiendo mi aversión".

El estruendo que había fuera hacía difícil oírle, por lo que Kalistar se encargó de cerrar las puertas del balcón. Una vez cerrado, el rugido cayó a un zumbido bajo, permitiéndoles escucharse claramente. Ella notó que él sólo llevaba una bata, a pesar de que su uniforme de gala estaba dispuesto para él en su cama.

"Supongo que has estado encerrado aquí todo el día." Se sentó en el sofá.

"Como un ermitaño." Garryn se le unió. "Aunque no lo siento. Suena a locura ahí fuera."

"Lo sé. Tuve que pasar por todo eso."

No explicó que había llegado en el deslizador de su padre con las designaciones de la Élite de Seguridad blasonadas en el casco. Si hubiese intentado entrar sin ellas habría sido rechazada por los guardias del Domicilio. Su intención de sorprender a Garryn con su visita le impedía a él dejar un mensaje en las estaciones de centinela que permitiera su entrada.

Garryn hizo una mueca al pensar en vadear entre la multitud antes de sacársela de la cabeza. Prestando más atención, se fijó en su vestido para el banquete después de la ceremonia, y tuvo que admirar lo mucho que la favorecía.

"No es que me esté quejando, pero realmente no tenías que hacer esto", dijo Garryn, aunque se alegraba de verla.

"Bueno", le cogió la mano, apretándola suavemente. "Sabía lo locas que se pondrían las cosas antes de la ceremonia y que estarías aquí solo. Pensé en hacerte compañía hasta que tuvieras que irte".

"Gracias", dijo él, agradecido.

Al encontrar su mirada vio una expresión insondable en sus ojos que no pudo interpretar. Entonces, sin dar aviso, ella se inclinó y apretó suavemente los labios contra los suyos. Su boca se sentía cálida y acogedora y Garryn sintió que reaccionaba ante ella inmediatamente. Hasta ahora, su relación había sido de un ligero flirteo, pero la cabeza de Garryn había estado llena de tantas cosas que nunca había actuado al respecto. Además, como Primero, ya no tenía la libertad de ser tan despreocupado con sus relaciones románticas. Cualquier relación que él comenzara con alguien tendría implicaciones duraderas para ambas partes.

A pesar de sus reservas, se permitió disfrutar del sabor de sus labios contra los suyos. Ahora mismo, esta era la mejor distracción del día, aunque no sabía hasta dónde iba a llegar. Ella continuaba besándole mientras los instintos más bajos se apoderaban de él y la lujuria reemplazaba al sentido común. Había estado con suficientes mujeres como para saber que ella lo estaba instando a tomar el control y que estaba feliz de complacer la necesidad que había provocado.

Se exploraron unos a otros tímidamente hasta que la lujuria escaló las cosas hasta el punto de no retorno. Con gentil consideración se deslizó dentro de su cuerpo, disfrutando de la intimidad. Aunque el placer era exquisito se preguntó si había habido otros amantes antes que él. Esperaba no ser el primero. Una ocasión así merecía algo mejor que un acoplamiento apresurado destinado a distraerlo de las penosas experiencias del día.

Sin embargo, el acto sexual fue tierno y placentero; se movían como bailarines al ritmo de una canción dulce que sólo ellos podían escuchar. Hizo desaparecer al mundo y, por ese momento, se encontraron solos en un universo hecho para dos.

Cuando todo terminó, se abrazaron uno al otro, resguardándose en el calor de piel contra piel, y en un sentido de intimidad que era más que sólo físico.

"Espero que eso te haya hecho relajar un poco", bromeó ella.

Garryn sonrió, aunque no la miró. "Sí, pero espero que no haya sido sólo por eso."

"Por supuesto que no", se mofó. "Me preocupo por ti y si no podemos consolarnos cuando lo necesitamos, entonces no somos muy buenos amigos."

¿Era sólo amistad lo que ella sentía? Garryn no lo creía, pero no insistió en el tema. La verdad es que le gustaba mucho, pero, en retrospectiva, se preguntaba si no debería haberse esforzado más por resistirse a ella.

"Kal, me gustas", dijo, consciente de que necesitaba andar con cuidado. "Esto fue increíble y tú eres increíble..."

"Garryn", ella le impidió hablar. "No lo hice porque quiera atrapar a un marido o porque me apiadé de ti. Me preocupo por ti y si esto lleva a algo, que así sea, y si no lo hace, entonces seguiremos siendo amigos. Este ha sido un momento hermoso. No lo estropees pensando demasiado".

Aún sin saber si estaba siendo injusto con ella, Garryn asintió y aceptó sus palabras, aunque no pudo evitar pensar que el momento ya se había estropeado.

XIII: ASCENSIÓN

Las puertas del Avatar se abrirían hoy.

Iran tenía diecisiete años la última vez que una luz entró en la habitación sagrada. Fue escoltado por su padre y el Maestro de Registros cuando entraron en la pequeña y poco visitada sala del Salón de Quórum. Hace veintiséis años, Iran estaba convencido de que no habría otra Ceremonia de Ascensión, debido al Azote.

Sin embargo, aquí estaba, a punto de hacer la histórica caminata con su hijo.

Pensando en la ascendencia de Garryn sintió como si su vida finalmente hubiera cerrado el círculo. Hoy había cumplido el juramento que hizo a su pueblo dentro de estas paredes. Iran lideró el Imperio durante sus peores años, se casó y produjo un heredero para la próxima generación de brysdynianos. Si lo deseaba podía prepararse para la jubilación. Una vez que Garryn se sintiera cómodo con gobernar en su lugar podría considerarlo. Iran sabía que Garryn no tenía esas expectativas. Su hijo no fue criado para ser ni ambicioso ni codicioso. Esperaría hasta que su padre estuviera listo para renunciar.

Hizo infinitamente feliz a Iran saber que Garryn lo amaba más de lo que quería ser Primero.

Adoptado o no, era hijo de su madre y ella dejó lo mejor de sí misma en él. Ella se había ocupado de que su educación fuera una amalgama de dos mundos. Sa habían ido la fuerza bruta y el salvajismo de las viejas costumbres. La educación de Garryn fue templada por la lógica y la compasión. Era una combinación excepcional, pero el chico siempre había descollado.

Desde el principio.

* * *

El Emperador recordó el día en que posó sus ojos en el niño que sería su hijo.

En aquel momento, no había cifras exactas sobre el número de niños que se traían de Cathomira, porque no todas las naves habían regresado. Tres naves de la Élite de Seguridad llevaron a cabo el rescate, y nadie esperaba que regresaran con niños que se convertirían en la esperanza del Imperio.

Los primeros grupos de niños fueron mantenidos en cuarentena por el Círculo de Sanadores. Se realizaron todo tipo de pruebas a los refugiados para asegurar que el virus responsable de la destrucción de Cathomira no sobreviviera al viaje a Brysdyn. Sólo después de haber quedado satisfechos de que los niños no portaban ningún patógeno oculto se les permitió finalmente a los padres potenciales que los vieran.

Iran pensaba que no había manera de conseguir un niño mientras caminaba por las habitaciones estériles del edificio y espiaba a los curanderos que atendían a los jóvenes asustados. El proceso era obscenamente clínico.

Adoptaron a Elisha primero. Tenía apenas un año y Aisha miró a la bebé sonriente en el catre, con sus rizos oscuros y sus ojos brillantes,

y se perdió por completo. La llamaron Elisha en honor a la madre de
Aisha y los fascinó a ambos con su primera sonrisa.

Encontrar a Garryn fue un poco más complicado.

Después de que la documentación fue procesada y se preparaban
para regresar al Domicilio con su nueva hija, un niño pequeño salió
corriendo delante de ellos. De alguna manera, se las arregló para
escapar de sus cuidadores y llegar a la salida principal del edificio. El
Sanador que lo perseguía no estaba contento. El chico se detuvo en
medio del pasillo blanco durante un momento antes de girarse para
correr. Sus piernas de tres años todavía estaban bastante descoordi-
nadas y no dio más que unos pocos pasos antes de tropezar torpe-
mente sobre sus pies, golpeando el suelo con fuerza.

No lloró. En todo caso, parecía molesto por la torpeza que permitía
que el Sanador le alcanzara. La expresión de completa irritación en
su rostro querubín hizo sonreír a Iran. Antes de que pudiera luchar,
vio al Emperador y sus ojos se iluminaron como el amanecer. Antes
de que Iran se diera cuenta, los brazos del niño estaban extendidos
hacia él.

El niño hablaba y, aunque Iran no reconocía la palabra, ésta tras-
cendía el lenguaje. Era una palabra, pero había tanto detrás de ella
que Iran quedó completamente convencido.

Da.

* * *

La llegada de Garryn llevó el rugido de la multitud a un tono febril y
devolvió a Iran al presente.

Tan pronto como apareció estallaron los aplausos y vítores y, en
medio de este furor, algunos cantaron su nombre. La atmósfera se
estremeció con la electricidad de la anticipación y un sentimiento de
esperanza. Iran no recordaba que su Ascensión fuera tan jubilosa,
pero mucho había cambiado para Brysdyn desde aquellos tiempos de

desasosiego. Hace veintiséis años la población no creía que llegara a haber otro Primero que ocupara su lugar.

Iran compartió el sentimiento de alegría con su gente y los invitados en el podio mientras veían a Garryn ascender los grandes escalones. La mirada de Garryn se encontró con la suya antes de pasar por el resto de los invitados reunidos, deteniéndose momentáneamente cuando vio a Kalistar sentada junto a su padre, Edwen.

El Emperador no era sordo a los rumores que circulaban en la corte, aunque no creía que la relación fuera tan apasionada como muchos creían. No es que le importara si fuera de otro modo. Kalistar era una joven de buena reputación e inteligencia, una esposa adecuada para el próximo Emperador, si Garryn la escogía. Aisha lo habría aprobado.

Pensando en Aisha, Iran miró al Canciller Garin de Jyne, que estaba detrás de él. El anciano estaba orgulloso de su nieto y tocayo. Garryn era el mayor de sus nietos, y el Canciller había hecho un esfuerzo especial para estar presente hoy. Aisha era la única hija de Garin en una casa llena de varones, y su favorita. Su muerte fue tan dura para él como lo fue para Iran.

Entre los invitados se encontraba la élite de la aristocracia de Brysdyn, así como los líderes de numerosos mundos aliados. Ashner, el viejo tutor y ayudante de Aisha, también estaba presente y había sido instrumental en ayudar a Elisha a coordinar las festividades para esta ocasión trascendental. Mientras que Iran tenía dudas sobre la elección—un nuevo Emperador debería tener un ayudante más cercano a su edad—, Ashner seguía siendo un buen hombre para tener a disposición.

El Maestro de Registros, al aparecer detrás de Iran, provocó que el rugido de la multitud se redujera a un susurro apenas audible. El guardián de la historia espiritual de Brysdyn emergió de la entrada del edificio del Quórum, exigiendo el respeto de todos los presentes. El Señor Discípulo Salym era el líder espiritual del pueblo de

Brysdyn y pasaba sus días en la Catedral de Alwi, entrenando acólitos para servir a los Dioses.

Si Salym estaba nervioso en esta ocasión trascendental, ciertamente no lo demostró. Su expresión era tranquila y sus ojos marrones mostraban poca emoción. Con la brisa en el pelo parecía más joven que sus años, demasiado inexperto para ser el Maestro de Registros.

Cuando Garryn finalmente se unió a él, el gran cuerno en la parte superior del edificio del Quórum fue tocado. El cuerno era una reliquia del antiguo Imperio de la Estrella Blanca, cuando su civilización estaba aún en su infancia y los hombres vivían en cuevas. El cuerno había actuado como una forma de reunir a la comunidad en días anteriores a los sofisticados métodos de comunicación. En esta ocasión, el cuerno exigía el silencio de su público, y la multitud se silenció aún más.

"Hoy la Gran Rueda de la Ascensión gira una vez más. Lo viejo debe allanar el camino para que comience lo nuevo y un nuevo amanecer. El ciclo del principio y el fin, como nos enseñaron los Dioses Trascendentales, ha alcanzado el círculo completo y es hora de que el Imperio entre en una nueva era".

Salym se paró encima de los escalones, la alfombra roja corriendo desde sus pies como un río de sangre. Hizo señas a padre e hijo para que se acercaran, y así lo hicieron. Estaban un paso por debajo de él, como lo exigía la costumbre.

"¿Quién ha montado la Gran Rueda antes de hoy?" Salym habló en voz alta y retumbante.

"Yo, que fui ordenado Iran el Primero – Emperador e hijo gobernante de la Casa Brysdyn."

Salym asintió. "¿Quién es el elegido para ocupar su lugar en la Gran Rueda desde hoy?"

"Yo, Garryn el Primero – Primero y heredero de la gobernante Casa Brysdyn."

"Doy fe", continuó Salym. "Con la gracia de los Dioses Trascendentales y la del pueblo de Brysdyn, que comience la Ascensión. Hijo mayor del Emperador, di tu nombre y luego repite mis palabras."

"Soy Garryn."

Los ojos del Emperador parpadearon y Garryn adivinó que la última vez que su padre había oído estas palabras, fue cuando estaba prestando juramento.

"Garryn, conoce tu Imperio como te conoces a ti mismo. ¿Asumes el manto de Primero, para estar al servicio del Imperio y de la Casa Brysdyn hasta el momento en que te conviertas en Emperador? ¿Estás listo para prestar juramento?"

Temblando, Garryn asintió, pero recordó la respuesta requerida por la ley.

"En los albores de la civilización, cuando el calor de la Estrella Blanca sobre nosotros era joven, el Emperador dio un paso adelante para proteger a la gente. Hablo con las palabras de mis antepasados, pasadas de padre a hijo y de madre a hija. Veinte generaciones desde el comienzo del Éxodo, yo Garryn, hijo de Iran, digo estas palabras como mi promesa con el pueblo de Brysdyn y el Imperio. Serviré como Primero hasta que pueda convertirme en Emperador y, cuando llegue el momento, prepararé el camino para el que venga después de mí".

"El juramento ha sido pronunciado de acuerdo con las formas. Comienza la era de Garryn el Primero".

* * *

Al concluir la ceremonia la multitud estalló en rugidos de jubilosos aplausos y vítores. Con las formalidades completas, la celebración se trasladaría ahora al patio del Domicilio, mientras que las festividades callejeras comenzaban.

Se sentía apropiado usar su uniforme, ya que la multitud lo vitoreaba como un héroe conquistador en lugar de su recién nombrado Primero. Se preguntó si veían alguna diferencia real. No hubo oportunidad de hablar con Kalistar después de que Garryn fuera arrastrado de vuelta a su deslizador, así que tuvo que esperar hasta la ceremonia en el Domicilio para poder verla.

Esta vez, no viajó solo. Su padre y Elisha se unieron a él para el viaje de regreso al Domicilio. Ashner los seguiría poco después, escoltando a sus invitados a las festividades. El intervalo le dio a la familia un momento para ponerse al día antes de que comenzara la siguiente parte de la celebración.

El rugido de la multitud era casi ensordecedor cuando el deslizador pasó raudo entre los miles de personas que lo saludaban y vitoreaban, jóvenes y mayores por igual. Había calor genuino en sus caras mientras el deslizador se movía por las calles a media velocidad, permitiendo a todos ver a su nuevo Primero.

Garryn supuso que no era sólo su Ascensión lo que estaban celebrando, sino la última prueba de que la amenaza del Azote finalmente había terminado. Después de creer que nunca habría una nueva generación, la sucesión del Primero era la prueba de que el Imperio sobreviviría después de todo.

"Bueno, ¿cómo se siente ser Primero?" Garryn escuchó a su padre preguntar, sorprendido de que pudiera oír a través del estruendo.

"Aún no lo sé", contestó Garryn honestamente. Se sentía orgulloso y feliz de asumir el papel, pero todavía era demasiado novedoso como para que Garryn se diera cuenta de si le gustaba o no. Por el momento, la única emoción que sentía era el orgullo de poder complacer a su padre y a su pueblo, pero también se sentía abrumado.

"Serás maravilloso, Gar", declaró Elisha, radiante. "Una vez que todo esto termine y te pongas a trabajar, será menos aterrador."

Después de regresar al Domicilio, Iran abrió oficialmente las celebraciones a las masas. La mayoría de las festividades giraban en torno al barrio Kleist, pero un ambiente carnavalesco se extendió por toda la ciudad de Paralyte. Los fuegos artificiales seguirían al saludo aéreo de la Armada Imperial e iluminarían el cielo como estrellas fugaces.

No fue hasta después de anochecer que Garryn finalmente pudo ver a Kalistar.

"¿No es maravilloso?" Exclamó Kalistar mientras se sentaban en el patio, mirando las elegantes naves desplazarse por el cielo estrellado. Alrededor de ellos, había música y gente bailando.

"Ciertamente lo es", estuvo de acuerdo Garryn, admirando las acrobacias aéreas que se estaban realizando, preguntándose cuántos de esos pilotos eran antiguos amigos y camaradas.

"Recuerdo haber visto a Garryn volar una vez", declaró Iran a todos los presentes en la mesa. "Estuviste muy bien." Miró con orgullo a su hijo. "No dejes que ser Primero se interponga en el camino de tus talentos de vuelo, muchacho. Sería un desperdicio terrible".

"Creo que nunca me acostumbraré a ver a los hombres volar en estos pequeños cazas", agregó Garin, el canciller de Jyne. "Es tan desconcertante estar atrapado en un espacio tan pequeño cuando hay tanta inmensidad afuera."

"Eso puede ser cierto," comentó Garryn, "pero te hace sentir parte de ese todo."

Para Garryn, no había nada como volar a través de los cielos en su nave, viendo las estrellas corriendo más allá del dosel de su pequeña nave. Recordaba jugar a las carreras con cometas y sabía que la mayoría de los pilotos encontraban estos momentos difíciles de describir a alguien que no vivía esa vida. Hacía que mirar las estrellas fuera una experiencia tan íntima como cualquier otra compartida con un amante.

Los jyneses no viajaban en pequeños cazas de un solo hombre. En cambio, su diseño de nave estelar permitía la maniobrabilidad de una nave más pequeña, al tiempo que poseía el armamento y los escudos necesarios para cualquier nave de guerra. Basándose en un equipo de sensores superior y en pequeños transbordadores para los viajes fuera de combate, la Flota Jyne había eliminado la necesidad de contar con pequeños cazas unipersonales que eran un elemento básico de la Marina de Guerra de Brysdyn.

"Supongo que siempre será una cuestión de preferencia para nosotros", contestó Garin con buen humor.

El abuelo de Garryn a menudo parecía torpe y demasiado amable, con su barba blanca y tupida contra su piel oscura, pero Garryn sabía por experiencia que el Canciller era un diplomático superior. Se le había dicho varias veces que, bajo la fachada desarmante del adorable anciano, el Canciller Garin era un intelecto que nunca debía ser subestimado.

"Dime, abuelo, ¿fue una sorpresa cuando Jyne se enteró de la vida en Cathomira?"

La pregunta llamó la atención de todos los presentes en la mesa.

"Fue hace mucho tiempo", Garin de repente fue incapaz de mirar a los ojos de Garryn. Su voz, hace poco tiempo tan llena de humor y calidez, ahora estaba tensa y sobria. "Lo que recuerdo no tiene importancia."

La incomodidad de su abuelo era obvia, e incluso Iran se movía en su asiento mientras que Edwen miraba a Garryn con ojos de acero. Sólo Elisha y Kalistar lo ignoraban. Ashner aclaró su garganta, una señal de que estaba a punto de cambiar de tema, pero Garryn siguió adelante antes de que pudiera hacerlo.

"Me interesaría conocer lo poco que sepas. Sus astrólogos y científicos nos llevan la delantera en cartografía estelar".

"Es cierto, pero Cathomira está dentro de los límites de Brysdyn y no era nuestro deseo realizar exploraciones en otros territorios."

"¿Ni siquiera después de nuestra alianza?"

"No son buenos modales, Garryn," contestó el Canciller, y esta vez su mirada se encontró con la de Garryn. "Una solicitud de este tipo requeriría kilómetros de burocracia y parece inútil cuando podíamos obtener los datos que necesitáramos de sus investigadores. Además, nuestras peticiones siempre fueron atendidas con negación".

"No sabía que intentaras estudiar a Cathomira." Esta vez la pregunta vino de Iran.

"Algunos de nuestros astrólogos tenían curiosidad por saber cómo una estrella roja logró producir mundos adecuados para soportar vida humana. Queríamos estudiar el ecosistema desde órbita".

Le pareció a Garryn que el Canciller sabía mucho sobre los intentos de investigación. En algún momento debe haber tratado de investigar a Cathomira el mismo, y enfrentarse con el Círculo de Sanadores. Desde el Azote, el Círculo de Sanadores tenía poderes extraordinarios cuando se trataba de la salud de Brysdyn. Sin embargo, ¿qué daño podría haber habido para permitir que el planeta fuera estudiado desde órbita?

"Debería haber venido directamente a mí, Canciller", declaró Iran, luciendo perturbado por el hecho de que nunca se le hizo saber ninguna petición. "Me habría asegurado de que se le concediera toda cortesía."

"No quería abusar de nuestra relación personal, Iran." Garin pareció conmovido por la oferta. "En ese momento, parecía más apropiado ir por los canales correctos para nuestros requerimientos."

"Si todavía estás interesado en la investigación, he respaldado una expedición de Brysdyn a Cathomira que está previsto que salga en las próximas semanas. Estoy seguro de que el Investigador Jefe agradecería que un equipo científico de Jyne los acompañe", sugirió Garryn.

"¿Respaldaste el envío de una nave a Cathomira?" exclamó sorprendido su abuelo.

"Por mucho que ame a Brysdyn y ser un brysdyniano, siento que es importante que sepa algo del mundo en el que nací. Los científicos que lideran la expedición tienen sus propias agendas, que me parecieron lo suficientemente sólidas como para apoyarlas, y estoy interesado en ver lo que aprenden".

"La ciencia es su propio peligro", intervino Edwen por primera vez. "Su expedición se trasladará al espacio remoto. Hay tantas cosas que no sabemos de Cathomira. Puede que no sea seguro."

"La seguridad es lo último en lo que piensan los científicos", declaró el Canciller. Las objeciones de Edwen aumentan el interés del líder. "En cuanto a tu oferta, muchacho, la llevaré a la Academia de Ciencias de mi mundo natal y te haré saber los resultados."

"A su conveniencia, Canciller", sonrió Garryn.

Edwen no dijo nada más.

XIV: EL ASMORYLL

Hasta que Kalistar le reveló a Edwen la expedición de investigación a Cathomira, el General no tenía idea de su existencia.

Una vez que lo supo, Edwen admiró la simplicidad de su secreto. Nada se ocultaba por completo. El papeleo y la sanción oficial estaban allí para el registro público. No se hizo ningún intento de ocultarlo de ninguna manera legal. Para su molestia, incluso el Circulo de Sanadores fue plenamente informado de la situación, lo que llevó a Edwen a cuestionar la efectividad de sus operativos en la organización. La única cosa inusual de la expedición de Garryn era la falta de conocimiento de Edwen hasta el día de la Ascensión.

A través de los años Edwen había desarrollado una red confiable de fuentes no oficiales de información. Esto le aseguraba mantenerse al tanto de todo lo que pasaba en el Imperio, por insignificante que fuese. Parecía que Garryn había logrado evitar toda su red de inteligencia para organizar esta expedición suya.

Al principio se preguntó si sus informantes habían callado delibera-damente, pero él sabía que no podía ser así. La mayoría de ellos eran agentes de espionaje entrenados con profundos vínculos con la Élite de Seguridad. Edwen se había esforzado en seleccionar a sus agentes con cuidado. En el sector del espionaje el criterio era el doble de rígido. No solo tenían su lealtad jurada a la Élite, sino que su juramento se extendía a él personalmente. La traición no estaba en su vocabulario. Aquellos que incurrieron en su ira sirvieron de advertencia a los otros.

A pesar de sus conjeturas sobre lo poco que sabía, Edwen tuvo que reconocer una cosa: las acciones de Garryn significaban que sospechaba de la Élite.

Normalmente esto le preocuparía poco. A Garryn siempre le había disgustado Edwen y la institución. Sin embargo, esta vez el joven había maniobrado para asegurarse de que la Élite de Seguridad se mantuviera totalmente al margen. Ingenioso, cuando uno logra ver la orquestación de la información.

La autorización para el tipo de empresa que Garryn estaba montando tenía que venir del más alto nivel. La mayoría de los informantes de Edwen eran personal anodino que no tenía acceso al más alto nivel de seguridad. Eran eficaces porque escuchaban y notaban cosas fuera de lo común, reportaban sus hallazgos y dejaban que Edwen descifrara el resto.

Garryn había ido directamente a la cima a hacer sus peticiones.

Sabiendo eso, fue sencillo para Edwen adivinar el resto. El joven era el siguiente Emperador del Imperio. A pesar de su ambivalencia con respecto a tal empresa, las autoridades no podían ignorar la solicitud. Las carreras se hacían con favores como este. Estas pequeñas gangas y apretones de manos secretos no eran infrecuentes. El propio ascenso de Edwen a la fama se debió en gran medida al apoyo que había dado a un Emperador hace años.

Sin embargo, Garryn no era tonto. Nunca les prometería nada directamente. Lo más probable es que sellara sus transacciones con palabras sutiles. Palabras como `agradecimiento eterno', `No olvidaré su cooperación', `tal vez pueda devolverle el favor'. La naturaleza de la política hacía que estas palabras fueran tan valiosas como el oro.

Sí, pensó Edwen, casi seguro ocurrió así.

Luego, una vez que los tratos y favores se hubieran cumplido, Garryn hizo una pequeña solicitud más. Confidencialidad. Solo el papeleo necesario. Todos los involucrados permanecerían en silencio y llevarían a cabo la solicitud como si se tratara de otra función rutinaria. Nada que suscite la sospecha de informantes como los que trabajaban para él. Todo para asegurarse de que él, el General Edwen de la Élite de Seguridad, no descubriera nada. ¿Significaba esto que Garryn sospechaba que era cómplice en el caso de Cathomira?

Edwen no podía estar seguro, pero aun así tenía que actuar.

"¿Y bien, Danten?" Edwen preguntó a su segundo al mando después de que el hombre había sido llevado a su estudio unos días después de la Ascensión.

Danten parecía ansioso. Esto no era un buen presagio para su reunión. El Mayor hizo todo lo posible por mantener su profesionalismo, adoptando su habitual postura rígida ante el escritorio del General, como si estuviera entregando su informe en el Enclave. Edwen no hizo nada para cambiar esa percepción.

"Salen del Orbital en cuatro días."

Edwen se desplomó visiblemente en su silla. "¿De dónde sacaron la nave?"

"De la Marina Imperial. Se están llevando el *Asmoryll*."

El *Asmoryll* era una pequeña fragata de clase Beta. A pesar de ello estaba totalmente blindada, era capaz de igualar la velocidad de sus destructores más grandes, y tenía arsenal suficiente para defenderse de cualquier ataque bajo el mando de un buen capitán. Una vez más Edwen descubrió que había subestimado al joven. ¿Por qué Iran le permitió languidecer en el servicio como piloto? El chico era un táctico y debería haber sido un oficial en una nave de la armada.

"Espera problemas. Ha seleccionado una nave capaz de protegerse a sí misma. El *Asmoryll* es la nave de Petron, ¿no?" Petron era un comandante capaz, pero no era un táctico naval excepcional. Cualquiera de los comandantes mejor entrenados de Edwen podía pasarle por arriba.

"No para este viaje", dijo Danten incómodo, adivinando lo que estaba en la mente del General. "Petron está de camino a Krysta con permiso, así que la Almirante Vyndeka está al mando temporalmente."

Otra subestimación.

El historial de Vyndeka era legendario, con lealtades de la Armada Imperial que rivalizaban con la popularidad del Emperador. Su eminencia como comandante no era una exageración. En los años posteriores al Azote, Vyndeka comandó la flota enviada para ocuparse de los piratas y mercenarios que saqueaban los mundos Imperiales. Las Guerras de los Piratas, como se las conoció más tarde, la convirtieron en una heroína a los ojos de todos los habitantes de Brysdyn.

La aversión de Vyndeka hacia él y la Élite de Seguridad era igualmente conocida.

"Me pregunto cuánto le habrá contado Garryn. Vyndeka debe ver una oportunidad para avergonzarme para tomar una tarea tan servil. Transportar científicos no es trabajo para una veterana distinguida como ella".

"General, ¿qué vamos a hacer?"

Por Primera vez Danten comenzó a sentir verdadero pánico. Años atrás su camino parecía tan claro. Pero ahora Danten no estaba tan convencido. A pesar de las crudas heridas del Azote, no había justificación para lo que habían hecho. Peor aún, ahora que los habitantes de Brysdyn ya no sentían la amenaza de la extinción, ¿podrían soportar conocer la verdad?

"Ir tras la nave mientras esté en nuestro espacio no es una opción, ya sea que Vyndeka esté al mando o no. Como dije antes, la Élite debe ser irreprochable en esta situación. Instruya a la *Warhammer* para que abandone el espacio cathomirano inmediatamente. No puede estar en los alrededores cuando llegue el *Asmoryll*".

"Sí, señor." Danten asintió, recobrando un poco la compostura. "Pero el *Asmoryll* no puede transmitir lo que aprenda sobre Cathomira."

"Obviamente, pero es un largo camino hasta Cathomira e incluso las estrellas al borde de hacerse novas pueden ser impredecibles; *cualquier* cosa puede pasar."

* * *

La *Asmoryll* era una nave elegante, compacta en su diseño.

Mientras Garryn lo contemplaba a través de la ventana de la plataforma de observación, se encontró suspirando por su antigua existencia militar. Sólo habían pasado quince días desde la ceremonia de la Ascensión y ya Garryn se sentía atrapado por la posición. Aprender a entender el negocio del gobierno era un laberinto que ponía a prueba sus considerables habilidades de navegación. Anhelaba los cielos.

Él era Primero y eso era todo.

A través del cristal, vio a la Almirante dando instrucciones de última hora a un ayudante que se escabulló poco después para llevarlas a cabo. La Almirante Vyndeka era una mujer pequeña cuyo pelo castaño grisáceo estaba tirado fuertemente hacia atrás en un rodete severo. Aunque parecía glacial en su autoridad, Garryn sabía que no era así. Durante su vida, Aisha y Vyndeka habían desarrollado una estrecha amistad que formaba parte de su infancia.

Dejando atrás la cubierta de observación, se dirigió a la cubierta de vuelo de la Estación Orbital de Ashyaen, sobre Brysdyn, para que pudieran hablar antes de que el *Asmoryll* zarpara.

"Primero", se inclinó para cumplir con el protocolo, a pesar de que para ella era de la familia. "Me alegro de verle aquí."

"Ojalá me llamaras Garryn."

"Siempre serás Garryn para mí, aunque te llame Primero", guiñó el ojo.

"Me alegro", le devolvió la sonrisa cálidamente. "Aprecio que hagas esto, Vyn. Sé que probablemente estoy siendo paranoico, pero creo que debemos tomar precauciones".

"¿Todavía crees que hay algún tipo de conspiración?"

Aunque ella tenía dudas sobre la idea de una conspiración con respecto a los Nuevos Ciudadanos de Cathomira, Vyndeka veía las razones de su preocupación. Le había contado sobre los Soñadores, sabiendo que se podía confiar en ella. Además, Vyndeka tuvo que confesar que era preocupante que la generación con la que Brysdyn contaba para salvar el Imperio pudiera estar sujeta a alguna enfermedad desconocida. Eso en sí mismo justificaba la investigación.

"Sé que hay más de lo que se ve a simple vista", confesó mientras caminaban hacia el pasillo de embarque. "Si hay algo en Cathomira que afecte a los Nuevos Ciudadanos, no puede ser ignorado. Puedo entender la razón de la cautela tras el Azote, pero algo nos sucedió entonces que nos está afectando ahora. Tenemos que entender qué es antes de que empeore. Aunque no comparto del todo la creencia de Ashner de que Edwen podría tener algo que ver con ello".

La expresión de Vyndeka se oscureció.

"Nunca subestimes a Edwen, Garryn. Hay un puñado de gente en el Imperio capaz de mantener a todos alejados de Cathomira, pero solo uno que se atrevería. Ese es Edwen. Su negocio son las sombras y los sucios susurros, Garryn. Por eso sigue a cargo de la Élite de Seguridad. El único que no le tiene miedo es tu padre. Si Edwen está involucrado, la única razón por la que tu amigo Mentalista sigue vivo es por ti".

Garry esperaba que no fuera así, por el bien de Kalistar. A Garryn le importaba, aunque él no la amaba, a pesar de la intimidad que compartían. "Espero que te equivoques. Kalistar lo ama mucho, aunque conoce su reputación. Por su bien, espero que Edwen no esté involucrado".

* * *

Después de despedirse de Vyndeka, Garryn se dirigió a la cubierta de pasajeros donde se reunía el equipo científico para abordar la nave.

"¡Primero!"

Garryn escuchó que lo llamaban y giró para ver al Mentalista vadeando entre una serie de científicos para llegar a él. Los académicos estaban revisando su equipo y hablando entre ellos mientras esperaban para abordar. Como siempre, llegaron con un incontable conjunto de equipo científico empacado en cajas, que esperaba a ser cargado en el *Asmoryll* por su tripulación. Jonen sería el único Mentalista a bordo.

"¿Están listos para irse?" Preguntó Garryn cuando Jonen se le acercó. Su entusiasmo por el viaje se reflejaba en su rostro, y le agradó al Primero ver que Jonen pareciera estar recuperando su espíritu tras la muerte de Mira.

"Sí, lo estoy", Jonen levantó uno de sus brazos para mostrar la bolsa que llevaba. "Aunque desearía que fuera posible que vinieras con nosotros."

"No sé si quiero estar atrapado en una nave con un grupo de científicos durante varias semanas", mintió Garryn. Le habría encantado hacer el viaje él mismo.

"Bueno, no te preocupes", le aseguró Jonen, viendo a través de la mentira. "Trataré de encontrar algunas de las respuestas a nuestras preguntas."

"Será mejor que te vayas". El recordatorio de Jonen de que lo dejaron atrás dolía.

"Tienes razón", Jonen estuvo de acuerdo tras echar una mirada sobre su hombro y ver la cola de científicos que eran llevados a la rampa de embarque. "Casi lo olvido, estas son copias de las notas de mi caso sobre los Soñadores. No hay nada que no sepas ya, pero pensé que te interesaría leerlo. Quién sabe, podría provocar un recuerdo".

Le entregó un cristal multifacético de archivo al Primero.

"Gracias." Garryn estaba agradecido por la copia. Al menos leerlo le haría sentir como si estuviera contribuyendo con algo a esta expedición en lugar de estar atrapado en el Quórum.

"Gracias por esta oportunidad, Garryn," Jonen estrechó la mano de Garryn vigorosamente, "Siempre he querido ir al espacio para realizar una investigación extraordinaria. Gracias por hacer esto posible."

"Averigua la verdad, Jon, y eso será suficiente agradecimiento."

"Haré lo mejor que pueda", dijo Jonen antes de darse la vuelta y seguir a la procesión que se adentraba en el *Asmoryll*.

XV: RUPTURA DE NÚCLEO

La vida del Emperador y su familia involucraba tantas tradiciones y rituales que Iran se resistía a forzarlos más. La cena era la única excepción a la regla.

Tras el Azote, tanto él como Aisha estaban tan agradecidos por tener una familia que juraron que nunca darían por sentada la experiencia. Incluso después de su muerte, él insistió en continuar con la tradición, aunque su asiento vacío en el comedor privado le oprimía el corazón. Al acercarse al crepúsculo de su vida, no podía ignorar que algunos de sus mejores recuerdos habían ocurrido en esta mesa, y se mostraba reacio a abandonar la tradición, incluso si sus dos hijos eran adultos.

Estuvo la declaración de Elisha a los siete de su intención de unirse a los acróbatas gitanos de Kree. A los trece años, decidió que se casaría con un sinvergüenza de una nave pirata, para que pudieran embarcarse en una vida de aventuras a través de la galaxia. La negativa de Aisha a permitir que Garryn, de nueve años, aprendiera a tragar espadas hizo que el niño se embarcara en una huelga de hambre que duró el tiempo hasta que se sirvió el postre. Ese aspirante a tragasables era ahora un adulto y el Primero.

En esta ocasión Kalistar compartía la comida con ellos, e Iran se preguntó si la amistad entre Garryn y la joven era mucho más profunda de lo había notado. No es que Iran tuviera ninguna objeción. Kalistar era una joven encantadora, y su relación con Edwen significaba que cualquier compromiso entre los dos podría ayudar a restaurar la fracturada amistad entre el Emperador y el General.

Por el momento las intenciones de Garryn no estaban claras. Continuaron con la cena como siempre, con Kalistar permaneciendo callada. El color de sus mejillas indicaba su ansiedad por estar presente en una tradición familiar tan apreciada. A pesar de su desagrado por la corte y su gratificación social, no podía ignorar las implicaciones de su presencia en la mesa. La cena en la sala de estar de las habitaciones de Lady Aisha era un acontecimiento íntimo para la familia del Emperador y no se invitaba a cualquiera a unirse a ella.

"¡Dioses, Garryn!" Elisha gimió de exasperación mientras Garryn contaba a su padre una de las hazañas más embarazosas de ella y de Kalistar cuando era niña. "¡Tienes que contar *esa* historia!"

"Oh, pero sí, debe. Tu madre nunca me contó esa". Sonrió el Emperador.

"No es de extrañar", declaró Kalistar, sus mejillas enrojeciendo de vergüenza ante la divertida mirada del Emperador. "La Dama Aisha fue extremadamente medida considerando que Eli y yo robamos todas las confituras para su té con las damas de las grandes casas."

"Las encontré enfermas del estómago", añadió Garryn, "con la cara azul de bayas, en el balcón sur. No recuerdo haber visto a mamá tan enojada".

Iran se estremeció visiblemente. "No se enojaba a menudo, pero aprendí lo suficiente como para no enfrentarla cuando estaba de malas. Considerando que ella venía de un pueblo capaz de manejar sus emociones, su grito era suficiente para hacer que hasta el guerrero más valiente de Brysdyn se estremeciera".

En los rincones oscuros de la sala podía ver a algunos de los sirvientes riéndose también, y se preguntó cuántos de ellos recordaban realmente la ocasión. Era agradable recordar que eran casi tan parte de sus vidas como su familia. La risa le recordó los días en que Aisha estaba en la mesa y, aunque no era lo mismo con Kalistar sentada junto a Garryn, el Emperador estaba contento.

Cuando oyó voces que salían de la puerta, Iran giró su mirada y vio a Ashner entrar en la habitación después de intercambiar unas palabras con el Sirviente Principal para entrar. Los sirvientes que asistían a la comida tenían instrucciones estrictas de no interrumpir a la familia, por lo que esta intrusión de Ashner significaba que había una buena razón para ello.

Su animada charla murió inmediatamente cuando él apareció.

"Ashner", Iran miró fijamente al hombre, "¿qué pasa?"

"Siento interrumpir, Emperador", dijo el anciano con una reverencia, mirando rápidamente a Garryn antes de volver su mirada hacia Iran. "Pero esta noticia no podía esperar."

En el momento en que Ashner apareció, Garryn supo que algo andaba mal. Su columna vertebral se enderezó en su silla y miró fijamente a su ayudante, desafiándole a dar la noticia. "¿Qué ha pasado?"

Ashner se acercó un poco más a la mesa, su expresión sombría. Sabía el impacto que sus palabras tendrían en la familia, Garryn en particular, pero no había manera de evitarlo. Nada de lo que dijera podría alterar su impacto.

"Hace unos veinte minutos, la estación de Ashyaen recibió un mensaje del puesto de avanzada de Wylo", comenzó Ashner.

Puesto de avanzada Wylo. Garryn lo reconoció inmediatamente como una de sus estaciones espaciales más lejanas.

Ashner respiró hondo otra vez antes de forzar al resto de su mensaje a salir de sus labios, sus ojos ahora mirando a la mesa y no a Garryn.

"Han recibido una boya de socorro enviada desde el *Asmoryll*. La boya informa la destrucción de la nave, toda la tripulación perdida".

Ashner levantó los ojos hacia sus rostros y vio las emociones familiares que surgían con tales noticias. Conmoción, consternación y horror. Todos sabían que el Almirante Vyndeka estaba a bordo con las mejores mentes científicas del Imperio, por no hablar de la tripulación del *Asmoryll*, todos desaparecidos para siempre.

La expresión de Garryn era ilegible.

Su rostro era una máscara de piedra. Ashner vio algo que destellaba en sus ojos y luego desapareció igual de rápido. Se extinguió con un control que nunca imaginó que Garryn poseyera. No había pena, no había ira, no había arrepentimiento, sólo una fachada impenetrable que el hombre mayor no podía leer.

"¿Cómo?" Preguntó Garryn, su voz apenas un susurro.

"Según la boya, una sobrecarga del núcleo. No estamos seguros de la causa en este momento. A juzgar por los daños, la boya de socorro fue lanzada rápidamente. No hubo tiempo para que la Almirante registrara una última bitácora."

Las boyas eran lanzadas cuando una nave sufría una falla catastrófica y la destrucción era inminente. Registraba todo sobre el estado de la nave hasta segundos antes del lanzamiento. Las comunicaciones internas y externas de la nave, bitácoras del capitán, los escaneos de sensores y el posicionamiento estelar se registraban para que los ingenieros los analizaran más tarde y determinaran qué había fallado.

"Un fallo de funcionamiento a bordo", musitó Garryn lentamente, asimilándolo. Alzando los ojos hacia su ayudante, todo lo que tenía que decir se intercambió con una sola mirada entre ellos.

Sabotaje.

Las lágrimas de Elisha y Kalistar se sentían a miles de kilómetros de distancia. Garryn sólo podía pensar en los amigos que lo habían abandonado hacía sólo unas semanas. La almirante Vyndeka, Vyn, la mejor amiga de su madre y su nueva aliada. Ella le había prometido encontrarle respuestas, aunque él sabía que no creía en la conspiración.

Y por supuesto Jonen, el hombre idealista y amable que se propuso ayudarlo con las mejores intenciones y pagó por ello con su vida.

Fue el Mentalista quien le abrió los ojos a algo oscuro y siniestro yaciendo bajo sus recuerdos de Cathomira. No sólo sus recuerdos, sino los de muchos otros en Brysdyn. Fue Jonen quien le escuchó hablar de las partes más íntimas de su psique y le dijo que no estaba loco por sentirse abrumado por ser Primero. El hombre no sólo había tratado su condición de Soñador, sino que también lo había escuchado expulsar sus ansiedades sobre ser Primero.

Jonen se había convertido en su amigo.

"Esta es una pérdida terrible." Iran agitó la cabeza, viendo el profundo efecto que esto estaba teniendo en su hijo. "Ashner, por favor, tome medidas para asegurar que las familias de los que están a bordo reciban mis condolencias personales. Debemos hacer una restitución completa por esta tragedia."

Garryn se fue de la mesa antes de que su padre terminara de hablar.

* * *

Cuando Kalistar encontró a Garryn, este estaba en el balcón de su habitación, mirando hacia abajo, a la ciudad. Aunque reaccionó al escucharla acercarse, no dijo nada hasta que ella estuvo a su lado.

"Tu padre está preocupado por ti, Garryn", Kalistar puso una mano sobre su hombro.

Se estremeció al ser tocado, y la miró fijamente, con frialdad, lo que la impulsó a retirar la mano inmediatamente. Se estremeció ante el odio que había tras esa mirada, pero lo rechazó por lo que era. Estaba de luto. "La muerte de Vyndeka ha golpeado duro a Elisha. Tu padre está con ella y le dije que vería cómo estás".

"No hay necesidad. Estoy bien."

"Garryn, no hay vergüenza en admitir tu dolor."

Se volvió hacia ella lentamente y la oscuridad en sus ojos la inquietó. Era la primera vez en su vida que lo veía así.

"No estoy de luto, Kal. Estoy enfadado. ¿No lo entiendes? ¿No te das cuenta? ¡Fueron asesinados!"

Sus palabras la impactaron como un golpe físico. Sabía algo de las irregularidades que él y Jonen habían descubierto, pero creía que las respuestas se presentarían cuando llegaran a Cathomira. Ella nunca había considerado nada siniestro, no hasta ahora. De hecho, hasta que él dijo las palabras, la conspiración no parecía real, sólo una sombra vaga, como las pesadillas que compartían.

"¿Cómo puede ser?", tartamudeó. "Ya oíste a Ashner. Fue una avería a bordo..."

"¡No tengo tiempo para esto!"

Pasó junto a ella, entrando de nuevo en su habitación. Garryn había regresado aquí para pensar en lo que haría a continuación. Todos los que se acercaron a esto murieron. Pensó que tener los recursos del Primero sería suficiente para desentrañar este misterio y mostrar las caras detrás de las sombras. Ahora sabía mejor. Esto no tendría fin, a menos que lo terminara él mismo.

No podía hacerlo siendo el Primero.

Kalistar corrió tras él y lo encontró empacando sus pertenencias en una bolsa de lona militar. Por un momento casi no entendió lo que estaba haciendo, pero a medida que iba poniendo más ropa, se dio cuenta de la realidad. Se iba, y se iba esa *noche*.

"¿Vas a ir?"

"¡Voy a descubrir la verdad! ¡Voy a saber por qué sueño con un planeta que no se parece en nada a Cathomira! Quiero saber por qué un Mentalista que pregunta por Cathomira es asesinado junto con su secretaria. ¡Quiero saber qué secreto vale la pena asesinar a una nave entero, incluyendo a la almirante más condecorada de la flota!"

Kalistar estaba aterrorizada. Algo dentro de ella le decía que si ella lo dejaba ir había una posibilidad de que nunca volviera. Él no estaba siendo racional, y ella no podía entender lo que él pensaba que podía lograr por su cuenta.

"¡Garryn, pídele ayuda a tu padre! ¡Pregúntale a cualquiera! ¡No huyas así!"

Había empacado casi por completo, cogiendo lo último que necesitaba para empezar su viaje. Garryn se acercó a su escritorio y buscó en uno de los cajones. Hurgó durante unos minutos, ignorando completamente a Kalistar, antes de retirar su mano. Miró el prisma que brillaba en la palma de su mano durante unos segundos antes de empacarlo también.

"Tengo que irme ahora", dijo Garryn, mirándola.

"¿Irte? ¿Ir a dónde?"

"Tengo que encontrar la verdad. No dejaré que nadie más se arriesgue por mí. Lo que pase a partir de ahora me pasará a mí solo. No voy a dejar que esa gente en el *Asmoryll* haya muerto por nada. Encontraré la verdad – no sólo para mí, sino para todos los Soñadores".

Kalistar no sabía cuándo había empezado a llorar, pero una vez que lo hizo, no podía parar.

"Garryn, iré contigo. Encontraremos la verdad juntos". Ella intentó alcanzarlo, un desesperado intento de retenerlo, pero él retrocedió. Casi como si supiera cuál sería su poder si ella lo tocaba.

"Absolutamente no", la dureza volvió a su voz. "No pienses ni por un momento que tú o yo estamos a salvo. Si se atreven a matar a Vyndeka, entonces no somos nada para ellos". Se alegró de haber conseguido hasta ahora no mencionar el nombre de Edwen.

Hasta que no lo supiera con certeza, no había razón para expresar sus sospechas con respecto a su padre. "Necesito saber que estás a salvo. Dejaré instrucciones con Ashner. Moverás tus cosas aquí y te quedarás en el Domicilio hasta que regrese. Estoy seguro de que tu padre lo entenderá."

"Pero..."

"Te hablo como el Primero. Te he dado una orden. Me obedecerás, Kalistar, y te quedarás aquí hasta que regrese. Otra cosa: preferiría que no le dijeras a tu padre que me he ido".

Sus ojos se arrugaron, confundidos. "¿Qué quieres decir?"

"Por su seguridad", mintió Garryn antes de besarla suavemente en sus labios. Por un momento, sintió que su resolución vacilaba, consciente de que ella tenía razón. Se apresuraba a entrar en esto impulsado por el dolor y la ira. Sin embargo, cuando lo pensó, supo que, si no iba ahora, no tendría la fuerza para hacerlo más tarde.

Con la orden dada, cogió su bolsa y se dirigió hacia la puerta.

"¡Garryn!"

Se detuvo al escuchar su nombre, cerrando los ojos para prepararse para lo que tenía que decir. Mirándola fijamente, Garryn sintió la primera aparición del dolor desde que supo que sus amigos en el *Asmoryll* habían muerto.

"Kal, no puedo dejar pasar esto y les debo el descubrir la verdad, sea cual sea."

Y con eso desapareció por la puerta, y Kalistar supo absolutamente que ella lo había perdido.

XVI: CUARTEL GENERAL

Saliendo del Domicilio el destino de Garryn fue el puerto espacial civil de Paralyte, llamado Cuartel General por los pilotos que trabajaban desde las instalaciones. A diferencia de Ashyaen, con sus brillantes muros, sus rutinas organizadas y su aire de eficiencia militar predecible, Cuartel General era un monumento al desorden civil.

Cuartel General operaba las 24 horas del día. Había transbordadores esperando en sus hangares y bahías que transportaban pasajeros a grandes cruceros invisibles que orbitaban Brysdyn. Era el mayor puerto espacial de Brysdyn y también el principal destino de los viajeros de los planetas colonia del resto del Imperio. También era un lugar popular para el comercio, aunque no siempre legítimamente. Cuando todavía estaba sirviendo en el ejército, Garryn había venido a Cuartel General a beber o jugar con los pilotos locales.

La taberna más popular era un lugar llamado *Puerto en la Tormenta*.

Era la única parte de la estación espacial desprovista de turistas o curiosos. En el complejo principal había restaurantes comerciales con comida rápida y mesas limpias para su comodidad, y la barbarie de la taberna hacía poco por atraerles. Sin embargo, el *Puerto en la tormenta* no era simplemente una taberna donde la gente venía a beber licores exóticos. Era un lugar de negocios.

Garryn se sentó junto a la barra, donde un borliano de aspecto muy hosco con grandes ojos negros y redondos de poca expresión hacía de barman. El borliano gruñó unas pocas palabras que rápidamente se tradujeron a Galáctico Estándar, exigiendo el pedido de Garryn. Con su piel grande y gruesa y sus colmillos prominentes, tomó la petición de brandy Delurita con un fuerte resoplido a través de su extendida probóscide.

Después de que el barman regresó con su orden Garryn inspeccionó la habitación mientras sostenía su bebida, aunque no permitió que su mirada se detuviera demasiado tiempo en nadie. Si bien algunos de los clientes venían aquí a beber y apostar, otros venían a hacer negocios en el anonimato. Su escrutinio no sería bienvenido, y era la manera más rápida de asegurar que nadie hiciera negocios con él.

Los cazarrecompensas eran fáciles de distinguir por el arsenal que llevaban. Uno de ellos le frunció el ceño, así que Garryn miró hacia otro lado rápidamente. La mayoría de los clientes eran pilotos de cargueros. Durante su tiempo en el servicio, Garryn se había encontrado con ellos ocasionalmente. Aunque no eran personas de la mejor reputación, les daba crédito por sus habilidades como pilotos estelares. Algunos incluso superaron a los pilotos Imperiales en habilidad.

También sabían un par de cosas acerca de torcer las reglas, y hacían pocas preguntas acerca de su carga o pasajeros, si el dinero era suficiente.

En el centro de la mal iluminada sala una pequeña multitud se había reunido alrededor de los dos jugadores en la mesa de juego. Un humano y un klattoniano estaban jugando un juego de Silverstar, un popular juego de cartas. La expresión de confianza del ser humano contrastaba fuertemente con la ansiedad inquieta que mostraban el klattoniano. El espasmo de las antenas de insecto del klattoniano y sus parpadeantes ojos compuestos eran como las lentes de un grabador visual, proporcionando a su oponente efectivas señas.

Garryn reprimió una sonrisa, porque la indiferencia del humano ponía a su oponente aún más nervioso de lo que ya estaba. Los klattonianos eran excitables y nerviosos por naturaleza. No se necesitaba mucho para provocar una respuesta en ellos. Considerando el número de créditos en juego, Garryn podría decir que este klattoniano estaba casi en el punto de quiebre.

Cuando el humano dejó sus cartas, un fuerte grito de sorpresa escapó de la multitud. Garryn no pudo ver las cartas, pero por la forma en que el klattoniano se desplomó hacia adelante, estaba claro que la mano ganadora acababa de ser repartida.

El ganador extendió una mano hacia el klattoniano, quien la aceptó a regañadientes y se mostró contento de que el juego hubiera terminado. Poniéndose de pie, el humano abandonó la mesa de juego y se acercó al bar. Al hacerlo, Garryn vio la insignia descolorida en la ropa del hombre. La chaqueta que llevaba puesta estaba gastada, pero Garryn reconoció el bordado de una insignia dorada de la flota Jyne en el material negro.

El hombre tenía más o menos su edad, si no un poco más. Su cabello dorado oscuro era rebelde y sus ojos azules notaron la observación de Garryn antes de que sus labios se extendieran en una sonrisa.

"¿Está perdido, Marina?" preguntó, acercándose a Garryn.

"En lo absoluto. Sólo vine a verte desplumar a los locales jugando a Silverstar".

¿"Desplumar"? Su expresión se convirtió en una de mueca burlona de dolor. "Eso fue pura habilidad. No es mi culpa si es demasiado nervioso para su propio bien".

Se habían conocido de la misma manera hace unos años en un bar al borde del espacio de Brysdyn, cuando Garryn estaba de permiso con sus camaradas. Se había visto obligado a interrumpir una pelea por un juego no muy diferente a éste, en el que estaba involucrado el hombre que estaba de pie ante él. Flinn Ester.

Flinn era un oficial de la Flota de la Legión de Jyne que había dejado el ejército para convertirse en un operador privado. A pesar de la violencia de su primera reunión se habían hecho amigos y compartían un trago y un juego de cartas cada vez que se encontraban.

"Es bueno verte, Flinn", sonrió Garryn mientras hacía señas al camarero para que le trajera a Flinn otra ronda de lo que estaba bebiendo.

"Yo también me alegro de verte, Marina". Flinn Ester ocupó el taburete junto a Garryn. "¿Qué haces aquí afuera? Oí que te habías retirado. ¿Es una visita social?"

"Sí, me retiré, pero no, esto no es una visita social." Garryn eligió no elaborar sobre el tema. A pesar de su amistad, Garryn nunca le había revelado su verdadera identidad a Flinn. "Oí que estabas en la ciudad y pensé en buscarte porque necesito un pasaje para salir del sistema."

La expresión de Flinn era de sorpresa. "Pensé que te habrías conseguido una buena nave después de jubilarte."

"Me temo que no," Garryn agitó la cabeza. "Tengo una posición aburrida en el gobierno. No más naves para mí."

"¿De verdad?" Los ojos de Flinn se entrecerraron un momento antes de volver a hablar: "Bueno, ya me conoces, por el precio justo te llevaré a cualquier parte, pero no hablemos de negocios aquí".

Recogió su bebida una vez que el barman la entregó e hizo un gesto a Garryn para que lo siguiera. Garryn lo siguió sin dudarlo, agradecido por la sugerencia, porque deseaba discreción por encima de todo. Involucrar a demasiada gente había condenado a Jonen y a la tripulación del *Asmoryll*. No iba a cometer ese error de nuevo.

"Entonces ¿Cuál es el destino?" Preguntó Flinn, una vez que se instalaron en una cabina privada al final de la habitación, lejos de la mayor parte de la actividad en el establecimiento.

"No puedo decírtelo hasta que estemos en el aire".

"Tengo que presentar un plan de vuelo", señaló rápidamente el piloto.

"Siempre dijiste que podías encontrar una forma de evitar esas cosas, Flinn. Puedo pagarte los sobornos que necesites para que esto suceda".

Flinn se reclinó en su asiento y tomó un sorbo de su whisky aleuthiano, mirando con detenimiento a Garryn. "¿Qué, estás en problemas o algo así?" Irse en secreto siempre significaba que alguien estaba interesado en tu partida.

Garryn no lo corrigió, porque la suposición sería suficiente por ahora. "Algo así. Necesito salir del planeta inmediatamente. Pagaré extra si puedes irte ahora mismo."

"Lo necesitaré", dijo Flinn. "Muy bien, treinta mil deberían ser suficientes para sacarnos del mundo y darme una ganancia, aunque te estoy cobrando tarifa de amigo."

"Gracias."

Garryn le habría pagado a Flinn cualquier precio que el hombre dispusiera. No era poca cosa lo que le pedía al piloto y operadores menos escrupulosos podían tomar el dinero y entregarlo de todos modos.

"Podemos ir a la nave ahora mismo si quieres, pero me llevará unas horas prepararla y falsificar los planes de vuelo, ya que no me dirás adónde vamos."

"Podrías decir que no si supieras adónde vamos", comentó Garryn con una leve sonrisa.

Esas eran palabras de desafío para el piloto, porque si había algo que Garryn sabía de Flinn era que al hombre le encantaba correr riesgos. Había abandonado una carrera en la flota de Jyne porque anhelaba la libertad de los cielos, sin responder a nadie. Era un piloto excepcional, y su incapacidad para jugar según las reglas lo convertía en uno de los mejores operadores privados de la zona.

"Nunca digo que no", resopló Flinn de manera predecible.

"Sí, eso es lo que los chicos solían decirme de ti."

Se agachó cuando Flinn le golpeó.

* * *

Garryn siguió a Flinn fuera del *Puerto en la Tormenta*. Cuanto más se adentraban en esta sección de la estación espacial, más se sentía como si estuviera entrando en un mundo diferente y más sórdido. Las paredes no estaban tan limpias. Había grafitis garabateados en sus superficies grises. Esta parte del complejo parecía olvidada por los custodios del centro, así como por quienes la dirigían.

Momentos después entraban en el puesto de atraque que albergaba la nave de Flinn. Estaba sucio y desarreglado, con un mínimo de mantenimiento. Los paneles de diagnóstico y el equipo de mantenimiento estaban casi irreparables, y Garryn no necesitaba ver las otras bahías para saber que todas estaban en ese estado. Obviamente las naves privadas no se consideraban tan prioritarias como los grandes buques comerciales.

La nave de Flinn Ester se llamaba el *Hijo Descarriado*.

Se trataba de un viejo modelo T25 Runner cuyo diseño original fue borrado para adaptarse a las necesidades del actual propietario. Cualquiera que fuera el propósito original del *Hijo Descarriado* se perdió bajo las placas de blindaje de dutronio y los conjuntos de sensores multifásicos. Fue reacondicionada con un motor perteneciente a una fragata clase Rapier, lo que la hacía increíblemente rápida. La velocidad venía a costa del blindaje adicional para evitar el sobrecalentamiento. Sin embargo, las modificaciones hacían a la nave bastante formidable.

"¿Qué velocidad alcanza ahora?" Garryn sabía que Flinn estaba constantemente actualizando el diseño original.

"Factor 9 en hiperespacio", dijo Flinn con orgullo, caminando hacia la rampa extendida de la nave. "Instalé algunos impulsores el año pasado. Son amarianos. Ya sabes lo que son esas cosas".

"Sólo por reputación", confesó Garryn mientras seguía a Flinn por la rampa. "Sé que les gusta construir naves pequeñas con mucho gruñido."

El interior del *Hijo Descarriado* conservaba la mayor parte de su antigua decoración y estaba limpio y bien cuidado, a pesar de la pintura y el acabado metálico descoloridos en algunos lugares. Flinn se sentó en uno de los asientos del habitáculo principal antes de hacer un gesto a Garryn para que hiciera lo mismo.

"Mira, somos amigos y te respeto. Y lo que es más importante, te he hecho un trato. Te llevaré a donde quieras al precio que acordamos, pero quiero saber adónde vamos".

"No hasta que estemos en el aire", insistió Garryn, no queriendo arriesgarse a revelarlo tan pronto.

"Entonces no vamos a estar en el aire. Te di mi palabra y probablemente no signifique mucho para nadie más que para mí, pero cuando doy mi palabra a alguien, no la retiro. Créeme o no, pero no me moveré hasta que sepa adónde vamos, *Primero*".

Garry lo miró fijamente.

Entendió que era ingenuo suponer que podía volver al anonimato simplemente porque trataba de mezclarse con las masas. Por los años que se conocían Garryn tenía que admitir que los poderes de observación del hombre eran bastante impresionantes.

"¿Cuándo lo supiste?", preguntó cansado, sin ver razón alguna para seguir pretendiendo. Tal vez sería más sencillo si Flinn entendiera lo que está en juego.

"Desde la Ascensión, me hizo escupir mi whisky cuando miré el video y vi tu cara allí. Al fin entendía por qué siempre fuiste un imbécil con diploma". Sonrió con suficiencia.

"Gracias", dijo Garryn con una risa sin rastro de humor. "Mi intento era tener una vida normal el mayor tiempo posible."

Flinn asintió con la cabeza y le miró con simpatía. "Entonces, ¿vas a ser sincero conmigo o no?"

Garryn concedió la derrota y rezó para que el destino no afectara la promesa de Flinn de ayudarlo. "Vale, el destino es Cathomira."

Flinn tomó esto sin pestañear. "Nunca lo lograremos".

"¿Te estás echando atrás?"

"¡No!" Flinn se enderezó, ofendido por la sugerencia después de todo lo que acaba de decir. "Te dije que te llevaría allí y lo haré. Sólo quiero que seas consciente del peligro".

"¿Peligro?"

"Ustedes los pilotos Imperiales no saben nada, ¿verdad? Vosotros volad a donde os digan y no hacéis preguntas más allá de eso. El sistema estelar cathomirano ha estado fuera de los límites durante dos décadas. No se permite la entrada a nadie. He oído historias de saqueadores que trataron de aterrizar en la superficie hace años y no lograron salir. Algunos contrabandistas lo han probado y los que lo han logrado, que te aseguro que no han sido muchos, hablan de una nave de guerra con asignación permanente a la zona. Elimina cualquier cosa que se acerque al sistema."

Garryn sabía que había una restricción para Cathomira debido al virus, pero nunca había oído hablar de ninguna nave patrullando el área o protegiéndola de los intrusos con violencia y muerte. Ni siquiera la cuarentena puesta en el sistema le daba a nadie el derecho de usar fuerza mortal de esa manera.

¿Esto fue lo que le había pasado al *Asmoryll*?

"Te pagaré el doble. Sólo llévame allí."

Flinn lo miró fijamente y se dio cuenta de que, siendo Garryn un Nuevo Ciudadano, este viaje a casa era profundamente personal, aunque se preguntó si valía la pena el riesgo que corría el Primero.

"Ya acordamos el precio. Supongo que es un viaje turístico para ti, así que no te voy a exprimir más dinero".

"Aprecio eso", Garryn se sorprendió por el honor mostrado por un supuesto mercenario. "¿Puedes llevarnos a Cathomira?"

Flinn consideró la cuestión. "Será difícil. No puedo garantizar un aterrizaje, porque no tendré el tipo de equipo de descontaminación o trajes ambientales necesarios para ese nivel de radiación. Probablemente pueda bajarte lo suficiente para ver el lugar, si es suficiente".

"Será suficiente".

En este momento, Garryn tenía pocas opciones.

XVII: CATHOMIRA

Garryn encontró que el *Hijo Descarriado* era muy chico después de viajar en grandes buques de guerra militares con numerosas cubiertas de espacio para caminar. Después de que la nave entrara en el hiperespacio, había poco que hacer hasta que estuviera lista para emerger en su destino. Flinn ocasionalmente entraba en la cabina del piloto para comprobar las cosas, pero una vez que las coordenadas se introducían en el navcom, el *Hijo Descarriado* podía llevar a cabo la mayor parte del viaje en piloto automático.

Garryn caminaba confinado en la nave como un animal enjaulado, sabiendo que gran parte de su impaciencia tenía que ver con su necesidad de respuestas. Durante los primeros días de su viaje permaneció en silencio acerca de sus razones para ir a Cathomira, a pesar de la suave sonrisa de Flinn. Eventualmente, le resultó más fácil confiar en el piloto y reveló un poco de sus razones para ir al planeta.

A medida que avanzaban los días, jugaban a las cartas, bebían demasiado a veces, hablaban de sus días en el servicio, entreteniéndose uno al otro con descripciones de todos los lugares en los que habían estado. A veces Flinn le preguntaba a Garryn cómo era ser Primero.

Garryn, a su vez, le preguntaba a Flinn cómo era ser tan libre y sin ataduras a nada ni a nadie.

Las respuestas de Flinn hicieron que Garryn se sintiera aún más atrapado.

* * *

Esto era nuevo. Abrió los ojos y vio algo inesperado. Estaba en un lugar nuevo. Un lugar en sus sueños que nunca había visto.

Ella estaba allí otra vez, con el pelo dorado y los ojos azul oscuro. Ella lo miraba con una sonrisa. A diferencia de ocasiones anteriores, no había sangre ni cenizas en su piel. En cambio, parecía feliz. Esta vez, no estaban en el campo dorado, sino en el interior. Le llevó un momento darse cuenta de que estaba en una habitación.

Las paredes que lo rodeaban estaban pintadas de azul, con alegres imágenes de animales desconocidos adornándolas. En el techo había un mural del cielo con estrellas en constelaciones sin sentido y una luna creciente sonriendo al sol amarillo. Con un destello de perspicacia, se dio cuenta de que era su habitación.

Ella sonrió al abrazarlo. Fue la primera vez que sintió su toque.

Sus brazos a su alrededor tenían el poder de hacer desaparecer cada cosa terrible. Su cabeza nadó al tocarla y él quiso acostarse allí contra su pecho para siempre. Ella le cantaba una canción desconocida, pero la melodía le hacía sonreír. Un hormigueo de deleite corrió por su espina dorsal mientras escuchaba el latido de su corazón en sus oídos.

Quería no dejarla nunca.

De repente, ya no estaban solos. Levantó la vista y vio a un hombre. Era la primera vez que veía una cara distinta a la de ella. En sus sueños siempre fueron sólo ellos dos. Nunca hubo ningún intruso. Sin embargo, ver a un extraño caminando tan despreocupadamente hacia su sueño lo desconcertó. Pero no tanto como cuando le miró a la cara.

Era su cara, o al menos pensó que era su cara. El hombre tenía el mismo color de pelo, las líneas familiares de su mandíbula e incluso los ojos. ¡Este impostor tenía sus ojos! Sin embargo, al mirar más de cerca, se dio cuenta de otra cosa: no era su rostro, aunque había similitudes. Incluso tenía algunas similitudes con el Emperador, su padre.

Se convirtió en demasiado para él.

De repente, estaba de nuevo en ese campo carbonizado, con los grandes pájaros negros dando vueltas en el oscuro cielo, haciendo llover muerte sobre los dorados tallos de trigo sin cosechar. A su alrededor las llamas ardían más, hasta que el humo empezó a escaldar sus pulmones y el calor hacía más que pinchar su piel. Estaba mirando fijamente su cadáver otra vez, lágrimas de dolor corriendo por sus mejillas mientras le quitaba el pelo cubierto de sangre de su cara.

Entonces estaba siendo arrastrado en el aire una vez más, siendo levantado más y más lejos del campo ardiente debajo de él. Luchó por liberarse, pero la fuerza que lo tenía en su poder no iba a dejarlo ir. Debajo de él, el campo era una llanura ardiente de ceniza, con una pequeña mancha en medio de la conflagración que podría haber sido una casa. La tierra bajo él continuó encogiéndose hasta que sólo quedó el planeta azul y el sol amarillo, sostenidos contra un lienzo de estrellas.

Un único sol amarillo.

"¡Gar, despierta!"

La fuerte demanda de Flinn lo obligó a despertarse. Garryn parpadeó salvajemente al piloto mientras empezaba a registrar lo que le rodeaba. Gotas de sudor corrían por su frente y su estómago se sentía tan revuelto que pensó que iba a vomitar. Saliendo de la cama, empujó a Flinn y se alejó tambaleando de la litera, todavía temblando un poco.

"¿Estás bien?" La preocupación en la voz de Flinn era obvia.

"Estoy bien." Las palabras escaparon de su seca garganta en un ronco susurro.

"¿De verdad?" Contestó Flinn con escepticismo. "Estabas gritando."

¿Gritando? Garryn no recordaba haber gritado, pero había partes en el sueño que se sentían emocionalmente insoportables. Podría haber llorado y no haberse dado cuenta. Su garganta ciertamente se sentía lo suficientemente rasposa como para ser prueba de ello. Limpiándose el sudor de la frente intentó ocultar lo agitado que estaba, pero sospechó que era demasiado tarde para eso.

Al salir de la cabina para escapar de la mirada preocupada de Flinn, se sintió avergonzado por el estallido, pero al mismo tiempo luchaba contra la desorientación resultante de la pesadilla. Estaba desorientado por una avalancha de recuerdos del sueño que ya no se desvanecían.

¿Por qué de repente era capaz de recordar?

En el pasado, los sueños se desvanecían cuando se despertaba. Había hecho falta el analizador neural de Jonen para hacerle recordar los detalles, pero ahora que estaba ahí, empapado en su sudor, lo recordaba todo. Podía ver las líneas de su cara, la forma en que ella se iluminaba cuando sonreía y su suave voz cuando le cantaba.

"¿Quieres hablar de ello?" Preguntó Flinn. Se sentía incómodo husmeando, pero en los últimos días de viaje Flinn se había dado cuenta de que había algo más en la historia del Primero de lo que había dicho.

Garryn se sintió conmovido por el gesto y se preguntó si una opinión imparcial podría ser de valor.

"Tengo pesadillas", confesó Garryn después de llegar a la cabina principal. Un compartimento contra la pared contenía la colección de licores de Flinn. Garryn no perdió el tiempo sirviéndose un trago. Necesitaba uno con urgencia.

"¿Por eso vas a Cathomira?" Flinn se le unió para el trago.

Garryn asintió.

"Recuerdo. Nunca lo recordé antes. Los sueños solían ser vagos y nunca supe de qué se trataban hasta que fui a ver a Jonen".

Una ola de dolor se apoderó de él en memoria de su amigo.

"Jonen me mostró con lo que estaba soñando. Lo envié con una expedición científica a Cathomira, pero su nave sufrió una ruptura catastrófica del núcleo. Están todos muertos. Ahora, por primera vez, puedo recordar los sueños sin su ayuda, y lo que recuerdo me asusta muchísimo".

Flinn no buscó en su mirada, sino que miró fijamente dentro de su vaso durante unos instantes. En los últimos días, Garryn se había enterado de que había mucha sustancia bajo la delgada fachada del arrogante piloto estrella. Cuando habló fue casi una revelación.

"Tú crees que tú y los Nuevos Ciudadanos no son realmente de Cathomira, ¿verdad?"

Escuchar las sospechas que él mismo abrigaba en voz alta era estremecedor. Garryn miró a Flinn y asintió.

"Tengo que ir yo mismo a Cathomira para estar seguro", admitió finalmente, con la mirada perdida en el mamparo. "Sólo entonces podré aceptarlo."

"¿Y luego qué?"

Garryn lo miró directamente. "Entonces empiezo a buscar la verdad."

* * *

El *Hijo Descarriado* emergió del hiperespacio lo más cerca posible del sistema estelar cathomirano. Después de enterarse de la destrucción de la *Asmoryll* poco después de llegar al sistema, Flinn decidió no arriesgarse. A pesar de tener dificultades para creer que algún buque de guerra pudiera enfrentarse a la Almirante Vyndeka y ganar, el piloto no se hacía ilusiones sobre su propia nave.

Flinn y Garryn observaron el borrón de estrellas alrededor del dosel de la cabina del piloto cuando la nave entró en el espacio normal, una vez que los remolinos hiperespaciales disminuyeron a su alrededor. Flinn fijó inmediatamente la velocidad crucero de la nave mientras la cabina brillaba con la luz ámbar de la solitaria estrella de Cathomira. La gigante roja parecía llenar la ventana de la cabina e inmediatamente las alarmas automatizadas comenzaron a advertir a los ocupantes del *Hijo Descarriado* de los crecientes niveles de radiación.

"Voy a tener que desviar energía extra para darnos más protección", explicó Flinn mientras sus manos volaban sobre los controles.

Garryn apartó sus ojos de la inmensa estrella, pero era difícil mantenerla fuera de vista por mucho tiempo. Su tamaño llenaba cada rincón de la ventana de la cabina. Escudos antiexplosivos comenzaron a bajar tras la ventana exterior, dejando fuera los dañinos rayos. La exposición prolongada al poderoso resplandor causaría daño permanente a sus ojos. Una vez que las planchas gruesas se deslizaron en su lugar, Garryn tardó unos segundos en ajustar sus ojos para volver a ver claramente.

De ahora en adelante su única vista de la estrella sería a través del visor holográfico de la cabina.

"Yo mantendría los escáneres de largo alcance funcionando", sugirió Garryn, recordando de manera más aguda cómo la *Asmoryll* había llegado a su fin. ¿Hasta dónde había llegado la *Asmoryll* dentro del sistema antes de ser destruida? ¿Cómo había sido vencida Vyn?

"He configurado los sensores para que nos den una alerta de perímetro", contestó Flinn sin mirarlo desde los controles. Flinn era tan cauteloso como Garryn sobre un ataque. No deseaba enredarse con una nave de guerra si se podía evitar.

"Bien". Garryn volvió a sentarse en el asiento del copiloto, tratando de disipar la tensión que sentía. "¿Cuánto falta para llegar a Cathomira?"

"Unos veinte minutos, pero ya estamos en rango de escáner si quieres echar un vistazo."

Quería. Se inclinó y, en cuestión de segundos, la imagen holográfica de Cathomira apareció ante ambos.

Garryn contuvo la respiración al ver, por primera vez, el planeta en el que nació. Ni siquiera la mejora visual de la alimentación podía ocultar el hecho de que Cathomira era un mundo sombrío y desolado. Los gases ácidos y calientes de la atmósfera del planeta le habían dado un brillo amarillento. Garryn podía ver continentes plagados de grandes cráteres y parches de tierra carbonizada en expansión donde el planeta estaba azotado por enormes erupciones solares. Su proximidad al sol destruyó las dudas que quedaban sobre la existencia de la vida.

Cathomira era un planeta muerto.

"¿Pueden tus escáneres hacer algunos cálculos para mí?"

El alarde de Flinn de actualizar el equipo del *Hijo Descarriado* incluía sofisticados sensores multifásicos de Jyne. A pesar de su aversión a pilotar naves de flota, era obvio que Flinn encontraba útiles algunos elementos de una nave estelar. Las naves de la Legión poseían el equipo de escaneo más sofisticado de la galaxia. Se enorgullecían de la capacidad de sus equipos para ubicar una sola hebra de ADN de un planeta de millones de personas.

"Claro. ¿Qué estamos buscando?"

"¿Cuánto hace que el clima es así?"

Flinn miró por encima de su hombro a Garryn, consciente de las implicaciones de la respuesta. "Déjame ver qué pasa".

La computadora tardó unos minutos en calcular la respuesta y, durante esos minutos, los pensamientos de Garryn se aceleraron. Anteriormente, Garryn le había dicho a Flinn que hasta que viera a Cathomira por sí mismo, no podría descansar. Ahora que estaba aquí, su instinto le dijo que sus peores temores estaban a punto de ser confirmados. Tal vez siempre lo supo y los sueños fueron su forma de confirmarlo.

Cuando Flinn volvió a mirar a Garryn, su cara era sombría y Garryn sabía la respuesta antes incluso de hablar.

"Cincuenta mil años según la computadora."

Cincuenta mil años. El sol había estado cocinando ese planeta por *cincuenta mil años*.

Flinn vio su angustia y trató de asegurarle que no todo estaba perdido, aunque el piloto no lo creyera. "Mira, por lo que sabemos, los cathomiranos podrían haber vivido bajo tierra. Puede que no fueran tan avanzados como Brysdyn, pero podrían haber encontrado la forma".

"No", Garryn descartó la posibilidad inmediatamente. "Los informes oficiales dicen que los niños de Cathomira fueron llevados de las ciudades. ¡Ciudades sobre el suelo! ¿Puedes encontrar evidencia de alguna?"

Flinn tardó unos minutos más en darle esa respuesta, pero a estas alturas la verdad era innegable.

"Nada de ciudades", la culpa de Finn rezumaba por cada palabra que confirmaba los peores temores de Garryn. "El hecho de que no quedara nadie en pie no significa que no hubiera ninguno. Este planeta ha sido bombardeado con radiación, erupciones solares masivas y descarga de energía durante décadas. Si hubiera algo en la superficie, ya habría sido borrado".

Los esfuerzos de Flinn eran admirables, pero inútiles.

"Creo que ambos sabemos por qué no están allí, Flinn."

El capitán estaba realmente apenado por Garryn. Trató de imaginar lo que debe ser darse cuenta de que todo lo que creías sobre tu vida era mentira.

"Lo siento, Gar. No sé qué decir".

"No hay nada que decir." Garryn se levantó de su asiento. "A todos nosotros, todos los Nuevos Ciudadanos del Imperio, nos han mentido. Nunca vinimos de Cathomira."

Una vez que esa falacia fue eliminada, otra teoría más siniestra comenzó a agitarse en su cabeza. Las palabras salían de su boca con el ímpetu de su ira para llevarla consigo.

"Cathomira era conveniente, sólo un nombre para darnos cuando tuviéramos la edad suficiente para hacer preguntas sobre nuestro origen. Inventaron una historia sobre una guerra biológica para que nadie intentara aterrizar en el planeta y descubrir la mentira. Después del Azote, sabían que ningún brysdyniano tomaría ese tipo de riesgo".

"Los "ellos" de los que estás hablando. ¿Estamos hablando del Imperio?" Preguntó Flinn. Le resultaba imposible creer que una conspiración como esta pudiera existir sin que los más altos niveles de poder la manipularan. Aun así, los habitantes de Brysdyn de esa época eran una cultura guerrera y encontrarían tal traición deshonrosa.

"Tengo que considerarlo."

La idea de que su padre le hubiera mentido todos estos años lo enfermó del estómago. Se negaba a creer que el Emperador pudiera haber orquestado un engaño tan monumental. Su padre era un buen hombre. Si Garryn no creía eso, entonces todo lo que había soportado para convertirse en Primero había sido en vano.

"Debe haber venido de muy arriba, Gar. Si lo que dices es cierto, si Cathomira es sólo una cortina de humo, entonces algunas personas muy poderosas en el Imperio deben estar detrás de esto".

"No", agitó la cabeza. "No algunos. Sólo uno."

"Debe estar muy conectado para tener este tipo de poder."

Todo encajaba a la perfección, una vez que Garryn descartó la participación de su padre en esto. Sabía que tendría que volver a examinar la implicación del Emperador en algún momento, pero, por ahora, eligió vivir con la ilusión. Si no fuera el Emperador, sólo podría ser otra persona.

El general Edwen.

Todo lo que Flinn iba a agregar en respuesta fue olvidado cuando una ruidosa alarma sonó enfadada en sus oídos segundos antes de que la nave se estremeciera violentamente.

XVIII: NOVA

"¡Qué demonios fue eso!"

Esto y una serie de obscenidades escaparon de los labios de Garryn cuando se levantó del suelo después de que la nave fuera golpeada. La cubierta seguía temblando mientras continuaba el bombardeo, lo que le dificultaba recuperar el equilibrio.

Flinn ya estaba de pie y estudiando las lecturas de los sensores. Los instrumentos gritaban en protesta con lecturas erráticas y luces rojas intermitentes dondequiera que fueran capaces. La pantalla holográfica estaba parpadeando de color, indicando la magnitud de sus problemas.

"¡Es una erupción solar!" Flinn ladró, aunque Garryn era capaz de interpretar los mismos datos.

"Nunca había visto una tan grande."

Flinn no respondió mientras retomaba el asiento del capitán. La nave estaba siendo arrastrada hacia atrás, atrapada en una ola de fuego solar. A pesar del escudo mejorado de su nave, él sabía que no podrían soportar la intensa radiación durante mucho tiempo. Desconectando las alarmas de emergencia, intentó recuperar el control del timón. Tenían que liberarse de esta ola nuclear o morir envenenados por la radiación mucho antes de que los escudos cedieran y se incineraran.

Los dedos de Flinn volaban sin esfuerzo a través del panel mientras recuperaba el control para dirigirlos fuera de la ola. Tras unos segundos el peligroso balanceo se redujo a un temblor a medida que la nave llegaba al borde de la corriente solar. La pantalla holográfica comenzó a despejarse y la imagen del sol de Cathomira regresó cuando la nave estuvo considerablemente más estable.

Garryn quedó impresionado con la eficiencia de Flinn. Ahora, más que nunca, se sintió contento de haber elegido al antiguo oficial de la Flota para llevarlo a Cathomira. Debe haber sido un gran piloto en sus días de Flota, pensó Garryn. Aunque Garryn era un buen piloto, tenía poca experiencia en el manejo de algo más grande que una embarcación de un solo hombre.

"¿Estamos a salvo?"

"Sí, estamos a salvo", contestó Flinn, distraído. Estaba corriendo un rápido diagnóstico de las funciones de la nave para asegurarse de que no hubieran sufrido ningún daño permanente que lamentarían más tarde. Las lecturas de los sensores que emanaban del sol cathomirano le daban motivos para estar preocupado. Después de ver los datos de los sensores, se dio cuenta de lo afortunados que eran de haber sobrevivido a la explosión inicial.

"¿Qué tan malo?"

El humor sombrío de Flinn era revelador. Quizás hubieran escapado de la ola, pero no estaban fuera de problemas.

"Bastante malo." Flinn le miró. "Los niveles de radiación han subido un 2000 por ciento. La temperatura exterior se ha cuadruplicado. Mis escudos apenas mantienen el calor fuera".

Garryn podía creerlo. Aunque la temperatura en la cabina no era incómoda, era más cálida que antes.

"Tuvimos suerte de no haber sido vaporizados. Ese sol está a punto de convertirse en nova. Según los sensores, será en cualquier momento dentro de las próximas 22 horas". Señaló hacia la imagen holográfica que mostraba una vista transversal del sol. La presión aumentaba bajo la superficie y la temperatura del núcleo del sol aumentaba rápidamente. "Le doy menos tiempo que eso." Se volvió hacia Garryn y respiró hondo. "Con el debido respeto a ti y a tu viaje, voy a sacar mi nave de aquí."

"Sin discusiones de mi parte."

Garryn también era piloto y sabía cómo se pondría este espacio si la gigante roja se volviera nova. Tal como estaba, las erupciones solares estaban convirtiendo el área en una mezcla infernal de gases sobrecalentados y radiación intensa. Los planetas, ya radiactivos, comenzarían a desintegrarse. Los cuerpos espaciales más pequeños explotarían, enviando sus escombros al espacio como asteroides en llamas. No era lugar para ninguna nave, por muy bien equipada que estuviera.

La mayoría de sus pasajeros rara vez mostraban sentido común, por lo que Flinn estaba agradecido por la actitud de Garryn. Se volvió hacia los controles de la cabina y la nave volvió a sacudirse violentamente. Esta vez, Flinn se las arregló para permanecer sentado, pero una vez más las alarmas de toda la nave empezaron a chillar.

"¡Eso no fue una erupción solar! "¡Algo nos golpeó!"

"¡Lo sé!" Flinn le gritó a su vez. "¡La radiación está interfiriendo con los sensores! ¡Voy a tener que bajar los escudos de explosión!"

Otra explosión sacudió la nave y Flinn maldijo enfadado. El *Hijo Descarriado* se tambaleó por el impacto. Cuando los escudos comenzaron a bajar, la fuerte luz carmesí iluminó la cabina. Garryn levantó la vista para ver en qué forma había llegado este nuevo ataque.

"¡Es una nave de guerra!" exclamó Garryn, confirmando las afirmaciones de Finn cuando identificó sus orígenes. "Una nave de guerra de Brysdyn."

"¡Genial! Estoy desviando toda la energía auxiliar a mis escáneres de objetivos. ¡Necesito otra mano en mi torreta de artillería de babor!"

"Voy en camino." Garryn saltó de su silla inmediatamente y salió de la cabina. No había dado más que unos pocos pasos cuando otra explosión impactó contra el casco, lanzándolo contra la pared. Un agudo dolor le atravesó cuando su codo chocó con la pared metálica, haciendo que Garryn gimiera.

"¿Estás bien?" Gritó Flinn.

"¡Estoy bien!" Contestó Garryn antes de volver a salir por la puerta. "¿Qué están haciendo? Podrían agarrarnos con un rayo tractor o inhabilitarnos. ¿Por qué están retrasándose?"

"Nos están vareando", dijo el capitán con severidad. "Nos están forzando a entrar en el campo gravitacional del sol."

Por supuesto. ¿Por qué ensuciarse las manos cuando podían dejar que Cathomira hiciera su trabajo por ellos? Conducir al *Hijo Descarriado* hacia el sol hacía las cosas considerablemente más fáciles de explicar. Cuando Iran fuese a buscar a su hijo, no habría nada que encontrar.

"¿Qué tan cerca estamos de que eso suceda?"

"¡Demasiado cerca, ahora muévete!" Flinn soltó con impaciencia. No levantó la vista para saber que Garryn se había ido ya que en ese momento tenía otras preocupaciones en su mente. El comandante de la nave de guerra había cronometrado perfectamente su ataque, usando la interferencia del sensor para permanecer oculto hasta que las llamaradas solares lo distrajeran.

Flinn inyectó más potencia en los motores, haciendo que el *Hijo Descarriado* volara fuera del alcance del rayo tractor del buque de guerra, si esa era siquiera su intención. El hecho de que el enemigo no exigiera la rendición cuando estaba en posición de ventaja no era un buen presagio.

La nave de guerra quería destruirlos.

Otra explosión impactó contra la nave. Flinn pudo ver la explosión de plasma que se extinguió rápidamente en el rabillo del ojo cuando la llamarada iluminó momentáneamente la cabina del piloto. Frente a él la estrella seguía expandiéndose, y Flinn dio vuelta a la nave para alejarse lo más posible de ella. El mayor tamaño del buque de guerra lo obligó a seguir adelante durante unos segundos antes de hacer la corrección de rumbo para que coincidiera con la trayectoria del *Hijo*.

Muy pronto estaba disparándoles de nuevo.

"¿Estás listo?" Flinn gritó en sus auriculares. Una explosión detonó junto a la nave, más cerca que antes.

"Estoy preparado". Gritó Garryn, encontrando el regreso a la torreta de la artillería casi reconfortante.

"Bien, voy a estar delante de ellos mientras planeo el salto al hiperespacio. Necesitamos confundir sus escáneres tanto como sea posible para que no pueda rastrearnos en el espacio normal. Si no puede trazarnos nuestro curso, no podrá seguirnos".

No era una estrategia óptima, pero Flinn no quería involucrar a la nave de guerra en una pelea. Los buques de guerra de Brysdyn estaban bien blindados y llevaban artillería pesada capaz de luchar de forma sostenida. Todo lo que Flinn Ester quería hacer en ese momento era salir vivo con la piel y la nave intactos.

"¡Lo haré, tú haz los cálculos!"

Dentro de la torre de artillería, Garryn podía ver la nave más claramente que Flinn. Todo lo que había entre él y el frío vacío del espacio era una gruesa lámina de plexiglás. El buque, de la clase Slicer, estaba encendiendo sus propios propulsores para mantenerse a la altura de las maniobras maníacas de Flinn. Un piloto menos experimentado habría sentido algo de alarma ante los estrechos desvíos y giros que Flinn estaba forzando al *Hijo Descarriado* a hacer.

Los controles diferían un poco de los de los cazas de un solo hombre que Garryn estaba acostumbrado a pilotar, pero fue capaz de adaptarse fácilmente. Los escáneres de objetivo, el acelerador de control y los instrumentos se configuraban generalmente de la misma manera, por lo que el ajuste era cuestión de un rápido estudio. Había poco tiempo que perder para familiarizarse antes de que Garryn pusiese sus manos en los controles y devolviese el fuego a la nave de guerra.

Una ráfaga de fuego ametrallaba el arco delantero de la nave de guerra. El plasma impactó el casco con una llamarada blanca antes de convertirse en cintas de energía que chisporroteaban contra el plato grisáceo del conjunto de escáneres. La nave vaciló durante un instante mientras intentaba recalibrar tras la repentina interrupción. El momento fue breve. En cuestión de segundos, los motores del buque de guerra se encendieron y continuaron la persecución.

"¡Eso es!" Garryn escuchó a Flinn a través de sus auriculares. "Los tuviste durante unos segundos. ¡Sigue haciendo eso! ¡Necesito unos minutos más!"

Unos minutos más le parecieron una eternidad. El comandante de la nave de guerra no era un tonto. No pasaría mucho tiempo antes de que el comandante reconociera la táctica y tomara contramedidas para proteger el equipo de escaneo de su nave. Aun así, las maniobras evasivas eran más fáciles de realizar en un pequeño carguero que en una gran nave militar.

Más descargas de plasma escaparon del cañón doble de la torreta de artillería. Garryn mantuvo una continua descarga de fuego hasta que el sonido de la fuga de plasma resonó en el pequeño cubículo. La nave de guerra se deshizo del asalto con facilidad, pero cada ráfaga ensanchaba la ventaja del *Hijo*.

En un intento desesperado de evitar su inminente fuga, la nave de guerra disparó una descarga de fuego igualmente mortal contra la nave más pequeña. Pero en ese momento la ventaja del *Hijo Descarriado* sobre la nave de guerra era lo suficientemente significativa como para disminuir el impacto. Sin previo aviso, otro destello de luz llenó el rabillo del ojo de Garryn, pero este fue mucho más intenso, haciéndolo retroceder.

"¡Cierra los escudos de la torreta!" Flinn le gritaba al oído. "¡Ciérrala ahora!"

Sin pensarlo, Garryn hizo lo que se le dijo. El zumbido bajo de las placas de duranio cubriendo al plexiglás a su alrededor. La oscuridad causó estallidos de color delante de sus ojos y el casco se sacudió con un violento temblor. La nave se disparó hacía delante y Garryn fue lanzado contra la pared de la torreta. Su cráneo golpeó la superficie de metal duro y sintió una mezcla de mareos y dolor mientras intentaba recuperar el equilibrio.

"¡Gar!" Flinn le gritaba de nuevo a través del zumbido del dolor en su cabeza.

La voz de Flinn atravesaba un tartamudeo de estática que hacía que sus palabras fueran difíciles de descifrar. Garryn trató de ajustar sus auriculares para compensar, pero la estática aún permanecía.

"¿Estás bien?"

"Estoy bien", su voz sonaba apagada en sus oídos. "¿Qué pasó?"

"Cathomira".

¿"Cathomira"? Preguntó Garryn y luego se dio cuenta de un ruido sordo y fuerte contra el casco.

"Baja tus escudos", instruyó Flinn.

Los escudos bajaron para revelar el espacio más allá del plexiglás lleno de escombros flotantes. Mientras el *Hijo Descarriado* se alejaba a toda velocidad de la destrucción, Garryn vio enormes bloques de roca girando alrededor de la nave, rompiéndose en pequeños fragmentos mientras se golpeaban unos contra otros. Algunos fragmentos eran tan grandes como la propia nave, mientras que otros no eran más grandes que guijarros. La vista era horripilante y a la vez fascinante. Ni siquiera podían ver la nave de guerra a través del velo de polvo y roca.

Cathomira acababa de convertirse en nova.

* * *

Por un minuto, Garryn no supo qué sentir.

Toda su vida había conocido a Cathomira como el lugar de su nacimiento. Cuando hizo este viaje, fue con la esperanza de probarlo de una vez por todas. Aunque estaba demasiado claro que nunca fue del planeta, Garryn todavía sentía algún vínculo con él. Con su desaparición, Garryn se enfrentó a la cruda realidad de no saber de dónde venía. Al venir a Cathomira, sólo había creado nuevas y más desconcertantes preguntas.

¿De dónde era realmente?

"No podemos saltar en medio de esto", dijo Garryn. El bombardeo de escombros contra el casco los estaba ralentizando considerablemente. Finn maniobraba por el campo de escombros a una velocidad peligrosa, tratando de evitar que un fragmento de roca tras otro.

"No hasta que nos hayamos alejado de este campo de escombros, y eso no va a ser fácil", estuvo de acuerdo Flinn, severamente.

La nave de guerra apareció a través de la tormenta de tierra y escombros, reanudando su persecución ya que no estaba tan en desventaja como el *Hijo Descarriado* en el campo de escombros. Hace unos momentos, su tamaño complicaba la persecución, pero ahora les daba la ventaja. Su ventaja disminuía rápidamente a medida que la armadura y el escudo del buque de guerra le permitían moverse a través de los mortíferos fragmentos sin temor a que se produjeran rupturas catastróficas en el casco.

"¡Tenemos que irnos ahora!"

"¡Estoy haciendo lo mejor que puedo!" Le ladró Flinn.

El *Hijo Descarriado* aceleró de nuevo, pero fue severamente estorbado por los asteroides que volaban hacia él de todas direcciones. La nave se balanceaba de lado a lado, evitando los grandes bloques de rocas mientras salía del sistema. Detrás de ellos la nave de guerra continuaba su implacable búsqueda. Garryn permaneció en la torreta de artillería disparando a cualquier asteroide que se acercara demasiado, convirtiéndolo en escombros, dejando que Flinn se concentrara en maniobrar a través del campo de escombros.

A pesar de las circunstancias, Garryn admiraba la habilidad con la que Flinn Ester volaba su nave. Garryn se consideraba a sí mismo un buen piloto, pero Flinn lo hacía sentir fuera de nivel. Bajo las expertas manos del capitán, la nave parecía oscilar sin esfuerzo a través de la granizada de roca.

Después de una eternidad, la concentración de asteroides se redujo y Garryn dio un suspiro de alivio. Aunque todavía podía ver el buque de guerra peligrosamente cerca de ellos, escaparían del campo y podrían saltar al hiperespacio sin mucha dificultad.

"Lo logramos. ¿Cuándo podemos saltar al hiperespacio?"

"Estoy haciendo los cálculos ahora mismo. Mantengo la nave a toda máquina, así que les adelantaremos lo suficiente como para saltar".

La confianza de Flinn le dio seguridad a Garryn de que seguirían vivos mañana.

Garryn se relajó un poco al escuchar las noticias. Se preguntó si este era otro día más para Flinn, viviendo la vida que llevaba. El capitán no parecía perturbado por tener una gran nave de guerra de Brysdyn persiguiéndolo, ya que la nave tenía menos razones para estar en el espacio cathomirano que ellos. Garryn dudaba de que mantuvieran la persecución una vez que el *Hijo Descarriado* regresara al espacio central.

Por Primera vez, Garryn pudo estudiar la nave más de cerca. La enfocó usando los escáneres de objetivos y amplió la imagen. Nada sobre la nave de guerra parecía fuera de lo común. Era, en todo el sentido de la palabra, una nave de guerra brysdyniana estándar. Era una de las nuevas naves de clase Slicer desplegadas para proteger las principales rutas espaciales y los mundos de las lejanas colonias.

Si algo destacaba era la falta de señalización en el casco. Garryn no podía ver señales de la designación de su ala ni nada que indicara a qué parte de la Armada Imperial estaba adscrita.

"Ajústate el cinturón, Gar", ordenó la voz de Flinn.

Garryn todavía estaba estudiando la nave, pero se aseguró de estar firmemente sujeto a su asiento.

La Élite de Seguridad tiene naves, pensó Garryn.

Tienen sus propias naves y comandantes. Los oficiales de la Élite de Seguridad eran asesinos entrenados y fanáticos hasta el final. Su devoción a la causa y a su maestro era legendaria. Cada vez estaba más convencido de que si alguien era responsable de esto era el jefe de la Élite de Seguridad.

Lo último que pensó antes de que el brillante estallido de estrellas llenara su mundo fue si Edwen le permitiría o no vivir con lo que acababa de descubrir.

XIX: AUDIENCIA

El Emperador estaba ante el Enclave.

Hacía años que no visitaba personalmente el dominio de la Élite de Seguridad. Muy poco había cambiado del lugar desde esa visita. El edificio todavía se parecía mucho a una fortaleza que apuñalaba el corazón de Paralyte. Su gran altura y su construcción de mármol negro proyectaba una sombra sobre la ciudad más simbólica que cualquier otra estructura de la ciudad.

Iran sintió un frío escalofrío cuando miró fijamente al alto monolito.

Siempre le había disgustado el diseño, pero entendía el razonamiento que había detrás de él. El jefe de la Élite de Seguridad quería un monumento para intimidar y atemorizar a las masas. Las altas paredes de piedra y las proporciones de una ciudadela del edificio servían a su propósito. Era el bastión desde el cual Edwen gobernaba su ejército privado de discípulos.

El Enclave fue la antítesis del Domicilio. Ambos edificios se sentaban a ambos lados del Quórum, uno frente al otro como titanes en un campo de batalla, cada uno representando su propio conjunto de valores y creencias. La construcción del Domicilio era casi tan antigua como la propia Paralyte. Era el símbolo de la resistencia para los sobrevivientes de la Estrella Blanca y un monumento a todo lo que habían construido desde que llegaron aquí.

Cuando Garryn se convierta en Emperador, la Élite de Seguridad dejará de existir. Lo sé y estoy seguro de que Edwen también lo sabe.

Pensar en Garryn le recordó a Iran por qué había venido al Enclave. En realidad, estar aquí era incómodo. Desde el discurso que reveló su postura anti-alianza en el Quórum, las líneas de batalla entre ambos hombres habían sido trazadas. Ahora mismo, era sorprendente que el Emperador viniera al Enclave como un suplicante. Iran sabía que siempre se sentiría así con el General.

Cuando el padre de Iran falleció, Edwen ya era el líder indiscutible de la Élite de Seguridad. Aun así, no tenía el poder que ahora poseía. Para la mayoría, la organización era poco más que una astilla de la Policía Central. Sus recursos eran escasos y tenía poco de los poderes jurisdiccionales que ahora inspiraban tanto temor entre las masas.

Para obtener la clase de influencia que quería para sus ambiciones, Edwen necesitaba amigos poderosos. En ese momento, no había nadie más poderoso que el recién ascendido Emperador. Iran estaba ansioso por demostrar su valía a la pomposa Guardia Imperial, que lo consideraba demasiado joven para el puesto. Sus necesidades mutuas se hicieron ver durante su primera reunión y desde entonces no habían mirado hacia atrás.

Juntos habían emprendido una campaña de conquista sin parangón en la historia de Brysdyn. ¿Quién sabe dónde podrían haber acabado, si no fuera por los jyneses? Inicialmente la Guardia Imperial siguió al Emperador de mala gana en su Primera expedición militar. Desvergonzadamente admitían sus dudas sobre su capacidad de mando. Iran recordaba las risitas, los comentarios sarcásticos y la condescendencia en sus voces.

Edwen lo siguió incondicionalmente, sin exigencias ni dudas sobre sus decisiones. Todo lo que Edwen necesitaba eran naves que llevaran sus tropas de Élite de Seguridad y el comandarlas. Iran, que quería mostrar su gratitud, dio a Edwen todo lo que quería. Edwen fue lo suficientemente inteligente como para no pedir la autonomía completa, porque Iran nunca la concedería.

De todos modos, a la Élite de Seguridad se le dieron los mismos recursos ilimitados que a la Flota Imperial. Antes del Azote, esto era bastante considerable. Edwen era una institución por sí mismo y, mientras viviera, también lo sería la Élite de Seguridad. En los años transcurridos, Iran había ignorado los susurros ocasionales que llegaban a sus oídos acerca de cómo se comportaba la Élite.

La mayoría de ellas se referían a la forma en que la Élite mantenía su base de poder. Era una institución construida sobre secretos y amenazas, aumentando su influencia más allá de las más descabelladas imaginaciones de su comandante. Iran hacía la vista gorda a todo lo que escuchaba, porque en su corazón sabía que el General era un patriota. Edwen nunca dañaría conscientemente a Brysdyn y cumplía un propósito. Los grandes imperios siempre necesitan hombres como Edwen.

* * *

Como era de esperar, su repentina llegada al Enclave provocó un estado de leve pánico en el establecimiento. Su guardia personal aseguró el área mucho antes de que Iran desembarcara del deslizador. Al pasar su mirada a través del patio, no pudo ver a ninguno de ellos. A estas alturas, sus guardias personales estaban firmemente arraigados en lugares estratégicos de todo el complejo, disolviéndose en el mar de rostros con total oscuridad.

Mientras tanto, los agentes de la Élite de Seguridad corrían por las puertas principales, advirtiendo a los escalones superiores de la llegada del Emperador. Otros estaban congelados donde estaban, incapaces de hacer algo más que ofrecer el acostumbrado saludo al pasar. Iran ignoró todas estas distracciones. Su única preocupación era llegar a Edwen.

Garryn se había ido e Iran quería saber por qué.

Desde el anuncio de la destrucción de la nave de Vyndeka, nada en el mundo del Emperador tenía sentido. En los últimos veintitrés años de la vida de Garryn el Emperador había llegado a saber una cosa sobre su hijo. El muchacho nunca fue impulsivo. Garryn siempre había sido un niño tranquilo y deliberado y creció hasta convertirse en un similar adulto. Ahora, por alguna razón desconocida, Garryn había abandonado todas sus responsabilidades para desaparecer sin decir una palabra.

Hasta ayer.

La noche anterior Iran recibió una comunicación de Garryn transmitida desde el puerto espacial civil de Paralyte. El mensaje fue breve y poco más que obligatorio. Hablaba de la intención de Garryn de tomarse un tiempo para sí mismo sin la pompa de un viaje real. Garryn enviaba sus saludos a Elisha y Kalistar con disculpas a Iran por su repentina partida. Estaría en casa muy pronto. El mensaje era más enigmático que explicativo.

El intento de Iran de localizar a su hijo tuvo poco éxito y aumentó su frustración. Pudo rastrear a Garryn hasta la estación espacial, pero no más lejos. Si había dejado Brysdyn, lo había hecho sin usar ningún medio de transporte convencional. Una investigación posterior reveló que el muchacho había vaciado sus cuentas privadas y viajaba con una gran cantidad de dinero.

Convocando a Ashner, Iran exigió respuestas. El ayudante no se apegó al protocolo cuando estuvo ante el Emperador. Estaba igual de preocupado por Garryn. Ashner no escondió nada y reveló todo lo que sabía sobre por qué Garryn pudo haberse ido. Aunque no podía decir con certeza adónde había ido Garryn, Ashner pudo aventurarse a adivinarlo.

Cathomira.

Iran se asombró de la historia que Ashner le tejió. Servía mucho para explicar el comportamiento de su hijo en los últimos meses. Se había preguntado sobre el repentino patrocinio de Garryn de una expedición científica a Cathomira, pero lo había atribuido a la curiosidad natural de un joven sobre su herencia. Nunca se le ocurrió a Iran que Garryn podría tener motivos ocultos.

¿Por qué Garryn no acudió a él? Antes de que Iran terminara de pensar en ello, ya sabía la respuesta. Investigar su pasado podría ser percibido como un insulto a su padre adoptivo, a pesar de que Iran nunca le hubiera negado a Garryn la necesidad de saber. Aun así, Garryn era un buen hijo que nunca lo lastimaría intencionalmente.

Cuando Iran finalmente llegó a la oficina del General, la sorpresa del hombre fue evidente, incluso aunque se le hubiera advertido sobre la presencia de Iran en el Enclave. Reconoció al otro oficial en la sala como el Mayor Danten, el segundo al mando de Edwen.

"Vete", dijo Iran sin mirar al hombre.

Danten se fue sin decir una palabra.

A estas alturas, el General había salido de detrás de su escritorio para saludar al Emperador. Aunque su expresión reveló cierta preocupación por la actitud hostil de Iran, Edwen no pareció terriblemente perturbado. Como siempre, el jefe de la Élite de Seguridad estaba en control.

"Esta es una sorpresa inesperada, Emperador..."

"Ahórratelo." Iran no estaba de humor para la falsa cortesía. "¿Dónde está mi hijo?"

"¿Garryn? No sé a qué te refieres. Asumí que estaba en el Domicilio."

"¡Se ha ido! Desapareció hace casi una semana. Nadie lo ha visto en ningún lugar del sistema. Fue rastreado hasta Cuartel General, donde debe haber subido a un carguero privado para salir del planeta, ya que no hay registros de que haya tomado una nave de línea comercial. En cuanto a Kalistar, Garryn le pidió que se quedara en el Domicilio porque temía por su seguridad. Parece creer que ella podría estar en peligro".

"Ella es mi hija. Nadie se atrevería a tocarla."

"Garryn cree que hay una conspiración que involucra a los Nuevos Ciudadanos", continuó el Emperador, escudriñando la reacción de Edwen. "Te conozco desde hace más tiempo de lo que a ninguno de los dos nos gustaría admitirlo y te conozco bien. ¡Esto tiene tu hedor por todas partes!"

El General no mostró ningún enfado por la acusación. Como siempre, estaba enloquecedoramente tranquilo. "No tengo ni idea de lo que estás hablando."

Iran miró hacia otro lado para poder recobrar la compostura. Tenía que mantener la calma si quería llegar al fondo de esto. Después de un momento, se volvió hacia Edwen.

"Ashner me habló del Mentalista, Edwen. Me dijo que mi hijo ha estado soñando con un planeta que no se parece en nada a Cathomira. ¿Sabías que Garryn no es el único? Hasta Kalistar sueña con este lugar. ¡Hay Nuevos Ciudadanos por todo Brysdyn, despertando gritando de pesadillas sobre ser arrancados de sus casas!"

Así que así es como empezó, pensó Edwen.

"¿Pesadillas? ¿De esto se trata? ¿Pesadillas? ¿Me acusas de una conspiración secreta sobre la base de unas cuantas pesadillas?"

"Después de hablar con Ashner, revisé los registros yo mismo. Afortunadamente, siendo Emperador, pude desclasificar los registros. ¿Sabes lo que encontré? ¡No hay registros! Todos esos niños mayores enviados fuera del mundo al resto del Imperio, ¿dónde están? ¡No encontré ningún registro de su existencia, ninguna documentación, ninguna historia actual, ni siquiera información sobre la adopción! ¿Existieron alguna vez, o eso también fue parte de la mentira?"

Durante unos segundos, el General no dijo nada. Se tomó todas las noticias con poca reacción.

Sin embargo, detrás de sus ojos, Iran vio la agitación, agitación y resignación.

"Bueno, ¿qué esperabas?" Edwen dejó toda excusa. Iran quería la verdad. "¿Pensaste que sería así de fácil? Soy un patriota, Iran, no importa lo que elijas creer. Siempre he sido un patriota."

"¿QUÉ HICISTE?"

"Lo que tenía que hacer", contestó el hombre, imperturbable ante el estallido de Iran. "El Imperio lloraba por sus hijos perdidos. ¿Olvidas los hijos que yo enterré? Yo también lloré, Iran. Lloré con el resto de Brysdyn y cuando terminó el llanto, me levanté y decidí seguir adelante. Mira afuera y dime que no hice nada bueno. El Imperio vivirá gracias a lo que hice".

"Dioses", Iran logró susurrar. Su disgusto era tan abrumador que parecía que la bilis forzaba subir por su garganta, lista para ahogarlo. El horror estaba más allá de su comprensión, pero no más que su propia complicidad. Cuando la Élite de Seguridad trajo noticias de los niños cathomiranos a Brysdyn, Iran había sospechado, pero ignoró sus sospechas.

Incluso con la recuperación de Aisha del Azote después de la Cura, su mundo había quedado destrozado. La ausencia de niños dificultaba preocuparse por el futuro. Había tratado de apoyar y aceptar la realidad, pero, como el resto de su gente, Iran había quedado en estado de shock.

Cuando Edwen les trajo la noticia de Cathomira, una parte de él, no abrumada por tales sentimientos, cuestionó la legitimidad de todo ello. Sin embargo, ignoró las dudas persistentes y los miedos secretos, porque quería un futuro. Lo deseaba lo suficiente como para forzar sus preocupaciones a un lugar donde nunca saldrían a la superficie.

Excepto que ahora lo habían hecho.

"¿De dónde salieron, Edwen?" Iran se encontró a sí mismo haciendo la pregunta que debería haber hecho hace años. "¿De dónde salieron realmente los niños?"

"¿Es eso importante? ¿Qué vas a hacer al respecto? ¿Anunciarlo a través de la Transband a Brysdyn? ¿Arrestarme? ¿Estás dispuesto a contarle a la gente de Brysdyn sobre sus hijos? ¿Estás dispuesto a contarle a Garryn la verdad sobre sí mismo, sobre cómo llegó a ser Primero?"

Iran retrocedió ante las palabras, pero no dijo nada.

Habiendo encontrado el punto de presión correcto, Edwen presionó más.

"Lo único que lo conecta con Brysdyn eres tú, Emperador. El amor del chico por ti lo obligará a soportar *cualquier cosa*. Dile la verdad y lo perderás tan seguro como yo perderé a mi hija. ¿Estás listo para condenarte como lo harás con el resto de Brysdyn?"

A pesar de su indignación, Iran se vio obligado a enfrentarse a la posibilidad de perder a Garryn, pero ese compromiso tendría un precio.

"Puede que ya sea demasiado tarde, Edwen. Si aún no ha encontrado la verdad, pronto lo hará. Subestimaste lo decidido que puede ser mi hijo. ¿Dónde irá a buscarlo, Edwen? ¿Adónde lo llevará la respuesta?"

Edwen no respondió.

* * *

Después del salto al hiperespacio, dejando a Cathomira para siempre, Garryn se encontró sin saber qué hacer.

Estaba sentado en la cabina del *Hijo Descarriado* manejando los controles mientras Flinn hacía las reparaciones en la nave. Después de su enfrentamiento con el buque de guerra brysdyniano y su vuelo a través del campo de escombros dejado por la nova de Cathomira, la nave necesitaba mantenimiento. Flinn los puso en curso hacia la base estelar comercial más cercana, para que él pudiera llevar a cabo el trabajo más urgente.

Garryn miró fijamente a través del dosel a las estrellas que pasaban, tratando de decidir qué haría ahora. Podía admitir, finalmente, lo mucho que se había estado engañando a sí mismo. No provenía de Cathomira. No sabía de dónde venía. El curso de acción previsto de Garryn, desde que dejó Brysdyn, nunca se había extendido más allá de llegar a Cathomira. Lo que había aprendido aquí sólo había creado más acertijos.

Si fuera listo, iría a casa a ser Primero y olvidaría todo esto.

Sólo que había algo dentro de él que no le permitía darse por vencido. ¡Esto no había acabado! Los demonios que lo acosaban ahora lo acosarían para siempre si regresara a casa como un animal derrotado. ¡No podía enfrentarse a Edwen sabiendo que el hombre había ganado!

Garryn sacudió esos pensamientos de su cabeza, porque hacían poco excepto atormentarlo aún más. En vez de eso, dirigió su atención al cristal de archivo que Jonen le había dado. Mientras estudiaba la pieza de cristal, Garryn sintió una punzada de dolor por el considerado hombre que había sido su confidente durante la mayor parte de esto. Se preguntó si Jonen había vivido lo suficiente para saber la verdad sobre Cathomira, o si había muerto en la ignorancia como tantos otros.

Nunca lo sabré.

Garryn insertó el cristal en la ranura del lector en el panel de la cabina y esperó unos minutos mientras la computadora descifraba la información en un contexto visible. La cara de Jonen apareció en la pantalla de la consola un momento después. Era bueno ver a Jonen de nuevo, aunque fuera de ese modo. Sirvió para recordarle a Garryn de nuevo cuánto lo extrañaba.

"Caso de Estudio 102, Garryn, hijo de Iran." Jonen nunca sintió la necesidad de acatar su título, recordó Garryn. Era una de las cosas que tanto le gustaron a Garryn de él.

Los siguientes minutos de la grabación describieron las sesiones de Garryn con Jonen y las impresiones generales que el Mentalista obtuvo de esas sesiones. Nada de lo dicho sorprendió a Garryn, porque Jonen había sido franco con él desde el principio. Esto hacía mucho por explicar el éxito de Jonen como Mentalista.

Incluido en el cristal había un registro de los resultados de su analizador neural y Garryn se encontró viendo sus sueños por primera vez mientras estaba despierto. Fue extraño ver las imágenes desplegarse ante él en un visor holográfico y, aún más sorprendente, cuanto afectaban igual que cuando estaba dormido. Acompañando las imágenes estaba el comentario de Jonen mientras explicaba el simbolismo con brutalidad clínica.

"Esta última imagen distingue los sueños de Garryn de los demás."

Apareció un planeta azul. No recordaba esto. Garryn se inclinó hacia delante, mirando fascinado al planeta azul. Era impresionantemente bello, con colores irisados y nubes blancas que cubrían parte de la superficie. Parecía estar congelado en sus ejes y Garryn se encontró mirando a un continente en el extremo sur, justo debajo de los casquetes polares. Conocía este mundo.

De alguna manera, él conocía este mundo.

* * *

Estaban haciendo girar el mundo.

El mundo giraba cada vez más rápido hasta que los continentes se volvían una mancha de colores azules y verdes. La risa de un niño sonaba en sus oídos. La mano de un hombre atrapó al mundo y lo hizo detenerse. El niño dejó de reír y hubo silencio mientras el dedo del hombre señalaba un lugar en particular.

"Esto es c......"

* * *

Garryn parpadeó. Era como si la información visual fuera demasiado para que su mente la tomara de una sola vez. Volvió a mirar a la pantalla y volvió a ver la imagen de Jonen en la pantalla. Rápidamente encontró el botón de reversa para revisar la parte del archivo que quería. Una vez que el planeta azul volvió a aparecer en la pantalla, Garryn congeló la imagen.

El mundo que había recordado hacía unos momentos era como este, con sutiles diferencias. Los continentes estaban más claramente marcados cuando soñaba. Aquí, estaban oscurecidos por las nubes blancas que se arremolinaban, con débiles contornos de continentes y masas de tierra. El mundo de sus sueños parecía menos real que el de la pantalla, pero sabía con certeza que eran la misma cosa.

Puso de nuevo en marcha el archivo para escuchar la opinión de Jonen sobre esta imagen.

"Es la primera vez que se nos presenta una imagen visual de un planeta. Inicialmente, creí que éste era el planeta natal de los Nuevos Ciudadanos, pero éste es un planeta muy joven y sabemos que la estrella Cathomira tiene miles de millones de años de antigüedad y es una estrella roja. Claramente el sol en los sueños de Garryn es una estrella amarilla. En la actualidad, Garryn es el único Soñador que lo ha visto".

Era un tonto. Garryn siempre había asumido que los otros Soñadores veían la misma estrella en los sueños, porque Jonen nunca le había dicho lo contrario. Durante la sesión de Soñadores en la casa de Jonen, Garryn recordó haber escuchado las historias contadas por los otros Soñadores, pero ahora se dio cuenta de que nunca los había escuchado mencionar la estrella amarilla. ¿Por qué era tan diferente?

Las estrellas amarillas no eran infrecuentes. Era sólo la temperatura y la vista de la atmósfera de un planeta lo que determinaba su color. Cuando Garryn sirvió en Erebo, el sol de ese sistema era amarillo. Se le ocurrió a Garryn que quizás por eso soñaba con una estrella amarilla. ¿Fue porque vio la estrella en Erebo y despertó la memoria en su interior?

La Estación Erebo había sido construida sobre una luna que orbitaba el quinto planeta del sistema estelar Theran.

Garryn se recostó en su silla, absorbiendo la información que había encontrado sin querer. Las pesadillas habían comenzado dos días después de su llegada a Erebo. Recordó cómo su compañero de litera Shyle lo había despertado. Después de una semana de despertares similares, había pedido su propia habitación privada. Nadie le negó la petición.

Si estar en Erebo era la clave, ¿qué hay de los otros? Los otros Soñadores nunca habían estado en Theran. Excepto que la cobertura implacable de Transband sobre el levantamiento aseguraba que hubieran visto las imágenes de los medios de comunicación en casa. ¿Cuántas veces él y sus compañeros pilotos habían protegido a las naves de los medios de comunicación de los combates? ¿Cuántas imágenes de Erebo se transmitieron por todo el Imperio, junto con su estrella nativa?

Garryn podía imaginar a los futuros Soñadores sentados con sus bebidas en la mañana para ver la transmisión todos los días antes de ir a trabajar o seguir con sus vidas. ¿Cuántos de ellos pudieron escapar de las imágenes durante mucho tiempo?

Todo tenía sentido ahora que estaba en posesión de una gran pieza del rompecabezas. Garryn se puso de pie y salió corriendo de la cabina. Subiendo a lo largo del *Hijo Descarriado*, llegó al otro extremo de la nave en cuestión de segundos. Garryn se detuvo en el borde de la escotilla de mantenimiento y miró fijamente a las tripas de la nave.

Flinn estaba trabajando diligentemente en una válvula de presión, rodeado de vapor y calor.

"¡Flinn!" Garryn gritó por sobre los sonidos de los motores funcionando.

Flinn lo miró y dejó la herramienta que tenía en la mano. Limpiando el sudor de su frente, le gritó a Garryn. "¿Quién está volando la nave?"

"Relájate. Está en piloto automático. Mira, tenemos que hacer una corrección de rumbo."

"¿Una corrección de rumbo? ¿Para dónde?"

"Theran", contestó Garryn intensamente. "Tenemos que ir a Theran."

XX: THERAN

No había mucho en los registros acerca de Theran.

Mientras la nave se dirigía hacia su nuevo destino, Garryn trató de aprender todo lo que pudo sobre el sistema estelar. Parte de lo que Garryn sabía provenía de sus recuerdos de haber estado estacionado allí, pero la mayor parte de su información provenía de las cintas estelares que Flinn Ester tenía a bordo del *Hijo Descarriado*. La colección de Flinn era impresionante, pero había poca información sobre Theran.

Theran era una estrella tipo G estándar, joven para los estándares galácticos, con nueve cuerpos planetarios en órbita a su alrededor. Como sistema estelar no era muy diferente a un centenar de sistemas de este tipo en toda la galaxia. Antes de la colonización, sólo uno de esos planetas era capaz de soportar vida. Si Theran causó sus sueños, entonces era un buen lugar para empezar.

Poco se sabía de las especies que habitan el tercer planeta, excepto que habían acumulado un considerable arsenal nuclear que finalmente las destruyó. Como no habían colonizado los planetas vecinos, toda la raza fue aniquilada en esa confrontación final. Poco más se sabía sobre la especie y no se podía explorar el planeta, ya que ahora era un páramo radiactivo.

El Imperio había hecho mapas de Theran un año después de que los hijos de Cathomira se convirtieran en Nuevos Ciudadanos. Se reanudaron las expediciones de exploración, para reforzar la confianza del público en la creencia de que la vida por fin estaba volviendo a la normalidad. Durante estas misiones, Theran fue mapeado y los equipos científicos encontraron un sistema estelar lleno de posibilidades comerciales. Aunque ninguno de los planetas era capaz de soportar vida, seguía siendo una verdadera fortuna de yacimientos minerales.

El quinto planeta, un gran gigante gaseoso, producía mineral de alta pureza en sus doce lunas. No pasó mucho tiempo antes de que los primeros colonos mineros llegaran para explotar estos nuevos recursos. Construyendo grandes complejos que pudieran sostener vida en la superficie de las lunas, se forjaron una nueva existencia en el rincón más lejano del Imperio.

Durante los siguientes veinte años, las colonias se extendieron por todo el sistema estelar. En respuesta a esta expansión, el Imperio inició la construcción de la Estación de Erebo. Desde Erebo, una nave de guerra asignada permanentemente y una guarnición de tropas garantizaban la protección del sistema estelar contra los contrabandistas. Era una de las bases estelares mejor equipadas de ese sector de la galaxia y no se habían escatimado gastos para su personal.

Garryn recordaba bien el lugar. Había pasado casi un año en Erebo durante el Levantamiento. Estaba equipada con las más modernas instalaciones de atraque, lujosas viviendas con parques interiores, centros comerciales y restaurantes. Éstas eran operadas por el sector civil y daban a la Estación de Erebo la sensación de una base estelar Imperial.

Mientras estuvo en Erebo, lejos de Brysdyn y del Emperador, Garryn nunca se había sentido más cómodo. Su servicio militar en Erebo lo hizo sentir más cerca de ser normal de lo que se había sentido en toda su vida. Mientras viajaban a Erebo, se preguntaba si su satisfacción tenía que ver con algo más que ser aceptado.

¿Fue porque Theran le parecía familiar?

* * *

"No me importa cuánto dinero hayas pagado, debería haberte dejado en la primera base estelar después de Cathomira", refunfuñó Flinn Ester.

"Deja de quejarte", dijo Garryn con buen humor al entrar en la última etapa de su viaje a través del hiperespacio. "Estaremos allí pronto."

Bastante cierto. Sería sólo cuestión de minutos antes de que emergieran del hiperespacio al sistema estelar Theran. El viaje hasta aquí había durado tres días y Flinn había pasado la mayor parte del tiempo vigilando los motores del *Hijo Descarriado* para asegurarse de que pudiera hacer el viaje.

Theran estaba ubicado en el borde del territorio de Brysdyn. En los últimos años, se había ampliado para incluir oficialmente el sistema como parte del Imperio. Flinn no estaba impresionado por tener que hacer el largo viaje, consciente de los daños que sufrió su nave tras el encuentro con la nave de guerra en Cathomira. Para apaciguarlo, Garryn le prometió al capitán del carguero acceso completo a las lujosas instalaciones del muelle espacial de la Estación de Erebo una vez que llegaran allí.

"Para ti es fácil decirlo", continuó refunfuñando Flinn. "Esto es más que una nave para mí. Es mi medio de vida".

Garryn puso los ojos en blanco, después de haber escuchado las quejas durante la mayor parte del viaje. "Eso sigues diciendo. No te preocupes, te prometí que los mejores técnicos de la galaxia cuidarían de tu bebé y eso es lo que conseguirás".

"Seré feliz con que nadie nos dispare."

"¿Te convertiste en una anciana en el camino hacia aquí? Te juro que no has dejado de quejarte".

"Vete a la mierda", dijo Flinn con dulzura, completando la respuesta con un gesto obsceno.

Garryn se rio, disfrutando de sus bromas. Extrañaría al piloto cuando tuviera que volver a Brysdyn. A pesar del motivo del viaje, no podía negar que había disfrutado de la libertad de las últimas semanas más de lo que quería admitir. Una vez que volviera a casa, su vida volvería a su régimen de tradición y gobierno.

"¿Estás seguro de que Theran es el lugar, Gar?" Preguntó Flinn, una vez que las bromas juguetonas se acabaron. "Hay muchas estrellas amarillas y Theran es muy común."

"Es donde empezaron los sueños. Podría ser una coincidencia o podría ser algo más. Tengo la sensación de que Theran es el lugar para empezar".

Flinn, que estaba acostumbrado a confiar en sus instintos para tomar sus decisiones, podía entender el sentimiento. "Me parece justo. Theran será, entonces."

Garryn estaba agradecido por la comprensión del Capitán. Desde que hizo la conexión a través del cristal de Jonen, parecía como si todo estuviera encajando en su lugar. Había más en este misterio que sólo llegar a Theran. Garryn era realista al respecto. Sin embargo, por primera vez, Garryn tenía confianza, porque estaba tratando con hechos reales y no sólo con sus sueños. Sea lo que sea lo que viniera después, lo solucionaría sobre la marcha.

Ahora mismo, sólo quería llegar allí.

Días después de su encuentro con el Emperador, Edwen seguía en estado de pánico.

A pesar de proyectar una fachada de control total en presencia del Emperador, después de que el hombre irrumpiera en su oficina Edwen seguía afectado. Tras la reunión Edwen dejó sus oficinas en el Enclave y regresó a casa. El peso aplastante de la inminente perdición se había asentado sobre él, y ya no se trataba de si lo iba a quebrar o no, sino más bien de cuándo.

El fin había llegado, no sólo para él, sino para todo Brysdyn.

Edwen deambuló por las habitaciones de su casa y se dio cuenta de lo cerca que estaba de perder a su hija para siempre. Por primera vez en su vida, Edwen apreció el lugar que ocupaba en su vida. Ella llenó el vacío después de la muerte de sus hijos y de su esposa con afecto. Durante la mayor parte de su vida, él le había hecho creer que ella era algo que él tenía que tolerar. Sólo en los últimos años se dio cuenta de lo mucho que ella importaba.

¿Cuánto sabía ella?

¿Sabía el alcance de su complicidad? De alguna manera el que Kalistar pudiera conocer la completa y horrorosa verdad causó un verdadero miedo en el alma de Edwen. Verdadero miedo era algo que rara vez había sentido. Toda su vida él había sido el que había asustado a la gente. Su poder sobre el miedo de ellos lo convirtió en el jefe de la Élite de Seguridad. Mantuvo al Imperio en la palma de su mano y le permitió actuar en su mejor interés, aun cuando sus métodos fuesen cuestionables. ¿Cómo podría una niña entender la verdadera importancia de eso?

Edwen la quería en casa. Después de la reunión con el Emperador, la necesitaba en casa. Una parte de Edwen deseaba que Kalistar nunca hubiera conocido al Primero, así su voz todavía calentaría esta vacía mansión cuando regresara del Enclave. Sin embargo, la parte de él que se aferraba al poder sabía que la asociación de Kalistar y su posible matrimonio con Garryn sería una ventaja poderosa. Kalistar nunca permitiría que Garryn le hiciera daño desmantelando la Élite de Seguridad.

Así pasó Edwen la noche sentado solo en su estudio, sin permitir que nadie lo molestara mientras intentaba escapar del fuego que le esperaba. Quizás sus acciones estaban condenadas al fracaso desde el principio. Sin embargo, mientras pensaba eso, no se arrepintió de nada. ¡Brysdyn tenía vida ahora! Hace 23 años, no había nada. Estaban desprovistos de esperanza. Iran podía enfurecerse con una ira santurrona, pero la verdad era innegable. ¡Él había salvado a Brysdyn!

¿Qué derecho tenía el Emperador a juzgarlo?

Cuando llegó el día siguiente, Edwen aún estaba en su estudio, negándose a ver a nadie. Por primera vez en años no se preparó para ir al Enclave. Vio salir el sol por su ventana y a su personal doméstico preparándose para el día de trabajo. Edwen les permitió hacerlo sin hacer ningún movimiento. Se contentaba con permanecer en su silla y vaciar el contenido de su jarra, mientras veía pasar el mundo.

Alrededor del mediodía, se oyó un golpe en la puerta.

"Vete."

"General, soy Danten. Me temo que es urgente."

"No deseo ver a nadie hoy, Danten."

"General", Danten lo intentó de nuevo. "General, Garryn ha llegado a la estación de Erebo. General, está en Theran."

Por extraño que parezca, Edwen no se sorprendió. Cuando Iran había hecho la pregunta el día anterior, el General tuvo la premonición de que Garryn eventualmente llegaría allí. Sin embargo, escucharla ahora como una realidad le dio a Edwen el empuje que necesitaba para superar su autocompasión. Tenía una oportunidad más y era una apuesta. No fue fácil tomar la decisión, sabiendo lo desesperada que era, pero no fue posible evitarla.

"Adelante".

Danten no perdió el tiempo en ceremonias y se apresuró a entrar en la habitación. Vio al General sentado detrás de su escritorio y se esforzó por ocultar su sorpresa. Edwen llevaba la barba de un día en la cara, mostrando cuánto tiempo había estado sentado detrás de su escritorio. Edwen siempre había parecido estar en completo control de sí mismo, pero ahora mismo el General parecía demacrado y retraído. Como un viejo débil.

"¿Dónde está la *Warhammer*?" Preguntó Edwen, consciente de cómo se veía mientras pasaba los dedos por su pelo canoso.

"Llegará a Theran en las próximas diez horas."

"Bien". El General asintió con la cabeza y respiró hondo. "Dígale al comandante Barin que mantenga un estricto silencio de radio. No debe ponerse en contacto con la Estación de Erebo. Cuando el *Hijo Descarriado* se acerque al tercer planeta, desplegará a todos los cazas y usará todos los esfuerzos disponibles para destruirla".

"Pero Garryn estará en esa nave..."

"¡Soy consciente de ello!" Edwen le cortó salvajemente. "Sin embargo, ha ido más allá del punto en el que se puede considerar su seguridad. No podemos permitir que aterrice en el tercer planeta. ¿Entendido, Danten?"

"Sí, señor." El mayor asintió. La respuesta era extrema, pero no había otra salida a su situación. Pero matar al Primero para salvar al Imperio hacía que la línea entre traición y patriotismo fuese cada vez más difícil de distinguir. Esperaba que la historia los juzgara amablemente después de que el hecho se hubiera cometido.

"¿Qué le diremos al Emperador?" Preguntó Danten en voz baja.

Edwen respiró hondo y se encontró con la mirada del mayor. "Cuando llegue el momento, le diré la verdad. Por la pérdida de un hijo, se lo debo".

Danten salió de la habitación al instante, y Edwen lo vio salir. Cuando se fue, Edwen volvió a su silla y se sirvió las últimas gotas de licor de su jarra. Tomó un gran trago de ella, vaciando el vaso mientras miraba por la ventana. La escena exterior, que representaba una serena domesticidad, hacía tanto para calmar sus nervios como el contenido de su vaso.

A pesar de todo, nunca se imaginó que llegaría a esto.

XXI: EL DESCUBRIMIENTO

VEINTITRES AÑOS ANTES

La vida sigue, Edwen. Sigue repitiéndotelo hasta que te lo creas.

El jefe de la Élite de Seguridad miró por la ventana a la ciudad de Paralyte, más allá. Paralyte estaba tranquila esa mañana, con poca actividad visible en las calles. La niebla matutina serpenteaba por los caminos y dentro de los caminos principales, creando un velo de oscuridad sobre una ciudad aún atrapada bajo una nube de dolor.

Al abrir la ventana, Edwen permitió que una ola de aire fresco entrara en la habitación. Respiró hondo, lo que le permitió refrescar sus pulmones y fortalecer su resolución de enfrentarse al día. El aire era lo único que no había cambiado por el Azote, vigorizante y limpio. Revitalizó su cuerpo, si no su mente.

El Azote estaba solo a meses detrás de ellos y todavía era difícil imaginar que la carnicería había terminado. Con las hogueras que ya no iluminaban el cielo nocturno y contaminaban el aire con cenizas y humo, era tranquilizador abrir una ventana y saber que no estarías respirando los residuos de la incineración humana. Edwen estaba agradecido de no sentirse enfermo por el hedor de los cadáveres en llamas.

El Azote podría haber desaparecido, pero ciertamente no fue olvidado. Sus cicatrices aún cubrían su ciudad de un manto de perdición. Sobre ellos flotaba, sirviendo como un recordatorio constante de la futilidad de su futuro.

Se sentó de nuevo en su silla, tratando de forzar la depresión amenazando con alcanzarlo si se permitía demorarse demasiado en pensamientos oscuros. Sus dos hijos estaban muertos y su esposa era como si lo estuviera. Se pasaba el día caminando por su casa medio borracha, porque era la única manera de poder hacer frente a su pérdida. Dudaba que ella registrara nada de lo que él tenía que decir, reaccionando sólo cuando se acordaba de sus hijos, con una nueva ola de lágrimas y una nueva botella de brandy.

Edwen podría haber manejado la pérdida estoicamente si todavía tuviera su trabajo, pero ni siquiera la Élite de Seguridad escapó a los efectos del Azote. Sus filas habían sido diezmadas durante la epidemia y ahora no quedaba mucho por hacer. Al menos había sido lo suficientemente sabio como para enviar naves de la Élite al espacio cuando la enfermedad estalló. Las tripulaciones de esas naves al menos estaban a salvo.

Miró fijamente el recinto del Enclave y vio a un puñado de oficiales caminando sobre la hierba. Dentro del edificio, no era diferente. Cuando las tropas de Élite fueron llamadas para sofocar los disturbios y los saqueos, muchos habían contraído la enfermedad, incluso a través de su ropa protectora. El brote resultante entre los Élite redujo su número salvajemente y dejó el Enclave como si fuera un barco fantasma.

La vida sigue, Edwen.

Cantaba para sí las palabras como si fueran un mantra, aunque eso no le ayudaba a mejorar su estado de ánimo. Nada podría hacer eso. Ni para él ni para Brysdyn. El Imperio iba a perecer en un futuro sin hijos y también lo haría la Élite de Seguridad. ¿Por qué vino aquí hoy? Ciertamente, había mejores lugares para que él ahogara sus penas que el único lugar que simbolizaba la decadencia del trabajo de su vida. ¿Qué sentido tenía que le recordaran lo que iba a perder?

¡Porque la desesperación puede forzar a un hombre a encontrar una solución! ¡No quiero perderlo todo! ¡Lo quiero de vuelta, quiero a mis hijos y a la élite de vuelta! Alguien golpeó en ese momento, sacándolo de ese tren de pensamiento autodestructivo.

"Entre", dijo cansinamente, sorprendido por su ira. El control de sí mismo y de sus emociones era algo que buscó toda su vida para mantener. El hecho de no hacerlo alimentó aún más su indignación. ¿Esto también se le estaba escapando?

Los pasos detrás de él se detuvieron frente a su escritorio y Edwen giró en su silla para mirar a su visitante. El teniente Danten, su nuevo asistente, estaba ante él. El joven había tenido la suerte de estar situado bien lejos de Brysdyn durante los años del Azote y nunca contrajo la enfermedad. No hubo necesidad de vacunarlo con la Cura e incluso era capaz de tener hijos. Edwen ni siquiera tenía la fuerza para sentir envidia.

Desde el regreso de Danten a Brysdyn se había establecido como una de las nuevas estrellas de la Élite de Seguridad. Aunque esto no era una distinción en estos días, cuando había tan pocos otros para ofrecer un desafío adecuado, la capacidad del teniente era genuina y su ambición igual de voraz. Con tristeza, Edwen se dio cuenta de que este joven rubio era el futuro de su élite y que sólo heredaría una institución en ruinas.

"Siento molestarle, señor. He recibido un informe que podría ser de su interés".

"Lo dudo mucho", dijo Edwen con sarcasmo.

Danten no reaccionó al humor sombrío de Edwen y continuó: "Una de nuestras naves del perímetro norte ha interceptado una sonda de origen desconocido".

Motivado por alguna premonición de la devastación que se avecinaba, Edwen había enviado numerosas naves de Élite de Seguridad fuera del sistema durante el brote inicial. Estas docenas de naves se dirigieron al espacio profundo en busca de una cura de las mejores mentes de la galaxia. Viajaron por el Imperio, consultando a todos los Sanadores notables sobre la enfermedad, con poco éxito. Cuando se agotó la búsqueda en casa, continuaron más allá de los límites Imperiales. Al final, su falta de éxito aseguró que estuvieran a salvo de Brysdyn y el Azote.

"¿Origen desconocido? Cuénteme más".

"Muy primitiva", Danten se alegró de ver el interés del General. "Se dirigieron a la señal que estaba generando. Estaba usando una señal de onda portadora binaria."

"¿Onda portadora? Eso es más que primitivo".

"De acuerdo, pero creo que debería echarle un vistazo a esto." Danten insertó un cristal de datos en el sistema de comunicaciones de Edwen. "Esto fue compilado por el oficial científico del *Starlight*. Trajeron la sonda a bordo después de encontrarla viajando por el espacio impulsada por su propia inercia. Cuando funcionaron los motores utilizaban una fuente de combustible nuclear, un método primitivo, pero hay cierta sofisticación en la ingeniería".

"Así que fue pura suerte que nos topáramos con él", comentó Edwen mientras esperaban a que el disco revelara su contenido. Después de un momento, la pantalla de la consola se iluminó de vida y Edwen vio la cara de un oficial perteneciente a la nave en cuestión. El Oficial Científico de la *Starlight* parecía estar ofreciendo una narración al registro visual.

"Saludos, General Edwen, he preparado este informe sobre la sonda que hemos dado a llamar *Voyager*."

El foco pasó del oficial científico a la propia sonda. Como Danten había comentado antes, era primitiva. Sin embargo, había una cierta cantidad de habilidad aplicada en su construcción. A juzgar por el refinamiento de la ingeniería de sus piezas, Edwen no dudó en que fue construido con el más alto nivel de tecnología disponible para sus creadores.

Parecía una caja desigual con patas de trípode. En la parte superior se colocó un disco grande, con una larga punta facetada que se extendía hacia afuera. Lo más probable es que éste fuera su principal dispositivo de transmisión. La una vez brillante superficie de la sonda estaba muy empañada después de tantos años en el espacio, pero Edwen podía ver las marcas grabadas en su cuerpo metálico.

El oficial científico continuó su informe.

"Sabemos que la sonda se llamaba *Voyager*. Nuestros traductores fueron capaces de descifrar el mensaje dejado por su dispositivo de grabación. *Voyager* es una sonda de exploración, programada específicamente para buscar vida extraterrestre, aunque sospechamos que la raza de la que procede es incapaz de viajar interestelarmente. Creo que el propósito de esta sonda es buscar vida y ofrecer una invitación para visitar su planeta".

Tonterías, pensó Edwen. ¿No sabían estas personas que la galaxia era un lugar peligroso? Enviar una invitación como esta era como cortejar al desastre.

"Gracias a la información detallada que nos proporcionaron sobre su posición, incluyendo mapas estelares, pudimos extrapolar sus coordenadas. La ubicación de este mundo se encuentra más allá del perímetro galáctico, casi en el borde de la espiral. Es un sistema que anteriormente clasificábamos como LC21JUN. Contiene una estrella amarilla y nueve planetas en órbita. La *Voyager* se origina en el tercer planeta".

"Todo esto es muy interesante, Danten. Interceptamos numerosas sondas como ésta todo el tiempo. La ley galáctica es clara en esto. Si no son capaces de volar al espacio, no iniciamos contacto. ¿Por qué estoy viendo esto?" Miró fijamente al teniente, con dura mirada.

Casi en el momento justo, el oficial científico en la pantalla respondió a la pregunta de Edwen. "Bajo la Sección 49.5 del Mandato Imperial acerca del trato con formas de vida alienígenas, debemos ignorar esta sonda y devolverla al espacio. Se trata de una cultura obviamente poco desarrollada, claramente incapaz de vuelos espaciales intergalácticos y por lo tanto restringida, pero se han sacado a la luz ciertos elementos que podrían ser una excepción a la regla".

La imagen de la sonda *Voyager* fue ampliada, mejorando las inscripciones en el casco hasta que se logró una claridad prístina. Una placa metálica fue soldada al casco, quemada por años de viajes cósmicos. Afortunadamente, la mayor parte de la información grabada todavía permanecía.

La inteligencia responsable de la construcción de esta sonda buscaba vida más allá de su planeta, pero también tenía otro propósito. La *Voyager* era un monumento a quienes eran, un símbolo de su existencia en el universo. Era una declaración de sus primeros pasos de bebé fuera del aislamiento. Mientras Edwen contemplaba la placa, la imagen que el bebé tenía de sí mismo, sabía más de ellos de lo que ellos mismos sabían.

El bebé era humano.

Edwen estaba en un transporte en menos de una hora.

* * *

Le tomó aproximadamente dos semanas llegar a la *Starlight*.

Oficialmente explicó su ausencia informando al Emperador que necesitaba un permiso para recuperarse de sus tragedias personales. A la luz de sus pérdidas, Iran no lo cuestionó. Su esposa, Perdu, mostró poco interés en adónde iba y Edwen no se sintió obligado a decírselo, aunque ella se lo pidiera.

Un estricto velo de discreción fue puesto a la partida del General. Todo el personal con conocimiento de la sonda fue inmediatamente interrogado y sometido al mismo secreto. Danten no tenía idea de lo que el general pretendía cuando transmitió la directiva, pero creía sinceramente en el genio del hombre. Para cuando salieron de Brysdyn, toda existencia del cristal había sido borrada y las voces que sabían de él fueron silenciadas.

"Saludos, General Edwen", el Oficial Científico Aaran se encontró frente al General en su primera reunión poco después de que Edwen y Danten abordaran la *Starlight*.

Edwen exigió ver la sonda tan pronto como abordó la nave. La comandante Delea, sin comprender su importancia, los llevó inmediatamente al hangar de carga. El Oficial Científico Aaran estaba encorvado sobre la sonda alienígena, trabajando diligentemente en lo que él consideraba su mayor descubrimiento.

"Saludos Teniente", saludó Edwen al hombre más joven al entrar a la bahía, vacía excepto por la sonda y los técnicos que realizaban un régimen de pruebas bajo la dirección de Aaran. Luego pasó de largo a Aaran y estudió la sonda por primera vez, mientras los demás esperaban pacientemente a que él satisficiera su curiosidad. El impacto de lo que le llevó al borde del Imperio no disminuyó ahora que estaba mirando a la sonda cara a cara. En todo caso, no hizo más que reforzar su determinación.

"¿Cuántos han visto esta sonda?" Preguntó Edwen, sin mirar hacia arriba.

"Sólo los técnicos de la sala y la tripulación del puente que lo trajo a bordo", respondió la comandante Delea con rotundidad.

"Excelente. Esta bahía de carga estará restringida durante mi estancia aquí. Cuando me vaya, vendrá conmigo".

Aaran abrió la boca para protestar por la idea de que su premio se lo llevaran para alimentar la gloria de otro hombre, pero Danten lo silenció con una mirada.

"¿Cuáles son sus órdenes, General?" preguntó Delea, reconociendo la oportunidad de avanzar y no estando dispuesta a desperdiciarla. Después de estar en el espacio salvaje durante casi cinco años, la posibilidad de volver a Brysdyn, incluso después del Azote, no era algo que iba a desperdiciar. "Mi nave y yo estamos a su disposición."

"Ponga rumbo a LC19UN inmediatamente. Máxima velocidad".

"Sí, señor, inmediatamente."

"Puede retirarse." El general no quería perder más tiempo, especialmente cuando el éxito de esto dependía de este. Si había algo que Edwen había aprendido después de haber estado a cargo de la Élite de Seguridad durante dos décadas era que los secretos eran más difíciles de guardar cuanto más tiempo pasaba.

Delea se dio la vuelta y salió de la habitación, dejando a Aaran bajo los designios del General y su ayudante. Una vez que estuvieron solos, Edwen estudió al joven oficial, haciendo rápidamente algunas deducciones sobre el hombre. Aaran era un ante todo científico, un oficial de la Élite de Seguridad luego. Su tratamiento de la sonda era casi paternal, dando a Edwen serias reservas sobre el papel del hombre en lo que vendría. Aun así, necesitaba a Aaran ahora mismo y presintió que la honestidad sería probablemente la mejor táctica para lidiar con el oficial científico.

"Danten, necesito un momento a solas con el teniente."

Danten se sorprendió por la instrucción, pero obedeció sin dudarlo: "Por supuesto, General".

Danten salió de la habitación, haciendo salir a todos los demás técnicos al mismo tiempo. Sólo Aaran permaneció, fijo en el lugar, incapaz de evitar que el miedo apareciera en su rostro. Como todo el mundo en la Élite, Aaran veía al General con una mezcla de temor y reverencia. Uno no podía estar en la Élite de Seguridad y ser ajeno a la leyenda detrás del General Edwen.

"No se asuste tanto. No quiero comérmelo", dijo Edwen una vez que estuvieron solos.

A pesar de esas palabras, Aaran se mantuvo nervioso. "Lo sé, señor."

"¿Cree en el destino, Aaran?"

La pregunta desestabilizó al teniente. "No lo sé, señor. A veces, supongo."

"Yo creo en el destino." Edwen echó un vistazo a la sonda. "El destino me ha llevado a donde estoy. Confío en él, creo en él, y adoro los bocados que me arroja".

Aaran no respondió, preguntándose adónde iba el general con esto. Era lo suficientemente perspicaz como para permanecer en silencio y permitir que el hombre continuara.

"¿Cuánto tiempo ha sido Oficial Científico en esta nave?"

"Yo era alférez cuando me alisté, señor. Me convertí en Oficial Científico en los últimos dos años", dijo Aaran rápidamente, agradeciendo una pregunta que podía responder.

"Entonces, ¿no has estado en casa desde el estallido del Azote?"

"No, señor".

"Brysdyn no es lo que era. Su corazón está desgarrado y su espalda rota. No hace mucho tiempo miré por la ventana y vi la noche viva con hogueras a través de Paralyte. ¿Sabes que fue así durante casi cuatro años? Era como si el sol nunca se hubiera puesto en la ciudad. La luz del día era eterna. Ojalá nunca conozcas un momento en el que una simple hoguera te asuste más que cualquier enemigo de Brysdyn."

Edwen volvió a mirar a Aaran y el teniente vio la marca del dolor indecible en los ojos del hombre durante un breve instante. "Debe haber sido terrible, señor."

"Fue terrible. Creo que fue más aterrador saber que estos incendios no fueron sólo en Paralyte. Estaban en Tesalone, Rainab y en todas las ciudades del Imperio. Perdí dos hijos en esos incendios, Aaran, pero mi dolor no es solo mío. Mi pérdida es compartida por todos en el Imperio y es peor ahora debido a la maldita Cura. Nos enfrentamos a la extinción, Aaran. Como científico, debes saber que el patrimonio genético actual no logrará reponer nuestra sociedad a lo que era".

Aaran asintió. Él sabía eso. Aquí, tan lejos del Imperio y de Brysdyn, era fácil olvidar lo que estaban soportando en su mundo natal. Él sabía de la Cura y de los efectos secundarios después de su implementación. Al igual que los del espacio profundo, él se había librado de la mutilación y todavía era capaz de tener hijos algún día. Aaran se sintió avergonzado de ser tan afortunado.

"Lo siento, señor, por sus hijos", contestó, incapaz de pensar en otra cosa que decir. Estaba más que un poco confundido por el tête-à-tête con el General, pero no dijo nada al respecto. En vez de eso, escuchó pacientemente, seguro de que el General diría lo que pensaba cuando llegara el momento.

"Gracias, Aaran. Ahora, debes decirme qué has hecho desde que me informaste".

Agradecido de que por fin volvieran a un tema al que estaba calificado para responder, Aaran se apresuró a impartir todo lo que sabía. "Señor, después de recibir sus instrucciones, enviamos una de nuestras sondas G8 a LC19UN. Permaneció en órbita alrededor del planeta durante aproximadamente dos de sus rotaciones antes de regresar a nosotros".

"¿Fue detectada?"

"No lo creemos. Sus comunicaciones y tecnología de sensores son limitadas. Nuestras sondas de vigilancia son capaces de emitir un campo de camuflaje para prevenir la detección".

"¿Y los habitantes?"

"Los habitantes, como creíamos, son definitivamente humanos, señor", dijo Aaran con orgullo. "No puede haber duda de eso. Diferencias en factores ambientales han dividido a la especie en cinco grupos genéticos, cuyas diferencias son leves. Principalmente relacionado con el color de los ojos, la piel y el cabello. Su material genético es casi idéntico al nuestro. Por cierto, llaman al planeta Tierra".

"La Tierra". Simple y nada ostentoso. A Edwen le gustó. "¿Tenemos alguna idea de cómo los humanos pueden ser localizados tan lejos del centro galáctico?"

"Tengo una teoría, pero es muy circunstancial."

"Adelante", instó Edwen. Por alguna razón, le gustaba mucho este joven estudioso. Era desafortunado que no encajara en los planes de Edwen. Era demasiado compasivo. Los jóvenes podían darse ese lujo. También había un idealismo sobre Aaran que Edwen encontraba refrescante. Se preguntó por qué Aaran eligió servir a la Élite de Seguridad cuando es obvio que es más adecuado para la investigación civil normal.

"Se dará cuenta de que sólo estoy teorizando", agregó Aaran nerviosamente. Obviamente, sus conclusiones fueron dramáticas para justificar tanta vacilación.

"Adelante", le dijo Edwen de buen humor.

Aaran respiró hondo y comenzó. "La sonda capturó una gran cantidad de información sobre los habitantes. Los terrícolas son capaces de establecer redes informáticas muy sofisticadas en todo el mundo, por lo que pudimos acceder a una gran cantidad de información. También tienen bandas de transmisión similares conectadas a través de relés de satélite, que proporcionan información visual. El planeta no está unificado y todavía opera bajo la mentalidad de tribu. Estas tribus están completamente separadas en lengua y cultura, por lo que hay más de cien lenguas habladas diferentes. Una de las lenguas antiguas de estos 'países', como se les llama, tiene un parecido sorprendente con una de nuestras casas de la Estrella Blanca".

Edwen miró asombrado a Aaran. "¿Dices que los habitantes de esta Tierra podrían ser descendientes de la Estrella Blanca?"

"Casa Terralys", contestó Aaran inmediatamente. "En la historia de este país, hubo una explosión de civilización sin precedentes. Durante este período surgieron ideas muy contemporáneas: abolición de la esclavitud, representantes electos para el gobierno, e incluso relaciones sexuales de género similares. Estas son ideas que sólo ahora están ganando aceptación en el último siglo del desarrollo de la Tierra".

"Eso no prueba nada. Las ideas han permanecido sumergidas antes."

"Cierto, pero estas personas tenían una comprensión de las estrellas y de la navegación estelar, pero no tenían forma de probar nada de ello. Sabemos por nuestra propia historia durante el Éxodo, que la Casa Terralys también desplegó una nave espacial y que fue destruida durante el viaje. ¿Y si no fue destruida? ¿Y si se estrelló en este planeta y fue abandonada allí?"

"Pero su tecnología es tan limitada", protestó Edwen, aunque tenía mucho sentido. "¿Cómo puede ser eso?"

"Señor, imagínese esto. Usted ha pasado toda una vida confiando en sus máquinas para hacer su trabajo. Un día, despierta en un planeta. Su nave está destruida. No tiene ninguna de las ayudas para la colonización que pretendía. ¿Qué haría usted? ¿Podría decir honestamente que es capaz de sentarse y reconstruir completamente una herramienta sofisticada usando sus propias manos? ¿Cómo se funde el hierro por primera vez? ¿Cómo se lo encuentra sin sensores?"

Sí, Edwen podía verlo. La tecnología tenía una tendencia a hacer al hombre complaciente y débil. ¿Quién necesita saber cómo funcionaban todas esas cosas, cuando ya hay máquinas haciendo el trabajo? Ciertamente, había ingenieros que tenían la información, pero ¿y si no tenían recursos? "Ya veo lo que quiere decir."

"Su propia historia está llena de signos de la influencia de los Terralys. ¿La cultura a la que me refería? Su palabra para la Tierra es Terra." La pasión de Aaran por su descubrimiento alejó sus inhibiciones previas y estaba entusiasmado con el interés que estaba recibiendo del General.

"Señor, realmente creo que este planeta es el último lugar de descanso de la Casa Terralys, y en ese caso es parte de la Estrella Blanca. Y pensar señor, Brysdyn, Jyne y ahora Terralys. La Estrella Blanca está encontrando a sus hijos de nuevo."

Edwen suspiró. Esta noticia no simplificaba las cosas. En todo caso, las hacía más complicadas. No importaba cuáles fueran los orígenes de la Tierra. Ciertamente, el resto del Imperio nunca lo sabría, porque Aaran nunca podría decírselo a nadie. Edwen se encargaría de eso.

Era una pena, porque realmente le gustaba el chico.

XXII: EL TERCER PLANETA

La *Warhammer* se movía silenciosamente por el espacio.

Su comandante, una mujer severa que se acercaba a los cincuenta, se paró contra la pantalla de plexiglás. A pesar de la espectacular vista más allá del cristal, no vio nada. El planeta azul brillaba en esplendor iridiscente y la luna en la distancia brillaba con luz plateada. Durante los últimos tres días, durante los cuales la *Warhammer* había mantenido una órbita constante alrededor del planeta azul, la belleza del paisaje de abajo se había convertido en algo rutinario para la mayoría de la tripulación, especialmente para ella misma.

No dejaba de pensar en lo indiferente que podía ser el espacio. El planeta había cambiado poco desde su última visita aquí hace décadas. Llevaba los años mejor que ella.

Detrás de ella, la tripulación del puente se ocupaba de sus asuntos. Eran ajenos a todo excepto a sus tareas y eran ejemplos perfectos de la Élite de Seguridad. Forzándose a salir de su creciente melancolía, se volvió hacia ellos, envidiando su ignorancia. Se preguntaba qué pensarían si supieran la verdad sobre su misión de tres años en

Cathomira. La misión que se vieron obligados a abandonar hace poco.

Si tan sólo supieran.

Ella suspiró en voz alta, sabiendo que este autoexamen no era productivo. Nada podría ser cambiado ahora, ningún arrepentimiento lo suficientemente grande como para borrar el engaño o la mancha en las memorias de todos aquellos que conocían este planeta. Este planeta Tierra, se recordó a sí misma. Todo lo que quedaba era contener la mentira y limitar la destrucción que la verdad podía causar. Pronto llegaría el *Hijo Descarriado* y la *Warhammer* la destruiría. La integridad de la mentira se mantendría y Brysdyn estaría a salvo.

"Comandante Neela", dijo su primer oficial, acercándose a ella con determinación. "Acabamos de ver al *Hijo Descarriado* en nuestro escáner de corto alcance. Se acerca rápidamente al espacio aéreo de Terran."

"¿Ya nos ha detectado?"

"No hay indicación de ello."

"No nos arriesgaremos. Lleven la nave detrás de la luna del planeta. Eso debería darnos un poco más de cobertura. Terminemos con esta tarea".

"Sí, señora", asintió antes de añadir más. "El General tenía razón."

Aparte de ella, sólo Ristan sabía quién estaba a bordo del *Hijo Descarriado*. En cuanto al resto de la tripulación, el líder de una facción terrorista estaba a bordo de la nave. La ficción de Edwen de una facción clandestina secreta que socavaba el núcleo de la soberanía del Imperio Brysdyn mantuvo satisfechos a los oficiales subalternos. Bastaría con impedir que adivinaran la verdad hasta que fuera demasiado tarde.

"El General rara vez se equivoca."

El primer oficial Ristan no podía estar más de acuerdo. Todos los oficiales de la Élite de Seguridad eran entrenados para creer que el General Edwen era un dios. Aquellos que no pudieran aceptar la creencia pronto eran enterrados en una mazmorra burocrática en el Enclave o descartados del servicio. "Nuestra tripulación de cazas ya está en espera. ¿Damos la orden de lanzamiento?"

"Aún no. No queremos soltar la trampa demasiado pronto. Ya nos eludieron una vez. Preferiría no darles una segunda oportunidad. Déjalos que se nos adelanten y luego nos lanzaremos. Quiero a todos los escuadrones en el aire".

Ristan no reaccionó a las instrucciones, porque sabía la importancia de lo que estaba ocurriendo aquí. Si la tripulación conociera el manifiesto de pasajeros del *Hijo Descarriado*, Élite de Seguridad o no se produciría un motín. Sin mencionar las ramificaciones si la nave pudiera aterrizar en la Tierra. Algunos de sus tripulantes eran Nuevos Ciudadanos.

"Sí, señora." Se alejó para llevar a cabo la orden. Neela lo vio irse y se sintió agradecida de que al menos entendiera su situación.

El resto de la tripulación estaba muy animada por la destrucción de Cathomira. Con su sol que se convirtió en nova, ya no había ninguna razón para proteger el sistema estelar de los intrusos. No dudaba de que algunos de sus oficiales albergaban la ambición de que el próximo período de servicio de la *Warhammer* fuera más glamoroso.

Neela no tenía esas esperanzas. No estaba ni cerca de la edad de jubilación, pero ya no deseaba comandar la *Warhammer*. En sus recientes conversaciones con el General, Neela había solicitado una nueva asignación en el planeta natal y, si tal posición no estuviera disponible, se contentaría con dejar la Élite por completo. Habría suficiente sangre en sus manos después de este día. No quería el resto de su carrera, si eso significaba mancharlas aún más.

El asesinato de un Primero era suficiente para toda la vida.

* * *

Una vez que la estación de Erebo reparó el *Hijo Descarriado*, la nave partió rápidamente. Ni Garryn ni Flinn querían quedarse allí. Después de su encuentro con la nave de guerra, Garryn estaba convencido de que si permanecían en la estación el tiempo suficiente Edwen los encontraría. Flinn, por otro lado, simplemente se sentía incómodo al recibir la hospitalidad del Imperio brysdyniano. Siempre fue un solitario bordeando el lado equivocado de la ley cómo para estar cómodo con tantos soldados.

Una vez que zarparon, Garryn decidió comenzar la búsqueda de un mundo habitable con un sol amarillo. Recordó que Theran tenía uno de esos mundos y que no podía ser una coincidencia que los sueños comenzaran cuando él estuvo en este sistema. Además, después de confirmar que el registro oficial de que Cathomira era habitable era una verdadera mentira, Garryn se preguntó si lo mismo podría decirse sobre el tercer planeta de Theran como un páramo nuclear.

El viaje duró sólo unas horas y Garryn se preguntó por qué nunca hizo el viaje durante su servicio militar. Había una advertencia general de precaución a los viajeros de mantenerse alejados de Theran 3 debido a la destrucción nuclear causada por sus habitantes. Era un cuento común. Por lo general, el punto de quiebre de cualquier civilización era su capacidad para manejar sus armas de destrucción masiva. Superar el deseo de utilizar esas armas para alcanzar una solución pacífica suele ser el primer paso hacia un pensamiento más iluminado.

Desafortunadamente, Theran 3 no dio ese salto.

"Ahí está."

Al anuncio de Flinn, Garryn vio por primera vez el tercer planeta de Theran.

Al principio, sólo podía ver el contorno del planeta, los rayos del lejano sol amarillo rebotando en el horizonte. Perdió el aliento al ver el tinte azul contra el ámbar y divisó los manchones de nubes cubiertas de un blanco brillante. Junto al mundo azul, un cuerpo más pequeño orbitaba como un bebé que se quedaba atrás de su padre. La luz plateada de la luna contrastaba con el calor del sol.

"Es real", susurró Garryn mientras el planeta y su luna quedaban a la vista. "Está realmente ahí. Ese es el mundo que vi en mis sueños".

"¿Estás seguro?" Flinn le echó un vistazo, encontrando difícil de creer que tuvieran suerte a la primera.

"Es exactamente igual que en el cristal de Jonen. Un planeta azul con una sola luna."

Verlo allí frente a él, llenando su mundo con su resplandeciente belleza, era como agua fresca que se derramaba sobre los pensamientos que giraban en su cabeza. Garryn lo absorbió todo, las nubes blancas y arremolinadas contra los brillantes océanos azules y los continentes de un verde intenso. Parecía un orbe enjoyado suspendido contra una manta con destellos. Finalmente tenía pruebas de que todo lo que había soñado no era sólo una fantasía. Este planeta existía y, si esto existía, también todo lo demás en sus sueños.

Un estridente sonido atravesó la cabina y rompió la paz que se asentaba sobre su mente.

Garryn se enfocó instantáneamente y sus ojos tornaron hacia las lecturas del panel de comunicaciones de la cabina. La nave estaba reaccionando a la señal de emergencia que había forzado su camino por las frecuencias de comunicación de la nave. Garryn reconoció el tipo.

"Es una señal cortadora", declaró Garryn, reconociéndola por su servicio militar. "Usamos esto para llevar transmisiones de las boyas de advertencia."

"¿Boyas de advertencia?" Flinn le echó un vistazo, buscando señales de cualquier otra nave. No vio ninguna, aunque logró ubicar los orígenes de la transmisión. Se generaba en satélites en órbita geosincrónica. Una imagen visual de uno apareció en el visor holográfico.

Garryn lo reconoció. "Es una boya de cuarentena de Brysdyn. Es inofensiva".

Los dispositivos se colocaban principalmente alrededor de planetas que habían sufrido graves daños ambientales, donde sería peligroso para los extranjeros intentar un aterrizaje. Aunque se utilizaban principalmente para desastres planetarios, también protegían a los potenciales visitantes de enfermedades biológicas o, en este caso, de una devastación nuclear o radioactiva.

"Probablemente sea la advertencia estándar para mantenerse alejado del planeta debido a los niveles de radiación. Los locales se metieron en una guerra territorial usando armas nucleares".

"Bonita forma de mantener alejados a los visitantes", comentó Flinn, y añadió: "si es cierto".

"Sí, si es verdad." Después de Cathomira, no daba nada por sentado. "Por si acaso, espero que tengas trajes de radiación en esta nave."

El *Hijo Descarriado* pasó rápidamente por encima de la luna, permitiendo a Garryn verla más de cerca mientras se movían hacia el planeta azul. No vieron ninguna de las boyas de advertencia, aunque Garryn no dudaba de que estuvieran orbitando el planeta en algún lugar en la oscuridad más allá de la nave. La luna era como Garryn esperaba también. La delgada atmósfera la había dejado incapaz de ser habitada, a menos que se dispusiera de tecnología sofisticada.

"Es un planeta muy bonito", comentó Flinn al acercarse a él.

Garryn estuvo de acuerdo. Los discos holográficos le hacían poca justicia. Una pequeña voz empezó a resonar en su cabeza, queda al principio, pero cada vez más fuerte a medida que se acercaban.

Bienvenido a casa.

El regreso a casa se interrumpió abruptamente cuando el grito excitado de Flinn volvió a invadir sus pensamientos.

"¡Estamos en problemas!"

Garryn dejó de ver el planeta y siguió la mirada de Flinn, ahora firmemente fijada en el escáner. Su expresión era sombría. Un enjambre de pequeños cazas de ataque holográficos que se correspondían con la visión de la vida real apareció ante ellos. Salieron de detrás de la luna, en aparente curso de intercepción, tras esperar a que el *Hijo Descarriado* pasara junto a ellos.

"Puedo contar tres escuadrones", dijo Flinn con severidad.

"Tiene que haber una nave de guerra por aquí. Son cazas de corto alcance. Si estoy en lo cierto, nos enfrentamos a cuatro escuadrones, lo más probable es que todo el complemento de una nave de guerra".

Garryn no necesitaba ver los sensores para saber que, detrás de la luna del planeta, una nave de guerra de Brysdyn los estaba esperando. Probablemente la misma nave de guerra que los atacó en Cathomira.

"Que bien", murmuró Flinn, apenas escuchando mientras dirigía su atención a sacar a su nave y a sí mismo de esta situación. Sus dedos volaron sobre los controles de la nave, disparando propulsores para hacer que la nave disparara hacia delante. El estallido de aceleración los llevó hacia el planeta aún más rápido.

"Se están abriendo en abanico." Garryn observó los patrones de vuelo de los cazas y evaluó rápidamente su plan de ataque. Había sido piloto de combate una vez y reconoció la estrategia. "Están tratando de llevarnos a la luna."

"Lo sé", estuvo de acuerdo Flinn. "Si no hacemos algo al respecto, vamos a volar directamente hacia ella y no va a ser un aterrizaje suave."

Sin más instrucciones, saltó de la silla y regresó a la torreta de la artillería. Subiendo al cubículo, se sujetó en su lugar ante los controles de los masivos cañones. El lado de estribor del *Hijo Descarriado* se sacudió violentamente hacia un lado antes de poder siquiera poner sus manos sobre los mandos. Su cabeza golpeó contra el apoyacabezas acolchado de su asiento mientras buscaba a tientas el auricular que se encontraba en el lateral del panel de control.

Mientras deslizaba el dispositivo sobre sus orejas vio una ráfaga de formas que lo pasaban a través de las ventanas. Aunque en el espacio el vacío hacía imposible escucharlos, el *Hijo Descarriado* se estremeció a su paso. El casco vibró fuerte al pasar los potentes motores en gran número.

"Estoy listo", anunció en el transmisor después de una breve pausa.

"De acuerdo, voy a sacarnos de aquí si todavía es posible. Si algo se interpone en nuestro camino, derribadlo. ¿Crees que podrás seguirme el ritmo?"

"Tú solo vuela", respondió Garryn.

El *Hijo Descarriado* continuó hacia el planeta a toda velocidad, consiguiendo mantenerse por delante de los cazas. Esto no podía durar mucho, pensó Garryn. El ángulo de descenso hacia el planeta estaba errado. Estaba entrando demasiado empinado. En ese ángulo la nave rebotaría fuera de la atmósfera, si no sobrecargaba los motores o se quemaba en el ozono.

Un trío de cazas se acercaba a ellos; Garryn disparó, soltando una andanada que golpeó a una de las naves mientras dispersaba a los demás. Se separaron por una tangente, tratando de mantener la formación antes de reagruparse para continuar su persecución. Una de las naves se rezagó con una evidente quemadura en el casco.

Mientras tanto, Flinn continuaba avanzando hacia el planeta. El escuadrón de naves revoloteaba alrededor del *Hijo Descarriado* como mosquitos atacando a una gran bestia. Había muchos cazas en el aire, lo que dificultaba el maniobrar. Conocía la táctica y sintió una oleada de ira al ser acorralado como un animal salvaje.

A medida que el planeta azul se expandía rápidamente en la ventana de su cabina, Flinn puso más potencia en su aceleración. A través de la consola de la cabina, varias luces de emergencia y advertencias parpadearon en señal de protesta. Notó una cosa acerca de su estrategia: estaban decididos a evitar que el *Hijo Descarriado* aterrizara en Theran 3. Apostando a su determinación de evitar que su nave llegara allí, Flinn llevaba su nave a toda potencia. Quería que alteraran su estrategia de bloqueo y le dieran una oportunidad que pudiera utilizar a su favor.

Un trío de naves se abalanzó sobre él, volando a través de su proa para interrumpir su trayectoria hacia delante. Flinn los ignoró, maniobrando peligrosamente. La temperatura del casco subió otros cincuenta grados y la nave empezó a recalentarse. Una docena de naves lo perseguían, disparándole y haciendo todo lo posible para evitar que el *Hijo Descarriado* entrara en el espacio aéreo del planeta.

"Flinn, ¿qué estás haciendo?" exigió Garryn sobre los auriculares. "¡Sube! ¡Estás entrando demasiado rápido!"

"¡Sé lo que hago!" Flinn ladró, no estaba acostumbrado a que sus acciones fueran cuestionadas en su propia nave. "Sólo mantenlos lejos de nuestras espaldas."

Sólo un poco más, nena. Sólo un poco más.

Ahora podía empezar a sentir el calor dentro de la cabina. La iluminación del planeta encendió la cabina hasta que se sintió como luz del día dentro de la nave. Ignorando a sus instrumentos, Flinn desvió la energía hacia los escudos delanteros y ajustó su vector sólo unos pocos grados. Una vez hecho esto liberó las válvulas de plasma, permitiendo que pasara a través de los motores y disparó los propulsores de su nave.

El repentino estallido de energía lanzó la nave hacia delante en una explosión de luz justo cuando el casco comenzaba a brillar con el calor carmesí. Como era de esperar, los cazas hicieron lo mismo, acelerando para mantenerse a la par. Perlas de sudor corrían por su frente mientras la temperatura aumentaba constantemente dentro de la cabina. Finalmente, cuando llegaron al punto en que el lienzo oscuro del espacio comenzó a disminuir, Flinn tiró del acelerador.

En la torreta de artillería Garryn fue golpeado de nuevo contra la silla al ver que el mundo se balanceaba con fuerza en un arco limpio. Hubo un instante de desorientación espacial con las naves y el hermoso mundo azul girando en perfecto desorden donde Garryn creyó ver múltiples explosiones en rápida sucesión. Entonces, tan repentinamente como comenzó, el *Hijo Descarriado* comenzó a escalar desde el planeta hacia la estratósfera.

Las naves que habían estado persiguiéndolos ya no estaban allí. Garryn se dio cuenta de que Flinn se había detenido justo antes de entrar en la atmósfera y rebotó hacia el espacio. Los combatientes en persecución, no preparados para escapar de la atracción gravitatoria del planeta, fueron incapaces de compensar, lo que provocó que sus naves se partieran en pedazos.

"¡Eres un loco bastardo!"

"Sí, mi madre solía decir eso todo el tiempo. Pero aún no estamos fuera de esto. Mira tu escáner de proa".

Garryn miró a la pequeña pantalla digital junto a los controles de la artillería. La imagen de la luna casi eclipsaba toda la pantalla, pero lo que Flinn quería que viera era dolorosamente obvio.

Deslizándose casi lánguidamente desde el lado oscuro de la luna, el buque de guerra brysdyniano *Warhammer* emergía de su escondite y aceleraba para ubicarse en posición de intercepción.

XXIII: SEÑAL DE AUXILIO

Garryn miró fijamente a la nave e inmediatamente la reconoció como la que encontraron en Cathomira.

A pesar de su falta de demarcaciones, sólo había dos lugares en los que una nave de este diseño podría haberse originado: la Armada Imperial o de la Élite de Seguridad. Garryn descartó que fuera una nave de la marina inmediatamente. Había servido como uno de sus oficiales durante años. Sabía que su primera reacción a una incursión en espacio restringido no sería la abrumadora respuesta que el *Hijo Descarriado* acababa de evitar. Habrían intentado, al menos, comunicarse.

No, esta nave era de la Élite de Seguridad.

Al determinar esto, Garryn también supo que el comandante de la nave probablemente sabía quién estaba a bordo del *Hijo Descarriado* y le importaba poco si asesinaba a un Primero para completar su misión.

"¿Tienes alguna idea?" preguntó Garryn a Flinn. "No podremos dejarlos atrás por siempre."

"Tengo un plan. Es arriesgado, pero ahora mismo no tenemos muchas opciones".

"Oigámoslo, entonces." En ese momento, Garryn estaba dispuesto a considerar cualquier idea loca que Flinn tuviera. Los combatientes restantes se estaban reagrupando, y vendrían con una nueva estrategia.

"No hay tiempo. Sólo mantén la calma y mantén a esos tipos lejos de mi cola".

"Tenía toda la intención de hacerlo de todos modos."

Una docena de naves más aparecieron detrás de ellos en persecución. Esta vez, los cazas intentaban conducirlos hacia la nave de guerra. Sus cañones estallaron con más ferocidad, bombardeando el casco del *Hijo Descarriado* con un implacable bombardeo. El salvajismo de su ataque alimentó la propia agresión de Garryn y devolvió el fuego con la misma vehemencia. Trató de no pensar que algunos de ellos podrían ser pilotos con los que había volado.

Poco probable, se dijo a sí mismo. Eran de la Élite de Seguridad.

Tras otra andanada de explosiones, los relámpagos de energía encontraron sus objetivos rápidamente, a pesar de los mejores esfuerzos de aquellos que los perseguían para evadirlos. Destruyó a dos cazas simultáneamente, un líder de vuelo y su copiloto. Sus naves ardieron con crepitante energía cacareo antes de que las explosiones los consumieran.

No pienses en ellos, se dijo a sí mismo. *No pienses en quiénes eran.*

La nave de guerra se acercaba rápidamente y Garryn se dio cuenta de que Flinn se apresuraba a su encuentro. ¿Por qué estaba jugando su juego? La acción confundió a los cazas en persecución, que intentaron determinar qué estaba haciendo el piloto. Comenzaron a volar hacia el *Hijo Descarriado*, intentando desviarlo de su trayectoria actual, ya que disparar contra la nave podría provocar que la nave de guerra recibiera fuego.

La nave viraba de un lado a otro, apenas evitando colisionar en algunos lugares mientras se movía a través del gran número de cazas tan ágilmente como una nave de ese tamaño era capaz de hacerlo. En la cabina de su nave Flinn trabajaba furiosamente para contrarrestar cualquier cosa que pudieran arrojar a su paso. Una vez más, confiaba en su incapacidad para predecir lo que estaba haciendo. Si adivinaran lo que estaba tramando, entonces realmente estarían en problemas.

Como hasta ahora Flinn mantuvo la nave de guerra en la ventana de su cabina, igual que mantuvo el planeta. Los sistemas de emergencia a bordo de su nave hacían sonar las alertas de colisión a medida que inyectaba más potencia en la propulsión. Flinn ignoró las alarmas que podía oír zumbando en sus oídos. Ignoró a los cazas que le disparaban y el bombardeo contra su escudo frontal. Mientras se acercaba a la nave de guerra, Flinn comenzó a calibrar su escáner de objetivo.

Tiene que ser un golpe preciso, se dijo a sí mismo. Nada menos que un golpe preciso los salvaría.

Lo que pretendía hacer era drástico, por no hablar de extremo. Dudaba que cualquier otro piloto se atreviera a hacer el intento, pero Flinn Ester nunca fue uno de los que jugó a lo seguro. Esta era su única salida, sin rendirse. Incluso si Garryn era un excelente artillero, no había forma de que pudiera mantener una defensa prolongada contra todas esas naves. Flinn se sorprendió de que no hubieran recibido ya un golpe directo.

Con la nave de guerra acercándose, la nave entró en un barril, pasando entre dos cazas mientras intentaba quitarse de encima a los demás que lo perseguían. En cuestión de segundos volaba sobre el casco de la enorme nave. Las baterías de artillería del buque de guerra empezaron a disparar a la parte inferior del Hijo Descarriado mientras volaba sobre ellas. Los combatientes continuaron su ataque frontal y Flinn reaccionó derivando toda la potencia a los escudos delanteros y yendo de frente contra su formación. Los cazas perdieron el control al ser lanzados hacia los lados, chocando con el casco de la gran nave.

El *Hijo Descarriado* regresó hacia la nave de guerra en un bucle cerrado antes de lanzar una andanada de disparos a través de su proa delantera. Flinn no sabía cuánto daño estaba haciendo, pero le daba mucha satisfacción ver que el casco se iluminaba con el bombardeo. Era realista sobre el alcance del daño porque la reputación de los escudos de Brysdyn era bien conocida, pero se acercaba a su objetivo principal con poca interferencia.

Los torpedos de plasma en la armería de su nave eran un artículo de lujo que Flinn había comprado a través de un proveedor ilegal de armas a raíz de un muy exitoso transporte. Aunque el armamento que había instalado en el *Hijo Descarriado* ya era una defensa adecuada contra las naves enemigas, había comprado los torpedos por capricho.

Rogan, un hombre gordo y perezoso que estaba muy contento con su transporte, ofreció los torpedos a Flinn a la mitad de su tarifa normal. No fue tan tonto como para negarse. En el espacio era más común que una nave fuera destruida por una anomalía espacial que por una nave de guerra merodeando. Durante sus días en la flota, se había encontrado con fenómenos espaciales como cuerdas cósmicas y pozos de gravedad capaces de destruir naves estelares y a menudo eran sus torpedos de plasma los que lo salvaban.

Aunque no le gustaba desperdiciar sus torpedos ahora, Flinn no tenía muchas opciones. Los cazas eran bastante malos, pero intentar luchar contra ellos y una nave de guerra era jugar demasiado contra las probabilidades, incluso si su suerte había sido extraordinaria hasta ahora. Necesitaba emparejar las cosas antes de que fuera demasiado tarde.

"Garryn, quiero que levantes los escudos de la barquilla."

"¿Qué?" La asombrosa respuesta de Garryn resonó por toda la habitación. "¿Cómo se supone que voy a disparar si no puedo ver?"

"Sólo usa tu computadora. No tengo tiempo para debatir contigo. ¡Hazlo ahora!"

Flinn dio otra vuelta por sobre la nave de guerra mientras que el cumplimiento de Garryn se reflejaba en su tablero de instrumentos. Fijando su concentración en la computadora de objetivo, observó que las naves que lo perseguían habían abandonado su estrategia de intercepción y le disparaban abiertamente. Sospechaba que habían adivinado en el último momento lo que estaba planeando. Múltiples explosiones sacudieron precariamente al *Hijo Descarriado* y Flinn sabía que su nave no podría soportar mucho más este asalto.

Una vez más, las alarmas de emergencia señalaron el peligro inminente de un fallo total de los sistemas de a bordo. Una vez que eso sucediera, el *Hijo Descarriado* se apagaría y flotaría muerto en el espacio. Tenían una oportunidad de sobrevivir y él tenía que aprovecharla ahora.

"Mantén la calma, nena, esto es todo", se susurró a sí mismo y a su nave, convencido de que ella le entendía.

En el momento en que vio que el área del objetivo se deslizaba en la cruz de su escáner de disparo, Flinn actuó sin dudarlo. Múltiples torpedos de plasma escaparon de los cañones principales, disparados hacia el puente de la nave de guerra con un único objetivo. A diferencia de la torpeza aleatoria de los cañones regulares de la nave, la pureza del plasma se movía a través del cielo oscuro con una gracia similar a la de un cometa.

El puente de la Warhammer estalló en una explosión de brillo blanco y caliente cuando los torpedos de plasma se encontraron con su objetivo. El estallido se contrajo, reemplazado por el ámbar, profundizándose rápidamente en carmesí. El puente del buque de guerra explotó en una erupción de metal, fuego y plexiglás. Se podían ver restos que se filtraban al espacio cuando Flinn sacó al *Hijo Descarriado* de la destrucción.

Ampliando la distancia entre su nave y la nave lisiada, Flinn sabía que la nave de guerra no estaba terminada. Al menos el golpe dado sería lo suficientemente potente como para ocupar su atención hasta que pudieran escapar. La nave de guerra, habiendo perdido todo el control de la navegación, se vio atrapada en una trayectoria errática hacia la luna. Como niños aterrorizados, los combatientes regresaron a la nave nodriza mientras ella luchaba por sobrevivir.

"¿Eran torpedos de plasma?"

"Sí, y créeme, me los vas a pagar", bromeó Flinn, aunque sólo medio en broma. "Ahora vamos a aterrizar a mi bebé antes de que pase algo más."

"Sin discusiones por mi parte", contestó Garryn.

* * *

Cuando el *Hijo Descarriado* descendió a la atmósfera del planeta, la cabina del piloto comenzó a llenarse con la luz del día del cielo azul. Garryn miró fijamente a través de la ventana de la cabina durante unos segundos, dejando que el paisaje se adentrara en su mente. El cielo azul, tan vivo en sus sueños, realmente existía. Una vez más Garryn sintió alivio al no estar ni loco ni delirante. Ninguno de los Soñadores lo era, pensó con cierta satisfacción.

"¿Alguna idea de dónde quieres aterrizar?"

Este era el vuelo de Garryn, incluso si Flinn recibía más de lo que esperaba cuando negociaron por primera vez. De momento, su única condición para un sitio de aterrizaje era que fuera pacífico, de modo que pudiera llevar a cabo algunas reparaciones muy necesarias en su nave. En cualquier caso, la información descubierta mientras realizaba una exploración rutinaria del planeta era perturbadora, por no decir más.

"El continente en el hemisferio sur, el más cercano al casquete polar sur."

Era la ubicación en el globo terráqueo que Garryn había visto en sus sueños.

"Bien", asintió Flinn y se detuvo un momento antes de volver a hablar. "Garryn, acabo de hacer un escaneo de sensores en este planeta. No hay holocausto nuclear".

Garryn no lo miró, porque ya nada lo sorprendía.

"No, supongo que no debería haber."

Flinn continuó hablando. "Ni holocausto, ni desastres naturales, nada. Tal vez un poco de contaminación en la atmósfera superior y un ligero agotamiento de los niveles de ozono, pero eso es consistente con una civilización de la era nuclear".

Garryn finalmente entendió la razón de las boyas de advertencia, el buque de guerra de la Élite de Seguridad y la mentira sobre Catho- mira. Todo fue diseñado para evitar que alguien aterrizara en este planeta. Su existencia fue siempre un laberinto de desinformación para oscurecer cualquier camino hacia la verdad. Incluso escondién- dolo a plena vista. Una mentira sobre un holocausto nuclear tenía sentido. De una manera retorcida, era casi lógico.

"¿Alguna lectura de vida?" Preguntó Garryn, aunque ya sabía la respuesta.

"Lecturas de vida masivas. Casi en todos los continentes, excepto en los casquetes polares".

Garryn parpadeó. Otra mentira refutada. ¿Qué encontraría en la superficie?

Estaba a punto de responderle a Flinn cuando vio algo en el panel de comunicaciones que le hizo sentarse. Al principio no tuvo idea de lo que estaba mirando en la variedad de colores de las luces de los sensores.

"Estoy recibiendo una señal."

"¿Te comunicaste con Erebo?"

Desde que se encontraron con el buque de guerra, Garryn había estado tratando de contactar a la estación de Erebo sin mucho éxito. Por muy inhabilitada que estuviera la nave enemiga, aún era capaz de interferir con sus comunicaciones e impedir que cualquier señal de ayuda escapara al espacio.

"No. Esto viene del planeta".

"Estás bromeando. ¿Estás seguro?"

"Estoy seguro", Garryn procedió a triangular la ubicación de la transmisión débil. "Está siendo transmitido por una señal de onda portadora. Binario, creo."

"No encontré ninguna red de comunicación compleja en todo el planeta durante mi escaneo, pero los transmisores de ondas portadoras son muy primitivos. Sería fácil no verlo. Los satélites orbitales que vimos en el camino no eran muy sofisticados. Podrían haber sido usados para transmisiones de ondas portadoras."

Garryn recordaba haberlos visto cuando entraron en la atmósfera del planeta. La mayoría de estos satélites estaban a la deriva sin rumbo en el espacio, atrapados en una órbita perpetua alrededor del planeta. Aun así, la transmisión que intentaba localizar no venía del aire. No pasó mucho tiempo antes de que fuera capaz de identificar exactamente dónde se originó.

"Cambia la trayectoria, vamos a la fuente."

"¿Estás seguro de esto?" preguntó Flinn, escéptico de que fuera algo de valor. Podría ser un resto de una señal automatizada por lo que sabían.

"Sí, estoy seguro", contestó Garryn. "La señal es brysdyniana."

* * *

Sol amarillo.

Cielo azul.

Garryn miró fijamente al cielo y vio estas cosas, sabiendo que no estaba ni dormido ni soñando. Si quedaba alguna duda en su mente sobre este mundo, desapareció en el momento en que puso un pie en el suelo y miró hacia el cielo.

A su alrededor estaban los restos en descomposición de lo que habría sido una impresionante metrópoli en su día. Edificios altos, aunque poco imaginativos en la arquitectura, ocultaban el horizonte hasta donde él podía ver. Había puentes y carreteras, casas y fachadas de tiendas, señales de tráfico y vehículos de transporte. Casi le recordó a Paralyte.

En algún lugar en medio de todo esto, el dispositivo de transmisión que los traía aquí para empezar estaba esperando.

La señal llevó al *Hijo Descarriado* a una ciudad en el hemisferio norte. De los continentes del planeta, éste parecía tener la mayor cantidad de ciudades. La ciudad había sido abandonada, aunque aún quedaban restos de sus habitantes. Sus monumentos de vidrio y piedra quedaron atrás para marcar su existencia y su civilización. Aunque los escáneres revelaron que había vida en este planeta, las calles cubiertas de basura y escombros revelaron toda la evidencia de lo contrario.

Se están escondiendo.

¿Por qué no iban a tenernos miedo? pensó Garryn. Si él fuera parte de este mundo primitivo, sin contacto con las razas de la galaxia que viajan por el espacio, la visión de una nave espacial aterrizando en su ciudad sería bastante alarmante. Esta era una civilización sin conocimiento de la vida inteligente más allá de la suya propia. Los habitantes de este mundo probablemente lo estaban observando ahora, desde detrás de las ventanas rotas de las casas y los altos rascacielos, tratando de determinar lo que él era.

Flinn dudaba de la autenticidad de la transmisión, creyendo que podría ser una trampa tendida por aquellos que habían intentado evitar que aterrizaran. Garryn descartó esto, ya que los cazas y la nave de guerra parecían reacios a acercarse al planeta. Después de entrar en la atmósfera del planeta, los cazas abandonaron su persecución como si estuvieran a la defensiva.

La presencia de la señal sólo sirvió para profundizar el misterio. ¿Cómo había llegado a estar un brysdyniano en este mundo que había sido declarado restringido para el resto de la galaxia? Más importante aún, ¿por qué usar un código tan oscuro? Si no hubiera sido por su tiempo en el servicio, dudaba de que hubiera reconocido la señal por lo que era.

"¿Estás listo?" preguntó mientras Flinn caminaba a su lado.

"Sí, la nave está asegurada. Vamos."

Garryn miró al rastreador de señales portátil que los llevaba a la fuente de la transmisión.

"Por aquí", empezó a caminar.

"Aquí." Flinn le dio un arma. "Nunca se sabe lo que hay a la vuelta de la esquina."

Garryn no podía discutir eso. Procedieron caminando por la calle, analizando del terreno a medida que avanzaban. Una cosa se hizo evidente muy rápidamente cuando se abrieron paso entre los vehículos volcados, las calles llenas de basura y su primer vistazo a los habitantes de la ciudad: lo que ocurrió aquí fue repentino y rápido.

Los esqueletos empezaron a aparecer esporádicamente, algunos tumbados en la acera, otros en sus vehículos, otros colgados de ventanas abiertas, y todos dejados para pudrirse donde cayeron. Había otras señales del violento fin del mundo. Las oscuras marcas de quemaduras que ennegrecían los lados de los derruidos edificios se le hacían a Garryn extrañamente familiares. Intentó recordar por qué, pero la respuesta aún estaba atrapada detrás de una pared en su mente.

"¿Qué demonios ha pasado aquí?" preguntó Flinn, sin poder guardar nada para sí mismo.

"No lo sé."

"Esas marcas de explosión", Flinn miró fijamente a otra marca de quemadura. "Casi parecen..." Su voz se calló.

"¿Como qué?"

Flinn no respondió, pero Garryn sospechaba que sabía la respuesta.

Menos de una hora después, Garryn y Flinn se encontraban de pie ante un rascacielos alto. Sorprendentemente, la mayoría de las ventanas de este edificio de vidrio permanecían intactas. La luz solar rebotaba en la superficie reflectante, lo que dificultaba la observación durante mucho tiempo. En la parte superior del edificio había una aguja metálica puntiaguda. Aunque la construcción era primitiva, era obvio para los dos hombres lo que era.

"Un transmisor". Flinn miró a Garryn.

"Estoy asombrado de que siga funcionando", contestó Garryn.

"Alguien se ha estado ocupando de ello."

Flinn señaló la entrada principal del edificio. Una malla de alambre fue encordada al azar a través del frente, sostenida en su lugar por un cordel metálico. Ahora que estaba más cerca, Garryn vio violentas letras rojas pintadas sobre el cristal en un idioma desconocido. Adivinó que era una advertencia de algún tipo para los lugareños. La malla que protegía el edificio de los intrusos era dentada y afilada. Cualquiera que intentara cruzarla se encontraría gravemente lacerado.

"Alguien lo ha hecho", dijo una nueva voz.

Tanto Garryn como Flinn giraron simultáneamente, y fueron a por sus armas. El desconocido se les había acercado sin hacer el menor ruido. El hombre no hizo ningún esfuerzo por esconderse cuando salió de detrás de un vehículo volcado. Les apuntaba con un objeto de metal oscuro con un cañón largo que ambos hombres comprendieron inmediatamente que era un arma.

"¿Qué dijo?" Flinn miró a Garryn. El hombre habló en brysdyniano, no en Galáctico Estándar.

"¿Qué estás diciendo?" El hombre exigió saber, el cañón del arma moviéndose en la dirección de Flinn.

"¡Está bien!" Garryn gritó, hablando brysdyniano. "¡No entendió lo que dijiste! ¡Es un Jyne!"

El hombre le miró fijamente con los ojos muy abiertos. Era difícil adivinar su edad aproximada, ya que su cara estaba curtida por demasiados años al aire libre y su cabello estaba decolorado por el sol. Si Garryn tuviera que conjeturar, estimaría que el hombre tenía más de cincuenta y tantos años. Era un poco más joven que su padre, solo no un poco en peor condición por el uso. También había algo en su ropa que tocó la fibra sensible del Primero, pero Garryn no podía saber qué.

"¿Quién eres tú?"

"Recogimos una señal de socorro", contestó Garryn rápidamente, sin confiar en la mirada salvaje en sus ojos. ¿Quién sabía cuánto tiempo había estado atrapado aquí y qué le había hecho a su cordura?

"¡Ese faro de socorro ha estado allí durante veintitrés años! ¿Me estás diciendo que acabas de descubrirlo?"

Garryn deslizó su arma de nuevo en su funda como una muestra de fe y le hizo señas a Flinn para que hiciera lo mismo. El piloto frunció el ceño infelizmente ante la idea de dejarse tan vulnerable, pero siguió su ejemplo, confiando en que Garryn sabía lo que estaba haciendo.

El desconocido se relajó un poco después de que sus armas estuvieran guardadas, y Garryn decidió que ahora podría estar listo para escuchar lo que Garryn tenía que decir.

"No queremos hacerte daño. Nos dijeron que este planeta fue devastado en un holocausto nuclear. Hay boyas de advertencia minando la zona. Creo que podrían haber interferido con tu señal. Era demasiado débil para superar la interferencia".

Se lo tomó bastante bien y Garryn se preguntó si realmente había pasado los últimos veintitrés años aquí, manteniendo una vigilia, esperando un rescate. Había tantas preguntas que Garryn quería hacerle, pero el Primero se contuvo mientras que el desconocido aún estaba tan nervioso de verlos.

En vez de hacerles preguntas, el desconocido bajó su arma y empezó a reír. Su risa era profunda y gutural, sin ningún rastro de humor, sólo amargura. Garryn y Flinn intercambiaron miradas perplejas, pero no dijeron nada por miedo a provocar al hombre.

Después de un momento, se compuso y dijo: "Supuse que a ellos se les ocurriría algo más original".

"¿Quiénes son ellos?" Preguntó Garryn.

"La Élite de Seguridad".

La expresión de Garryn se oscureció. Ahora se daba cuenta de por qué el revoltijo de ropa que llevaba el hombre le resultaba familiar. Bajo el desgaste y los parches de tela extranjera estaba el mismo uniforme oscuro de un oficial de Élite de Seguridad. "Tú eres uno de ellos, ¿no? ¿Eres Élite?"

"Lo era."

"Mi nombre es Garryn. Él es Flinn. Vine aquí buscando respuestas, amigo. Creo que podemos ayudarnos mutuamente." Garryn se acercó a él con cautela, su mano extendida para que el hombre la aceptara en amistad o acuerdo. A Garryn no le importaba cuál de los dos.

La cara del hombre se suavizó, cayendo en una especie de satisfacción cuando puso la palma de su desgastada mano contra la de Garryn para devolverle el apretón de manos. "Fue tan bueno volver a oír nuestro idioma. Nunca pensé que lo oiría hablar de otro brysdyniano. Encantado de conocerte, Garryn, y a ti también, Flinn."

Esta vez, habló en Galáctico Estándar.

"Mi nombre es Aaran."

XXIV: EL BIEN MAYOR

Veintitrés años atrás

Una hora después de que Edwen subiera a bordo, la *Starlight* estaba en marcha. Sólo la tripulación del puente conocía el destino de la nave, pero Aaran sabía que se dirigían a la Tierra. El encuentro con el General le asustó, aunque no entendía por qué. Sin embargo, sintió la emoción de descubrir otra colonia de hijos de la Estrella Blanca.

Tres naves se encontraban en ruta, la *Fury*, la *Vigilance* y la *Nimbus*.

Cada uno era una nave de la Élite, alejado de sus actuales misiones, lejos de Brysdyn y del Azote. A medida que la flota convergió, la ansiedad de Aaran siguió creciendo. Saludar a una cultura no acostumbrada a la vida extraterrestre con una armada de buques de guerra le pareció excesivo al oficial científico, pero sus protestas fueron ignoradas. Esto no hizo sino aumentar su preocupación por los planes del General para este mundo.

El día anterior al encuentro con las otras naves, Aaran regresó a la bodega de carga donde se guardaba la sonda *Voyager*. Si iban a conocer a la gente de la Tierra, entonces era prudente realizar más estudios sobre la cultura. Al entrar en la bodega, esperaba ver a su personal científico continuando el análisis de la sonda como se le había indicado. Lo que encontró fue una habitación vacía. El equipo, su personal e incluso la sonda habían desaparecido.

El desconcierto dio paso a la ira antes de que se girara sobre sus talones y saliera de la habitación para exigir respuestas.

Como oficial científico de la comandante Delea, los dos habían llegado a un entendimiento al principio de su relación. Delea apreciaba la capacidad de Aaran para obtener resultados cuando el tiempo era crucial, a cambio de un entorno de investigación pura cuando Aaran necesitaba resolver un problema difícil. Delea siempre le dio la cortesía de no interferir con sus exámenes hasta que estuviera listo para presentar una conclusión.

Apenas pensaba mientras se dirigía hacia el puente. Lleno de furia, Aaran llegó al puente olvidando por completo que ya no era la nave de Delea. Al pisar el imponente centro del *Starlight*, vio al General tomando posición en la silla de mando. La ira que sentía se extinguió en un instante de claridad, como agua helada salpicando su cara.

Delea no era responsable de la eliminación de la *Voyager*. Fue Edwen.

La razón le volvió rápidamente cuando vio a Delea de pie junto a la silla de mando, tomando el flanco derecho a la izquierda del teniente Danten. Tal vez había alguna razón lógica para las acciones de Edwen. Cuando el pensamiento cruzó su mente, sintió una ola de vergüenza por su cobardía. Era obvio que el General había usurpado su investigación, probablemente asignando un equipo de su propio personal para dirigir el proyecto. Aaran se sintió ofendido por el insulto. Era lo suficientemente bueno para llevar a cabo cualquier investigación que el General necesitara. ¡Tenía cinco años de experiencia en el campo!

¡Detente!

El esfuerzo de su mente para salvarlo de sí mismo fue casi tan feroz como un golpe físico. Se obligó a calmarse antes de decir o hacer algo que pusiera en peligro no sólo su carrera, sino posiblemente su vida. Edwen tenía el poder de borrarle de la existencia y se decía que había hecho eso a hombres mejores que él. Prudentemente, Aaran decidió no enfrentarse al General y se dirigió a su puesto de trabajo.

"Teniente Aaran." Escuchó la voz de Edwen y se quedó inmóvil.

"¿Sí, señor?" Se volvió hacia el General, sin mostrar la indignación que sentía por la desaparición de la sonda. Se dio cuenta de que la comandante Delea parecía incapaz de mirarlo a los ojos, mientras que la cara del teniente Danten no revelaba más que arrogancia.

"Creo que debe ser consciente de que ya no debe estar asociado con la sonda *Voyager*. A partir de este momento, usted se ocupará de los deberes regulares de su puesto como oficial científico."

Sabía que debería haberlo dejado pasar, pero la finalidad de esas palabras le hizo lanzar la precaución al diablo. "¿Permiso para hablar, señor?"

"Ya basta", dijo Delea rápidamente, tratando de salvar al niño de sí mismo. "Tienes deberes que cumplir."

"Deje hablar al hombre, comandante. Tengo curiosidad por saber qué tiene en mente".

Aaran vio a Delea hacer un gesto de dolor y su voz interior le advirtió que no actuara irracionalmente, pero no pudo evitarlo.

"Con el debido respeto, señor, si hay alguna duda sobre mi competencia en cuanto al análisis de la sonda, me gustaría saber qué es. Todavía hay mucho que aprender sobre la cultura terrícola. No debemos abandonar la investigación antes de tiempo, sobre todo porque vamos a ir allí".

De repente, la cara de Edwen se oscureció. "¿Quién dijo que íbamos a ir allí?"

"¿Verdad que sí?" Preguntó Aaran, y sintió una oleada de miedo corriendo a través de él cuando se dio cuenta de que estaba destinado a ser un secreto.

Edwen lo miró con ojos entrecerrados y Aaran se preguntó si había cruzado una línea hablando tan francamente con el General.

"No tendrá nada más que ver con la sonda. "¿Entendido?"

Esta vez Aaran no confundió la amenaza en su voz.

"Todos los datos de la sonda también han sido borrados, así que no habrá continuación del trabajo, ni por usted ni por nadie más."

La indignación de Aaran explotó sin que se diera cuenta. "¿Por qué? ¡Esa fue una valiosa investigación científica de Brysdyn! ¡Cómo se atreve a destruirlo!"

"¡No le hable en ese tono al General, teniente!" Danten se enfureció en defensa de su señor.

Delea simplemente suspiró y Aaran se dio cuenta de que estaba más allá de toda ayuda. Edwen se puso en pie y miró a Aaran con poca piedad.

"¿Cómo se atreve a cuestionarme, arrogante advenedizo? ¿Comprende siquiera lo que está sucediendo en el planeta de origen? ¿Tiene idea de las cosas que hemos visto estos últimos cinco años? Usted, con su mundo de libros y números y hechos, tan completamente fuera de contacto con lo que está pasando en casa. No necesito su opinión sobre lo que hay que hacer con respecto a la sonda. En lo que a usted respecta, ya no existe". La cabeza de Edwen se dirigió hacia Delea. "Este hombre será confinado en su camarote durante mi estancia en esta nave. Si lo veo en cualquier momento antes de irme, puede considerarse relevada del mando".

Demasiado aturdido para hablar, Aaran ni siquiera se dio cuenta cuando fue escoltado fuera del puente.

* * *

Días después fue escoltado a la misma bodega de carga donde se había analizado la sonda *Voyager*, para encontrarla ocupada por cinco largos misiles, obsoletos por casi un siglo. En algún lugar de su mente, Aaran se preguntaba dónde había logrado Edwen obtenerlos en tan perfectas condiciones. No dudó de que su mecánica se encontraba en un estado similarmente bueno.

Hace cien años, el Imperio había prohibido el uso de la guerra biológica en sus campañas. Los misiles utilizados para transportar cargas tóxicas fueron desmantelados y almacenados. Aaran, de pie junto a ellos, podía ver la unidad de compresión que convertiría el líquido en una masa gaseosa. Aunque estos proyectiles no eran tan hermosos como el *Voyager* lo era para él, Aaran admiraba la elegancia de su construcción.

"Sentí que le debía una explicación."

Asustado, Aaran se dio la vuelta para ver al General en la esquina de la habitación con un contingente de oficiales de Élite de Seguridad y el teniente Danten. Por un momento, casi tuvo miedo de mirar a los ojos al General. El hombre estaba ante él, con su ayudante cerca, llevando una expresión que Aaran solo podía describir como resignación.

"¿Qué es esto?" Señaló a los proyectiles.

Edwen ignoró su pregunta, volviéndose a los demás en la sala, incluyendo a los guardias que habían escoltado a Aaran hasta la bodega de carga. "Déjennos."

El líder del equipo de seguridad miró al general con interrogación.

"Ahora", repitió heladamente Edwen.

En cuestión de segundos, salieron de la habitación, dejando a Edwen, Danten y Aaran solos.

"Usted es un científico excepcional, pero sorprendentemente ingenuo. Me pregunto por qué se unió a nosotros en la Élite."

Se había unido porque quería ayudar a Brysdyn, quería pertenecer a algo más grande que él mismo. Había muchas razones, pero ya nada de eso importaba.

"Dijo que me lo iba a explicar. ¿Qué es esto?"

"Supervivencia", respondió Edwen caminando hacia el proyectil más cercano. "Lo que es, hijo mío, es la supervivencia del Imperio."

"No lo entiendo." Aaran lo miró, perplejo.

"Yo creo que sí". El General le devolvió la mirada.

Tal vez lo hizo. Aaran aspiró su aliento, tratando de controlar el horror que le pasaba como el hedor ascendente de agua servida de una cloaca húmeda. Sí, entendía lo que Edwen quería decir, pero Aaran tenía que oírlo del propio General para saber que era real.

"¿Con qué están armados?"

Edwen asintió en la dirección de Danten, dándole permiso a su ayudante para que continuara la explicación que tan amablemente le estaba dando a Aaran.

"Prothos B34", respondió Danten.

"Nunca he oído hablar de él."

"Por supuesto. ¿Cómo podría?" respondió el ayudante con desprecio. "Prothos B34 fue fabricado en la Estación de Investigación Halos hace aproximadamente un año. En este momento, toda la investigación sobre el proyecto ha sido destruida y su creador no está disponible".

"Quiere decir *muerto*", dijo Aaran antes de pensar mejor en ello.

Ni Edwen ni Danten negaron la acusación, pero el ayudante siguió hablando, ignorando la interrupción. "Prothos B34 fue desarrollado como una posible vacuna contra el azote. Desafortunadamente, como encontramos con muchas de las posibles vacunas que se nos presentaron a lo largo de los años, tenía un pequeño inconveniente. Sólo podía proteger a los niños desde la infancia hasta antes del comienzo de la pubertad".

"¿Alguna vez se desplegó?"

"No", contestó Danten. "Estaba en proceso de pruebas cuando se anunció la Cura. Con una vacuna supuestamente capaz de curar a toda la población, Prothos quedó obsoleto".

"¿Y ahora?"

"Ahora", Edwen retomó la narración. "Ahora Prothos salvará a Brysdyn. Todo lo que se necesitaba eran algunas modificaciones a la vacuna original y las propiedades del medicamento adquirieron una naturaleza completamente diferente. En lugar de una vacuna, el Prothos B34 es ahora un poderoso gas nervioso. Con cinco proyectiles, podemos aniquilar a toda la población de un planeta".

"¿Por qué no dejamos la farsa? No insulte mi inteligencia diciendo que no tiene ningún objetivo en mente. ¡Quieren usar estas monstruosidades en la Tierra!"

Aaran estaba horrorizado por lo que pretendían, y aún más confundido por su razonamiento. ¿Qué podría justificar todo esto?

"Tiene razón", contestó Edwen, imperturbable por su arrebato. "Planeamos usarlo en la Tierra".

Así que ahora lo sabía y las palabras salieron de él como la petición de un condenado moribundo.

"¿Cómo salva esto a Brysdyn, General? ¿Cómo puede el genocidio salvar al mundo de origen? El Imperio está casi mil años por delante de ellos en tecnología. Somos una unificación de más de cien sistemas estelares. ¿Cómo puede ser una amenaza para nosotros un planeta que prácticamente no tiene capacidad espacial y que depende de las transmisiones de ondas portadoras?".

"¿Genocidio? ¿Es eso lo que piensa? Me temo que se equivoca. Tal vez no lo expliqué lo suficientemente claro." Miró a Danten e hizo un gesto para que hablara.

"Prothos B34 es un gas nervioso y matará a dos tercios de la población. Sin embargo, nos llevaremos a los supervivientes a casa con nosotros de los que queden".

La mente de Aaron volvió a la conversación que había compartido con Edwen durante la llegada inicial del hombre a bordo del *Starlight*. Recordó las historias que Edwen le había contado sobre Brysdyn, sobre las muertes y el final al que se enfrentaron debido al Azote.

Que nunca conozcas un momento en el que una simple hoguera te asuste más profundamente que cualquier enemigo de Brysdyn.

En ese momento, Aaran había visto la admisión con simpatía, siendo incapaz de imaginar cómo debe haber sido para Edwen enterrar a dos hijos en medio de una gran desolación. Ahora, se dio cuenta de que las intenciones de Edwen eran mucho más siniestras de lo que Aaran podría haber pensado que era capaz. ¿Qué fue lo que dijo el General?

Nos enfrentamos a la extinción, Aaran.

"Dioses", susurró mirando fijamente a ambos hombres, su boca abierta de asombro. "Van a llevarse a sus hijos, ¿no? ¡Van a asesinar a los adultos y se van a llevar a sus hijos!"

La cara de Edwen no reveló ninguna emoción, pero sus ojos parecían más oscuros ahora que alguien finalmente lo dijo.

"El Imperio debe *vivir*, Aaran", dijo en voz baja, casi creyendo las palabras. "Para sobrevivir, debemos estar más allá de los conceptos mezquinos del bien y del mal. El slar en el bosque no sopesa bien o mal cuando necesita alimentarse. Simplemente lo hace. Esto no es diferente. Si queremos sobrevivir, debemos considerarnos por encima del remordimiento o la culpa. Debemos pensar primero en nosotros mismos".

"¡Eso es mentira!" Gritó Aaran, apoyándose en el proyectil más cercano. Sus pulmones se sentían pesados, como si todo el aliento fuera arrancado de ellos. "¡El slar no se come a los suyos y no derrama la sangre de otra manada ni roba a sus crías! Puede justificarlo todo lo que quiera, pero si hace lo que pretende, si descuartiza a toda esa gente, entonces cualquier decencia en ser brysdyniano muere junto con ellos".

"Quizás tengas razón, pero juré que mi vida estaba al servicio del Imperio. Si hay una vida después de la muerte por la cual deba rendir cuentas, aceptaré mi castigo. Pero, para Brysdyn, ningún sacrificio es demasiado".

Aaran cerró los ojos y se alejó de los dos hombres, incapaz de mirarlos más. En su corazón, sabía que la suerte estaba echada. La Tierra iba a ser sacrificada.

Su invitación a visitarla iba a ser su perdición.

* * *

Lo devolvieron a su camarote y lo mantuvieron confinado. Su espíritu quedó destrozado y, en medio de su destrucción, cayó en la desesperación. Atrapado en su camarote, imaginó lo que estaba ocurriendo más allá del casco de la nave y sus sueños se llenaron de un mundo que se estaba muriendo. Pensó en lo ansioso que había estado por revelar sus hallazgos sobre la sonda, para glorificarse en el descubrimiento del siglo.

El precio de su ambición era la muerte de un mundo y el precio de su conciencia era igualmente alto.

Aaran no sabía cuánto tiempo había permanecido en su camarote. No vio a nadie más que a su guardia y no tuvo visitas excepto a la conciencia culpable que le susurraba acusaciones durante sus momentos de vigilia. Cuando la culpa se volvió más de lo que podía soportar, se consoló con pensamientos sobre la sonda *Voyager*, preguntándose dónde estaba ahora. ¿Había sido destruida o enviada al espacio para continuar su viaje solitario?

Cuando Delea vino a verle, había perdido la noción del tiempo que había pasado confinado.

Privado de cualquier cosa que le ayudara a distinguir el día y la noche, Aarón no podía decir realmente cuánto tiempo había pasado cuando Delea lo visitó por fin. Pensó que habían pasado semanas o más, porque el rastrojo de su barbilla era grueso y su piel había adquirido una palidez decididamente cadavérica.

La mujer que entró en la celda era una persona considerablemente diferente a la que Aaran había servido en los últimos cinco años. Delea parecía haber envejecido una década en cuestión de días, pero también lo había hecho Aaran. Se miraron a la cara como los últimos hombres cuerdos en un mundo enloquecido. Finalmente, eran iguales.

"¿Cómo está, señor?", preguntó, sentado al otro lado de la comandante en la mesa de su habitación. Su voz era casi un graznido. Hacía tanto tiempo que no hablaba con nadie.

"Mejor que tú, parece."

Se rio un poco, aunque era humor de horca. "Me he dejado estar aquí. Tan poco que hacer."

"Siento que te haya pasado esto, teniente. Traté de advertirte..."

"Está bien, señor", Aaran la detuvo antes de que pudiera continuar. "No me ayudé a mí mismo. ¿Cuánto tiempo he estado aquí?"

"Tres semanas. No puedo ayudarlo, teniente. Ni siquiera creo que pueda ayudarme a mí misma".

Aaran se dio cuenta de que estar atrapado aquí le salvó de tener asientos en primera fila para lo que le estaba pasando a la Tierra. Los ojos de Delea mostraban cuánto de su alma se perdió para salvar a Brysdyn de la extinción.

"Está hecho, ¿no?", preguntó finalmente.

"Sí", asintió con tristeza Delea. "Se hizo bien y a fondo."

"¿El resto de la tripulación estuvo de acuerdo?"

"Por supuesto que lo hicieron. ¿Por qué no lo harían?" Delea resopló amargamente. "Sólo la tripulación del puente sabe dónde estamos. Estamos en alerta de radiación con todas las pantallas externas bajadas. El resto de la tripulación no puede ver afuera para saber que no están donde se supone que están. En lo que a ellos respecta, estamos en el perímetro exterior de un sistema estelar llamado Cathomira".

¿"Cathomira"? Aaran buscó en su memoria para recordar el lugar y no lo hizo. "Nunca he oído hablar de él."

"Se ubica al otro lado del espiral. Apenas más allá del espacio cartografiado, en nuestra frontera norte", explicó Delea tontamente. "Tiene una estrella roja gigante destinada a convertirse en nova en las próximas décadas. El resto de la tripulación cree que estamos realizando una misión de rescate. La historia que se cuenta es que hemos recibido una llamada de auxilio de Cathomira."

"¿Qué hay de los misiles?" La audacia de la mentira escandalizó a Aaran, porque sería creída.

"Nadie más que la tripulación del puente y un puñado del personal de seguridad saben de ellos", explicó Delea. "La tripulación cree que hemos lanzado sondas con blindaje de duranio para soportar el alto contenido de radiación del sistema estelar Cathomira."

"¿Y la *Fury*, la *Vigilance* y la *Nimbus*?"

"Al igual que nosotros, sólo la tripulación del puente es consciente de lo que realmente está sucediendo. En lo que a ellos respecta han salvado a los últimos supervivientes del planeta Cathomira. Deberíamos estar de camino a casa a Brysdyn en un día."

"¿Qué hay de los oficiales del puente que lo saben?" Era inconcebible que alguien guardara silencio sobre lo que había ocurrido en la Tierra. ¿Cómo podría alguien ignorar el genocidio planetario? ¿Ascenso o no? "¿Cómo puede Edwen garantizar que nadie hablará?"

"Es más fácil de lo que crees. Todos quieren salvar al Imperio. Gracias a nosotros, habrá una nueva generación de niños nacidos de un mundo de Estrella Blanca, poblando Brysdyn y el Imperio. ¿Cómo puede alguien ver el crimen en eso? La autopreservación es la constante de todas las civilizaciones".

"Sin duda también habrá sobornos para aliviar su conciencia?" El tono de Aaran estaba lleno de acusaciones. "¿Qué conseguiste?"

"Jubilación", contestó Delea sin dudarlo. "He terminado con esto. Le pedí que me dejara ir y el General está de acuerdo".

"¡Comandante, no podemos callarnos sobre esto!" Aaran gritó, incapaz de creer que esta atrocidad iba a quedar impune. "¡Hay gente muerta y les hemos robado a sus hijos! ¡No puedes permitir que esto quede sin respuesta!"

"¡Se acabó, Aaran! ¡Vi el gas matar a ese planeta por miles de millones! ¡Vi cómo la Tierra se detuvo. ¡Lo absurdo de todo esto es que no eliminamos a todo el mundo! Algunos de ellos sobrevivieron a la toxina nerviosa. Entonces, ¿qué hicimos? Enviamos a nuestros pilotos a hacer llover artillería sobre cualquier adulto que quedara. ¿Y si matamos a unos cuantos niños en el proceso? ¿Cuál era el daño? Eran aproximadamente varios millones, así que no nos perderíamos mucho".

Aaran estaba más allá del horror y se las arregló para preguntar, "¿cuántos niños conseguimos?"

"Aproximadamente dos millones. El setenta por ciento de los niños embarcados tienen apenas tres años".

Delea no se refirió a los informes de los hombres y mujeres elegidos para recuperar a los niños. Sabían que lo que habían hecho era por el bien del Imperio, pero el deber les perseguiría el resto de sus vidas. Arrancaron a los bebés que gritaban del pecho de sus padres muertos y sometieron a los niños mayores que lucharon débilmente para evitar que se llevaran a sus hermanos menores. Estas eran cicatrices que durarían por siempre.

"Vine a despedirme, teniente."

"¿Despedirse? ¿Se va?"

"No", el comandante del Starlight agitó la cabeza. "Usted."

La puerta de la habitación de Aaran se abrió para revelar a Edwen y Danten en la puerta de la celda. Con ellos había un contingente de oficiales de seguridad y ellos invadieron la habitación como un enjambre.

"Lo siento, teniente", dijo Delea finalmente antes de salir. No tenía ningún deseo de ver esto. "Si me disculpa, General."

"Retírese, comandante", Edwen le permitió marcharse, entendiendo el conflicto.

El corazón de Aaran se apretó. ¿Iba a ser ejecutado en esta habitación?

"¿Qué está pasando?", preguntó cuando vio a Delea irse. La visión de su comandante saliendo envió una puñalada de miedo a través de su corazón.

La respuesta del General fue una orden ladrada a los guardias de la sala. "Tráiganlo".

El pánico golpeó a Aaran sin previo aviso al ver a los agentes de seguridad que se dirigían hacia él. Intentó pasarlos a toda velocidad y sintió una docena de manos golpeándolo contra la pared, inmovilizándolo. Una vez que fue sometido adecuadamente, fue arrastrado fuera de su habitación, por última vez.

* * *

Aaran fue llevado a la cubierta de vuelo principal del *Starlight* y metido en la bodega de carga de un pequeño transbordador. Una vez que la escotilla se cerró detrás de él, escuchó los sonidos en la parte principal de la nave. Por un momento terrible pensó que el transbordador iba a despegar en el espacio y lo arrojarían al vacío. Asediado por el miedo, golpeó la escotilla de acero, pero nadie prestó atención a su histeria.

Como Aaran temía, el transbordador se lanzó. El viaje duró unas horas y Aaran pasó el tiempo enroscado en una bola, porque, aunque la bodega de carga estaba oxigenada, no tenía control de temperatura. Excepto por él mismo, no había nada más en la bodega con él. Aaran se preguntó si esto era intencional. Quizás Edwen esperaba que la bajada de temperatura lo matara y le ahorrara a su equipo de seguridad el problema.

Desafiante, se negó a permitirse sucumbir al frío. Varias horas más tarde, sintió que la temperatura aumentaba bruscamente en una ráfaga de calor rápido. Sin necesidad de verlo, Aaran se dio cuenta de que el calor repentino venía de una fricción de entrada. El transbordador estaba aterrizando en un planeta. A los pocos minutos de penetrar la capa atmosférica, la pequeña embarcación aterrizó en su superficie.

Cuando la escotilla se abrió de nuevo, sus ojos fueron bombardeados con el brillo de la luz del día. Entrecerró los ojos y trató de concentrarse. El equipo de seguridad lo sacó de la bodega de carga y lo alejó de la nave. Cuando le soltaron, se arrodilló, sintiendo aún los efectos del frío y la repentina iluminación tras horas de total oscuridad.

"Bienvenido a la Tierra", dijo Danten, con Edwen de pie a su lado.

Aaran miró al cielo y vio que era el color azul más nítido que había visto en su vida. Una brillante estrella amarilla brillaba a través de mechones de nubes blancas. No sabía mucho sobre la Tierra, pero Aaran supo inmediatamente que este era un hermoso día en el planeta. La belleza se detuvo cuando su mirada llegó al paisaje.

Estaban en las afueras de una ciudad en ruinas. A lo lejos, podía ver edificios aún en llamas, con marcas de carbonizado en los caminos pavimentados. Los vehículos se habían estrellado unos contra otros y contra los edificios, sus dueños desplomados en la parte delantera de los controles, muertos. Había tantos cuerpos. La carnicería fue peor de lo que se había imaginado en sus peores pesadillas.

"¡Asesinos!" gritó, corriendo hacia el General.

Edwen dio un paso atrás y permitió que Aaran fuese debidamente sujetado por sus hombres. La culata de un rifle se estrelló contra la parte posterior de la cabeza de Aaran y el dolor estalló en su cráneo, poniéndolo de rodillas. Alguien le tiró de la cabeza hacia atrás y le obligó a mirar al General.

"Nunca quise esto para usted, teniente", dijo Edwen sinceramente. "Tenemos tan poco talento en Brysdyn ahora. Odio desperdiciarlo. Esperaba que pudiera entender lo que estamos tratando de hacer. Esperaba que tuviera más visión."

"¿Más visión?" Aaran lo miró con incredulidad. Señaló hacia los edificios en llamas, las casas destripadas, los retorcidos restos de metal y piedra, con todo apestando a muerte. "¿Llama a esto visión?"

"Realmente no lo ve, ¿verdad? ¡Usted ve esto como un asesinato! Yo lo veo como una salvación. Usted mismo me dio lo que necesitaba para tomar mi decisión. Me mostró sus guerras, su total desprecio por la vida, la de ellos mismos y la de las otras especies que habitan el mundo. ¡Me enseñó la hambruna generalizada, la contaminación global y el saqueo de todos los recursos naturales! Si no hubiéramos venido, se habrían destruido de todos modos. De esta manera, al menos, sus hijos tienen un futuro en una sociedad iluminada y benevolente".

"¿Iluminada? ¿Se supone que esto muestra lo mucho mejores que somos que ellos?"

"Todavía no lo entiende. Es la constante en el universo que los débiles sean devorados por los fuertes. Somos los fuertes y lo que hacemos por los supervivientes en el *Starlight*, y las otras naves, es más amabilidad que la que cualquier depredador muestra a una presa caída. Los salvamos para que ellos puedan salvarnos. El Imperio vivirá, así como la Tierra cuando sus hijos se conviertan en nuestros hijos".

Aaran se levantó y se enfrentó a Edwen. "Asesinato es lo que ha hecho, General Edwen de la Élite de Seguridad. Ningún ideal vale eso. Pueden mentirse a sí mismos e inventar cualquier justificación ante el universo para lo que han hecho, pero esa es la verdad, ninguna cantidad de debate va a cambiarlo jamás".

"Señor, ¿debemos seguir escuchando esto? El *Starlight* y el convoy están esperando nuestro regreso", preguntó Danten con impaciencia.

"¡Adelante! ¡Máteme! ¿Qué es un cadáver más en este planeta?"

Edwen lo miró. "No voy a matarle. Ya he derramado suficiente sangre de Brysdyn en mi vida".

En ese momento vio a uno de los hombres de Edwen levantar su arma para disparar. En un destello de luz brillante, sintió que su cuerpo se despojaba de toda conciencia cuando la explosión lo golpeó directamente en el pecho.

Cuando se despertó, una hora más tarde, se habían ido, y también el transbordador. No había señales de ninguno de los dos en el paisaje en ruinas y, con una terrible comprensión, se dio cuenta de lo que le habían hecho. Lo habían abandonado aquí en el planeta Tierra.

Para siempre.

XXV: YOUNG

"Creo que voy a vomitar."

Fue lo único que pudo decir cuando la historia de Aaran llegó a su inevitable conclusión.

Cuando Garryn se embarcó en esta búsqueda esperaba encontrar una conspiración sobre los verdaderos orígenes de los Nuevos Ciudadanos. Nunca en su imaginación más salvaje sospechó que la verdad pudiera ser tan horrible. Por supuesto, no había ninguna duda en su mente de que la historia de Aaran era nada menos que la verdad. Las piezas encajaban demasiado bien con lo que él ya sabía sobre Cathomira y los Soñadores. Las pesadillas tan llenas de violencia tenían sentido e hicieron que Garryn deseara no haber sabido nunca la verdad.

"Lo siento", Flinn no sabía qué más decir. Lo siento no parecía suficiente.

"Vamos", Aaran empezó a caminar. "No deberíamos quedarnos aquí afuera."

Los guio a través de la barricada protegiendo el edificio con su transmisor. También era su casa y la protegía de los intrusos construyendo un camino de acceso a través de la barricada reforzado con malla y alambre de púas. Para los estándares de Brysdyn, las medidas eran primitivas, pero aun así bastante efectivas.

La ciudad alguna vez se llamó San Francisco. Aunque parecía muerta, Aaran les aseguró que era todo lo contrario. Como sospechaba Garryn, la población se había ido bajo tierra en el instante en que vieron el aterrizaje del *Hijo Descarriado*. Para muchos había poca diferencia entre el carguero y los cazas Imperiales que atacaron su mundo veintitrés años atrás.

Aaran había construido su casa dentro de la torre de transmisión para asegurarse de estar cerca de la señal en caso de que llegara un rescate. Ocupaba una suite de habitaciones, a varios pisos de altura del vestíbulo. Ocasionalmente se aventuraba más allá de los límites de la ciudad para explorar el resto del planeta. Encontró que había sobrevivientes por todas partes y que la mayoría de ellos eran niños que se acercaban a la adolescencia. A medida que sus habilidades lingüísticas mejoraban, Aaran los convenció de que era uno de los pocos adultos que sobrevivió a la invasión.

Dejando que Garryn para recobrar la compostura después de lo que le habían dicho, Flinn interrogó más al hombre.

"¿Así que has estado aquí solo todo este tiempo?"

"No. Aunque, al principio, me mantenía aislado porque aún tenía esperanzas de que alguien viniera a buscarme. Realmente creí que no me dejarían aquí para siempre. Cuando me di cuenta de que nadie vendría, intenté hacer lo que pude por los supervivientes. Eran muchos e hice lo que pude, pero la mayoría eran niños, profundamente traumatizados por lo que había pasado".

Respirando hondo, continuó hablando. "Algunos sobrevivieron escarbando y creando su propia sociedad, pero otros son salvajes y violentos. Es por eso por lo que cerqué este edificio del resto de la ciudad.

Tengo una vida aquí, así como una esposa y un hijo. Cuando vi su nave, los envié a un lugar seguro para que me esperaran".

Después de lo que Aaran les había dicho, Flinn pudo entender por qué.

"Los encontraremos y los llevaremos a Brysdyn con nosotros", dijo.

"Hogar", dijo Aaran con un profundo suspiro, sus emociones superándolo por un momento. "Nunca pensé que volvería a verlo."

Volviéndose hacia Garryn, que todavía estaba mirando por la ventana, preguntó en voz baja. "Tú eres uno de ellos, ¿no? ¿Uno de los niños que se llevaron?"

La expresión en la cara de Garryn era suficiente respuesta. "No tengo memoria antes de los tres años. Nos dijeron que veníamos de Cathomira".

El discurso de Edwen sobre la supervivencia del Imperio se reflejó en la mente de Aaran. El amo de la Élite de Seguridad había dado al Imperio una nueva generación de brysdynianos que no tenían idea de que todo lo que sabían de sí mismos era mentira. Durante los últimos veintitrés años había vivido con las consecuencias de las atrocidades de Edwen y rezado para que el crimen del General fuera revelado. Ahora su indignación por haber quedado varado palideció en comparación con el mal hecho a los niños que habían alejado de todo lo que sabían.

Niños como Garryn.

"Lo siento", dijo Aaran en voz baja, "pero ¿cómo encontraste el camino hasta aquí?"

"Fue una corazonada", admitió Garryn, y luego procedió a contarle al ex oficial científico las pesadillas que lo acosaron durante meses, las pesadillas que lo habían llevado a Jonen y al resto de los Soñadores.

"Después de la destrucción del *Asmoryll*, decidí descubrir la verdad por mí mismo. Contraté los servicios de Flinn como piloto comercial y le pedí que me llevara a Cathomira. Una vez que me di cuenta de que todo lo de los Nuevos Ciudadanos de Cathomira era mentira, me arriesgué a que este planeta pudiera ser el que estaba viendo en mis sueños. Es el único sistema que he visitado con una estrella amarilla y fue aquí donde empezaron los sueños".

Garryn estiró su mano tras él y tomó la cadena y el medallón de oro que colgaba de su cuello. Después de quitárselo, se lo dio a Aaran.

"¿Puedes leer esto? Mi madre me dice que llevaba esto cuando llegué a ellos".

Aaran tomó el objeto redondo, de oro, y lo estudió detenidamente. Tras un momento, contestó. "Esto es inglés."

"¿Inglés? ¿Es eso lo que hablan aquí?"

"Es el dialecto nativo de este continente. Como expliqué, este no era un planeta unificado. Se dividían en países con su propio dialecto individual".

"¿Puedes leerlo?" preguntó Flinn, consciente de lo importante que era esto para Garryn.

"Sí, es una inscripción. J. Alexander. Joven. NSW."

Las palabras le sonaban extrañas y no tenían sentido para él.

"¿Podría ser mi nombre?" preguntó Garryn, pensando que era demasiado largo para ser un nombre a menos que fuera la costumbre en este mundo.

"Si entiendo las convenciones de nombres, Alexander sería el apellido. Los nombres de los terrícolas son como los Jynes", miró Aaran a Flinn. "Nombre personal seguido de apellidos en orden. La J inicial es probablemente tu nombre de pila. "

"Alexander". Garryn habló suavemente. La palabra le sonaba extraña. "¿Qué pasa con el resto?"

"No estoy seguro." Aaran continuó estudiando el medallón, "Creo que podría ser un lugar."

"Quizá en ese continente íbamos a aterrizar antes de captar la señal. El que reconociste", le recordó Flinn a Garryn.

"¿Qué continente es éste?"

"Uno localizado cerca del cabo polar sur", contestó Garryn.

Aaran se levantó y desapareció en una habitación contigua. Esta sala era el estudio del hombre y alrededor de sus sillas de cuero había una impresionante colección de viejos libros de papel, mapas y pergaminos. A Garryn no le sorprendió que Aaran hubiera usado su exilio para aprender todo lo que podía sobre este planeta.

Un momento después, el antiguo oficial científico regresó con un libro de cuero tan grande que requería ambas manos para manejarlo. Les hizo un gesto para que fueran a un escritorio cercano y lo abrió de par en par. El tamaño del libro cubría la mayor parte del escritorio. Aaran pasó las páginas amarillas mientras Garryn y Flinn se posicionaban a ambos lados de él. Garryn no tardó en darse cuenta de que Aaran estaba hojeando un libro de mapas. Finalmente, Aaran extendió el libro y mostró los continentes del planeta esparcidos en dos páginas completas.

"¿Cuál es?"

"Ése", Garry lo reconoció inmediatamente.

Señaló el continente situado casi en el borde de la página. En el papel brillante, se parecía mucho más a la imagen en su memoria que a su destello de memoria al acercarse al planeta.

"¿Conoces este continente?" le preguntó Flinn al hombre mayor.

"Sí. Lo llaman Australia."

* * *

Aaran había conocido a su esposa Rachel dos años después de su exilio en la Tierra. Era uno de los pocos adultos inmunes al virus Prothos. A lo largo de los años se había encontrado con otros con una inmunidad natural al gas nervioso, pero Rachel fue la primera. Era la primera vez que veía a otro adulto desde su exilio. La había encontrado entre las ruinas, defendiéndose a sí misma y al creciente número de niños sobre los que había asumido la tutela.

Después de que Rachel le enseñó a hablar inglés, Aaran supo que algunos de los adultos sobrevivientes habían llevado a los niños restantes a lugares desconocidos. Se rumoreaba que salieron de la ciudad hacia el campo, donde se encontraban las principales zonas de producción de alimentos. Rachel había sido maestra de escuela y estaba en su aula con sus alumnos preadolescentes cuando los misiles alcanzaron.

En los años posteriores a su encuentro estos niños también se convirtieron en su responsabilidad y Aaran se alegró de verlos crecer y encontrar sus propias vidas bajo su tutela y la de Rachel. No vio ninguna razón para esconder su pasado a Rachel, porque ella era una mujer inteligente que aprendería la verdad de todos modos. Cuando pudo comunicarse con ella plenamente, Aaran supo que no podría ocultarle nada.

Aaran convenció a Garryn de que Rachel podría encontrar mejor el lugar inscrito en su medallón. Garryn concedió el punto, porque esta "Australia" era un gran continente y, a pesar de los años que Aaran había pasado en este mundo, había límites en su conocimiento. Necesitaban la experiencia de un nativo.

Una vez que regresaron al *Hijo Descarriado* no les tomó mucho tiempo encontrar a la familia de Aaran.

La casa segura era una vivienda ubicada en las verdes colinas de la ciudad con vista al mar. Flinn dejó la nave a cierta distancia para que la familia de Aaran no se asustara. Aunque era imposible ocultar el rugido de los motores de la nave, Flinn era sensible a la necesidad de

Aaran de proteger a su familia. Mientras Aaran y Garryn iban a buscar a Rachel, Flinn permaneció en el *Hijo Descarriado*.

Mientras se acercaban a la casa, Garryn se detuvo y permitió que Aaran siguiera adelante solo. Se puso a cubierto entre las sombras y los arbustos que rodeaban la casa de ladrillo mientras Aaran subía a toda prisa los escalones de la entrada, gritando a su esposa en voz alta. Tan pronto como escuchó su nombre una pequeña mujer de pelo oscuro y ojos castaños profundos corrió hacia los ansiosos brazos de su marido.

Garryn les permitió unos momentos de privacidad antes de salir al descubierto. Rachel reaccionó ante su repentina aparición, pero Aaran rápidamente le aseguró que no había peligro.

"Rachel, este es Garryn," dijo Aaran, hablando en inglés, presentando al recién llegado a su sorprendida esposa. "Él es un brysdyniano."

A pesar de la dura existencia que compartía con Aaran, llevaba bien los años y era una mujer guapa, pensó Garryn. Su pelo negro azabache estaba unido con un cordón de material de colores y ella lo observó con ojos marrones oscuros.

"Hola", le saludó con cautela, aún incierta sobre él a pesar de las afirmaciones de Aaran. "¿Eres de Brysdyn?"

Habló con la habilidad de una niña, pero Garryn quedó impresionado por el esfuerzo.

"Sí. Tú hablas nuestro idioma."

Ignoró la voz regañona que le recordó que el brysdyniano tampoco era *su* idioma.

Le tomó un momento comprender plenamente lo que él le había dicho en respuesta, pero cuando lo hizo, Rachel le devolvió la sonrisa a pesar de su temor. "Gracias. Aaran, buen profesor."

"Como usted, señora", Aaran le guiñó un ojo a su esposa.

La joven que estaba en la puerta mirando el intercambio entre sus padres y el desconocido no dijo nada hasta que fue recordada. Cuando se movió hacia adelante, Garryn vio una figura alta y ágil bajar la escalera con gracia excepcional. A medida que se acercaba, Aaran presentó a su hija con el típico orgullo paterno. "Garryn, esta es mi hija, Hannah."

Al igual que su madre, Garryn reconoció su presencia con un movimiento de cabeza. A pesar de la iluminación de la luna llena, era difícil verla con claridad. Lo que vio le dijo que era una belleza impresionante. Dado que los genes de su madre eran los más dominantes, su cabello era el mismo negro azabache, mientras que sus ojos eran el verde de su padre y su piel era clara como la de su madre, pero tenía un cutis más marfil. Era extremadamente guapa.

"¿De verdad eres de otro planeta?" Hablaba mejor el brysdyniano que su madre, aunque las palabras sonaban extrañas al salir de su boca. Aunque hablaba el idioma, su pronunciación y acento lo hacían sonar más exótico que auténtico.

A Garryn le gustaba como sonaba.

"Lo soy", dijo con una sonrisa y apartó la mirada antes de que sus padres encontraran esto inapropiado. Este no era el momento para distracciones, se regañó en silencio Garryn.

"¿Qué está pasando, Ari?" Rachel le preguntó a su esposo, ahora que era obvio que no estaban en peligro.

"Nos vamos a casa, a Brysdyn", declaró feliz.

Aunque no podía estar seguro de lo que decían, Raquel parecía ambivalente ante la idea de regresar a casa. Garryn no podía culparla por sus dudas. Aaran no había sido tratado justamente por la Élite de Seguridad y su reaparición causaría problemas en el Quórum, especialmente después de revelar su historia. Sin embargo, por el momento, Garryn estaba más preocupado por llegar a Australia.

"Podemos hablar de esto una vez que estemos en la nave", dijo a la familia.

"¿La nave?" Rachel entendió lo suficiente como para mirar a Aaran con incertidumbre.

"Está bien", le aseguró Aaran, tomando su mano en la de él. En ese momento, Garryn vio cuán profundo era el vínculo entre ellos y esperaba que Aaran fuera capaz de disipar sus temores. Para Aaran, Brysdyn era su hogar, pero para Rachel era el mundo cuyos habitantes destruyeron a su pueblo.

* * *

Australia.

Dijo el nombre varias veces durante el corto viaje a través del planeta. Garryn seguía repitiendo la palabra, esperando que desencadenara algún recuerdo oculto. Se aferró salvajemente a la esperanza de que algo surgiera de la niebla en su mente y le diera todas las respuestas que deseaba y, sin embargo, la palabra aún sonaba desconocida. Sonaba casi tan extraño como saber que el nombre de su familia bien podría ser Alexander.

J Alexander.

¿Era J su nombre? Rachel le había dicho que J era parte del alfabeto inglés. Era la abreviatura de otra cosa. ¿Qué? La respuesta estaba enloquecidamente cerca y caminó por la nave durante todo el viaje, ignorando a los demás, concentrándose solo en llegar a su destino. Afortunadamente, Flinn era lo suficientemente conversador como para mantenerlos ocupados hasta su llegada y Garryn estaba agradecido por ello. En este momento, Aaran no tenía ni idea de quién era su salvador, el Primero de Brysdyn. Tales revelaciones podían esperar hasta que llegaran a casa.

Casa.

Como todo lo demás, ya nada se sentía igual. Brysdyn menos aún. Este mundo azul arruinado era el planeta de su nacimiento. Su herencia y su pasado estaban aquí, decayendo tras un acto de horrible insensibilidad. Este mundo era su hogar, incluso cuando estaba luchando contra el impulso de decirle a Flinn que lo llevara a casa a Brysdyn, al mundo que siempre había conocido. Cualquier lugar hubiera servido, siempre y cuando estuviera lejos de la verdad.

Garryn se aisló en la torreta de la artillería para tener un poco de privacidad mientras luchaba con estos pensamientos. Mientras la nave sobrevolaba el planeta a velocidad subluz, fue obsequiado con una vista espectacular de su planeta natal a través de la ventana de plexiglás. La Tierra era un mundo lleno de vida, de grandes y magníficas cadenas montañosas, océanos azules enormes y blancos picos nevados. Era un mundo de numerosos extremos, un crisol para tantos climas diferentes. Las llanuras cubiertas de hielo en un continente, mientras que el siguiente era cálido y seco, con densos cinturones selváticos.

Armada con el libro de mapas de la biblioteca de Aaran, Rachel identificó el lugar exacto donde tenían que ir. Aaran tenía razón cuando dijo que Young era un lugar. Rachel lo había encontrado en el libro de mapas o "Atlas" como ella lo llamaba. Era el nombre de un pequeño pueblo en la costa este del continente. NSW era una provincia lo más cercana posible a su comprensión. ¿Cómo la había llamado? ¿Nueva Gales del Sur?

El continente era como el resto del planeta, un lugar de extremos. Las costas estaban cubiertas de densas selvas. Las nubes calientes y arremolinadas sobre ellas indicaban la densidad del nivel de humedad. A medida que se adentraban en el continente, la selva se fue convirtiendo en tierra de cultivo. Sin embargo, al llegar al centro del continente, el verdor fue reemplazado por un terreno desértico de color rojo. Mientras se acercaban a la superficie, Garryn vio grandes manadas de animales rebotando en el paisaje con una gracia inusual, arrastrando nubes de polvo mientras se movían.

Su estómago se apretó cuando los reconoció. Eran las mismas criaturas que había visto en sus sueños y sabía con total certeza que aquí era donde tenía que estar.

Gracias al Atlas, Flinn supo exactamente adónde iba una vez que introdujo las coordenadas en el ordenador de su nave. Con su habitual habilidad pudo volar directamente a la ciudad.

El *Hijo Descarriado* comenzó su descenso a unos cien kilómetros de la costa. La tierra en la que iban a aterrizar en breve era decididamente rural. Más allá de los límites de la ciudad, los asentamientos eran escasos. Era extraño cómo las comunidades agrícolas siempre se veían iguales, incluso en un mundo tan lejano como éste. Desde arriba, parecía haber muy poca evidencia de la invasión. La vegetación natural se había apoderado de la mayoría de los edificios, reclamándola para la tierra.

La nave aterrizó en el centro de la ciudad. Flinn realizó un barrido de sensores antes de su descenso y no encontró evidencia de vida. Esto no era sorprendente. Las comunidades agrícolas eran entornos duros en el mejor de los casos. Con la pérdida de la población adulta, Garryn no podía imaginar a los niños sobreviviendo por sí solos. Se habrían ido o habrían perecido.

Cuando llegó el momento de dejar la nave, Flinn eligió permanecer en ella, y Garryn no vio ninguna razón para convencerle de lo contrario. Permitió que Aaran tomara la iniciativa cuando dejaron la nave y entraron en el pequeño asentamiento.

Hannah se puso a su lado cuando se dirigieron a la carretera principal que atravesaba la ciudad. En sus días podría haber sido considerada una población en crecimiento, pensó Garryn. Ciertamente parecía haber suficiente evidencia de ello. Los comerciantes locales habían vendido de todo, desde componentes de vehículos hasta textiles y alimentos. Había restaurantes y librerías. Habría sido un buen lugar para vivir, pensó Garryn.

Parecía que en la mañana del ataque el día se perfilaba muy ocupado. La mayor parte de la población había salido a pasear, como lo demostraban los cadáveres en la calle. Los restos esqueléticos yacían a través de las aceras y detrás de las fachadas de las tiendas de vidrio. Varios vehículos se estrellaron contra edificios. Los huesos de los muertos estaban cubiertos de telarañas y polvo, expuestos a los estragos del tiempo.

"¿Estás bien?" preguntó Hannah mientras se acercaba a su lado. Todavía era estridente oírla hablar con ese acento inusual.

"Pensé que te molestaría más ver esto que a mí."

Miró por el oscuro camino pavimentado, con una pizca de tristeza en su cara. "He crecido con todo esto."

"Por supuesto que sí." Garryn se sintió avergonzado de haber olvidado eso. "Estoy tratando de imaginarme viviendo en un mundo que se siente como un cementerio."

"Te acostumbras a ello." Su tono indicaba que no le gustaba hablar de ello, así que él no insistió. En vez de eso, llamó a sus padres. "Nada de esto me resulta familiar."

"Eso no es sorprendente, Garryn," el científico lo miró de nuevo. "Tenías apenas tres años la última vez que estuviste aquí."

"Si es que estuve aquí. Todo el mundo está muerto. No hay forma de saberlo con seguridad."

"Podría haber una manera", declaró Rachel, se separó de ellos y entró en la primera tienda que encontró.

La siguieron mientras pasaba por la puerta, ignorando los cadáveres que había en el suelo acumulando polvo. Garryn hizo un gesto de disgusto ante el olor a moho en el espacio confinado y se preguntó qué era lo que estaba haciendo.

Con cautela, Rachel caminó alrededor del mostrador polvoriento de la tienda y encontró otro cadáver. El esqueleto estaba al otro lado del

mostrador y era probablemente el propietario de este establecimiento. Estaría haciendo negocios cuando llegó el final. Carretes de
material comidos por las polillas estaban esparcidos por la mesa, con
tijeras y tizas para marcar que parecían igualmente desgastados.

Esto era una especie de tienda de ropa, pensó Garryn.

"¿Qué estás buscando?", preguntó.

"Bueno," Rachel rebuscó detrás del mostrador, "si eras de esta ciudad,
entonces tu familia podría estar en la guía telefónica." Ella le explicó
en inglés a su esposo para que él pudiera traducir.

"¿Qué dijo ella?" Garryn miró a Aaran, pero incluso el hombre mayor
parecía igualmente confundido.

Unos segundos después, Rachel se enderezó de nuevo. En su mano
había un grueso libro amarillo con tapas blandas. Estaba cubierto de
telarañas y polvo como todo en el lugar. Agitó el polvo del mostrador
cuando lo colocó en la superficie y abrió las delgadas páginas. Al
hojear las páginas una tras otra, pasaron unos minutos más antes de
que encontrara lo que buscaba y se enfrentara a su marido con una
sonrisa de triunfo.

"Traduce para mí", le dijo a Aaran y empezó a hablar.

Aaran tradujo como se le solicitó. "Garryn. Esto registra el nombre de
todas las personas que tienen un teléfono. Es un dispositivo de comunicación terrestre. Casi todo el mundo posee uno y, si lo hace, su
nombre aparece en este libro. Rachel ha encontrado cinco listados de
Alexanders en este libro".

Aaran se detuvo y le miró. "Uno de ellos podría ser tu familia".

XXVI: JUSTIN

Los tres primeros nombres en la "guía telefónica", como la llamaba Rachel, eran residentes que vivían dentro de los límites de la ciudad. Demostrando ser una guía experta, los llevó a la plaza del pueblo y encontró un mapa para turistas de la zona detrás de los cristales rotos de un tablón de anuncios. Con este Rachel pudo determinar aproximadamente dónde vivían estas personas. A pesar de sus reservas iniciales acerca de involucrar a la familia de Aaran en esta búsqueda privada, Garryn estaba agradecido por la ayuda de Rachel.

Con Aaran traduciendo, Rachel explicó el principio detrás del registro telefónico. Al igual que los registros del censo de Paralyte, se mantenía lo más actualizado posible. A medida que se movían por la ciudad, se dio cuenta de que los aparatos telefónicos casi siempre iban acompañados de los libros amarillos. Quizás este planeta no estaba tan avanzado como Brysdyn, pero para Garryn la Tierra parecía tener potencial. Si no la hubiéramos tocado habría podido ocupar su lugar como tercer miembro de la Alianza de la Estrella Blanca.

El clima caluroso y seco había mantenido todo intacto. Las casas permanecían en pie, aunque algunas habían sucumbido al fuego y a otras calamidades naturales tras los misiles. Caminando por las calles cubiertas de malezas y otra vegetación podía sentir las cálidas olas de aire árido raspando su piel. No había ningún sonido excepto el viento y los suaves cantos de los pájaros en la distancia.

Después de media hora de caminar, habiendo pasado por la casa del tercer Alexander de su lista, Garryn no había encontrado nada útil. Se detuvo en medio de la sala de estar y suspiró profundamente antes de arrepentirse instantáneamente. El aire rancio y húmedo le hizo estornudar y el olor de la habitación le revolvió el estómago. Caminó fuera del lugar, saliendo a la luz del sol, agradecido por el calor después de sentir el frío en ese lugar embrujado.

"¿Estás bien?" preguntó Hannah, preocupada.

Garryn asintió.

"No es aquí", le dijo a Aaran.

"¿Cómo lo sabes?"

Garryn miró fijamente a la casa, sin ver nada que le pareciera familiar. Nada que se pareciera a ese lugar en sus sueños. "Sólo lo sé."

"Según el mapa", dijo Rachel en inglés, confiando en que Aaran tradujera para Garryn, "los otros dos Alexander vivían fuera de la ciudad. Creo que deberíamos tratar de encontrarlos antes de que oscurezca". Sabía que si hubiera sido su familia lo que estaba intentando rastrear esperar otro día sería demasiado.

"Estoy de acuerdo." Garryn asintió una vez que sus palabras le habían sido traducidas. "Aunque deberíamos volver a la nave. Flinn tiene un deslizador a bordo del *Hijo Descarriado*."

"¿Un deslizador?" preguntó Hannah. "¿Qué es un deslizador?"

"Es un transporte terrestre", respondió Aaran antes de Garryn pudiera.

"¿Como un coche?"

Garryn no tenía idea de a qué se referían, pero se dio cuenta de que debían estar hablando de los vehículos que había visto antes.

"Algo parecido."

* * *

"Normalmente no uso el deslizador", explicó Flinn mientras conducía el transporte terrestre fuera de una de sus bodegas de carga. "Pero nunca se sabe cuándo estas cosas serán útiles."

A pesar de lo que Flinn dijo Garryn notó que el deslizador se mantenía en óptimas condiciones. Era un modelo antiguo, pero parecía mantenido con mucho cuidado. La pintura estaba intacta y había una sorprendente falta de polvo para un vehículo que pasaba la mayor parte del tiempo encerrado en una bodega de carga. Garryn sospechaba que Flinn destinaba un esfuerzo considerable al mantenimiento del deslizador y que su afecto por él era mayor del que el piloto les hacía creer.

Normalmente en el deslizador sólo entraban cuatro personas, pero con un poco de esfuerzo, todos ellos fueron capaces de encajar en el vehículo. Rachel se sentó al frente con Flinn y, con la ayuda de Aaran, navegó el deslizador a través del laberinto de caminos que recorrían los límites de la ciudad. El cuarto Alexander vivía fuera de la ciudad y Garryn notó algo extraño una vez que se habían alejado de las avenidas arboladas y de las tranquilas calles suburbanas.

Ya he recorrido este camino antes.

Le vino en un recuerdo tan potente que, por un momento, pudo visualizar que viajaba por la carretera que los alejaba de la ciudad. Por un momento se preguntó si era real o sólo un deseo. Casi podía ver a la gente en el césped, regando sus jardines, lavando sus autos en la entrada y a los niños jugando a la pelota en las calles, siendo reprendidos por sus padres por hacerlo.

No dijo nada a los demás mientras dejaban las casas atrás y el viaje revelaba campo tras campo de hierba larga que lentamente se convertía en un oro oscuro. Mirando el paisaje, distinguió una valla que desaparecía en la distancia. El ganado que esta se suponía debía encerrar no estaba a la vista. Árboles altos con troncos grises los saludaban con sus ramas desnudas. Sus hojas yacían en la base de sus troncos, volando en todas direcciones mientras el deslizador pasaba.

Garryn cerró los ojos y trató de luchar contra las imágenes que pasaban por su mente como una tormenta de pájaros blancos en su cabeza. Su boca y garganta se sintieron secas y Garryn tragó con fuerza, tratando de sofocar el hueco en su estómago.

"Garryn, ¿estás bien?" Hannah notó su palidez.

Le llevó un momento darse cuenta de que ella había hablado antes de que él pudiera responder. "Lo siento. Mi mente estaba en otra parte."

"¿Recuerdas algo?"

Flinn y sus padres, que discutían la ruta más rápida para llegar a su destino, eran ajenos a su intercambio.

"Un poco", contestó, sintiéndose un poco angustiado por lo que estaba viendo. "Sigo viendo cosas. Hay una pared en mi cabeza que me permite ver grietas, pero no todo el cuadro. "

"Entonces debemos estar yendo en la dirección correcta", dijo ella con firmeza, tomando su mano en la de ella. "Debes ser fuerte. Tu mente al menos recuerda este lugar y trata de decírtelo lentamente".

Su perspicacia le recordó por un momento a Jonen. Una ola de dolor se levantó dentro de él por el hombre, pero lo aplastó rápidamente. "Podrías tener razón. Creo que el muro está empezando a derrumbarse cuanto más me acerco al final."

"¡Aquí es!" anunció Aaran.

El deslizador dobló por un camino de tierra fuera de la carretera principal. Cuando salieron de la superficie alquitranada, los motores del deslizador soplaron polvo en el aire mientras subían por una pequeña colina. Una vez que llegó a la cresta y comenzó a moverse cuesta abajo, fueron recibidos por la vista de los campos de abajo.

Garryn vio olas y olas de ondulantes colinas de oro. Los altos tallos de color amarillo intenso eran casi demasiado deslumbrantes como para mirarlos directamente. Sobre el mar de oro había árboles altos con corteza gris y grandes ramas abiertas. En el aire, vio pájaros volando. Se movían demasiado rápido para verlos claramente, pero él podía ver que eran blancos.

Un camino de tierra estaba flanqueado por finas alambradas que corrían a lo largo de la carretera. Mientras continuaban alrededor de una curva pudo ver cómo desembocaba en el terreno de una casa de tamaño modesto. El techo de la casa estaba hecho de acero corrugado y al lado de la casa había un molino de viento. Al menos, eso es lo que le pareció a él. Sus hojas de hierro estaban oxidadas, pero aún se erguía orgullosamente sobre la casa, en silenciosa vigilia.

Una ola de mareos le alcanzó cuando el deslizador se detuvo. Mientras los otros salían del vehículo, Garryn permaneció sentado, tratando de luchar contra las imágenes que se arremolinaban en su cabeza. Este lugar, con su techo de hierro oxidado, su jardín cubierto de vegetación y su aspecto abandonado, abrió algo en su mente. Mientras sus ojos pasaban por encima de la morada, vio destellos de memoria ante sus ojos.

Garryn ni siquiera se dio cuenta cuando salió tambaleándose del deslizador y empezó a correr.

"¡Gar!" Oyó a Flinn llamando en segundo plano, pero lo ignoró.

Cuando pasó corriendo por la casa, vio la pintura descolorida y supo que no siempre había estado en este estado ruinoso.

¡Amarilla! Era una casa amarilla con aleros y canaletas blancas. Colores soleados. ¡Los llamé colores soleados!

A estas alturas estaba en un estado de pánico intensificado. Pasó corriendo junto a algo parecido al columpio de un niño, volcado y casi envuelto en la hierba alta. Otro destello de memoria lo detuvo por un segundo antes de que volviera a correr. Un animal de pelo corto, marrón y negro meneaba la cola mientras perseguía una pequeña bola de colores luminosos.

¡Einy! ¡Einy! ¡Trae pelota, Einy!

Garryn se estaba moviendo de nuevo. Esta vez corrió a través del hueco en la cerca donde una vez había colgada una puerta. Podía ver las líneas corroídas de su estructura apoyadas en el suelo y ocultas por la vegetación. Más allá de la puerta, entró en el campo de altos tallos dorados y vio las colinas a lo lejos. Conducido por instintos que no podía controlar, Garryn sólo sabía que tenía que seguir adelante.

Escuchó el fuerte canto de los pájaros en un árbol cercano y los miró. Le miraron fijamente, sin temerle desde su alta posición. Garryn vio sus plumas blancas y las coronas amarillas en sus cabezas. Una de estas criaturas se agitó y tomó vuelo, navegando por el cielo azul y el sol que empezaba a hacer su descenso hacia la noche.

Dentro de la mente de Garryn, Primero de Brysdyn, la pared finalmente se derrumbó.

* * *

"No te alejes demasiado, Jus."

El niño dejó de correr y miró por encima de su hombro. Se detuvo ante la orden dada, aunque su deseo de seguir adelante seguía siendo fuerte. Se mordió el labio al ver al hombre a corta distancia. Aunque la concentración del adulto ya no parecía centrarse en él y había regresado al gran bovino cuyo pie estaba cuidando, el niño sabía mejor.

Observó al hombre trabajando hábilmente en el casco agrietado del bovino, teniendo el cuidado habitual al limpiar la carne infectada. El hombre se detuvo un momento y limpió las embarazadas gotas de sudor que rodaban por las líneas de su piel. Su cara era una miríada de pliegues, curtidos por el duro trabajo bajo el sol. Sus manos estaban marcadas de forma similar, con las palmas igual de agrietadas y endurecidas después de toda una vida trabajando la tierra.

Una vez que el niño estuvo seguro de que no estaba siendo observado, volvió a mirar hacia adelante, mirando con nostalgia el brillante cielo de la tarde. Podía oler el tenue olor de los campos de trigo cercanos cosquilleando su nariz con su polen seco. El resplandor caliente del sol le hizo entrecerrar los ojos. En el fondo de su mente recordó que se le había dicho que nunca debía mirarlo directamente. El condicionamiento para obedecer esa voz era demasiado fuerte y miró al horizonte.

A su lado, el perro esperaba impaciente. El animal lo rodeó repetidamente, esperando a ver a dónde iría después para que pudiera seguirlo. Agitó la cola con furia, como para expresar su descontento por la interrupción de la caminata. El niño sonrió al ver la larga cola moviéndose de un lado a otro en rápida sucesión, encontrando todo bastante divertido.

"Estoy aquí, papá", contestó, aplacando al hombre que empezaba a moverse de nuevo.

Ante la respuesta, el hombre volvió a levantar la vista. Se ajustó el borde de su sombrero de piel para mantener la luz del sol fuera de sus ojos. "Justin, tú y Einy quédense donde pueda verlos."

"¡Sí papa!" La vocecita respondió mientras el niño corría a corta distancia y el hombre seguía trabajando, levantando la vista periódicamente para vigilar el paradero del niño. En ese momento, el niño no estaba tan lejos como para que el hombre considerara volver a llamarle.

El chico estaba lanzando una pelota al aire. El orbe amarillo cubierto de fieltro navegó por el aire mientras el perro corría tras él en persecución. Corrió a través de las largas briznas de hierba y encontró el balón rápidamente antes de volver corriendo a su joven amo. Era un juego simplista, pero ni el niño ni el perro parecían cansarse de él.

"¡Cógelo, Einy!" El niño se rio mientras volvía a lanzar la pelota hacia adelante, haciendo que el animal corriera. Recuperó el juguete y volvió fielmente a él.

Einy el perro desapareció en el follaje mientras la pelota volaba en el aire de nuevo. Su movimiento a través de la alta hierba fue señalado por un rasposo crujido mientras buscaba la pelota. Mientras el perro buscaba el juguete, el niño volvió a mirar al cielo, entrecerrando los ojos mientras el sol brillaba en su cara y en sus ojos. Por el momento no estaba seguro de que estuviera viendo algo fuera de lo común, si podía estar seguro de lo que significaba lo común en su limitada experiencia.

Parecían pájaros, las formas oscuras que se movían por el cielo a la velocidad del rayo. Sabía lo que eran los aviones, pero se movían sin la linealidad del vuelo convencional. Había fluidez en sus movimientos, una gracia que sólo pertenecía a los habitantes del cielo. ¡Las formas parecían los pájaros más grandes que había visto en su vida! Volaban rápido y hacían un ruido fuerte al acercarse. Sólo cuando volaron por encima de él se dio cuenta de que no eran pájaros en absoluto. Tampoco parecían aviones. La verdad sea dicha, se parecían más a algo que había visto en la televisión. De repente, sintió una chispa de reconocimiento. Parecían uno de sus juguetes.

"Buzz Lightyear", murmuró. ¡Parecía un juguete que él tenía en su casa!

"¡Buzz Lightyear!" Esta vez gritó, señalándolos.

El adulto miró hacia arriba en este punto, siguiendo la dirección del dedo índice del niño. Incluso a pesar de que ninguna de las dos naves hacía movimientos hostiles, era suficiente como para hacer que el adulto se pusiera de pie abruptamente. El niño seguía hipnotizado por las dos naves que se movían rápidamente y no las asociaba con el peligro, todavía no. La potencia de esos motores rompió la serena quietud del aire y aceleró el acercamiento del granjero.

El hombre mantuvo sus ojos en las dos naves alienígenas y vio cuando dividieron la formación para volar en dos direcciones opuestas. Uno se movió en un bucle clásico y comenzó a descender al suelo a gran velocidad, el otro se dirigió directamente hacia ellos. Con sus sentidos internos sacudiéndose, el hombre olvidó las dos naves y miró a su alrededor buscando a su hijo.

La nave estaba a menos de mil metros de él cuando empezó a disparar. Rayos mortales de energía de plasma golpearon la tierra, enviando polvo y escombros al aire con cada ráfaga. Los disparos encendieron la hierba seca y rápidamente prendieron fuego al suelo. El hombre simplemente miró incrédulo durante un momento, intentando lidiar con lo que estaba pasando. Sin embargo, el humo y el fuego lo motivaron a moverse.

"¡Justin! ¡Quédate donde estás!"

"¡PAPÁ!"

Su vocabulario no se extendía más allá de una docena de palabras, pero su terror se articulaba en ese grito. Congelado en el lugar, el niño comenzó a llorar más fuerte al ver al hombre que se acercaba. Permaneció donde estaba, agachado en la hierba, asustado por los ruidos fuertes y el humo que se elevaba. El perro tiraba de la camisa del niño, tratando de incitarlo a salir de este peligroso lugar, sin que su cola se moviera más.

El hombre estaba corriendo más rápido ahora, sin preocuparse por su propia seguridad. Todo lo que le importaba era llegar a su hijo antes que el fuego o las explosiones mortales de energía. A sólo unos pocos metros de su hijo, él era ajeno al hecho de que no era el niño quien estaba en peligro de muerte. De repente hubo una explosión de sonido y el hombre pensó, por un breve instante, que se había caído. Solo cuando sintió una exquisita agonía sospechó lo peor, pero no tuvo más tiempo para reflexionar sobre esa pregunta antes de morir.

"¡PAPÁ!"

El niño corrió hacia adelante, aún de rodillas, hacia la forma muerta de su padre. Las naves en las nubes se habían alejado y el niño no se dio cuenta de *adónde iban. El perro le siguió tranquilamente y lloriqueó, reconociendo el hedor de la muerte en el aire. Lo entendió mejor que el chico.*

"¡Papá, despierta!" lloró, arrodillándose contra su padre muerto y sacudiéndolo con sus pequeñas manos. La sangre que manchaba sus manos le hizo retroceder un poco, pero el chico estaba más allá de toda preocupación.

"¡Justin!"

El niño reaccionó instantáneamente al ser llamado por su nombre. La voz se elevaba sobre el rugido del fuego y los animales chillones que huían del campo en llamas. Detrás de él, el perro había empezado a ladrar, desgarrado entre su instinto natural de correr y su lealtad a su joven carga.

"¡Justin! ¿Dónde estás, bebé?"

La mujer subía corriendo por la colina, viniendo desde la dirección de la casa. Corrió sobre la colina, luchando entre el humo y el calor que subía. A estas alturas, densas nubes de humo habían empañado la mayor parte del paisaje, pero ella seguía viniendo, ignorando los nocivos humos. Los ladridos del perro se volvieron más frenéticos, lo que le permitió identificar la ubicación del niño. Donde estaba el perro, el niño no estaría lejos.

"¡Justin!", gritó de nuevo.

Su voz se estaba volviendo más desesperada, más llena de miedo que nunca. Miró al aire y vio que regresaba una de las naves. La otra ya había aterrizado en algún lugar cerca de la casa. La nave que aún estaba en el aire se acercaba a ella, lo que hizo que la mujer corriera más rápido, tratando de mantenerse por delante de ella.

Seguiría corriendo. Correría hasta el último momento. Nunca encontraría al niño, porque su visión estaba demasiado oscurecida por el humo y las lágrimas. En sus últimos pasos, ella comenzaba a toser porque sus pulmones requerían oxígeno fresco y no podía encontrar ninguno debido al humo.

La nave se abalanzó para un último pase disparando una ráfaga de energía de sus cañones. En ese último segundo, cuando se dio cuenta de que no esca-

*paría, que no volvería a ver a su hijo, soltó un angustioso grito de deses-
peración.*

"¡HUYE JUSTIN! ¡HUYE!"

*El niño la vio venir, igual que había visto a su padre correr hacia él poco
tiempo antes. Vio desaparecer la esperanza con una ráfaga de plasma y
gritó cuando vio su cuerpo caer al suelo. La fuerza del rayo la había hecho
caer de espaldas y él escuchó el asqueroso chasquido del hueso al golpear el
suelo.*

"¡Mamá! ¡Mamá!" Empezó a llorar.... "¡Mamá!"

XXVII: CASA

Cuando abrió los ojos se encontraba de rodillas.

Era extraño, porque no recordaba haber caído. Lo que sí recordaba era una visión de dolor que deseaba no haber descubierto nunca. En la fría luz de la conciencia, Garryn sintió lágrimas corriendo por su cara. Por fin, recordó. Sabía quién era.

Mirando la hierba que tenía debajo, el furioso fuego en su cabeza disminuyó y Garryn empezó a sollozar en silencio. La verdad siempre había estado dentro de él. Su mente se quedó con los recuerdos, a pesar de sus años de ausencia. En sus sueños era capaz de acceder a ellos, aunque entendía poco de lo que había visto. Todo lo que se necesitaba para que esos recuerdos salieran a la superficie era un simple acto.

La vuelta a casa.

Al hacerlo, ahora recordaba a ambos. Su madre y su padre. Recordaba estar sentado al sol, viendo a su madre alimentar a los animales, con su pelo dorado rebotando en sus hombros. Los recuerdos que tenía eran pocos, pero algunos, como éste, eran vívidos. Había tenido un perro cuyo nombre nunca pudo pronunciar, así que terminó llamándolo Einy. Su pelaje era marrón y negro en parches y era su compañero constante. Cuando llegó el momento de recordar a su padre, sus sollozos se volvieron más angustiosos.

Recordó un gran escritorio. Recordó que se sentaba en él mientras su padre trabajaba en los papeles. El globo terráqueo estaba al borde de la mesa y él seguía dándole vueltas. Le gustaba ver los colores borrosos mientras se movía como un trompo. Su padre levantó la vista y le sonrió antes de colocar una mano sobre el globo terráqueo para evitar que se moviera.

"Aquí es donde estamos", explicó su padre, señalando el continente en el globo terráqueo.

Garryn parpadeó, alejando el recuerdo. No quería mirar a la cara todo ese dolor. En ese momento, le bastaba con recordar. Lidiaría con su dolor cuando estuviera solo.

Hannah se paró detrás de él y Garryn también vio claramente las cosas allí. Ella se preocupaba por él. Él no sabía por qué, pero ella se preocupaba por él, este extraño que acababa de entrar en su vida hace unas horas. Eso, también, tendría que ser tratado más tarde. Se puso en pie. A pesar de su angustia, sabía qué hacer.

"Gar", dijo Flinn primero. "¿Estás bien?"

Garryn se limpió las lágrimas de la cara y asintió lentamente. "Viviré".

Se apartó de ellos y miró al horizonte, al sol poniente.

"Esta era mi casa. En algún lugar allá afuera", señaló con un gesto a los oscilantes tallos de la larga hierba, "están mis padres". Tragó con fuerza, sin darse cuenta de lo difícil que era decir esas palabras. "Murieron aquí afuera. Fueron atacados por combatientes de Brysdyn. Uno aterrizó para atraparme y el otro los mató a los dos desde el aire".

"Dioses", susurró Flinn, pero Aaran y su familia no dijeron nada. Ellos ya conocían esta historia.

"Nos vamos", dijo Garryn abruptamente. "Tengo lo que vine a buscar. Es hora de irse. Aaran, tú y tu familia son bienvenidos a unirse a nosotros."

Escuchó la vacilación del hombre y se detuvo. Garryn se dio la vuelta para ver a Aaran hablando con su esposa. Hannah también fue incluida en la conversación y durante unos minutos hablaron en la lengua nativa. Garryn les dio el tiempo para decidir, sabiendo que esto no era una decisión tan obvia como parecía. A pesar de lo duro que había sido este mundo para Aaran, había sido su hogar durante los últimos veintitrés años. Pero para lo que Garryn estaba a punto de embarcarse cuando regresara a Brysdyn, necesitaría al antiguo oficial científico.

"Siempre pensé que, si podía elegir, me iría inmediatamente", respondió Aaran. "Ahora que llega el momento, no sé qué hacer."

"Aaran", dijo Garryn suspirando. "Necesito que vuelvas a Paralyte conmigo. Necesito que testifiques ante el Emperador."

"No lo sé..." Aaran empezó a decir.

"Aaran, yo soy el Primero."

Los ojos de Aaran se abrieron de par en par conmoción. "¿Eres el hijo de Iran?"

"Mi madre, Lady Aisha, contrajo el Azote. Tampoco podía tener hijos. Fui adoptado cuando tenía tres años y he sido, durante los últimos veintitrés años, el presunto heredero del trono de Brysdyn. Desde que vi esa estrella amarilla en el cielo, no he soñado con nada más que este lugar". Dejó que su mirada se extendiera por la llanura antes de volver a mirar a Aaran. "Solicito tu presencia en Brysdyn, Aaran, pero esto no es una orden. Te lo estoy pidiendo".

Aaran respiró hondo al darse cuenta de lo que Garryn intentaba hacer. "Edwen sigue vivo, ¿no?"

Garryn no tenía que responder. La mirada que devolvió a Aaran fue más que suficiente.

"Vas a ir tras él."

Garryn asintió lentamente. "No tengo ni idea de lo que voy a hacer, todavía, pero hay que responder por lo que le pasó a este mundo."

Pensó en todos los otros Soñadores cuyas pesadillas eran probablemente interpretaciones de lo que les sucedió cuando fueron tomados. Recordó a Nikela, la más joven de los Soñadores, que tenía visiones de haber nacido. ¿Cómo se lo tomaría sabiendo que fue sacada del cuerpo de su madre después de haber sido cortada como una fruta madura? ¿Cómo podría alguno de los Nuevos Ciudadanos soportar saber lo que se hizo?

Las pesadillas eran una cosa, ¿pero quería que ellos también sufrieran a causa de este terrible conocimiento?

Garryn no tenía respuesta a eso, pero Edwen necesitaba pagar por lo que le hicieron a la Tierra.

"Necesito tu testimonio, Aaran. Necesito que te pares ante el Quórum y le digas al Imperio lo que sabes. Este mundo merece justicia y necesita ayuda. No sé mucho sobre la Tierra, pero sí sé que quizás la Tierra podría haber ayudado a Brysdyn. No había necesidad de hacer lo que él hizo. No había necesidad de que la gente muriera."

Vio la expresión de preocupación en la cara de Rachel y rápidamente añadió. "Una vez que hagamos lo que tenemos que hacer, te llevaré a la Tierra o a cualquier otro lugar al que quieras ir."

Aaran se volvió hacia su esposa y relató las palabras de Garryn. Su cara se iluminó inmediatamente y se dirigió a él con su limitado vocabulario. "Intentaremos ayudarte."

Mientras que había dudas en la cara de Rachel, la de Hannah mostraba ansiedad. Garryn suponía que, habiendo crecido en este devastado planeta, la oportunidad de abandonarlo era una perspectiva emocionante. Por alguna razón, quería mostrarle Brysdyn.

"Hice algunas reparaciones en la nave después de nuestro encuentro con la nave de guerra", anunció Flinn. "Ella está lista para irse cuando tú lo estés."

"Quiero irme pronto", contestó Garryn, antes de que su mirada se dirigiera a la casa más allá de la puerta. "Sólo hay una cosa que necesito hacer primero."

* * *

A pesar del fuego en los campos circundantes, la casa estaba intacta.

El jardín y el césped encerrado tras la cerca alrededor de la casa estaban ahora cubiertos de maleza y pasto. Garryn sabía que una vez había sido sólo tierra. Había dos entradas principales a la casa, pero era la puerta trasera la que estaba abierta de par en par. La puerta de tela metálica se balanceaba hacia adelante y hacia atrás en el viento cuando Garryn quitó las telarañas y pasó a través de ella.

Había mucha luz dentro de la casa, porque las cortinas estaban desgastadas y muchas de las ventanas estaban rotas. Entró en lo que parecía ser la cocina. Los platos permanecían en el fregadero seco y oxidado. Todavía había platos en la mesa del comedor, cubiertos de rastros de comida, podridos mucho tiempo atrás. Flashes de recuerdos le vinieron mientras entraba en la habitación. Se podía visualizar sentado en esta mesa con las dos personas que ahora sabía que eran sus padres.

No era una casa terriblemente ostentosa. No había sedas finas ni tapices caros. No había un estilo de vida lujoso aquí, sólo la simplicidad de una existencia rural de gente nacida para trabajar la tierra. Escuchó ruidos en el techo y adivinó que era probable que la vida silvestre nativa se hubiera establecido en el espacio de arriba. El mobiliario era ecléctico y había sido elegido por personas que querían algo más que un lugar para vivir. Habían querido hacer un hogar.

Se detuvo junto al mantel y sintió como su bota rompía algo bajo sus pies. Garryn miró hacia abajo y vio un marco de madera rodeado de cristales rotos. Levantando el pie de los fragmentos aplastados, vio la esquina de algo que se asomaba por encima del borde del marco. Garryn se inclinó para investigar. Al girar el cuadro, se quedó sin aliento. Garryn se encontró mirando un pedazo de papel cuadrado. Era una foto.

Una pareja estaba sentada en un gran diván, pero no el mismo que estaba en la casa. Se preguntó brevemente dónde había sido tomada. Estaban sonriendo alegremente y mostrando, con gran orgullo, a su hijo, que estaba sentado en el regazo de su padre. El niño miraba a ambos padres, con una expresión de alegría en la cara.

Garryn no se dio cuenta de que estaba llorando hasta que vio la primera salpicadura de lágrimas en el papel. Rodó rápidamente por el borde y fue seguida por otra. Garryn secó la lágrima, enojado por su falta de control sobre sus emociones. Él era el Primero. Debería tener más moderación.

Aquí no. Aquí no eres el Primero. Solo eres Justin Alexander, y has vuelto a casa.

Garryn se mordió el labio, dejando que el dolor agudo lo centrara. Apartó su mirada de la imagen, pero no la descartó. En cambio, la volvió a colocar sobre el mantel donde había estado por muchos años. Esta casa era suya ahora y, algún día, la reclamaría. Pero primero, tenía negocios en Brysdyn. Esas dos almas muertas que yacían en el sotobosque más allá de la casa exigían justicia.

Les debía eso. Tenía que hacerlo por ellos y por los miles de millones que murieron para salvar a Brysdyn.

* * *

Para cuando regresaron a la nave el sol se estaba desvaneciendo del cielo. La temperatura había bajado considerablemente y Garryn estaba agradecido de estar de nuevo adentro. Había demasiados fantasmas aquí. Aunque no se les veía, su presencia se podía sentir. Sus voces podían ser imaginadas en el espeluznante silencio de las ciudades desiertas y en el viento frío que se movía a través de sus huesos expuestos.

Estuvieron en el aire en menos de una hora. Aunque habían pasado años desde que se había embarcado en cualquier tipo de viaje espacial, Aaran no tuvo dificultad en acostumbrarse a ello de nuevo. Su esposa veía el viaje con inquietud, considerando que era de una especie que aún no había experimentado un viaje espacial. Hannah, por otro lado, estaba llena de emoción por su primer viaje fuera del planeta.

Garryn permaneció en la torreta de la artillería. Necesitaba la soledad. Se estaba enfrentando a muchas cosas y quería un poco de tiempo para pensar en lo que vendría después. Por mucho que quisiera contarle a los Soñadores lo que había encontrado, también tenía miedo de destrozar sus vidas, ya que la suya estaba ahora en ruinas. Estaba dividido entre el mundo de abajo y la vida que había dejado atrás en Brysdyn. ¿Cómo podrían los dos volver a reconciliarse?

"¡Garryn, ven aquí!" Finn gritó a través del comunicador.

Cuando el *Hijo Descarriado* entró en el espacio sobre el planeta, Garryn saltó de su silla y corrió al puente, temiendo por qué Flinn lo estaba llamando tan ansiosamente. Al entrar en la cabina del piloto, vio lo que el resto de los pasajeros del *Hijo Descarriado* estaban mirando. La pantalla holográfica reveló la imagen, no sólo de la nave de guerra que habían paralizado, sino también de un acorazado clase dreadnought junto a ella.

Los acorazados dreadnoughts brysdynianos estaban totalmente blindados con un escudo de tritio reforzado, capaz de resistir múltiples detonaciones de torpedos. Su dotación de cazas era mayor que la de una nave de guerra estándar y podían hacer un agujero en un planeta si así lo deseaban. Aunque carecían de la velocidad de las naves de clase más reciente, su capacidad de combustible les permitía desgastar al enemigo en una persecución. Dado que Brysdyn ya no se embarcaba en campañas expansionistas, las dreadnoughts ya estaban obsoletas.

Quizás obsoleto, pensó Garryn, pero más que capaz de borrar esta nave del cielo.

"Es el *Ojo del Dragón*", explicó Garryn, reconociendo este acorazado en particular. "Es la nave de Edwen."

"¿Edwen?" Aaran declaró, mirando instintivamente por la ventana de la cabina, tratando de ver la nave, a pesar de que estaba escondida detrás de la luna del planeta en ese momento.

"Supongo que decidió que esto requería su atención personal", dijo Garryn con severidad.

Tan pronto como pronunció esas palabras, vio aparecer en la pantalla una multitud de pitidos electrónicos. Eran tantos y se les acercaban tan rápidamente que era imposible contar su número. Flinn estimó que había más de veinticinco. Probabilidades de veinticinco a uno. Garryn era bueno, pero no sabía si era *tan* bueno. Respirando hondo, trató de pensar en opciones. Desafortunadamente, no se le ocurrió ninguna.

"¿Podemos dejarlos atrás?" Aaran preguntó primero.

Garryn y Flinn intercambiaron miradas.

"De ninguna manera", contestó Flinn hoscamente. "No por mucho tiempo, de todos modos. No puedo permitirme quemar mi combustible antes de ir al hiperespacio".

"Empezaría de todos modos", contestó Garryn, saliendo de la cabina. "Trataré de mantenerlos a raya todo lo que pueda. Trata de mantenerte delante de ellos."

"No tienes que decírmelo dos veces", replicó Flinn y miró a sus otros pasajeros. "Asegúrense, está a punto de ponerse difícil. ¡Aquí vienen!"

Garryn vio la flotilla de naves emergiendo de detrás de la luna en fino creciente naciente dirigiéndose hacia ellos. Eran tantos, pensó Garryn. Su número llenaba el espacio entre el planeta y la luna. A pesar de ellos mismos, ninguno de los dos podía negar el escalofrío de miedo que sentían al ver las naves acercarse a ellos a toda velocidad.

"¡Están rompiendo formación!" Garryn declaró mientras se aferraba al asiento de Hannah para evitar que caerse.

El apretado patrón de naves comenzó a romperse, dividiéndose en grupos de tres, yendo en persecución desde todas direcciones. Un pequeño grupo se dirigía hacia el planeta y tanto Garryn como Flinn reconocieron la táctica por lo que era. "Nos están cortando el paso. ¡No nos van a dejar volver a la atmósfera!"

"¡Ve a la torreta! ¡Yo me encargaré del vuelo!"

Garryn no necesitaba más indicaciones; salió corriendo de la habitación.

De repente el casco se estremeció con la primera ráfaga de fuego enemigo. La nave se sacudió en protesta y las dos mujeres gritaron asustadas. Recuperándose en un instante, Flinn aumentó la potencia del propulsor a los motores principales. Tenían que mantenerse por delante de este grupo porque le tomaría tiempo trazar el curso hacia el hiperespacio y todavía estaban demasiado cerca de un cuerpo planetario para hacer el intento.

"No hay naves de guerra detrás de la luna", dijo Aaran mientras miraba fijamente al escáner. Había pasado mucho tiempo, sin duda, y aunque no era tan experto en tecnología como antes, Aaran sabía cómo interpretar la lectura de un escáner.

"¿Qué quieres decir? ¡Están justo ahí!" Flinn respondió y volvió a la pantalla. Sin embargo, cuando se volvió a mirar, se dio cuenta de que Aaran tenía razón. Ambas naves se habían ido. Esto significaba...

Miró hacia delante justo a tiempo para ver el *Ojo del Dragón* emerger desde detrás del planeta y cortarles el paso. La inmensidad de la nave casi bloqueaba la vista desde la ventana. El *Hijo Descarriado*, llevado por la fuerza de su propia velocidad, se dirigía rápidamente hacia la gran nave y el atraque sería cualquier cosa menos suave.

"¡Sube!" Oyó a Aaran gritar en el fondo. "¡Sube!"

XXVIII: ACORAZADO

Garryn se estrelló contra el costado de su asiento. Su hombro le dolía a pesar de los asientos acolchados. Debajo de él, sintió al *Hijo Descarriado* girar bruscamente a estribor. Sujetándose, su silla giró con el movimiento de su cuerpo mientras colocaba sus manos sobre los controles de disparo y buscaba a su objetivo. Había más que suficientes naves en persecución para hacer la selección más fácil.

Garryn disparó a la parte más gruesa del grupo, tratando de desorganizar su formación. El cielo se incendió cuando uno de sus relámpagos de energía encontró su marca. Pero por cada uno que destruía, parecía haber otro que se acercaba cada vez más. Siendo realistas, sabía que eventualmente atraparían a la amada nave de Flinn, a menos que pudieran saltar al hiperespacio.

Cuando la nave se inclinó abruptamente, Garryn pudo ver lo que causó que Flinn cambiara de dirección tan drásticamente. El *Ojo del Dragón* se deslizó frente a su ventana. Flinn llevó la nave a un bucle cerrado, tratando de poner cierta distancia entre el *Hijo Descarriado* y el acorazado. En el proceso, la nave voló de frente hacia un contingente de cazas. El carguero dispersó la formación más efectivamente que el esfuerzo anterior de Garryn.

Garryn utilizó la interrupción momentánea que Flinn le había dado para disparar a las naves enemigas en rápida sucesión. El cielo se iluminaba con cada nave que explotaba hasta que sus ojos comenzaron a nublarse por todas las brillantes bengalas. El espacio que los rodeaba se llenó de escombros y pedazos de metal en llamas que se extinguían rápidamente en el vacío.

De repente, el *Hijo Descarriado* dio un giro brusco hacia arriba y comenzó a subir de manera empinada. Garryn fue arrojado contra su silla, sus dedos arrancados de los controles.

"Qué diablos..." empezó a gritar en este auricular cuando miró a través de la ventana y vio la *Warhammer*.

A pesar de los daños en su puente, seguía disparando sus cañones principales y un impacto directo habría vaporizado el pequeño carguero. Con una sensación de derrota, empezó a entender lo que Flinn ya debía haber deducido.

Habían caído en una trampa.

El acorazado y la nave de guerra los habían flanqueado. Quedaron atrapados en el medio, incapaces de alcanzar la velocidad suficiente para saltar al hiperespacio, no con los cazas siguiendo cada uno de sus movimientos. Los cazas igualaron la velocidad de Flinn porque podían repostar y sabían que él no. Pronto estaban alrededor del *Hijo Descarriado* y era mérito de Flinn el hecho de que aún estuvieran vivos. Pero no podrían resistir mucho tiempo.

"Flinn", dijo en voz baja en sus auriculares.

"Estoy un poco ocupado ahora mismo, Gar."

"Envía una señal de socorro", contestó Garryn.

Escuchó una pausa repentina.

"¡Aún no hemos terminado!", insistió el jynes, negándose a rendirse.

"Lo sé. Hazlo de todos modos."

"Es imposible. ¡Nos están interfiriendo! Nunca lograremos enviar un mensaje a la estación de Erebo. ¡No a tiempo para ayudarnos! Espera un momento..." La voz de Flinn se desconectó por un momento. Hubo segundos de susurros indescifrables en los auriculares antes de que Flinn volviera a hablar.

"Muy bien, Gar, voy a enviar un mensaje a Erebo porque el viejo tuvo una buena sugerencia. Voy a hacerlo a través de la señal de onda portadora."

Fue un golpe de genio. Había tantos satélites en órbita alrededor de la Tierra que la señal podía provenir de cualquiera de ellos. Incluso entonces, estaba seguro de que a nadie se le ocurriría buscar una transmisión que viniera de esa frecuencia. Tendrían que enviar un mensaje claramente brysdyniano, capaz de despertar el interés de Erebo lo suficiente como para descifrarlo.

"Hazlo", contestó. "Hazlo antes de que sea demasiado tarde."

Flinn no tardó mucho en enviar el mensaje. El mismo se envió sin problemas, sin ser detectado por el acorazado o la nave de guerra. En cualquier caso, la persecución estaba llegando a su fin y todos lo sabían. El *Hijo Descarriado* maniobraba a través del mar de naves más pequeñas en su intento de escapar, sólo para encontrarse cara a cara con las dos naves de guerra más grandes que los mantenían encerrados.

Cuando Flinn ladeó el *Hijo Descarriado* para que pasara por encima del acorazado, el carguero de repente se sacudió violentamente y comenzó a perder velocidad. Todo lo que no estaba atornillado en la nave voló por los aires. Garryn fue empujado violentamente contra su asiento mientras la nave se estremecía a su alrededor. Según sus sensores, la nave seguía a su máxima velocidad, pero, al mirar por la ventana del dosel, era evidente que el *Hijo Descarriado* ya no avanzaba.

Se estaba moviendo hacia atrás, hacia el *Ojo del Dragón*.

Liberándose de su asiento, Garryn salió corriendo del cubículo. La nave temblaba con fuerza y Garryn se preguntó cuánto tiempo más Flinn intentaría liberarse. El rayo tractor que los atrapaba tenía mucho más poder que el *Hijo Descarriado*. Flinn no podía seguir forzando los propulsores de esa manera o la nave se destrozaría a sí misma. Podía sentir el gemido de la nave mientras la tensión aumentaba en su superestructura.

"¡Flinn, apágalo!" gritó, entrando en la cabina.

"¡Nos matarán!"

"Tú nos matarás si no apagas el motor. Sabes tan bien como yo que la nave no puede soportar este tipo de exigencia por mucho tiempo. ¡Se va a romper!"

Garryn vio cómo el desafío en los ojos de Flinn se evaporaba en resignación. Sin importar cuánto odiara admitir la derrota, no podía negar las palabras de Garryn. Si seguía tratando de liberarse, lo único que se desharía sería su amada nave. Podía oír el incesante estruendo por toda la estructura, indicando lo cerca que estaba del punto de ruptura. El casco empezaría a doblarse en algunos lugares si no actuaba ya mismo.

"¡Escúchalo!" Gritó Aaran.

"¡Muy bien! Estoy apagando." A regañadientes, comenzó a apagar los motores, aliviando la tensión de la nave a medida que ésta se desaceleraba con un leve gemido. Dentro de la cabina las luces se atenuaron hasta casi la oscuridad. El ánimo dentro de la habitación era sombrío y nadie hablaba mientras la nave continuaba su viaje hacia el *Ojo del Dragón*. Muy pronto el espacio a su alrededor fue reemplazado por las puertas del hangar del acorazado.

"¿Por qué no nos destruyen? preguntó Rachel. Su compostura se hizo añicos y enterró su cabeza en el hombro de su marido, llorando. Garryn deseaba no haberlos sacado de su existencia segura y anónima en la Tierra.

"Nos quieren vivos", contestó Garryn, aunque la verdad podría estar más cerca de que lo quisieran vivo a *él*.

"¿Estás seguro?"

Garryn respiró hondo y cruzó miradas con Flinn. "No lo sé. Simplemente no lo sé."

* * *

Era difícil no sentirse abrumado por el tamaño del *Ojo del Dragón* mientras se los tragaba enteros.

De hecho, lo único en lo que Garryn podía consolarse era en el hecho de que Edwen los quería vivos por alguna razón. Si Edwen los hubiera querido muertos, podría haberlos hecho volar por los aires fácilmente.

El carguero fue arrastrado a través de las puertas principales de la bahía de acople del *Ojo del Dragón*. Una vez que la nave había pasado por la abertura, las puertas se deslizaron hasta cerrarse tras ella con un fuerte ruido sordo que reverberó por todo el *Hijo Descarriado*. Rachel y Aaran estaban acurrucados juntos, mientras que el brazo de Hannah de alguna manera había encontrado su camino alrededor de la cintura de Garryn. Flinn miró fijamente hacia delante, aun negando que el enemigo se lo hubiera llevado.

No por primera vez, Garryn deseaba no haber permitido que ninguno de ellos se involucrara en esto. ¿Valía la pena pagar el precio de todas estas vidas por la verdad?

"Podríamos intentar despegar de nuevo", sugirió Flinn mientras la nave descendía a la bahía de aterrizaje. En el exterior, la presurización había comenzado a tener lugar. No pasaría mucho tiempo antes de que los sistemas de soporte vital permitieran la entrada de tropas en la zona.

"Nunca llegaríamos lo suficientemente lejos como para escapar. El rayo tractor nos alcanzaría", contestó Garryn cansado. "Ahora mismo, tendremos que ver como viene la mano. Edwen tiene algo bajo la manga."

"Para ti, tal vez", contestó Flinn, mirando a su alrededor. "El resto de nosotros somos prescindibles."

Garryn también lo sabía. "Esperemos que no".

Aaran estaba sosteniendo a Rachel cerca, pero levantó la vista y añadió. "Seguramente el resto de la tripulación no se quedaría mirando cómo mata al Primero. Las cosas en Brysdyn no pueden haber cambiado *tanto* como para permitir que ocurriera".

Garryn tuvo que admitir que era un punto interesante. Edwen podría ser el jefe de la Élite de Seguridad, pero en ausencia del Emperador, incluso Garryn lo superaba en autoridad, incluso en la Élite de Seguridad. La gente de la Élite era un grupo de fanáticos, pero también muy patrióticos. Era difícil de creer que se quedarían de brazos cruzados y lo verían cometer traición.

"Tal vez no lo sepan", sugirió Flinn, expresando los pensamientos tácitos de Garryn.

"¿No puedes decírselo?" preguntó Hannah.

"No sé si eso serviría de algo", dijo Garryn con escepticismo. "La mayoría de ellos no tienen ni idea de cómo soy. Me temo que mi carrera pública comenzó recientemente, en mi Ascensión. Además, ¿quién lo creería? ¿El Primero viajando en un carguero disparando contra naves de Brysdyn? Si no lo viviera, yo tampoco lo creería".

"Cierto", asintió Flinn de acuerdo.

"Hay una forma en que puedo confirmar mi identidad", consideró Garryn sus opciones, queriendo darle a Aaran y a su familia un poco de esperanza. "Pero para hacerlo, necesito llegar al puente, y dudo que Edwen lo permita."

"Puede que tengamos suerte", contestó Flinn.

Tal y como iban las cosas, Garryn no creía que la suerte estuviera de su lado.

* * *

"Pasajeros del carguero *Hijo Descarriado*, Registro No. 33432, están violando el Código Imperial S152-A relativo a los viajes planetarios. Ustedes no han presentado un plan de vuelo correcto y también han violado la restricción impuesta al planeta Theran 3. También han sido acusados de la muerte de ciudadanos Imperiales. Por favor, desembarquen de su nave inmediatamente o prepárense para ser retirados por la fuerza".

"¡Están tratando de justificar todo esto porque no tengo un maldito permiso de viaje!" exclamó Flinn en una mezcla de sorpresa y asco.

"¿Por qué no? En lo que a ellos respecta, es verdad. Violamos el espacio restringido yendo a Cathomira y luego aquí. Nos resistimos a sus intentos de detenernos y les disparamos. ¿Qué más va a decirles Edwen?"

"Este tipo es más aceitoso que una babosa de Sekerun", contestó Flinn.

"Nunca sabrás cuánto", susurró Aaran en voz baja.

Después de una breve discusión llegaron a la conclusión de que probablemente era mejor que salieran de la nave por propia voluntad. Las tropas de la Élite de Seguridad no eran conocidas por sus buenos modales y, en ese momento, Garryn no quería darles una razón para herir a nadie. Hasta cierto punto, podía estar seguro de su propia seguridad, pero no podía decir lo mismo de Flinn o Aaran y su familia. Flinn era un piloto comercial que apenas operaba dentro de la ley. A los ojos de Edwen, nunca se le echaría de menos. Lo mismo podría decirse de Aaran y su familia, cuya existencia era aún más tenue.

Garryn salió primero. Bajó por la rampa extendida de la escotilla principal del *Hijo Descarriado* con las manos en alto, mostrando que estaba desarmado. Aunque tenía muchas ganas de llevar un arma, sabía que podía interpretarse como un gesto hostil y Garryn no quería provocar a las tropas para que hicieran nada precipitado. Convencer a Flinn requirió un gran esfuerzo, pero finalmente el piloto tuvo que reconocer la sensatez del acto.

Una vez que estuvieron en el piso de la cubierta, el oficial a cargo hizo un gesto a las tropas para que los detuvieran. Mientras las tropas de la Élite se apiñaban a su alrededor, el oficial que se acercó a Garryn, reconociéndolo como el líder. El oficial miró a la cara a Garryn. Su frente se frunció en una momentánea confusión al ver algo que podría haber visto antes, pero que no era capaz de ubicar. Sacudiendo el pensamiento de su mente, esperó pacientemente mientras se colocaban esposas alrededor de todas sus manos.

"Lleva a los otros al calabozo", le dijo a uno de los soldados. "El General quiere ver a este personalmente." Sus ojos se encontraron con los de Garryn.

"¿Confío en que mis compañeros seguirán vivos mientras estoy en audiencia con el General?"

"No puedes confiar en nada", dijo burlonamente el hombre. "No estás en posición de exigir nada." Se giró bruscamente sobre sus talones y comenzó a moverse. "Tráiganlo".

Garryn sintió un fuerte pinchazo en su hombro y fue impulsado a moverse por el soldado que estaba de pie detrás de él. Garryn comenzó a caminar hacia la puerta, reacio a dejar a los demás. Pero sabía que tenía pocas opciones en el asunto. Miró por encima del hombro a Flinn y a los demás.

"Flinn, mantén la calma."

"¡Sin hablar!" El soldado que estaba detrás de él gruñó.

Garryn no dijo nada más, pero vio a Flinn asentir lentamente a la petición. Al lado de Flinn, Hannah se aferraba a su madre, ofreciéndole todo el apoyo que podía. Ambas le miraron fijamente con una mezcla de miedo y anhelo. La expresión de Aaran era simplemente ilegible. Cuando Garryn fue sacado de la habitación, rezó para que esta no fuera la última vez que los viera.

* * *

Lo guiaron a lo largo de la nave. Si el *Ojo del Dragón* había parecido enorme desde fuera, parecía interminable por dentro. La nave era una colección de pasillos retorcidos y con giros que conducían a una docena de cubiertas, varios salones y una vasta serie de habitaciones y compartimentos. Por extraño que parezca, Garryn no veía muchos miembros de la tripulación. De alguna manera era difícil creer que una nave de este tamaño pudiera operar con menos de una tripulación completa, a menos que las naves de clase dreadnought hubieran sido recientemente reacondicionadas para su automatización parcial.

De repente se le ocurrió a Garryn con un destello de claridad que estaba siendo intencionalmente mantenido fuera de la vista. Su ruta a Edwen era a través de las cubiertas de ingeniería y mantenimiento, donde el tráfico de la tripulación sería mínimo. Quizás Edwen era consciente del riesgo que estaba corriendo al hacer esto. Si se supiera que había tomado prisionero a Garryn, sería culpable de alta traición.

Los aposentos de Edwen estaban situados en la sección de estribor de la nave. La entrada a la suite del General estaba custodiada por dos centinelas de la Élite de Seguridad que flanqueaban la puerta. Su escolta fue rápidamente despedida y Garryn fue llevado a través de las puertas por los guardias que lo abandonaron una vez que había entrado en la habitación.

La habitación era más grande que la cabina del oficial al mando. Incluso para un acorazado, el espacio dentro de la habitación era lujoso en comparación con otros que había visto antes. Garryn adivinó que esta había sido una vez una sala de conferencias o algo similar antes de que Edwen la hubiera destripado para hacerla suya. A pesar de su tamaño, su mobiliario no era nada fuera de lo común y parecía militar estándar. La decoración parecía draconiana, como el propio Edwen.

"Saludos, Primero."

Detrás del escritorio de cristal, vio a Edwen sentado, esperando. El ayudante, Danten, si Garryn recordaba correctamente, estaba de pie junto al General.

Garryn mantuvo la calma, aunque había una parte de él que quería arrancarle el corazón a Edwen a la luz de lo que había aprendido en la Tierra. En vez de eso, eligió caminar casualmente hasta el sofá cercano y sentarse. Este no era el momento de permitir que sus emociones lo abrumaran. Edwen quería información y Garryn necesitaba negociar por la vida de sus compañeros.

"Saludos, General."

Edwen se puso en pie y miró a Danten. "Trae un refresco al Primero".

Sin cuestionar, el Mayor caminó hacia el aparador de la esquina de la habitación y comenzó a servirle a Garryn una bebida de una jarra de cristal. Garryn no pudo evitar sentir lo absurdo de la situación con toda su forzada civilidad. Sólo después de que le sirvieron, Edwen finalmente habló.

"Ha sido una persecución agradable, ¿no?" Se sentó en la silla frente al sofá.

"Sí, lo ha sido. Tengo que admitirlo, incluso para ti esto es increíble."

"Supongo que Aaran te ha informado de la situación. Francamente, esperaba que estuviera muerto, pero siempre fue tan decidido".

Garryn no le preguntó a Edwen cómo sabía lo de Aaran. El hombre probablemente había visto toda su llegada a bordo de la nave. "Me dijo lo suficiente y yo mismo descubrí algunas cosas."

"Debes entender, Garryn", explicó Edwen, impresionado por la moderación mostrada por el joven y preguntándose cuánto tiempo duraría. "Hace 23 años, el mundo natal estaba al borde de la extinción. No hay Imperio si Brysdyn ya no existe. Casi el noventa por ciento de nuestra población había sido esterilizado por La Cura. No teníamos futuro. No podía permitir que eso pasara. El Imperio tenía que subsistir."

"No cuestiono tus motivaciones", contestó Garryn, sorprendido por su propia comprensión de las intenciones de Edwen. No tenía la intención de ver el lado de su enemigo, pero también era brysdyniano, sin importar dónde hubiera nacido. "Amo a Brysdyn tanto como tú, pero no puedes creer que nuestra gente hubiera tolerado esto. Somos un pueblo guerrero y no hay honor en una guerra así. Nadie en Brysdyn, no importa cuán desesperada sea la necesidad, habría justificado lo que has hecho".

"Estoy de acuerdo." Edwen asintió con una calma enloquecedora. "Un verdadero patriota debe hacer cosas por su mundo sin importar lo doloroso que sea. Hice lo necesario para evitar que Brysdyn se desangrara hasta morir. Los frutos de lo que logré están a nuestro alrededor. Los Nuevos Ciudadanos volvieron a darle al Imperio la vida que tanto necesitaba. Nosotros, a su vez, les dimos el universo. Han conocido vidas que estaban siglos más allá de sus comienzos primitivos. Tú más que nadie deberías entender eso."

"¿Quieres decir por ser el Primero?" Dijo secamente Garryn. "¿Crees que me da consuelo saber que algún día seré Emperador? Ni siquiera puedo cerrar los ojos sin ver a mis padres volar en pedazos delante de mí". Sus sentimientos empezaron a aparecer entre las grietas de su comportamiento helado, pero a Garryn no le importaba en ese momento. "Discúlpame si no soy de lo más amable."

"Sí, tu padre me habló de tu problema", contestó Edwen, no afectado por el arrebato de Garryn. "Explicó tu asociación con el Mentalista."

Su actitud enfureció a Garryn. "¡No tenías que matarlo! Intentaste destruir todas las pruebas de lo que hiciste en la Tierra y aún no tienes idea de por qué, ¿verdad? ¡No puedes comprender cuánto de esto ya está fuera de tu control!"

Edwen parpadeó, quizás sintiendo un poco más de lo que debería. "Brysdyn no está preparada para tal verdad. La gente está feliz y contenta. El Imperio es más fuerte ahora que nunca. La Élite de Seguridad fue creada para proteger la soberanía del gobierno de Brysdyn y su supervivencia dependía de la infusión de sangre nueva. Créeme, no tomo lo que hice a la ligera, Primero, pero entendí que era necesario hacerlo por el bien de todos nosotros. Los guerreros deben nacer para defender el Imperio."

"¿Guerreros?" Garryn lo miró con incredulidad. "¿Realmente crees que cumpliste con algún antiguo código guerrero? Envenenar a todo un mundo para robar a sus hijos no es el camino del guerrero. ¡No me importa lo mucho que el Imperio necesitaba ser defendido! No estoy solo, Edwen. Tu hija también sueña. El Mentalista al que te refieres tan despreocupadamente estaba tratando a docenas de nosotros. Están saliendo de su sueño por todo Brysdyn. ¿Qué piensas hacer? ¿Asesinarlos también?"

"Basta", dijo Edwen heladamente, mirando a Garryn con un veneno similar. "Esperaba que lo entendieras. Incluso tras haber ido al planeta. Sabes tan bien como yo que, en la guerra, los sacrificios son necesarios. Tomé una decisión, salvando nuestro Imperio a costa de un insignificante planeta."

"¡Excepto que era mi planeta!"

"Tal vez lo fue, alguna vez", contestó Edwen, "pero ya no más. ¡Eres tan brysdyniano como yo y tienes una responsabilidad con el pueblo que te ha elegido para ser su Emperador! ¿Los destruirás con lo que sabes?"

"Haré lo correcto", contestó Garryn, pero por dentro no estaba tan seguro. A pesar de su indignación, las palabras del general llegaron a su destino.

"Entonces haré lo que debo. No permitiré que destroces a Brysdyn. Incluso si eso significa sacrificar a nuestro próximo Emperador".

XXIX: ESCAPE

Una vez que ordenó a los centinelas que quitaran al Primero de su presencia, Edwen se bebió todo el contenido de su hasta entonces intacta bebida de un solo trago. El fino sabor del coñac no mejoró mucho su estado de ánimo. Por mucho que se justificara en nombre de Brysdyn, nada le haría sentirse cómodo al asesinar al futuro jefe de estado. Pero ¿qué era una muerte más después de todas las demás?

Edwen se preguntaba en qué momento la vida se había vuelto tan barata para él.

"Habla".

Danten estuvo presente durante todo el intercambio, pero se mantuvo en silencio, como siempre, en segundo plano. De hecho, ahora que lo pensaba, Danten había estado muy callado últimamente.

"¿De verdad va a hacer que lo maten?"

"¿Tiene un ataque de conciencia, Mayor?"

Edwen evitó la mirada de Danten mirando el fondo de su vaso, como si el contenido restante le ofreciera comodidad.

"No, señor, sólo deseaba poder haberle convencido."

"Está enfadado y lleno de rabia, sin mencionar que me desprecia absolutamente. Nunca creí realmente que pudiéramos convencerlo, pero ¿quién podría prever que el regreso al planeta despertara todos sus recuerdos?

Edwen pensó en Kalistar. Garryn dijo que ella también soñaba. ¿Con qué estaban plagadas sus noches? Para su vergüenza, nunca había pensado en preguntarle si había algún problema cuando regresó a casa en Brysdyn. Por otra parte, ella conocía su punto de vista sobre los Mentalistas y probablemente pensó que era mejor permanecer en silencio.

"Cómo..." Danten intentó hablar, pero las palabras se le atascaron en la garganta. Cuando encontró su voz, lo intentó de nuevo. "¿Cómo se hará?"

"Lo colocaremos a él y a sus compañeros dentro de su nave". Era como si un extraño hablara con su voz y cometiera traición con cada palabra. "Su nave saldrá del *Ojo del Dragón* y, una vez que esté en órbita alrededor del planeta, la volaremos del cielo."

"¿Puedo hablar con franqueza, señor?"

Edwen se volvió hacia él, levemente sorprendido. No era una petición que Danten hacía a menudo. A pesar de sus años de servicio juntos, Edwen tenía muy poca idea de cómo se sentía el hombre sobre la mayoría de las cosas. Danten obedecía sin cuestionar y mantenía sus consejos para sí mismo.

"Adelante".

La apariencia del general inquietó a su leal sirviente. El jefe de la Élite de Seguridad, siempre en control, ahora parecía desgastado y cansado. Más que nunca, Edwen se parecía ahora a un anciano canoso, incapaz de hacer frente a las cargas de su puesto. Verlo de esta manera hizo que Danten dudara, pero ya era demasiado tarde para retirar la petición.

"¿Cómo le explicaremos esto al Emperador? Dijo que lo sabía todo. Si Garryn aparece muerto de repente, seguramente el Emperador sabrá que somos los responsables".

"Por supuesto que sí", asintió Edwen. "Afortunadamente, durante nuestra última reunión, he aclarado nuestra posición. Si toma represalias porque le quité la vida a su hijo, entonces se arriesga a exponer a Brysdyn a la verdad sobre los Nuevos Ciudadanos. Iran no es lo suficientemente fuerte para sobrevivir al caos que esto causará en el Imperio. Apenas sobrevivió a la anarquía durante el Azote. Creo que el Emperador sabe que ni siquiera un niño es un sacrificio demasiado grande para Brysdyn."

Danten no dijo nada. Cuando él era el joven y ambicioso ayudante, su camino estaba claro. Estaban salvando a Brysdyn de una muerte lenta. En esos días, rara vez se quedaba despierto en la noche, pensando en las decisiones de su vida. La juventud hacía que uno se sintiera invencible. Ahora la juventud se había ido, y la experiencia le había dado una mayor comprensión de lo que habían hecho. Cuanto más reflexionaba sobre lo que había más allá de la muerte, más convencido estaba de que un poder superior lo haría responsable de sus acciones.

Garryn tenía razón. El control sobre este oscuro secreto estaba más allá de ellos ahora. Los Soñadores estaban despertando por todo el Imperio y, tarde o temprano, lo recordarían. Por mucho que el General necesitara creer que lo que estaban haciendo era por el bien de Brysdyn, Danten lo sabía mejor. Esto había dejado de ser sobre Brysdyn hace mucho tiempo. Se trataba ahora de salvar sus pellejos y de salvar a la Élite de Seguridad.

Por primera vez en su vida, el Mayor Danten comenzó a preguntarse si realmente valía la pena salvarla.

* * *

"¿Eres realmente el Primero?"

La pregunta lo tomó desprevenido. Mientras Garryn miraba por encima de su hombro al guardia haciendo la pregunta, se preguntó si su otro acompañante estaba igual de sorprendida. Eran dos de ellos, vestidos con el oscuro uniforme de la guardia privada de Edwen, con caras escondidas detrás de la placa frontal de sus cascos, llevándolo de vuelta a los demás.

"Lo soy".

Excepto ellos, el corredor estaba desierto, manteniendo el secreto de su presencia a bordo de la nave. Se preguntó cómo planeaba Edwen deshacerse de él y de los demás.

"¡Cállate!" El otro guardia ladró enfadado.

"Vamos, Yarn. Oíste al General llamarlo Primero".

Su voz traicionó su incertidumbre. Tenía que ser un recluta relativamente nuevo de la Élite de Seguridad, decidió Garryn. Un soldado de la Élite experimentado nunca pensaría en cuestionar a sus superiores, sobre todo al General.

"Tal vez deberíamos pensar en esto..."

"¡DIJE QUE TE CALLES!" Yarn lo cortó antes de que pudiera decir algo más.

"¡Yarn! ¡Si este es realmente el Primero, estamos cometiendo alta traición!"

"¡Somos la Élite de Seguridad! Si el Primero amenaza a Brysdyn, entonces es un enemigo. ¡Hiciste el juramento! ¡Ya lo sabes! ¡Ahora termina con esto!"

El guardia se quedó callado y parecía que la rebelión temporal había terminado. Continuaron un poco más a lo largo del pasillo. Luego, sin avisar, se detuvo abruptamente y se giró para mirar a su camarada. El otro hombre apenas tuvo un segundo para registrar lo que estaba sucediendo antes de que apretara el gatillo. El disparo golpeó al viejo oficial de la Élite de Seguridad en el centro, lanzándolo contra la pared. Cayó al suelo hecho una bola, su armadura ardiendo de calor.

Quitándose el casco de la cara, le mostró a Garryn lo joven que era. No podía tener más de veinte años, con piel oliva y ojos marrones.

"¿Cómo puedo ayudarlo, Primero?" Preguntó en voz baja, su voz indicando lo abrumado que estaba por sus propias acciones.

"¿Cómo te llamas?" Garryn no perdió tiempo con la oportunidad que se le presentó y rápidamente recuperó las armas de Yarn.

"Nyall", contestó, dudando en añadir su rango después de lo que acababa de hacer.

"Nyall, gracias por lo que has hecho. Sé que no puede haber sido fácil."

Nyall se encogió de hombros. "Usted es el Primero. No me alisté para dejar que le mataran, sea cual sea el juramento que haya hecho. Pero ¿y ahora qué, señor?" Este paso impulsivo no venía con ninguna idea de cómo proceder a continuación.

Garryn consideró sus opciones antes de recurrir a Yarn. "Tenemos que esconderlo. No quiero que suene una alerta general hasta que llegue al calabozo. ¿Hay algún lugar donde podamos ponerlo por el momento?"

"Hay compartimentos de mantenimiento a lo largo de todos los pasillos de esta cubierta. Será un poco apretado, pero creo que podremos meterlo ahí".

"Bien. Hagámoslo", contestó Garryn impaciente, deseoso de ponerse en marcha. De hecho, era un pequeño milagro que nadie hubiera pasado todavía. Grande como era la nave, Garryn creía que no pasaría mucho tiempo antes de que alguien descubriera lo que habían hecho. Tenía una idea de cómo podrían escapar, pero necesitaba llegar primero a Flinn y los demás.

Llevaron a Yarn por el pasillo rápidamente antes de empujarlo dentro de uno de los compartimentos de los que habló Nyall. Entró justo, con todo el equipo de limpieza ya almacenado, pero la puerta cerró sin problemas.

"¿Sabe adónde se llevaron a la gente que vino a bordo conmigo?" preguntó Garryn mientras se alejaban a toda prisa del compartimento.

"A menos que el General haya dicho lo contrario, asumo que fueron llevados al calabozo."

Garryn lo había pensado. "Bien, entonces ahí es donde vamos."

* * *

La próxima vez, Flinn, vete.

Flinn se dijo esto repetidamente durante el tiempo que pasó sentado en el pabellón con sus compañeros, a punto de ser ejecutado. Aunque sabía que nunca habría abandonado a Garryn si hubiera tenido que hacerlo todo de nuevo, aun así, se sentía mejor al pensarlo. Era mejor que volverse loco pensando en una forma de escapar de su jaula.

Sus compañeros estaban en un tormento similar. Aaran y Rachel estaban acurrucados en una de las literas. Habían permanecido en la misma posición desde que fueron colocados dentro de esta celda y Flinn no vio razón alguna para molestarlos. Mientras que Aaran tenía una mirada de resignación, el terror de Rachel era claro. Por un instante, Flinn olvidó sus propios problemas lo suficiente como para sentir pena por la pobre mujer que, hasta hoy, ni siquiera había salido de su casa, y mucho menos de su planeta. Ahora parecía que el viaje le costaría la vida a Rachel.

Hannah estaba en mejor estado. No mostraba su miedo, si no que ocupaba su mente estudiando todo muy de cerca, aunque no hubiera mucho que ver en su celda. Se dio cuenta de que eran los únicos prisioneros en el calabozo. Todas las demás celdas estaban vacías.

Estaban encerrados por un muro de energía que daba al pasillo. Al final de este había un centro de operaciones donde tres guardias y un oficial de comunicaciones los vigilaban. Con frustración, Flinn se dio cuenta de que no había posibilidad de escapar sin ser visto.

"¿Cómo lo llevas?" preguntó Flinn, acercándose a Hannah. Le agradeció al creador que los guardias le hubieran dejado quedarse con su traductor para que al menos pudiera hablar con ella.

"Bien", dijo ella, tratando de sonreír, pero no lográndolo del todo. En ese momento, Flinn se dio cuenta de que tenía miedo, pero lo ocultaba mejor que su angustiada madre. "¿Crees que Garryn siga vivo?"

"Creo que sí", contestó Flinn con un suspiro. La verdad es que no tenía ni idea de si el Primero estaba muerto o no.

"Nos matarán, ¿verdad?"

La aceptación de este hecho hizo que Flinn deseara poder mentir, pero no la insultaría al hacerlo. "Creo que sí".

"Mi padre me contó historias de Brysdyn toda mi vida", dijo, mirando al anciano que sostenía a su madre. "Siempre quise verlo. Sonaba tan bonito. Me aseguré cuando me enseñó a hablar brysdyniano de aprender todo lo que pudiera, así, si llegaba a ir allí, no sonaría como una extranjera. Hice parte del camino, supongo."

Flinn no sabía qué decirle. El traductor hizo que todo lo dicho fuera inteligible, por lo que no pudo decir con certeza si su fluidez en brysdyniano era genuina o no. Afortunadamente, no tuvo que responder, ya que su atención se vio interrumpida por la apertura de las puertas principales del bloque de celdas. Garryn apareció, muy aliviado. El Primero parecía ileso cuando fue escoltado a la habitación por otro guardia.

Garryn escaneó rápidamente la habitación, registrando las celdas hasta que encontró a sus compañeros. Una vez que se encontró con la mirada de Flinn, el piloto vio el alivio en los ojos de Primero.

"Creí que eran dos", dijo Flinn a uno de los guardias.

"El oficial Yarn fue llamado."

Algo estaba pasando, pensó Flinn.

Era muy mala práctica quitarle el guardia a un prisionero tan importante como Garryn, especialmente mientras lo escoltaban al calabozo. Flinn lo sabía y estaba seguro de que los otros guardias también lo sabían. Antes de que se pudiera decir algo más, Garryn cayó de repente de rodillas y su escolta abrió fuego. Para asombro de Flinn, Garryn también sacó un arma y disparó a los demás guardias sorprendidos.

Los rayos de energía rebotaban en las paredes y volaban en todas direcciones. Uno impactó en la pared exterior de su celda, apenas errándole al panel de la puerta.

"¡Cúbranse!", ordenó. Flinn se retiró a la pared más alejada de la celda, agarró a Hannah y ambos se metieron debajo de una mesa mientras el tiroteo continuaba afuera.

La puntería de Nyall era mortalmente precisa y mató a dos guardias con un disparo cada uno. Garryn quedó impresionado, pero tuvo poco tiempo para comentar, ya que tuvo que esquivar el camino de un rayo perdido. Reaccionó rápidamente, disparando al oficial de comunicaciones que corrió hacia la terminal de comunicaciones para pedir ayuda. El hombre se sacudió espasmódicamente después de que el disparo de Garryn lo golpeó en el pecho. Cayó sobre el panel de comunicación, casi muerto.

"Primero!" Oyó gritar a Nyall.

Garryn levantó la vista para ver al último guardia que le apuntaba. Instintivamente, Garryn salió rodando del camino mientras el perno pasaba por al lado de su oreja, impactando en el suelo de acero a unos centímetros de él. Sin perder tiempo, Garryn volvió a disparar su arma y lo envió volando hacia atrás por la fuerza del impacto. El hombre golpeó el suelo con fuerza y Garryn oyó hueso rompiéndose contra el revestimiento de acero de la cubierta.

"¿Está usted bien?" preguntó Nyall, corriendo hacia él.

Garryn asintió y se puso de pie. "Estoy bien. Ve a asegurar la puerta. Traeré a los otros".

El centinela asintió y se volvió hacia la puerta mientras Garryn avanzaba por el pasillo. Flinn y Hannah salieron de su escondite detrás de una mesa volteada cuando Garryn se acercó a la celda.

"Me alegro de verte de una pieza", dijo Flinn con una sonrisa mientras Garryn desactivaba la puerta.

"Igualmente", dijo Garryn, agradecido de que todos estuvieran ilesos.

Hannah no se contuvo tanto y arrojó sus brazos en un abrazo de felicidad. "Estábamos preocupados por ti", dijo ella antes de soltarlo, con las mejillas enrojecidas.

"Tuve una ayuda inesperada", señaló Garryn a Nyall. "¿Están todos bien aquí?"

"Sí", asintió Aaran con el brazo alrededor de Rachel. "¿Viste a Edwen?"

"Lo hice, pero te contaré más tarde. Ahora mismo, tenemos que salir de aquí."

Flinn ya se dirigía hacia uno de los guardias para conseguir un arma. Habría preferido la suya, pero había sido confiscada poco después de que se los hubiesen llevado. Al darse cuenta de que su fuga estaba lejos de estar asegurada, Flinn también tomó el rifle del hombre muerto y se lo colgó por encima del hombro.

"¿Qué sigue?", le preguntó a Garryn, una vez que el Primero presentó al grupo a Nyall. Flinn esperaba que Garryn tuviera algún plan para escapar, porque que el diablo se lo lleve si él lo tenía.

"Bueno", dijo Garryn, recobrando el aliento. "Tengo una idea..."

* * *

La situación se estaba deteriorando rápidamente.

Después de la reunión del General con el Primero, Danten tuvo la impresión de que Edwen ya no estaba de humor para tener compañía. El mayor se retiró al puente del *Ojo del Dragón*. No sólo le daba la oportunidad de ver el espacio desde el puente, sino que también le permitía vigilar a los nuevos talentos. La reputación de la tripulación del puente del *Ojo del Dragón* les precedía.

Hoy la nave funcionaba con una tripulación esquelética. Algunos de sus oficiales se habían transportado a la *Warhammer* para ayudar después de la destrucción a su puente. Sintió una punzada de pérdida por saber que la comandante Neela estaba entre las bajas de la lista.

Aunque el comandante Jemyn le había ofrecido la silla de mando mientras estaba en el puente, Danten rechazó la oferta. Solo quería ver la Tierra en silenciosa contemplación. El tercer planeta había cambiado poco, apareciendo tan iridiscentemente hermoso como lo había sido hace veintitrés años.

"Mayor Danten", Jemyn de repente se le acercó por detrás.

"¿Puedo hacer algo por usted, comandante?"

"Parece que hemos perdido contacto con el calabozo."

Danten se giró bruscamente. "¿Qué quiere decir?"

Jemyn, que tenía casi su edad, pero se le notaba más, se movió incómodamente. "No podemos contactar a ninguno de los guardias de servicio."

El Primero. La sospecha surgió instantáneamente en mi mente. "Envíe un destacamento allí inmediatamente."

"Ya está hecho".

Danten entendió por qué Jemyn se le había acercado. El cobarde no quiso ser el que le dijera al General que había una posibilidad de problemas con sus prisioneros. Jemyn no tenía idea de quién estaba encarcelado en su calabozo, aparte del hecho de que los prisioneros habían violado el espacio restringido. Frunciéndole el ceño en desaprobación, Danten pasó junto a él y se dirigió al panel de comunicación más cercano.

"¿Qué pasa?"

"General", dijo Danten, respirando hondo. "Puede que tengamos un problema."

XXX: INCENDIO

La nave se movía silenciosamente por el espacio.

Su disputa esperaba a lo lejos, orbitando el mundo azul alrededor del cual se enterraban tantos secretos. Aunque no era tan grande como el acorazado al que se estaba preparando para enfrentarse, era sin duda más maniobrable que su homólogo más grande. Sus constructores querían diseñar una nave con la fuerza y presencia de un acorazado, junto con la maniobrabilidad de una fragata.

Se llamaba la *Estrella Blanca* y era la primera de los destructores de clase Ravager.

En la actualidad, la *Estrella Blanca* tenía el prestigio de ser la nave elegido por el Emperador cuando viajaba. Si bien sus funciones se limitan principalmente a las misiones diplomáticas, se le exigía, no obstante, que estuviera preparada para el combate en todo momento. Para este viaje, la *Estrella Blanca* estaba capacitada para hacer ambas cosas.

Había partido del espacio de Brysdyn apenas una hora después de que el *Ojo del Dragón* se apresurase a partir. Siendo la nave del Emperador, la *Estrella Blanca* siempre estaba a la espera para partir en caso de alguna crisis. Poco antes de que el *Ojo del Dragón* dejase el mundo natal, el Emperador había abordado la nave sin avisar y había dado órdenes de persecución.

A lo largo del viaje mantuvo su anonimato manteniendo una discreta distancia detrás del acorazado. La tripulación estaba convenientemente intrigada por la misión clandestina, pero nadie se atrevió a preguntarle al Emperador de qué se trataba.

* * *

"¡Sigue adelante! ¡Sigue adelante!" Gritó Flinn por sobre el sonido del fuego de las armas.

Una docena de tropas de la Élite de Seguridad estaban detrás de él en la persecución con sus pistolas disparando. El corredor era una zona de muerte de rayos de energía entrecruzados que rebotaban en las paredes. Más adelante, protegido la esquina que giraba a la derecha, Nyall cubría la aproximación de Flinn, disparando a la parte más gruesa del grupo que se acercaba. Manteniendo la cabeza baja, Flinn dobló rápidamente la esquina, dándole un respiro a Nyall y proporcionando él una cobertura similar al exsoldado y a los demás para que escaparan.

A pesar de la táctica, el mero número de perseguidores le indicaba al capitán espacial que no podría permanecer ahí por mucho tiempo.

Su piel aún ardía por las brasas que podía sentir en su ropa de cuando las explosiones de energía golpearon el casco y produjeron chispas que rebotaron en la cubierta. El humo de tantas armas disparando se propagaba por el pasillo, haciendo cada vez más difícil ver cuántas tropas estaban en persecución.

"¡Vete!" Flinn gritó y siguió disparando ahora que había ocupado el lugar de Nyall en la esquina.

Aaran y su familia los estaban esperando a la vuelta de la esquina. Con Nyall uniéndose a ellos, ahora podían encontrar una ruta alternativa a la cubierta de vuelo donde se guardaba al *Hijo Descarriado*. El soldado corrió hacia delante y se aseguró de que el pasillo que iban a tomar para llegar a la cubierta estuviera despejado, guiando a la familia antes de apresurarse a regresar por Flinn. Sorprendentemente, Nyall encontró que el piloto era muy hábil para reducir el número del último grupo de tropas que intentaba recapturarlos. Sólo pudo ver a dos de sus antiguos camaradas disparándole a Flinn.

"¡Vamos!", dijo, tirando del brazo de Flinn.

Flinn lo ignoró y apuntó con cuidado. Quedaban dos soldados en pie. Aunque lo lógico sería esperar a que llegaran los refuerzos antes de reanudar la persecución, era posible que ignoraran el sentido común y mantuvieran la persecución. De cualquier manera, Flinn no debía dejar que le dispararan a nadie por la espalda. Disparó unas cuantas veces más, haciéndolos retroceder por donde habían venido. Al cabo de unos segundos, el pasillo se quedó en silencio y lo único que quedó fueron los cuerpos muertos en el tiroteo.

"Eres bueno", dijo Nyall, mirándolos.

"Demasiado bueno", refunfuñó, limpiándose el sudor de su frente. "¿Qué camino es el siguiente?"

"Por aquí", señaló Nyall a la intersección de los pasillos que había más adelante. "Doblamos a la izquierda en ese cruce y bajamos hasta llegar a la cubierta de mantenimiento. Según los esquemas que vi en la última terminal de acceso, corre directamente por debajo de la cabina de vuelo. Al final de la cubierta, debe haber una escalera de mantenimiento que lleve directamente a la bahía de aterrizaje".

"Me parece bien", contestó Flinn antes de mirar a Aaran y a su familia. "¿Están todos bien aquí?"

"Tan bien como podemos", contestó Aaran, mirando a su esposa e hija. No debería haber permitido que se fueran de la Tierra con él. Al menos allí estaban a salvo de Edwen. Rachel estaba haciendo todo lo posible para ocultar su miedo, pero él sabía que estaba aterrorizada por su situación. Después de pasar años en un planeta salvaje, estaba acostumbrada a ocultarse.

A su alrededor las alarmas propagaban la noticia de su fuga por toda la nave. Faros rojos parpadeaban a través de la nave, indicando la urgencia de la situación. La nave estaba en plena alerta, y Flinn no se hacía ilusiones de que su acercamiento al *Hijo Descarriado* sería fácil o inesperada. Edwen sabía que no tenían adónde ir.

No pienses en ello, se dijo Flinn. Él había echado su suerte con el Primero y rezó para que esto saliera como....

La descarga de un arma detuvo el pensamiento en su cabeza abruptamente.

Mirando por encima de su hombro giró justo a tiempo para ver cómo un rayo de energía golpeaba a Nyall en la espalda. El soldado tropezó hacia delante, una expresión de sorpresa en su cara antes de que sus rodillas se doblaran bajo él. Cayó de cara, su espalda ardiendo por el disparo que había quemado sus ropas y luego en su carne.

Hannah dejo escapar un breve grito y enterró su cara en los brazos de su padre al ver al hombre muerto, mientras que Rachel simplemente se dio la vuelta. Flinn maldijo en voz baja, sabiendo que no tenía que examinar a su aliado caído para saber que estaba muerto. Las heridas de los desintegradores eran despiadadamente eficientes y el olor a carne quemada le dijo a Flinn que Nyall no sobrevivió a la suya.

El disparo había llegado del primero de los tres guardias que doblaban la esquina y Flinn reaccionó instintivamente, abriéndoles fuego con suficientes disparos como para hacerlos retroceder por un segundo.

"¡Tenemos que movernos!" Le ladró a Aaran y a su familia, incitándoles a correr para escapar. No había tiempo para llorar al soldado, no cuando tenían quizás unos segundos de ventaja y nada más.

Menos que eso, se dio cuenta Flinn, cuando apenas tuvo tiempo de disparar antes de que los soldados dieran la vuelta de la esquina y volvieran a disparar. Esta vez no tomó posición, sólo se dio la vuelta y corrió, esperando que el laberinto de pasillos los protegiera. Disparaba mientras corría hacia delante, sus ojos fijos en los soldados que estaban detrás de él. No estaba seguro de cuál de ellos había matado a Nyall, pero en ese momento no le importaba.

Años de tratar con asesinos y escoria en las partes más sórdidas de la galaxia habían hecho que Flinn Ester fuera muy capaz de seguir vivo. Ya en sus días en la Flota había sido un tirador mortal. Le llevó unos minutos despachar a los tres soldados mientras evadía el fuego enemigo. Con más precisión que sus atacantes, siguió disparando hasta que dejaron de seguirle.

En algún lugar a la distancia, Flinn oyó gritar a Hannah.

Cuando el zumbido en sus oídos por la cacofonía de las explosiones cesó, vio que los soldados que lo perseguían yacían muertos detrás de él. Las heridas en varias partes de su anatomía seguían ardiendo. Volviendo a prestar atención a sus compañeros, se dio cuenta entonces, para su consternación, de por qué Hannah había gritado.

Hannah estaba arrodillada junto a su madre. Aaran sostenía a la mujer en sus brazos.

Flinn no pudo ver la herida, pero no tenía que hacerlo. La sangre se filtraba por el suelo, creando un charco de color carmesí cada vez más oscuro, manchando las manos de Aaran mientras lloraba. Hannah estaba sosteniendo la mano sin vida de su madre contra su pecho con la misma angustia. Flinn parpadeó, incapaz de creer que les había fallado tan miserablemente. Como Nyall: otra vida que no pudo salvar.

Flinn respiró hondo y se acercó lentamente.

"Lo siento mucho", dijo Flinn en voz baja, sabiendo que las palabras no significaban nada ante semejante pérdida. Deseaba poder darles tiempo para llorar, pero era imposible. Esos tres que acaba de matar serían seguidos por otros. Al pensarlo, levantó la vista para asegurarse de que nadie más se acercaba. Aún no se veía a nadie, pero sería sólo cuestión de tiempo.

"Aaran", Flinn puso una mano en el hombro del hombre en solidaridad.

Ni padre ni hija lo miraron.

"Tenemos que seguir moviéndonos. Créanme, nada me gustaría más que permitir su dolor, pero no tenemos tiempo. Muy pronto llegarán refuerzos y no queremos estar aquí cuando eso ocurra. No creo que Rachel quisiera que mueran aquí también".

Después de una larga pausa, Aaran respondió: "No la dejaré". Su voz era monótona y su espíritu parecía muy disminuido sin la presencia de Raquel.

"Sé que quieres traerla con nosotros, pero tenemos que movernos rápido", explicó Flinn, y una vez más echó un vistazo al pasillo antes de volver a mirar al hombre. "Aaran, todavía tienes una hija en la que pensar. Tenemos que ponerla a salvo".

Aaran le miró como si fuera a morderle en respuesta, pero entonces Flinn vio la mueca del hombre cuando se dio cuenta de que Flinn tenía razón.

A regañadientes, Aaran soltó el cuerpo de su esposa. Acostándola suavemente en el suelo, se secó las lágrimas de la cara y se puso en pie, tomando la mano de Hannah. La joven enterró su rostro en el hombro de su padre mientras lloraba.

"Tienes razón," dijo, sosteniendo a su hija, "Todavía tengo que pensar en Hannah. Por encima de todo, debe estar a salvo".

* * *

El puente del *Ojo del Dragón* era poco menos que caótico.

Edwen llegó al puente después de que Danten le notificara de la situación en el calabozo. Se recibían informes sobre un tiroteo a lo largo de la nave que se había originado en el calabozo y se dirigía constantemente hacia la bahía de aterrizaje. El equipo que Danten envió al calabozo para investigar encontró que los centinelas asignados para vigilar a los compañeros de Garryn estaban muertos. No había señales del Primero.

Una vez que el General llegó, asumió el control del puente y Danten notó que el comandante Jemyn estaba contento de dejar que el General se encargara personalmente de la recaptura. Danten se preguntó si el hombre era realmente tan complaciente como parecía. A ningún comandante le gustaba que le usurparan el puente de su propia nave, aunque lo hiciera el jefe de la Élite de Seguridad.

"Doblen la guardia alrededor de su nave", dijo Edwen a una audiencia de oficiales subalternos. "También quiero seguridad adicional en la bahía de aterrizaje. Su líder es extremadamente peligroso, así que informe a su gente que espere lo inesperado. Disparar a matar".

El comandante miró a través de las ventanas de observación del puente, admirando las estrellas y el mundo azul que había visto por última vez hacía veintitrés años. No era lo único que empezaba a ver claramente. No era el mejor momento para la búsqueda del alma, pero ¿cuándo lo fue? En las últimas horas, Danten se había enfrentado a las consecuencias de sus acciones de hacía dos décadas. Había pasado la mayor parte de su carrera militar creyendo que la Élite podía arreglar cualquier cosa. Fue un shock para el sistema darse cuenta de que no era así.

"Quiero una búsqueda cubierta por cubierta." Escuchó que Edwen seguía dando órdenes, pero ya no estaba prestando atención. "Revisen cada compartimiento y cada habitación, incluidos los pozos de mantenimiento y cada vía de acceso. Quiero un barrido completo de sensores de todas las cubiertas que conducen a la bahía de aterrizaje. ¡No quiero que abandonen esta nave!"

Lo único que Danten no podía entender era por qué el Primero se dirigía hacia un destino tan obvio. Seguramente Garryn sabía que en el momento en que las noticias de la fuga llegaran al puente, la nave estaría fuertemente custodiada. ¿Qué posible razón podría tener Garryn para estar involucrado en un tiroteo que alertara a todos en la nave de su presencia?

* * *

Flinn no sabía cuánto tiempo más podrían seguir huyendo así.

Más y más tropas estaban empezando a aparecer detrás de cada esquina. Los intervalos entre los tiroteos eran cada vez menos frecuentes. A pesar de descender a cubiertas de mantenimiento débilmente iluminadas en un esfuerzo por despistar a sus perseguidores, no sirvió de mucho. No sólo toda la nave estaba al tanto de su escape, sino también de que estaban en camino hacia el *Hijo Descarriado*. Todas posible ruta estaba siendo sistemáticamente sellada. El tiempo estaba llegando a un punto en el que ya no podían correr más y la apuesta de Garryn tendría que funcionar o todos estarían muertos.

Esta parte de la nave no había sido diseñada teniendo en cuenta la estética. Gran parte de ella fue construida sólo con lo esencial. No había chapa de acero que cubriera las tuberías hidráulicas y los conductos de energía, sólo aislamiento de goma cuando era necesario. La tenue iluminación y las venas expuestas a lo largo de estrechos pasadizos hacían que pareciera más una mazmorra que un pasillo para el personal de mantenimiento.

A su lado, Aaran y su hija estaban en silencio. Flinn no hizo ningún comentario al respecto, consciente de que la familia aún estaba en crisis por su nueva pérdida. Flinn deseaba que pudieran haberse llevado el cuerpo de Rachel con ellos, pero era imposible en sus circunstancias actuales. Llevar el peso les ralentizaría y necesitaban estar un paso por delante de Edwen.

Llegaron a otro cruce de corredores. El calor de las tuberías hidráulicas contra el aire frío creaba una niebla de vapor que hacía que este lugar fuera caliente y húmedo. Se esforzó por ver a través del velo de aire arremolinado. Su ropa estaba pegada a su piel y el sudor corría por su mejilla. Pidiéndoles que se quedaran atrás, Flinn dio un paso tentativo hacia el centro de la coyuntura. Hannah y Aaran permanecen ocultos mientras él revisaba si era seguro proceder.

En el fondo, escuchó el golpeteo de pistones unos contra otros y servos moviéndose entre el suave silbido de vapor que escapaba al aire. Escuchó todo con detenimiento, incluso el zumbido de los motores en la cubierta debajo de ellos. Luego, sin previo aviso, se giró bruscamente hacia el pasillo izquierdo y empezó a disparar a ciegas. Tan pronto como apretó el gatillo de su arma, voces gritaron desordenadamente. No esperó lo suficiente para que le dispararan.

"Sorpresa, sorpresa", murmuró Flinn en voz baja. Llegó a la esquina justo cuando una tubería estalló, vomitando vapor después de haber sido golpeado por un rayo de energía.

"¿Dónde está tu padre?", preguntó cuando llegó a Hannah y vio que Aaran no estaba con ella.

Hannah había estado observando a Flinn tan de cerca que no se dio cuenta de que su padre se estaba escapando. Al darse cuenta de que se había ido, entró en pánico.

"No lo sé." exclamó horrorizada y volvió por el pasillo por el que acababan de venir. "¡Debe haber vuelto para ver si había otra salida!"

Flinn la alcanzó con un par de zancadas. Dio la vuelta al pasillo justo cuando le volvieron a disparar, esta vez desde la dirección que había tomado Aaran. Hannah dio un grito de asombro al tropezar hacia atrás, corriendo hacia un lugar seguro. Mientras Flinn permanecía de rodillas, vio a Aaran disparando frenéticamente por el pasillo lleno de vapor. Aunque no podía ver a quién le estaba disparando el antiguo oficial científico, no era difícil de adivinar. Peor aún, significaba que estaban cortados en ambas direcciones.

Aaran cayó de rodillas, evitando por poco el disparo que voló por encima de su cabeza y golpeó una máquina. Mientras la energía ardía a través del acero, Flinn escuchó el inquietante sonido del metal gimiendo por el golpe. Un gran chorro de plasma se descargó en el pasillo. Creó una reacción en cadena que causó que la ventilación de emergencia de otros sistemas presurizados estallara en una bola de fuego ardiente. Aaran tuvo tiempo suficiente para registrar lo que estaba sucediendo antes de que las llamas le llegaran.

El rugido del fuego eclipsó cualquier grito que pudiera haber emitido. Flinn vio la tenue silueta de un cuerpo envuelto en fuego, luchando momentáneamente en agonía antes de desintegrarse por completo. Ocurrió en segundos, antes de que la bola de fuego corriera hacia él y Hannah. Sin pensarlo, la agarró y se alejó antes de que las llamas pudieran alcanzarlos.

"¡PAPÁ!" Hannah se libró de él cuando todo había terminado y el humo se había despejado, tratando de llegar a su padre en un esfuerzo inútil. Flinn la inmovilizó contra la pared y ella le miró con una furia casi salvaje. "¡Suéltame! ¡Sigue ahí fuera!"

"¡Hannah, se ha ido!"

"¡No, no es verdad!", protestó y empezó a pelear con él. Esta vez, Flinn la agarró más fuerte y la sacó de allí. No quería que ella oliera el hedor y supiera que estaba respirando los restos de la carne de su padre.

"¡Es demasiado tarde, Hannah!" Flinn intentó desesperadamente convencerla de nuevo. "Lo siento."

"¡No, te equivocas!", contestó desafiante, pero su voz vaciló y su respuesta se sintió como un sollozo.

Flinn sacudió la cabeza mientras ella comenzaba a comprender. Dejó de luchar y empezó a llorar. Todo su cuerpo temblaba de angustia y poco podía hacer para aliviar ese dolor. En el fondo, todavía podía escuchar los gritos de los soldados atrapados en el fuego y recordó que había más de ellos al otro lado del pasillo. Una vez más, iba a negarle su duelo.

"Tenemos que irnos", instó, queriendo sacarla de este lugar. No quería que mirara por el pasillo y viera lo que quedaba de su padre. Quería ahorrarle eso.

"¡No los dos!", gritó ella, "¡No los dos!"

No sabía qué decir, así que se quedó callado y se la llevó, buscando otra salida, a pesar de que estaban atrapados por ambos lados.

Mientras decía eso, Flinn empezaba a preguntarse si no era más fácil simplemente rendirse. Esta no era su lucha. Ni siquiera la de ella. Estaba aquí por una lealtad equivocada a un amigo. ¿Valía la amistad lo que había visto estas últimas horas?

¿Sabía Garryn el precio que había costado su plan?

XXXI: UNA ÚLTIMA VEZ

El tiempo se le estaba acabando.

Mientras el General estaba de pie en el puente, tratando de orquestar la recaptura y el asesinato del Primero, el jefe de la Élite de Seguridad se sentía agobiado por un sentimiento de inutilidad. Toda su vida había controlado su destino como un dios. Una vida vivida con tanta certeza tenía sus desventajas, por supuesto: la falta de desafío y de sorpresa siendo la más común. Aun así, era un pequeño precio a pagar.

Hace 23 años, todo esto era tan simple.

Había poca necesidad de lidiar con su conciencia ante la magnitud de lo que había hecho. No era un hombre malvado por naturaleza, pero era despiadado, como el slar que mata para proteger a su cría. Edwen mató para salvar a Brysdyn. La razón parecía tan noble entonces. El mundo tal como lo conocía estaba al borde de la extinción y tenía que salvarlo.

La decisión de sacrificar un mundo entre miles de millones en el universo no parecía tan terrible. Sin embargo, al mirar hacia ese planeta azul pálido, lo que más recordaba de él eran las voces. El centro de comunicaciones de la nave casi se había ahogado en la frenética energía de múltiples emisiones en todas las frecuencias imaginables. Señales militares, entretenimiento civil, intentos infantiles de comunicación interestelar, habían estado allí.

Como un severo recordatorio de su crimen, cuando el *Ojo del Dragón* entró en órbita alrededor del planeta, los canales de comunicación abiertos no encontraron nada más que estática fría. No había ruidos, ni charlas primitivas ni música extraña. Fue el silencio lo que le hizo comprender la magnitud de lo que había hecho.

"General", la voz de Jemyn lo sacó de sus pensamientos. "Tenemos más noticias".

"¿Qué pasa?" Contestó cansado Edwen.

"Acabamos de encontrar el cuerpo del soldado Nyall."

El nombre no sonaba familiar. "Uno de los equipos de asalto asignados para recapturar a los prisioneros, supongo." Edwen lo miró sin mucho interés.

"No, señor, Nyall era uno de los escoltas del prisionero."

Edwen levantó la vista rápidamente. "¿Está muerto?"

"Sí, señor", contestó el comandante. "Su cuerpo estaba entre los muertos involucrados en el tiroteo en el Sector G."

"Cerca de la bahía de aterrizaje", comentó Edwen. Eso tendría sentido. Garryn y su grupo estaban tratando de llegar a su nave. El sector G estaba en el camino de la ruta más directa. Jemyn parecía incómodo y Edwen se preguntaba qué era lo que le resultaba tan difícil de decir.

"¿Qué más, Jemyn?"

"Era lo que llevaba puesto el soldado, General." Se encontró con la mirada de Edwen.

"¡Bien, escúpalo de una vez!"

"General", tragó Jemyn. "Llevaba la ropa del prisionero."

Los ojos de Edwen se abrieron de par en par.

* * *

Garryn nunca pensó que llegaría tan lejos.

Mientras Flinn y los otros estaban causando pandemonio al otro lado de la nave, él se movía a través de la nave sin ser visto. Nadie estaba prestando mucha atención a un guardia de la Élite de Seguridad que se dirigía hacia el puente. Cuando propuso la idea por primera vez, fue más un último esfuerzo para salvar sus vidas que un plan genuino capaz de tener éxito. Incluso un intento temerario de fuga era mejor que nada en absoluto.

A juzgar por el número de tropas que corrían por los pasillos y la frenética evacuación del personal no combatiente de zonas clave de la nave, el plan estaba funcionando. Flinn llevaba a la Élite en la dirección opuesta, mientras que Garryn continuaba hacia el puente. Rezó para que Flinn pudiera mantenerse un paso por delante de los guardias.

Inicialmente, Garryn esperaba que fuera una simple cuestión de llegar al puente y llevar a cabo la siguiente fase de su arriesgado plan, pero el *Ojo del Dragón* no era un carguero. Era un buque de guerra de clase Dreadnought de casi seis kilómetros de eslora, con diez cubiertas y un laberinto de corredores y pasadizos que parecían extenderse hasta el infinito. A medida que se acercaba al puente, el tráfico en los pasillos aumentaba y él mantenía la cabeza baja, esperando que no lo descubrieran.

Cuando dos oficiales pasaron junto a él, recogió fragmentos de conversación. Era difícil concentrarse con tantas voces charlando a su alrededor. Aun así, Garryn se las arregló para escuchar algunas de sus palabras antes de que se alejaran de su rango auditivo.

"Encontraron a otro de los bastardos en el Sector G", comentó uno.

"¿En serio? Ya son dos, ¿no? El primero mató a media docena de nuestros guardias de seguridad antes de matarlo".

"Sí, excepto que ésta era una *mujer*."

Garryn se quedó inmóvil ante la declaración.

Por un momento, no pudo moverse. Sólo cuando vio unas cuantas cabezas mirándolo dubitativas forzó sus piernas a moverse. Bajo la visera, cerró los ojos y se esforzó por alejar el dolor amenazando con abrumar a su ser.

¿Dos de ellos están muertos? ¿Quién?

Quería gritar, patear y expresar algo de la furia que se apoderaba de él. Garryn se sintió mal del estómago sabiendo que, una vez más, había fallado en proteger a sus amigos. ¿Era capaz de proteger a alguien que decidiera ayudarlo? Primero Mira y luego Jonen, seguido por Vyndeka y todos los que estaban a bordo del Asmoryll. ¿Quién era ahora? ¿A quién mataron ahora?

Tal vez esto era un truco, algo para distraerlo. Quizás sabían que venía y trataban de forzarlo a exponerse. Durante su última aproximación al puente, estos eran los bocados de esperanza a los que se aferraba. Cuando finalmente llegó al puente, supo que no era nada de esa clase. Dos de sus compañeros estaban muertos y, si iba a salvar a los demás, necesitaba concentrarse.

Maldito seas, Edwen, vas a pagar por esto, juró Garryn por dentro.

* * *

Su rifle se sentía caliente en la mano. La temperatura del metal había estado subiendo constantemente durante la última hora, pero ahora se estaba volviendo incómodo de sostener. Así como estaba, se le hacía cada vez más difícil apuntar con precisión, pero eso era lo de menos. Muy pronto, sería incapaz de sostenerlo por completo.

Flinn conocía bien las señales. El sobrecalentamiento era sólo un síntoma de un problema mayor. El rifle estaba atrayendo cada partícula de energía que quedaba dentro de sus bobinas de energía para disparar y simplemente no quedaba nada que aprovechar. Muy pronto, el arma estaría muerta en sus manos y no tendría nada más que una pistola de mano para luchar contra el último grupo de soldados.

Salieron de la cubierta de mantenimiento atravesando un respiradero para evitar que las tropas se acercaran por ambos lados. Este los llevó cerca de una escalera de acero que conducía a la bahía de aterrizaje.

"Finalmente", le dijo Flinn.

Hannah lo estudió por un momento y vio el sudor en su frente, los moretones en su piel y el enrojecimiento de sus manos donde el calor de su rifle le ampolló las palmas. Aunque él no la atraía de la misma manera que Garryn, había nobleza en él que contrarrestaba su arrogante bravuconería. Mirándole a los ojos, se dio cuenta de que no iban a salir de esta nave.

Después de vivir en un planeta devastado por la guerra desde el día en que nació, la muerte no asustaba mucho a Hannah. Su madre le dijo una vez que la muerte era un paso hacia un lugar mejor y que era algo a lo que había que aspirar, no temer. Perder a sus padres significaba que si la muerte se la llevaba pronto estarían juntos de nuevo.

"Gracias por lo que has hecho, Flinn", dijo en voz baja, entendiendo que este era el momento de hacer tales declaraciones.

Flinn no protestó por lo que era esencialmente un discurso de despedida, porque la situación lo justificaba. "Hice lo que pude. Ojalá hubiera podido ayudar a tu familia más de lo que lo hice. Eran gente valiente".

"Hiciste todo lo que pudiste", dijo en voz baja, deseando que fuera tan fuerte como intentaba sonar. "Me salvaste la vida."

"Para lo que ha servido", dijo con una sombría sonrisa.

Hannah le devolvió el gesto. "¿Vamos?" Miró hacia arriba, hacia la escalera, y la luz que emanaba de los poderosos iluminadores de la cubierta de aterrizaje de arriba bañaban su cara con un brillo de determinación.

"Estarán allí arriba, ¿sabes?"

"Lo sé. Vamos de todos modos."

En ese momento, Flinn se enderezó y buscó su pistola. Tiró el rifle a un lado. Le haría poco bien ahora. Tomando la mano de ella en la suya, empezó a subir los escalones de metal, sus pasos sonando contra el acero. Su cabeza emergió por el suelo de la bahía de aterrizaje. El *Hijo Descarriado* esperaba pacientemente a pocos metros de la escalera. Incluso ahora, seguía siendo la cosa más bella del universo para él.

Mientras que lo primero que vio fue su querida nave, lo siguiente fue la guarnición de tropas de Élite de Seguridad que lo rodeaban con sus armas desenfundadas. Exhaló en voz alta al verlos, sin sorprenderse por su número. Este era el último punto focal para una emboscada y él esperaba que viniesen bien preparados.

"¡Soltarán sus armas!"

La orden vino de un oficial que se encontraba justo enfrente de la escotilla de entrada principal del *Hijo Descarriado* con una docena de tropas para reforzar su demanda.

Por un momento, pensó en luchar, pero luego miró a Hannah y se dio cuenta de que su elección afectaba algo más que su vida. La parte de él que una vez fue oficial de la Flota no le permitía poner en peligro la vida de ella. Arrojando sus vidas a la suerte, tiró su arma al suelo.

Donde quiera que estés, Garryn, todo depende de ti ahora.

* * *

El alférez revisó las lecturas en la consola de su escáner una vez más. Esta vez, lo hizo sólo para asegurarse de que no estaba equivocado.

Aunque no tenía experiencia, sabía que era un buen oficial y que no era propenso a llegar a malas conclusiones. A pesar de que su misión aquí estaba destinada a ser de la más alta seguridad, estaba convencido de lo que veía en su consola. Sin embargo, antes de dar aviso, siempre era prudente revisar dos veces.

"Comandante Jemyn, se acerca otra nave."

La declaración captó la atención de todos, especialmente de Edwen. Jemyn cruzó el piso del puente a pasos largos, mientras que el General mantuvo su vigilia en la silla de mando. Aunque obviamente creía que estaba al mando, para la tripulación del *Ojo del Dragón*, Jemyn seguía siendo su comandante.

"¿Puede identificarla?" preguntó Jemyn mientras se acercaba al alférez Lyan y se paraba junto a su hombro. Vio los dedos de Lyan volando hábilmente sobre la consola, confirmando sus lecturas. Lyan era uno de sus mejores oficiales. La tinta en sus papeles de la comisión apenas estaba seca, pero Jemyn veía un futuro brillante para el joven, porque era un trabajador meticuloso.

"Sí, señor. Es un destructor de la clase Ravager. Identificación No. 197403." Mientras más imágenes parpadeaban en la pantalla de su consola, los ojos de Lyan se abrieron sorprendidos antes de mirar a Jemyn a los ojos. "Señor, es la *Estrella Blanca*."

Jemyn se enderezó y giró instintivamente para enfrentarse a Edwen. "La *Estrella Blanca* es la nave del Emperador".

De alguna manera Edwen no se sorprendió. Cuando se enteró de que habían encontrado al soldado Nyall sin su uniforme, Edwen comprendió el plan de Garryn.

El Primero se cambió de uniforme con el centinela para poder moverse libremente. Edwen también sabía que la única forma en que Garryn podía transmitir una llamada de ayuda era en el puente. Lo que era igualmente frustrante era el hecho de que no podía decírselo a Jemyn. Ningún terrorista sería tan tonto como para intentar infiltrarse en el puente. Todo estaba a favor de Edwen mientras nadie supiera que Garryn estaba a bordo.

La llegada de la *Estrella Blanca* lo cambiaba todo.

¿Había sido Garryn y ya se había ido mientras Edwen estaba enviando hombres a través de la nave para encontrarlo? ¡Imposible! Incluso si fuera cierto, la *Estrella Blanca* no podría llegar aquí tan rápido. El *Ojo del Dragón* tardó una semana en llegar aquí desde Brysdyn. En el último informe, la *Estrella Blanca* estaba orbitando el mundo natal. Lo que la trajo aquí no fue ningún mensaje enviado por el Primero.

"¿Está en rango de comunicaciones?" Preguntó Edwen, caminando hacia Jemyn. Por ahora, su preocupación por el paradero de Garryn tendría que esperar.

"Lo está, señor", contestó Jemyn, pero su cara reflejaba desconcierto. No estaba solo en este sentimiento. El ambiente en el puente era de perplejidad. "No está intentando comunicarse. Ya estamos en su rango visual. Tienen que saber que estamos aquí".

Desde donde estaba parado junto a las grandes ventanas del puente, Danten miró a Edwen y se preguntó cómo iba a explicarlo el General. Un apagón en las comunicaciones como este era la práctica adoptada por las naves hostiles que se acercaban entre sí, ciertamente no la de la nave de guerra insignia de la Armada Imperial.

"Está en visual", declaró Danten cuando la *Estrella Blanca* apareció a estribor del *Ojo del Dragón*. La nave de guerra se estaba haciendo más grande en la ventana, pero tuvo que frenar cuando se acercó al acorazado.

"General", dijo Jemyn. "¿Tengo permiso para transmitir saludos a la *Estrella Blanca*?"

Edwen frunció el ceño, aún preocupado por la aparición del Emperador. Si Garryn no se había puesto en contacto con la *Estrella Blanca*, ¿qué estaba haciendo aquí? Consciente de que Jemyn estaba esperando una respuesta, no tuvo más remedio que aceptar la petición.

"Adelante".

De repente, desde el rabillo del ojo, vio movimiento. Nada inusual en sí mismo, pero Edwen reaccionó inmediatamente. Un guardia entró en el puente y se dirigía hacia el ordenador principal. Sin pensarlo, Edwen agarró su arma y disparó. El rayo cruzó el salón y lo golpeó en el hombro. El hombre cayó con fuerza en medio del pandemonio en el puente.

Danten se apresuró a acercarse al General, quien enfundó su arma y llamó a la seguridad. Unos pocos oficiales del puente apuntaron con sus armas tanto al General como al guardia caído que se ponía de pie.

"¿Qué demonios está pasando?" Preguntó Jemyn, olvidando la orden de comunicarse con la *Estrella Blanca* o el hecho de que Edwen era su oficial superior. "General, ¿qué significa esto?"

La sangre se filtraba a través del uniforme del guardia que, a pesar de que los cañones le apuntaban, aún se dirigía hacia la consola de mando principal. "Díselo, Edwen. Díselo si te atreves."

"¡Silencio!" Gritó Edwen con una indignación poco característica. "¡Seguridad, lleven al prisionero al calabozo!"

"¿O qué?" Garryn amagó a quitarse el casco.

"¡No lo intentes! Sabes que no dudaré en hacer que te maten donde estás". Edwen advirtió. De repente, Edwen se dio cuenta de lo que Garryn pretendía. Nunca fue tras la consola de comunicaciones. Iba tras el ordenador principal. La computadora tenía códigos de verificación, los mismos códigos que le daban al Primero el control de todas las naves de la flota.

"Comandante Jemyn", dijo Garryn sabiendo que esta era su última oportunidad. "¿Sabe quién soy?" Garryn también había visto la *Estrella Blanca* a estribor. Su padre había ido tras él. Sólo los Dioses sabían cómo Iran descubrió que estaba aquí, pero eso ya no importaba. Edwen lo mataría, a menos que Garryn les demostrara a estos oficiales que era el Primero.

La pregunta tomó a Jemyn desprevenido. El aire de superioridad que llevaba el hombre le sacudió un poco. "¡Eres una escoria terrorista!"

"Dejadme quitarme el casco y os daré la prueba de que vuestro General os ha llevado a todos a cometer *alta traición*."

Hubo un estruendo audible de desconcierto que atravesó el puente y Edwen empezó a sentir que la situación se iba rápidamente de control. "¡No haga nada de lo que dice! ¡Es un terrorista que intenta nublar sus mentes!"

Jemyn no sabía qué hacer. Estaba condicionado a obedecer al General pase lo que pase. Había vivido toda su vida al servicio de la Élite de Seguridad y del Imperio Brysdyniano. En todo ese tiempo, Edwen nunca había dejado de recordarles a todos que la lealtad a la Élite de Seguridad comenzaba con lealtad hacia él. Si desobedecía a Edwen ahora y estaba equivocado, el General lo destruiría completamente.

"Jemyn", dijo el mayor Danten por primera vez. "Permita que el prisionero se quite el casco."

Edwen se giró y miró a Danten con incredulidad y furia. "¿Qué está haciendo?"

Danten no reaccionó al insulto, pero miró al General con resignación.

"Edwen, es hora de detener esto. Hemos llegado hasta donde podemos llegar con este subterfugio. Si vamos a ser juzgados por lo que hemos hecho, que sea porque fue por el bien del Imperio, no porque hayamos cometido traición".

Era la primera vez que Danten llamaba al general por su nombre.

"¡No hagas nada de lo que dice!" Edwen le advirtió a Jemyn de nuevo, negándose a ceder.

Al otro lado del puente, Danten podía ver a los otros oficiales empezando a ponerse nerviosos ante la posibilidad de que les estuvieran llevando a cometer un crimen contra el Imperio. El resultado de todo este asunto recaía ahora en el comandante del *Ojo del Dragón*.

Jemyn miró a Danten y luego a Edwen. El Mayor había sido el ayudante de Edwen durante más tiempo del que Jemyn recordaba. La evidencia estaba ciertamente allí para indicar que Danten podría ser el siguiente. La renuencia de Edwen a permitir que el prisionero mostrara su rostro y la repentina llegada de la *Estrella Blanca* eran sospechosas, por decir lo menos.

"Quítese el casco", ordenó Jemyn a Garryn.

Garryn dio un suspiro de alivio y se quitó el casco.

Su pelo se le quedó pegado a la cabeza de forma desordenada y tenía las cejas salpicadas de sudor. Garryn se pasó los dedos por el pelo, esperando que eso lo hiciera reconocible. Cuando se encontró con la mirada de Jemyn, se dio cuenta de que no había necesidad.

La cara del comandante se había tornado cenicienta.

"¿Qué ha hecho?" Jemyn se volvió bruscamente hacia Edwen y lo agarró del brazo. "¿Qué ponzoña ha traído a mi nave?"

"¡No me hablará de esa manera!" Edwen se soltó el brazo y continuó con igual cantidad de veneno. "Su juramento es primero para la Élite de Seguridad, luego para el Emperador."

"¿Qué pasa, señor?" preguntó el primer oficial de Jemyn con creciente temor. De hecho, todo el puente se estaba desintegrando rápidamente en una masa de emociones extremas. Algunos todavía se aferraban a la esperanza de que su comandante pudiera dar una explicación.

"Comandante Jemyn", dijo Garryn, ignorando el arrebato. "Puedo probar mi identidad si lo desea. Permítame acceder a la consola de mando y su tripulación lo entenderá".

Garryn no podía asumir que era reconocible para el resto de la nave como lo era para Jemyn, especialmente con el uniforme de un guardia de Élite de Seguridad. El comandante sólo lo reconoció porque probablemente estaba presente en la ceremonia de Ascensión en Paralyte.

"Déjenlo", le dijo Jemyn a su primer oficial.

Garryn se adelantó, ingresando el código a través del teclado. El primer oficial Sala, que miraba por sobre su hombro, levantó la vista un segundo después y exclamó con un grito ahogado: "¡Él es el Primero!".

"Que sea Primero o no es poco significativo", dijo Edwen rápidamente. "Su juramento es para proteger a Brysdyn, no a sus líderes. La Élite de Seguridad está por encima de las pequeñas distinciones de rango. Este hombre intenta dañar el tejido de nuestra sociedad con sus mentiras. ¿Permitirán que Brysdyn sea destruida solo por su rango?"

"Yo soy tu Primero y en la *Estrella Blanca* te espera tu Emperador", le interrumpió Garryn antes de que pudiera ir más lejos. "Tu gente está comprensiblemente confundida, pero es tu liderazgo lo que seguirán. Sólo tú puedes decidir cómo terminará esto".

En ese momento, Garryn volvió a mirar a Edwen. Tirando el casco a un lado, caminó hacia el General, aun sosteniendo su brazo sangrante. El dolor crecía y pronto sucumbiría a él, pero no en este momento. La hora de Edwen había llegado.

"Se acabó, General."

"¡Destruirías a Brysdyn con lo que intentas hacer, Garryn! ¡Le arrancarías el corazón!"

Garryn lo ignoró.

"Contacte a la *Estrella Blanca*, Jemyn. Dígale que bajo la autorización de Garryn, Primero de Brysdyn, acuso al General Edwen de la Élite de Seguridad de traición e intento de asesinato de un miembro de la Casa Real".

"Sí, señor", contestó Jemyn, aún conmocionado por lo que estaba pasando. "¿Por qué hizo esto, General?"

Edwen no respondió y Garryn vio las caras asustadas y confundidas en el puente esperando una respuesta. La verdad cambió todo lo que creía de sí mismo. Había visto morir a muchos buenos amigos. Lo que ahora sabía nunca más le permitiría la paz.

Edwen era un maníaco genocida, pero le dio a Brysdyn una oportunidad de vida después del Azote. La Tierra fue destruida y nada podía cambiar ese resultado, pero Brysdyn aún vivía. Los Nuevos Ciudadanos estaban orgullosos de ser Brysdynianos. La tecnología podría permitir que los sueños fueran suprimidos y olvidados. Los Soñadores podrían ser felices de nuevo. Brysdyn no merecía saber algo tan terrible sobre sus hijos.

"El General tenía miedo de que yo desmantelara la Élite de Seguridad", dijo Garryn. "Estaba al tanto de un intento de asesinato y le tendí una trampa, sin saber a quién iba a exponer. No era ningún secreto que viajaría al tercer planeta. Hasta que me llevaron a bordo de esta nave no tenía idea de que Edwen era el responsable de estos intentos".

Edwen miró fijamente a Garryn en estado de shock por un momento, pero se recuperó rápidamente.

"Sí", dijo, su voz sonaba aturdida. "No podía permitir que destruyeras el trabajo de mi vida. El Mayor Danten y yo orquestamos todo este plan para asesinar al Primero y hacer que pareciera que había desaparecido durante sus viajes. No debí haberlo involucrado en esto,

Mayor". Sus ojos se encontraron con los de Danten, suplicándole que lo corroborara.

Danten mantuvo la mirada y respondió: "Siempre he estado a su lado, Señor, y eso nunca cambiará".

Por Brysdyn, apoyaría a Edwen por última vez.

XXXII: JUICIO

Tomó la palabra por primera vez en la Sala del Quórum como orador.

Hasta entonces el Primero había sido sólo un observador. Durante meses estuvo sentado en los asientos de madera pulida, oyendo recitar a los oradores y observando cómo el augusto cuerpo de hombres y mujeres conducía los asuntos de política. En su presencia, siempre se sintió joven e inexperto. De hecho, él era un novato en comparación con lo que ellos sabían acerca de mantener unido un imperio. Garryn esperaba haber aprendido lo suficiente de ellos como para hacer su debut.

Hoy el Quórum estaba cerrado al público. Un muro de silencio los atrapaba dentro de la antigua estructura, mientras las tropas vigilaban las puertas y los equipos de seguridad vigilaban las transmisiones para asegurar el secreto. Tales medidas extraordinarias nunca fueron necesarias para una reunión del Quórum, no desde los días de la guerra, pero aquellos que se esperaba que aparecieran entendían la situación.

El público fue mantenido en la oscuridad, informado sólo de lo que era necesario. El secreto fue explicado como asuntos de seguridad galáctica no apto para el público. Las noticias que *sí* recibieron los dejaron atónitos. El jefe de la Élite de Seguridad había intentado asesinar al Primero y fracasado. Sería juzgado por sus crímenes en el salón del Quórum, donde su suerte sería decidida por los miembros de ese órgano.

Garryn miró a través de la habitación, viendo caras familiares: su padre, Ashner, Flinn y Hannah, por nombrar algunas. Elisha fue enviada a Jyne en misión diplomática, para mantenerla lejos de aquí. Garryn no deseaba que su hermana supiera la verdad, así como el resto de los Soñadores.

Evitó mirar a Kalistar, aunque sabía que sus ojos le estaban perforando. Estaba sentada junto a su padre y, aunque no estaba implicada en sus crímenes, Kalistar eligió valientemente permanecer a su lado. Él era su padre y ella no lo abandonaría. A pesar de su amistad, Garryn no había hablado con ella desde su regreso a casa. Sabía que tarde o temprano tendría que enfrentarse a ella, pero ahora mismo esto era prioridad.

"El Primero tiene la palabra", Garryn escuchó la voz del Primer Vocero que le pedía que se adelantara.

Garryn se adelantó y empezó a hablar.

"Amigos míos, nos hemos reunido hoy aquí para tratar los crímenes del General Edwen, Comandante Supremo de la Élite de la Seguridad."

Edwen lo miraba con poca emoción. La cara de Kalistar era otra cosa. Garryn no pudo mirarla por mucho tiempo.

"Se preguntarán por qué solicité una restricción de información al público. Cuando regresé de Theran, no tenía intención de revelar lo que descubrí allí. Hay algunas verdades que deberían permanecer enterradas para siempre, pero no hasta el punto de la ignorancia. Tienes que saber lo que pasó allí, para que no vuelva a pasar".

La sala estaba en silencio. Nadie pareció reaccionar y todos estaban capturados por su voz que resonaba por toda la sala. "Comenzó poco después de que comenzara mi gira militar en la estación de Erebo, en el sistema estelar Theran. Casi desde el principio, mi sueño estaba lleno de violentas pesadillas de muerte y de un mundo con un cielo azul. Soporté con esta condición durante mucho tiempo, temiendo admitir que podría haber algo malo en mí.

Esta situación continuó durante toda la guerra y tras mi regreso a casa fue aún peor. No pasaba una sola noche en la que pudiera dormir sin ver estas terribles imágenes. En ese momento, confié en mi hermana Elisha, que me convenció para que buscara ayuda. Seguí su consejo y busqué a un mentalista del distrito de Rura".

Algunas de las caras parpadeaban en reconocimiento mientras relataba la historia del tratamiento de Jonen y el descubrimiento de que él era uno de los muchos afligidos con la condición llamada el Soñar. Su narración fue corta y concisa. Les habló de Mira y de su muerte, y del atentado contra la vida de Jonen cuando el mentalista preguntó por los nuevos ciudadanos mayores que existían fuera del mundo.

A medida que avanzaba en su narración, vio poca reacción de Edwen y mucha del Quórum. Sus rostros se llenaron de horror y acusación mientras sus ojos se dirigían de Garryn a Edwen. La compostura de Edwen era glacial bajo su escrutinio y sólo parecía aumentar su creencia en su culpabilidad.

"Hay elementos de esta historia que nunca podrán ser corroborados plenamente hasta que lleguemos a la Tierra y veamos las marcas de quemaduras en sus ciudades. Sus muertos yacen donde cayeron, gaseados por Prothos B32. Tengo a la hija del oficial científico que descubrió el planeta a bordo del *Starlight* ". Señaló a Hannah y permitió que el Quórum la mirara bien antes de continuar.

"Esta es la trágica historia no sólo de un mundo, sino de dos. Soy brysdyniano, pero también soy un Terrícola. Fui criado para creer que venía de un mundo muerto llamado Cathomira. Cathomira ya no existe, así que nadie sabrá nunca la verdad. Los otros Soñadores pueden ser curados. Sin duda, siempre tendrán preguntas, pero eliminar los malos sueños están dentro de nuestra tecnología. Propongo que dejemos las cosas como están. Los Nuevos Ciudadanos creen que son de Cathomira. No veo razón para que eso cambie".

Incluso cuando concluyó esa parte de su discurso, pudo ver en sus caras que estaban de acuerdo. Cuando bajó del podio y se unió a su padre, finalmente se encontró con la mirada de Kalistar. Su dolor era indescriptible. Desearía haber podido evitarle esto, pero ser la hija de Edwen lo hacía imposible. Vio sus lágrimas y entendió en un golpe de perspicacia que las lágrimas no eran por su padre sino por ellos dos. Cualquier amistad o posible romance que hubieran tenido había terminado.

El Custodio de la Sala revisó la agenda en el podio antes de dirigirse a la audiencia. "Antes de que el Consejo del Quórum haga sus últimas deliberaciones, oiremos al General Edwen."

Edwen se puso de pie, mostrando el orgullo y la superioridad que siempre había llevado como una capa durante sus días como comandante supremo de la Élite. Cada paso fue dado con dignidad y serenidad, a pesar de que el General estaba ahora bajo la luz de la exposición total. Su mirada se extendió por la habitación y los rostros que le miraban mostraron poca misericordia, aunque hubo cierta comprensión.

"Mi Primero ha hablado muy elocuentemente. Elogio su decisión de mantener a la población alejada de esta audiencia". Por primera vez en su vida, Edwen decidió hablar desde el corazón, porque sabía que sus palabras aquí marcarían cómo sería recordado a lo largo de la historia. Si fuera a ser condenado, entonces sería condenado por lo que era.

"Creé la Élite de Seguridad para proteger a Brysdyn bajo cualquier circunstancia. Es cierto, soy un aislacionista, pero no voy a utilizar esto como plataforma para mis ideas. Estoy aquí para enfrentarme a mis acusadores y ser responsable de mis actos. Antes de dar mi alegato, les pediré que escuchen mis palabras por última vez. Perdí dos hijos adultos a causa del Azote y sé que muchos de vosotros compartís el mismo dolor. Siempre pensé que podría proteger a Brysdyn de cualquier cosa. Cuando llegó el Azote, me di cuenta de que no podía salvar a Brysdyn más de lo que podía salvar a mis hijos. Vi a mis hijos enfermarse y morir. Todavía recuerdo las hogueras."

Edwen parpadeó, permitiendo, por primera vez, que una emoción real se filtrara en sus ojos. En la oscuridad de sus recuerdos, vio la hoguera en la distancia cuando se llevaron los cuerpos de sus hijos. Recordó el hedor que venía del fuego y el humo y cómo sabía que las cenizas que respiraba eran sus hijos.

"Vi a mi esposa caer en una desesperación de la que nunca se recuperó. Vi a mi amigo, el Emperador, caer en la misma angustia mientras su mundo se desmoronaba a su alrededor. Vi el caos y la destrucción causados por el Azote por no poder anticipar algo tan simple como un microorganismo. Estábamos al borde de la extinción. Nosotros, que dejamos la estrella blanca y viajamos a través de diez milenios de espacio para crear esta civilización, íbamos a morir porque no podíamos tener hijos. Me negué a aceptar eso."

Los miró y vio la simpatía de Iran. No había condena allí, sólo tristeza.

"Cuando me enteré de la existencia de la Tierra, me di cuenta de inmediato de la posibilidad de una nueva oportunidad de vida para el Imperio. Tal vez, en mi locura, simplemente pasé por alto la monstruosidad total de la misma. Le he dicho al Primero, e incluso al oficial Aaran, que se trataba de que los fuertes devoraran a los débiles. Lo creía tanto como tú, Garryn".

"Enterré mis sentimientos y mi vergüenza bajo la idea de que lo que hice estuvo bien. No te miento cuando digo que veo esas muertes tan poderosamente como Garryn lo hace ahora. Es afortunado, porque sabe que fue una víctima. No puedo presumir de lo mismo. Soy el asesino y el loco genocida que destruyó un planeta. No requiero indulgencia y admito mi culpa. Lo hago porque no voy a hacer esto más difícil para Brysdyn de lo que ya es.

Traje a los niños que se han convertido en nuestros hijos e hijas. Se convirtieron en el futuro de nuestro Imperio. Se les llama los Nuevos Ciudadanos, pero son más que eso, y todos los hombres y mujeres de esta sala lo saben. No quiero que sufran por mis crímenes más de lo que ya lo han hecho. Me presento ante ustedes listo para aceptar su castigo. Sólo tengo una súplica que hacer y es que cumplan con la petición del Primero".

Con eso terminó y bajó del podio para volver con su hija.

Kalistar cogió su mano mientras se sentaba junto a ella y Edwen le sonrió antes de susurrar suavemente.

"Puede que nunca me perdones, pero este es un precio que vale la pena pagar sólo por tenerte como mi hija."

"Lo sé, padre." Sonrió a pesar de las lágrimas. "Lo sé."

Las deliberaciones del Quórum no duraron más de una hora.

Cuando todos estuvieron sentados, el Primer Vocero entregó la decisión del Quórum al Emperador. Iran subió al podio y miró a su viejo amigo, incapaz de creer que el tiempo los había traído a este lugar. Iran se sentía igual de culpable y sabía que tendría que pagar el precio de permitir que Edwen hiciera lo que hizo. Una parte de él siempre se preguntaría si había sido realmente engañado por la historia de Cathomira de Edwen, o si fue deliberadamente inconsciente porque estaba igual de desesperado por salvar el Imperio.

"Tengo algo que decir antes de revelar la decisión del Quórum", dijo Iran a Edwen a los ojos. "General, no somos bárbaros y tenemos un código de honor incluso en las situaciones más desesperadas. Para salvar nuestro Imperio, tu crimen seguirá siendo un secreto, pero aquí siempre recordaremos el horror de ello. No cometiste un simple genocidio con una especie alienígena al azar. Destruiste a un niño de la Estrella Blanca. ¡La gente de la Tierra eran nuestros hermanos y hermanas! ¡Vinieron a ese planeta en una Nave Mundo!"

Iran se detuvo, controlando sus emociones.

"Podríamos habernos ayudado mutuamente, Edwen. Podríamos haberles pedido ayuda. Eran jóvenes y podríamos haberles mostrado de dónde venían. Ahora es demasiado tarde. Para los sobrevivientes, siempre seremos los que destruyeron su civilización".

Edwen bajó la mirada ante Iran, recordando el mismo argumento de un joven Oficial Científico, hace veintitrés años. El Emperador tenía razón. Era demasiado tarde.

"Es la decisión del Quórum", dijo Iran, después de respirar hondo, "que seas sentenciado al exilio permanente en el planeta Tierra".

"¿Qué clase de sentencia es esta?" exclamó Edwen, sorprendido por la decisión. Había esperado la muerte. Esto era peor.

"La misma sentencia que le dio al oficial Aaran, creo. Permanecerá en silencio, General. No he terminado."

Edwen se quedó callado, pero Garryn pudo ver la angustia en su cara. El Quórum había sido más sabio de lo que les daba crédito. Nunca esperó que produjeran una sentencia tan apropiada para los crímenes de Edwen. Era más de lo que el hombre se merecía.

"El Quórum también está de acuerdo en que nuestros hijos no deben saber lo que ahora sabemos. No necesitan estar cargados con un conocimiento tan terrible de su pasado. Como usted pidió, General, pensaremos en ellos, si no en otra cosa."

* * *

Esa noche, después de que se dictó la sentencia y concluyó la audiencia, Edwen fue escoltado a casa para recoger los efectos personales que pudiera necesitar para su exilio. Desde allí sería llevado a la Estación Orbital y colocado en una nave prisión que lo llevaría a la Tierra. Kalistar, que se negaba a abandonar a su padre, estaba dispuesta a ir con él al exilio, a pesar de los esfuerzos de Edwen por disuadirla.

Cuando se dio cuenta de que ella no podía ser disuadida, accedió y le dijo a su hija que empacara. Pidió privacidad cuando entró en su estudio, los guardias no pudieron rechazarlo porque todavía le debían respeto, cualesquiera que fueran sus crímenes. No había forma de que escapara de la habitación y parecía una petición bastante segura.

Cuando no salió, derribaron la puerta cerrada y encontraron al general muerto. Estaba tumbado boca abajo en su escritorio, con una copa de vino vacía junto a su cabeza inmóvil. El contenido olía sospechosamente a Rosa Nocturna, un veneno hecho de una flor del mismo nombre.

En su funeral sólo estuvieron presentes el Emperador y Kalistar.

XXXIII: SACRIFICIO

La historia del planeta azul seguía siendo un secreto.

Nadie sabría nunca acerca del tercer mundo de la Estrella Blanca y cómo pagó por la supervivencia de Brysdyn con sus hijos. Garryn se reunió con los colegas de Jonen, los mentalistas Darix de Tesalone y Alwi de Rainab, para revelarles lo que aprendió en Cathomira. Debido al alto contenido de nitrógeno en el agotamiento del ozono del planeta, el cielo se veía azul desde la superficie del planeta. Esta fue también la causa de que el sol apareciera amarillo en sus sueños. A pesar de la destrucción de Cathomira, Garryn estaba satisfecho de que no había ningún otro motivo de sospecha.

El desmantelamiento de la Élite de Seguridad continuó bajo la estricta supervisión de Garryn. Los miembros de la organización fueron absorbidos por el ejército imperial y el enclave quedó desierto hasta que se pudiera encontrar algún otro uso para el edificio. El Mayor Danten se declaró culpable por su complicidad en el crimen del General, pero no pidió clemencia. Sentenciado a una colonia penal en el otro lado del Imperio, no recibió ninguna, y fue sentenciado a cadena perpetua.

Pero el daño estaba hecho.

Una vez que las consecuencias de la desaparición de la Élite de Seguridad se resolvieron, el Emperador se enfrentó con una incómoda verdad. Su hijo no podía reemplazarlo.

Cuando la verdad fue revelada a Iran en el Enclave, él sabía que habría que pagar un precio por su parte en todo esto. Cierto, él nunca habría aprobado lo que Edwen le hizo a la Tierra, pero ¿qué tanto lo había cuestionado cuando esos niños fueron llevados a Brysdyn? ¿No había una parte de él que se preguntaba cómo se produjo este milagro tan conveniente? Si la necesidad no hubiera sido tan desesperada, Iran sabía que habría estado más decidido a conocer la verdad. Su deseo de salvar a Brysdyn le impidió hacer preguntas difíciles.

Ahora Edwen estaba muerto y su preciosa Élite de Seguridad se había ido. Iran sabía que él también tenía un precio que pagar y que sería Garryn.

No había manera de que pudiera permitir que Garryn lo sucediera cuando el niño llevaba la fea verdad dentro de él. ¿Podría correr el riesgo de que algún día Garryn llegase a resentirse con el Imperio por lo que le hizo a su mundo natal? El niño recordaba a sus padres naturales, recordaba sus muertes. ¿Podría manifestarse tal resentimiento y cuáles serían las consecuencias para Brysdyn a causa de ello?

"¿Quieres que renuncie como Primero?" Garryn miró asombrado a su padre.

Cuando Iran invitó a Garryn a su estudio privado después de la cena, Garryn asumió que quería una actualización sobre el progreso del desmantelamiento de la Élite de Seguridad. Edwen había construido una vasta red de informantes y recursos que necesitaban una cuidadosa redistribución. Nunca se le ocurrió a Garryn que la agenda del Emperador era mucho más sorprendente.

"¿Crees que yo quiero que lo hagas?" preguntó Iran, incapaz de mirar a Garryn.

Su padre, que siempre parecía tan vivo y vital, ahora parecía décadas mayor que sus años. Garryn no podía negar que la verdad sobre la Tierra creó una grieta entre ellos. Siempre habían estado cerca, pero ahora había silencios incómodos que ningún hombre se atrevía a romper. A medida que pasaban las semanas, la situación parecía empeorar y, aunque padre e hijo se amaban, se encontraban en un punto muerto que ninguno de los dos podía superar.

"Por supuesto que no, pero no es por eso por lo que me pides que me vaya, ¿verdad?"

Cuando Iran miró a su hijo, Garryn vio la angustia en los ojos. Le dolía ver a su padre así. Este hombre era su padre. Cualquiera fuera su origen, eso nunca cambiaría. Había sido un buen padre, un buen hombre que Garryn admiraba y amaba. En ningún momento Garryn culpó al Emperador por lo que hizo Edwen, pero parecía que no tenía que hacerlo. Iran se culpaba a sí mismo lo suficiente.

"¿Realmente quieres quedarte?" Iran respondió, estudiando su reacción con detenimiento.

"Yo soy Primero. Tengo una responsabilidad contigo, con Elisha y con Brysdyn".

"Esa no es la pregunta que hice. ¿Quieres quedarte? ¿Quieres ser Primero? Con todo lo que recuerdas de Ther....quiero decir Tierra, ¿puedes decirme con toda honestidad que tu corazón sigue aquí?"

Garryn abrió la boca para responder, pero se detuvo antes de poder decir las palabras. Inmediatamente se quedó en silencio, traicionado por la forma en que casi respondió.

"No quiero que te vayas, Gar", Iran se puso de pie y puso una mano sobre su hombro. "Desearía que esto nunca hubiera pasado y que no supieras de dónde vienes, pero lo sabes. Con cualquier otra cosa, yo diría que lo superaríamos juntos, como familia, pero no con esto. Tendrías que enterrar tus sentimientos sobre la Tierra y quizás podrías aprender a vivir con ella, pero tal vez no, ¿y qué hay de tu hermana? Ella no lo sabe y tendrías que mentirle o decir la verdad".

Garryn parpadeó, incapaz de imaginarse destrozando el mundo de Elisha con tal revelación. Su padre tenía razón. Lo sabía, y cada día se encontraba pensando en lo que había perdido en la Tierra. Pensó en la madre y el padre, asesinados en el campo para poder que pudieran robarlo. Ni siquiera se llamaba Garryn.

"No puedo irme...", empezó a decir, desafiando un poco más las palabras de su padre. "No podría hacerle esto a Elisha."

"Tu hermana es fuerte, Gar. Creo que le iría muy bien como Primero. En cualquier caso, estoy lejos de retirarme. Elisha puede casarse y decidir pasar la línea de sucesión a sus hijos. No es inviable".

Con Garryn parado frente a él, reflexionando sobre sus palabras, Iran pudo ver que había pensado en irse antes de ese momento. Nunca fue capaz de superar el obstáculo que era su responsabilidad para con su familia.

Garryn quería protestar, pero se trataba de algo más que de sus propias emociones conflictivas. Su padre le decía a Garryn que se fuera porque tenía que hacerlo. Iran era Emperador primero y no podía apostar el futuro por un heredero que podría terminar odiando al pueblo que debía gobernar. Por mucho que quisiera que las cosas siguieran como estaban, lo que su padre le propuso era tentador. Poder alejarse del título de Primero y de una vida decidida para él era más de lo que se atrevía a soñar. Su padre le estaba dando la oportunidad de verlo realizado. ¿Podría realmente negarse?

"Ojalá nunca hubiera ido a Cathomira", susurró Garryn, bajando la mirada al suelo. "Desearía no haberme enterado de nada de esto."

"Yo también deseo eso. Siempre serás mi hijo. Nada cambiará eso, pero tienes que irte. Serías un Emperador adecuado, quizás con el tiempo incluso uno bueno, pero Brysdyn merece algo mejor y tú también".

Iran vio como los hombros de Garryn se desplomaban en señal de derrota.

"Me he esforzado tanto, padre", admitió Garryn al fin. "He intentado olvidar que vengo de la Tierra, pero no puedo. Tienes razón. No puedo ser Primero con esto dentro de mí. No puedo ser Emperador de Brysdyn cuando sé lo que Edwen hizo para salvarlo".

"Lo sé." Estaba matando a Iran por dentro hacer esto, pero había que hacer un sacrificio por el bien de Garryn y Brysdyn. "Nadie podría hacerlo y por eso te dejo ir. Ve a donde debas y vive. Elisha y yo siempre estaremos aquí si nos necesitas."

* * *

Garryn encontró a Kalistar en la finca de su padre.

Kalistar era la única persona que había evitado desde su regreso a Brysdyn. La culpa de destruir a su padre impedía que Garryn se enfrentara a ella. Incluso después de la muerte de Edwen, Garryn se mantuvo alejado porque no tenía idea de lo que le diría. El sentimiento parecía mutuo, porque Kalistar tampoco intentó verle. Con su intención de dejar a Brysdyn para siempre, Garryn decidió que ya era hora de que hablaran.

La encontró en los jardines que rodean la casa. Según el ama de llaves, Kalistar pasaba mucho tiempo pintando en los terrenos bien cuidados.

"Hola, Kal."

Estaba pintando una de las mejores vistas de la ciudad desde el jardín y, cuando escuchó su voz, bajó lentamente el pincel sobre la paleta para darse la vuelta. Sus ojos se abrieron de par en par al verlo, pero esa era la emoción que ella quería mostrar. En ese momento, se parecía mucho a la hija de Edwen.

"Por mi alma, el Primero".

Garryn respiró hondo, diciéndose a sí mismo que esto nunca iba a ser fácil. "¿Cómo estás, Kal?"

Ella levantó una ceja ante la pregunta. "Me va bien, Primero. ¿A qué debo este placer?"

"Vine a despedirme."

Ella levantó la frente por eso. "¿Adiós?"

"Voy a dejar a Brysdyn para siempre."

"Ya veo", tomó la nueva con poca reacción. "Bueno, gracias por su tiempo y le deseo lo mejor." En ese momento se dio la vuelta y volvió a pintar.

"Kal," Garryn suspiró, dándose cuenta de que tendría que presionar el tema, "no nos separemos así."

Ella se giró y le miró salvajemente. "En nombre de Weaver, ¿qué se supone que significa eso para mí? ¿Crees que lloraré porque te vas? ¡Crees que me importa tu comportamiento censurable! Me preocupé por ti, Garryn, aunque nunca esperé nada de ti. Sólo quería estar en tu vida. Me descartaste como si no fuera nada. ¡Ni siquiera pudiste enfrentarte a mí! Me echaste del Domicilio como a una puta por la que pagaste. ¡Me merecía algo mejor!"

Sus palabras le dolieron, pero era la verdad. Su ira era todo lo que le quedaba y Garryn no le negaba la oportunidad de desahogarse. Le debía la oportunidad de decir lo que pensaba.

"Kalistar", dijo una vez que ella dejó de hablar. "Tienes razón. Me comporté imperdonablemente. No voy a hacerte perder el tiempo ni herirte más poniendo excusas. No tengo ninguna. No quería enfrentarme a ti por tu padre. Lo que le hice a él te afectó y no supe cómo disculparme por eso. Me preocupo por ti, Kal. Siempre lo haré. Y tienes razón, te mereces algo mejor que yo. Sólo puedo decir que lo siento".

No había razón para quedarse y no quería extender esto más de lo necesario. La saludó con la cabeza, se dio la vuelta y comenzó a alejarse.

"¡Espera! ¿Adónde irás?"

Garryn se volvió a enfrentar a ella y le contestó encogiéndose de hombros: "No lo sé".

Kalistar sabía mejor: "Irás a la Tierra".

"¿Qué te hace decir eso?"

"Porque soy más lista que tú, ¿recuerdas?" Ella le dio una sonrisa.

Su comportamiento glacial se descongeló un poco y ella dio un paso hacia él. La encontró a mitad de camino. Se abrazaron a medio camino y se aferraron el uno al otro durante mucho tiempo. Por un tiempo, al menos, todo lo demás parecía muy lejano. Recordó su primer encuentro en el Myzyne Ball y cómo habían causado revuelo cuando la invitó a bailar. La escuchó respirar y recordó sus suaves llantos la primera vez que hicieron el amor. Ella fue la única cosa de estos últimos meses que valía algo para él. Tal vez, algún día, él podría volver a por ella si ella lo aceptara.

Ella se alejó primero y se limpió las lágrimas de sus ojos. "Cuídate, Garryn."

"Sólo si tú lo haces", contestó, su mano aún en la suya.

"Estaré bien, Primero, y creo que lo estarás ahora."

Aunque parezca extraño, Garryn también lo pensaba.

EPÍLOGO

Justin Alexander estaba sentado en su porche mirando el paisaje reseco.

Era un día glorioso, ideal para descansar durante la tarde en su calor dorado. Aunque todavía quedaba mucho trabajo por hacer en la vieja casa, parecía un día demasiado bonito para perderlo en el trabajo. Este tipo de sol era delicioso y embriagador.

Por primera vez en años, tenía todo el tiempo del mundo y, por el momento, el mundo parecía muy despreocupado con él.

Más allá del porche de la casa, altos tallos de hierba seca crujían mientras se mecían con la brisa. El calor transportado por el viento dejaba el paisaje seco y reseco, pero esto no era nada nuevo. Era verano en esta parte del mundo, como él lo entendía. Eventualmente las lluvias vendrían y harían que todo volviera a ser verde. Hasta entonces, tenía suficientes provisiones para estar cómodo y podía tomarse su tiempo para aprender a cultivar cosas.

Después de todo, se suponía que estaba en su sangre.

Detrás de él oyó crujir el suelo de madera de la casa mientras se acercaban suaves pasos. Justin miró por encima de su hombro y vio al animal saliendo de la puerta de perro en la entrada.

"Hola, Einstein", saludó al animal con una sonrisa.

El perro pasó junto a su silla y se sentó a sus pies, su piel rojiza brillando bajo el sol. En las últimas semanas, el animal se había convertido en una parte de su vida de la que simplemente no podía prescindir. Le seguía en largas caminatas, comía con él a la hora de la cena y dormía a los pies de su cama por la noche. También descubrió que era muy útil como una especie de centinela.

Justin deseaba poder decir que había encontrado al perro, pero, en realidad, fue el perro quien lo encontró. Poco después de haberse instalado en la casa, el animal había aparecido fuera del matorral, olfateando en busca de comida y tal vez un poco de compañía. Gracias a que Hannah pudo traducir algunos de los papeles de la casa, pudo aprender que el animal que recordaba en su sueño se llamaba Einstein. Le pareció apropiado.

"Quizá vayamos a dar un paseo más tarde".

Einstein parecía contento con esto y se agachó junto a la silla de Justin, contento de pasar el día con su compañero humano.

Era difícil comprender cuán radicalmente había cambiado su vida en los últimos meses. Parecía que había regresado ayer a esta casa y había empezado a trabajar para hacerla habitable, con la ayuda de Hannah. Había llegado aquí en una pequeña nave que se había comprado él mismo. Aunque no era tan sofisticada como el *Hijo Descarriado*, sirvió para su propósito al permitirle traer suministros, incluyendo un deslizador, de Brysdyn. Estaba atracada a poca distancia de la casa, en uno de los campos vacíos, y últimamente Justin había empezado a utilizarla para ir a explorar, con Einstein ocupando el asiento del copiloto.

Gracias a Hannah, Justin supo que la granja se llamaba Makari, perteneciente a Helen y Cameron Alexander, sus padres. La hija de Aaran le fue de gran ayuda durante sus primeras semanas aquí. Ella ayudó a convertir su modulador de lenguaje para entender el inglés y eventualmente le ayudó a aprender a leerlo. Ahora era capaz de leer la mayoría de los libros esparcidos por toda la casa.

Después de establecerse, Justin se puso en contacto con Flinn para cumplir su promesa de mostrarle a Hannah los mundos más allá de la Tierra.

Aunque ella no se estaría lejos por mucho tiempo, él se sorprendió de lo mucho que la extrañaba.

* * *

Levantó la vista y vio que estaba casi oscuro.

El sol arrastraba una manta de crepúsculo sobre el cielo mientras se preparaba para dormir. El aire todavía estaba caliente, pero las temperaturas alrededor de estas partes se desplomaban drásticamente por la noche. Se puso en pie perezosamente, sintiendo la rigidez de sus articulaciones crujir en protesta mientras estiraba sus músculos acalambrados. Podía oír al perro en la casa y, al ir a comprobar, vio al animal en la cocina olfateando en su vacío tazón de comida.

"Vale, entiendo la indirecta, hora de cenar."

Un rugido cruzó el cielo, pero el sonido no le asustó. Levantando los ojos hacia el cielo de la tarde, vio una forma familiar que descendía a los campos más allá de la casa. El perro salió corriendo de la casa ante la poderosa reverberación y se paró en el porche, ladrando con ladridos cortos y duros. Justin observó lo suficiente como para ver el brillo brillante de las luces de aterrizaje en la distancia.

"Parece que tendremos compañía para la cena, Einstein", comentó Justin. Einstein no era tan fácil de apaciguar y continuó ladrando.

Cuando sus visitantes se acercaron a la casa ya era de noche. Einstein volvió a ladrar cuando se sintieron atraídos por las luces de la casa. Entró en el porche y puso una mano tranquilizadora sobre el animal para que se callara mientras veía a sus invitados entrar por la puerta principal.

"Bonita mascota", comentó Flinn Ester, estudiando al animal con una mezcla de curiosidad y sospecha.

"Son sus primeros visitantes." Justin sonrió, contento de ver a Flinn y a Hannah. "Pasen, tengo la cena en el horno."

Flinn hizo una cara. "Paquetes de raciones de Brysdyn. Eso debería ser apetitoso".

Hannah miró al piloto y le dio un codazo en las costillas. "Gracias Gar....quiero decir, Justin."

Mientras subían los escalones del porche, la precaución inicial del perro se desvaneció en curiosidad e inspeccionó a los visitantes con una olfateada cautelosa. Hannah se inclinó para acariciarle suavemente la frente y el animal comenzó a lamer su mano para conocer mejor su olor.

"Bueno, le gustas", contestó Justin.

"Solía tener uno", contestó ella, siguiendo a los dos hombres hasta la casa. "Cuando era una niña."

"Oye", comentó Flinn, mirando la casa con aprobación. "Realmente has arreglado este lugar."

"Has hecho tanto desde la última vez que lo vi," Hannah también lo halagó.

La última vez que estuvo aquí, la casa estaba en el estado ruinoso en que la habían encontrado cuando Garryn llegó a la Tierra. Aunque no estaba ni cerca de estar terminada, las mejoras de Justin usando la tecnología brysdyniana eran obvias. Los muebles habían sido reparados, los cristales de las ventanas habían sido colocados en su lugar y el lugar tenía una apariencia atractiva de calidez.

"Gracias", Justin les hizo un gesto para que se sentaran en la mesa del comedor. Mientras ellos ocupaban sus lugares, él fue a verificar el progreso de la comida que se cocinaba en la estufa. "Ha sido educativo tratar de hacer que la mitad de estas cosas funcionen, pero me las arreglé para hacerlo sin volar demasiadas cosas."

"No me sorprende", respondió Flinn, estudiando a Einstein que estaba olfateando su pierna. Pasó sus manos por el pelaje del flanco del perro y lo arañó un poco. Einstein se jactó de su aprobación.

Cuando finalmente se sirvió la cena, los tres amigos se pusieron al día. Era la segunda vez que Flinn venía a verlo. La primera vez fue cuando Flinn recogió a Hannah para sacarla del mundo. Justin no podía negar que estaba contento por su compañía. Incluso con Einstein, a veces me sentía un poco solo. Aunque Justin tenía un dispositivo de comunicación en su propia nave, nada podía reemplazar el contacto humano.

"¿Cómo encontraste tu tour turístico por la galaxia?" Justin le preguntó a Hannah.

"Pasé mucho tiempo tratando de mantenerlo alejado de los problemas", se rio.

"Déjame adivinar, ¿durante sus juegos de cartas?" Justin le echó un vistazo a Flinn.

"No me meto en tantos problemas", protestó Flinn, pero su sonrisa indicaba que era exactamente lo que Justin suponía.

"Suficiente para mantenerme ocupada", añadió antes de que los tres se echaran a reír brevemente. "Me hartaré de ello en unos meses y volveré a casa."

Justin no le preguntó dónde estaba su casa. Esperaba que no fuera en ese continente lejano donde la había encontrado a ella y a sus padres, sino más bien cerca para poder verla. Aun así, su comentario implicaba que este regreso era prematuro y eso hizo que Justin se preguntara por qué.

"¿Qué te trae de vuelta ahora? No puede ser sólo para comer paquetes de raciones. ¿Qué ha pasado?" Justin preguntó, mirando a Flinn sospechosamente.

Flinn se puso tenso, intercambiando una mirada con Hannah, que parecía decididamente incómoda e incapaz de responder a la mirada de Justin. Por un momento, Justin sintió una oleada de pánico, esperando lo peor. ¿Pasaba algo malo con su padre y su hermana? La lógica prevaleció y se dijo a sí mismo que si era algo tan malo, Flinn ya se lo habría dicho.

Las noticias eran malas, concluyó, pero no trágicas.

"Muy bien", admitió Flinn con un fuerte suspiro, "llegó al Transband hace unos dos días. Pensé que sería mejor que te lo dijéramos antes de que fueras a tu casa y lo descubrieras por ti mismo."

"¿Decirme qué?"

"Tu padre se va a casar de nuevo", declaró Hannah, ahorrándole a Flinn el problema.

Justin trató de ocultar su sorpresa, pero no pudo. ¿Su padre se iba a casar de nuevo? Justin nunca imaginó que Iran querría hacerlo después de la muerte de Aisha. Por otra parte, ¿por qué no iba a hacerlo? Era lo suficientemente joven para tomar otra esposa. Aun así, él tampoco debería sorprenderse. Sin siquiera conocer a su madrastra, Justin sabía que era joven y capaz de tener hijos. Había tiempo más que suficiente para un heredero si Elisha se negaba a ser Primero.

"Nunca pensé que lo haría", admitió Justin, su conmoción aún sin disiparse por completo.

Una parte de él se sintió ofendida por la sustitución de su madre, pero el sentimiento no duró mucho. Su padre era un buen hombre que merecía la felicidad. Ya era bastante difícil ser Emperador sin tener a la familia destrozada por la muerte y las circunstancias. Si Iran veía una oportunidad de felicidad, entonces Justin no le envidiaba por ello.

No era eso, se dio cuenta cuando volvió a mirar a Flinn y a Hannah. Todavía estaban tensos.

"¿Es eso?", se atrevió a preguntar.

"No, Justin." Esta vez fue Flinn quien habló. "Se casa con Kalistar".

Por un momento pensó que había oído mal y fue incapaz de responder. Bastó con echar un vistazo a sus dos caras para que Justin se diera cuenta de que no se había equivocado. La expresión en la cara de su amigo no dejó ninguna duda en su mente. Flinn no habría volado hasta aquí de otra manera.

"¿Cómo sucedió?" Justin preguntó y luego se dio cuenta de que Flinn no tendría acceso a tal información.

"Realmente no lo sabemos. Acabamos de escuchar el anuncio de que había elegido una nueva consorte y era Kalistar. Se casarán el año que viene".

Siempre supo que Kalistar podría encontrar a alguien después de haberla dejado atrás, pero nunca pensó que sería su padre. Sin embargo, cuanto más lo pensaba, más sentido tenía. A pesar de lo desagradable que fue para él, no era una elección tan atroz.

Kalistar había pasado mucho tiempo en el Domicilio cuando dejó Brysdyn para averiguar la verdad sobre la Tierra. ¿Quién era él para decir que el tiempo que pasó en la compañía del Emperador no impresionó a Iran por su idoneidad como pareja? Si Kalistar le recordara a Justin a su madre, ¿no tendría el mismo efecto en su padre?

"Tiene sentido, supongo. Es joven, sana, bella e inteligente. Si él iba a elegir a alguien, ella es una excelente elección".

La comprensión no lo hacía más fácil de soportar. A su manera, se preocupaba por Kalistar. Recordó que pensó que podría volver por ella cuando sus heridas estuvieran lo suficientemente curadas. Escuchar esto se sintió como si la puerta se cerrara de golpe sobre su vida en Brysdyn para siempre. Lo definitivo de todo lo dejó perturbado.

"¿Estás bien?" preguntó Hannah, apoyando una mano compasiva sobre su hombro.

"Estoy bien", le aseguró, aunque le doliera. Justin sabía que no tenía derecho a quejarse de cómo se comportaba Kalistar. Él fue el que le dio la espalda a ella. Ella merecía la oportunidad de ser feliz, aunque fuera con su padre. Además, la persona que ella conocía ya no existía.

Garryn el Primero se había ido y en su lugar estaba Justin Alexander.

Justin era la persona por la que había sacrificado todo. Él conocía el precio de su libertad y lo había pagado, porque su destino estaba aquí en la Tierra. Seguía siendo un mundo hermoso, incluso después de que Edwen destruyera a su gente. En sus viajes a través del planeta, Justin había visto un potencial ilimitado, al igual que los colonos de la Estrella Blanca que habían reclamado este mundo para sí mismos.

Los sobrevivientes de la Tierra estaban perdidos y asustados, desconectados unos de otros porque Edwen destrozó su comunidad. Justin no sabía si él era o no la persona que les ayudaría a encontrarse de nuevo, pero sabía que era de la Tierra y que su futuro estaba aquí.

Más allá de eso, sólo podía soñar.

ACERCA DE LA AUTORA

Linda Thackeray trabaja en un servicio educativo en línea a un paso de la Casa de la Opera de Sídney en Australia, pero vive en la costa en un suburbio llamado Woy Woy, lo que aparentemente significa "laguna grande" con sus dos gatos Newt y Humphrey. Ha escrito desde que tiene memoria y no le importa si alguna vez alcanza la fama y la fortuna. Sólo necesita dejar salir a los personajes de su cabeza para poder pensar con claridad. Está muy concurrido ahí dentro.